THIERRY BRETON

Vatican III

ROMAN

ROBERT LAFFONT

NOTE DE L'AUTEUR

Ce livre est un roman. Les situations dans lesquelles on peut y voir des personnages existant, ou ayant existé, sont purement imaginaires. La réalité de leurs propos ne serait donc que pure coïncidence.

A Henri Margot.

Pour Constance et Alexandre.

VATICAN III

Thierry Breton, trente ans : ingénieur de formation, il dirige une société d'informatique qu'il a créée il y a six ans, à Paris et à New York. Avec un premier roman, Softwar, *écrit avec Denis Beneich, traduit en quatorze langues, Thierry Breton s'est imposé comme le spécialiste des nouveaux enjeux stratégiques nés des mutations technologiques.* Vatican III *est l'aboutissement d'une longue enquête au cœur du monde de la télécommunication.*

Le 4 octobre 1985, à la suite de la disparition du vol Paris-Tokyo au-dessus du territoire soviétique, est révélée au monde l'existence de la plus vaste entreprise de communication informatique et spatiale jamais conçue. *Maître d'œuvre :* le Vatican. *Soutien idéologique :* la quasi-totalité des pays occidentaux. *Support technologique :* un réseau de satellites et un ordinateur japonais de la cinquième génération. *But :* rassembler tous les catholiques de la planète pour faire du plus petit Etat du monde le grand « pays logique » du XXIe siècle.
Si le plan Arcade réussit, le continent chrétien deviendra la plus puissante force politique et culturelle des années futures. S'il échoue, l'Eglise sombrera, l'Occident volera en éclats.
Entre ceux qui soutiennent ce projet et ceux qui s'y opposent, s'engage une lutte sourde, âpre, passionnée.
La vraie guerre des étoiles vient de commencer : celle des satellites idéologiques.

Paru dans Le Livre de Poche :

SOFTWAR.

REMERCIEMENTS

La préparation et la rédaction de *Vatican III* furent largement un travail d'équipe. J'ai eu la chance, tout au long des enquêtes menées pour sa préparation, d'être entouré de collaborateurs exceptionnels. Qu'ils trouvent ici l'expression de ma profonde gratitude.

Je tiens tout particulièrement à remercier mes éditeurs, Robert Laffont et Laurent Laffont, de leur confiance et de leur soutien constant. Les nombreuses discussions, les conseils permanents, l'amitié de Laurent Laffont auront été les éléments déterminants de la réalisation de cet ouvrage. Qu'il trouve ici l'expression de ma fidèle reconnaissance.

Qu'Isabelle Laffont, que Jacques Peuchmaurd, Anne Carrière, Marie-Lise Hieaux, Claude Jean, Béatrix Vernet, Alain Carrière, Jean-Pierre Liégibel, Jacqueline Buquet, Yves Le Houerf, Jean Denis, Jean Ther, Dany Hernandez et tous les collaborateurs de la maison Laffont soient également remerciés de leur soutien et de leur disponibilité. Sans eux ce livre ne serait pas ce qu'il est.

Enfin, que tous ceux qui m'ont consacré leur temps précieux au cours de mon enquête à Tokyo (I.C.O.T.), Genève (U.I.T.), Rome (Vatican), Paris, Washington, Malte, et qui ont préféré garder ici l'anonymat soient vivement remerciés.

Que Pascale Magni et Naïma, mes collaboratrices, soient assurées de ma gratitude pour leurs efforts constants.

Que Valérie Baroin sache que sans son affection et sa patience, ce livre n'aurait pu voir le jour.

Paris, octobre 1985.

Première partie

Le 4 octobre 1985, à 22 h 38, une dépêche A.F.P. informait les rédactions du monde entier que le vol AF 270 ne répondait plus. Le Boeing 747 d'Air France, parti de Paris à destination finale de Tokyo, avait fait escale à l'aéroport international de Moscou à 17 heures, heure locale, pour redécoller à 18 h 26 sans qu'aucun incident eût été signalé. Au moment où il avait cessé d'émettre, il survolait l'espace aérien soviétique, et l'aube s'apprêtait à poindre en cette région située au cœur de la Sibérie.

Quelques minutes plus tard, l'A.F.P. révélait la présence à bord du Boeing d'une très haute personnalité américaine. La confirmation vint de la direction d'Air France : sur la liste des passagers figurait en effet un diplomate américain, l'ambassadeur Williamson, en poste auprès du Saint-Siège. M. Williamson, nommé à Rome après une longue interruption des relations diplomatiques officielles entre son pays et le Vatican, était en outre un ami intime du président des Etats-Unis.

La plupart des chaînes de télévision occidentales interrompirent leurs émissions pour annoncer l'événement. Bien que l'été ait été particulièrement fertile en matière de catastrophe aérienne, la tragédie du Boeing sud-coréen était encore présente dans toutes les mémoires. Chacun se mit à en redouter l'affreuse répétition. L'appareil s'égarant, volontairement ou non, au-dessus du territoire soviétique; l'envol des MiGs; les sommations; l'étrange silence du pilote. Puis, quelque part au sein de l'insondable forteresse du haut commandement armé soviétique, l'ordre froid et brutal. Le missile. L'explosion. La mort pour deux cent soixante-neuf innocents.

A 23 h 15, les journalistes massés devant l'hôtel Matignon virent arriver le président d'Air France. Le ministre des Transports et celui de l'Intérieur l'avaient précédé. Une cellule de crise avait été convoquée et le chef de l'Etat était tenu informé minute par minute. Simple façon de parler : aucune information nouvelle n'était parvenue depuis l'annonce de la soudaine disparition. L'ambassadeur soviétique à Paris demeurait introuvable. Le vol AF 270 aurait dû suivre son couloir aérien, un peu au nord d'Irkoutsk.

Déjà, il semblait clair que les accords du 30 juillet 1985 sur la sécurité des avions civils survolant le territoire soviétique avaient été bafoués. La base de Petropavlovsk, qui au terme de cette convention était chargée de suivre les vols internationaux et de garantir le règlement pacifique des incidents éventuels, prétendait n'être au courant de rien. A 23 h 27, un communiqué diffusé par l'hôtel Matignon affirma laconiquement : « Le drame du Boeing sud-coréen ne se reproduira pas. » On comprit qu'il s'agissait moins d'une conviction que d'un ultimatum.

A 23 h 34, Moscou accusa la France de se livrer à des activités d'espionnage et menaça de faire décoller sa chasse.

C'est à la suite de cet incident demeuré partiellement inexpliqué que fut révélée au public l'existence de Nicholas Resaccio, jeune prêtre et informaticien choisi par le pape pour mener à bien une mission dont l'importance stratégique n'apparaîtra qu'au fil des années. On peut en effet dater de ce jour le lancement de la plus formidable opération de communication informatique et spatiale jamais entreprise. Ce jour-là, 4 octobre 1985, naquit aux yeux du monde ce que l'on allait bientôt apprendre à connaître sous le nom de plan Arcade.

1

Espace aérien sibérien, 4 octobre 1985,
3 h 45 (heure locale)

Nicholas Resaccio avait obligeamment cédé le hublot à l'ambassadeur Williamson lequel, emmitouflé dans sa couverture à carreaux, ne jouissait que du spectacle de vagues reflets sur un disque d'obscurité impénétrable. L'arrivée du commandant Jean-Pierre d'Orbat interrompit leur conversation.

« Pardonnez-moi, intervint d'Orbat en souriant, pardonnez-moi, Votre Excellence, on me dit que vous souhaitez me parler.

– Oui, s'il vous plaît, combien de temps encore devons-nous survoler ce fichu pays? »

Le pilote soupira.

« Eh bien, d'après le dernier point que nous avons fait, environ 3 h 20. Il est 20 h 45 G.M.T., dit-il sans quitter son poignet des yeux. Nous devrions donc arriver à Tokyo dans six heures. »

Nicholas jeta un coup d'œil sur sa montre. Elle était restée à l'heure de Moscou, 23 h 45. Le gros chronomètre de l'ambassadeur indiquait deux heures de moins; il n'y avait pas touché depuis Paris.

D'Orbat regarda autour de lui. Il n'y avait pas grand monde dans la cabine avant aux fauteuils rouges. Huit ou neuf personnes en tout, ce qui était exceptionnel en première classe sur la ligne Paris-Tokyo, toujours pleine d'ordinaire.

« Même s'il fait nuit dehors, je ne fermerai pas l'œil aussi longtemps que nous n'aurons pas quitté l'espace aérien soviétique, pas vous, *padre*? »

Nicholas se tourna vers son voisin. Il avait déjà eu l'occasion de rencontrer l'ambassadeur américain au Vatican lors d'une ou deux réceptions officielles, mais c'était la première fois qu'il le côtoyait longuement et en tête-à-tête.

« Il suffit de relativiser l'idée que nous nous faisons de l'espace, comme celle que nous nous faisons du temps, répondit-il. Il me paraît intéressant, par exemple, de constater que nous sommes tous trois, vous, le commandant et moi-même, au même endroit, et cependant, d'après nos montres, en trois moments différents. Je vous disais tout à l'heure que les satellites géostationnaires, en favorisant la communication directe entre les hommes, abolissent la notion de distance. Il vous suffit donc de... »

Williamson inclina sa tête blanche et ridée pour faire comprendre qu'il renonçait à poursuivre le débat avec ce jeune jésuite décidément trop diplomate.

« *Padre*... je fais bien de vous appeler ainsi, n'est-ce pas? Ou dois-je dire *professore*... ou *dottore*? Vous êtes tout cela, je crois?

– On aime beaucoup les titres, dans mon pays, reconnut Nicholas en riant.

– Le *padre* et moi parlions des satellites géostationnaires, déclara Williamson à l'intention du commandant. Vous savez, ces engins satellisés qui tournent exactement à la même vitesse que la Terre et apparaissent donc comme des points fixes dans le ciel.

– Si je suis indiscret... glissa d'Orbat en faisant mine de se retirer.

– Pas du tout. Du reste, ce que le père Resaccio me disait vous intéresse en tout premier lieu. Il paraît, dit-il en regardant Nicholas d'un œil malicieux, qu'avant la fin de ce siècle, les pilotes pourraient bien être remplacés par des ordinateurs embarqués. Ils seraient directement contrôlés par des satellites fixes les prenant totalement en charge depuis le décollage jusqu'à l'atterrissage.

– Vous touchez là à un point de controverse important, répliqua d'Orbat. C'est vrai que cela semble être techniquement de plus en plus possible. Mais si l'ordinateur de bord se dérègle, la présence d'un pilote sera indispensable pour poser l'avion... à la main. Réduire le nombre des navigants : peut-être. Quant à les supprimer totalement, ce serait de la folie. D'autant plus que d'ici à dix ans, les avions seront conçus pour embarquer plus de mille passagers!

– Il suffit de multiplier le nombre d'ordinateurs, et d'assurer ainsi la sécurité par redondance.

– Vous ne ferez alors que diminuer, statistiquement, les risques d'incidents. Mais statistiquement, vous aurez toujours mille personnes à bord, Excellence, ajouta fermement d'Orbat.

– Statistiquement, ce qui est sûr, reprit Nicholas qui sentait que Williamson cherchait à agacer le commandant par jeu, c'est que l'orbite géostationnaire sur laquelle évolueront ces satellites est déjà aujourd'hui bien encombrée. On ne pourra donc pas s'en servir pour toutes les applications... techniquement possibles, faute de place.

– Comment, faute de place? interrompit Williamson en saisissant un morceau de papier et en pressant sur l'extrémité de son stylo-bille. Vous m'avez expliqué que cette fameuse orbite est située très exactement dans le plan équatorial, à près de 36 000 kilomètres d'altitude. Si mon calcul est correct, cela veut dire qu'elle définit un cercle de..., oui c'est bien cela, de 265 000 kilomètres de longueur. Mis bout à bout, les 300 satellites civils ou militaires qui y gravitent déjà, et dont les dimensions n'excèdent pas celles d'une voiture, occupent à peine un kilomètre de la couronne. On a donc encore quelques belles années devant nous avant le grand embouteillage de l'espace!

– Pratiquement, c'est exact, reprit Nicholas. Mais, en réalité, lorsque je vous disais que cette orbite serait bientôt encombrée, ce n'est pas l'encombrement physique dont je parlais, mais radio-électrique. En effet, deux satellites émettant sur des fréquences voisines ne doivent pas être trop proches l'un de l'autre. Pour des satellites diffusant des émissions de télévision, l'écart doit être au moins de 12 500 kilomètres. Ça ne laisse que vingt positions possibles par fréquence de télédiffusion, ou canal si vous préférez!

– Mais alors ce doit être la foire d'empoigne là-haut pour avoir une place, dit d'Orbat en pointant de l'index le plafond de la cabine.

– C'est précisément pour l'éviter qu'une conférence internationale réunissant tous les pays du monde s'est tenue à Genève en 1977, puis en 1983, pour affecter à chacun des 159 Etats de la planète positions sur l'orbite géostationnaire et canaux de télédiffusion. La France, par exemple, ajouta-t-il à l'intention du commandant, a reçu une position au-dessus du golfe de Guinée, et le droit d'émettre sur 5 canaux. L'Allemagne a le même emplacement, mais avec des canaux totalement différents pour éviter les brouillages. L'U.R.S.S., compte tenu de l'étendue de son territoire, s'est vu attribuer 5 emplacements réservés : le premier au-dessus du Zaïre, le second à la verticale des Somalies, les trois autres étant, je crois, quelque part au-dessus de l'océan Indien et de Bornéo. Afin de couvrir la totalité du pays, les Etats-Unis ont pu avoir

6 positions – grâce à l'Alaska, très excentré – : 5 au-dessus du Pacifique, une au-dessus du Brésil. »

L'ambassadeur Williamson mordillait le chapeau de son stylo-bille, l'air songeur. Il observait le profil séduisant de ce jeune prêtre et professeur d'université dont on disait tant de bien dans certaines sphères vaticanes; son œil noir, son nez un peu aquilin, sa bouche volontaire; la joue lisse et mate, semblant imberbe de part et d'autre de la fossette rieuse, adoucissait sa physionomie, les cheveux drus et ras la durcissaient. Dans certaines sphères uniquement, songea-t-il. Il se souvint brusquement de ce que lui avait dit un prélat influent à Rome du père Resaccio : trop beau pour un ecclésiastique, trop brillant pour que le Vatican se prive de lui, trop hardi pour qu'on puisse le laisser y demeurer, bref un jésuite. Restait à savoir s'il pourrait assumer la terrible responsabilité que le pape venait de lui confier.

Le diplomate étouffa un bâillement. Une première vague de sommeil l'enveloppait tout d'un coup, tentatrice et inattendue.

« Puis-je vous aider à incliner votre fauteuil, Votre Excellence? proposa aimablement Nicholas.

– Merci, *padre*, je n'ai que soixante-treize ans », répondit Williamson avec un peu d'humeur.

D'Orbat était passionné par les propos de Nicholas et ne le cachait pas.

« Mais alors, dit-il, c'est à un véritable Yalta de l'espace, redessinant les contours des pays de demain, qu'ont participé quelques techniciens de la planète, sans même que le grand public en soit réellement averti.

– La presse a fait son travail, reprit Nicholas. Ce qui se passe, c'est que les enjeux capitaux et les conséquences de cette conférence n'apparaissent clairement qu'aujourd'hui où la technique est au rendez-vous.

– Et savez-vous quels sont ceux qui les ont compris les premiers, ces enjeux? » intervint Williamson soudainement – pour lutter contre le sommeil, pensa Nicholas.

L'ambassadeur plongea les deux mains dans sa serviette et en sortit une carte. Nicholas reconnut immédiatement en haut à droite l'écusson frappé d'un soleil et surmonté d'une tête d'aigle : l'emblème de la C.I.A.

« Les Arabes, commandant. Les Arabes », répéta Williamson en brandissant la carte au nez de d'Orbat.

D'Orbat fit mine de vouloir saisir la carte qui s'agitait sous ses yeux.

« Puis-je? demanda-t-il poliment.

– Vous avez là sous les yeux l'empreinte, le contour d'un véritable continent : du continent islamique, dit Williamson en cédant le document. Aujourd'hui, après 1 300 ans de gestation, il éclôt, il devient une véritable entité; et savez-vous grâce à qui? ajouta-t-il en hochant la tête. Grâce à nous; grâce aux Français, tout d'abord, et à leur fusée Ariane, avec laquelle ils ont déjà placé sur orbite, en février dernier, l'un des trois satellites de télédiffusion directe qu'ils ont vendus aux Arabes pour la modique somme de 134 millions de dollars. Grâce à nous également, reprit-il en se frappant la poitrine, qui avons accroché le second de ces engins destinés à arroser l'Islam avec notre navette, trois mois plus tard. Grâce aux Japonais, enfin, qui ont autorisé la société N.E.C. à fournir toute l'infrastructure électronique et informatique nécessaire au suivi et au contrôle de ces satellites.

– Mais je ne vois pas ce qu'il y a d'alarmant à cela, poursuivit d'Orbat, les yeux fixés sur le cône clair dessiné par le faisceau d'un satellite éclairant

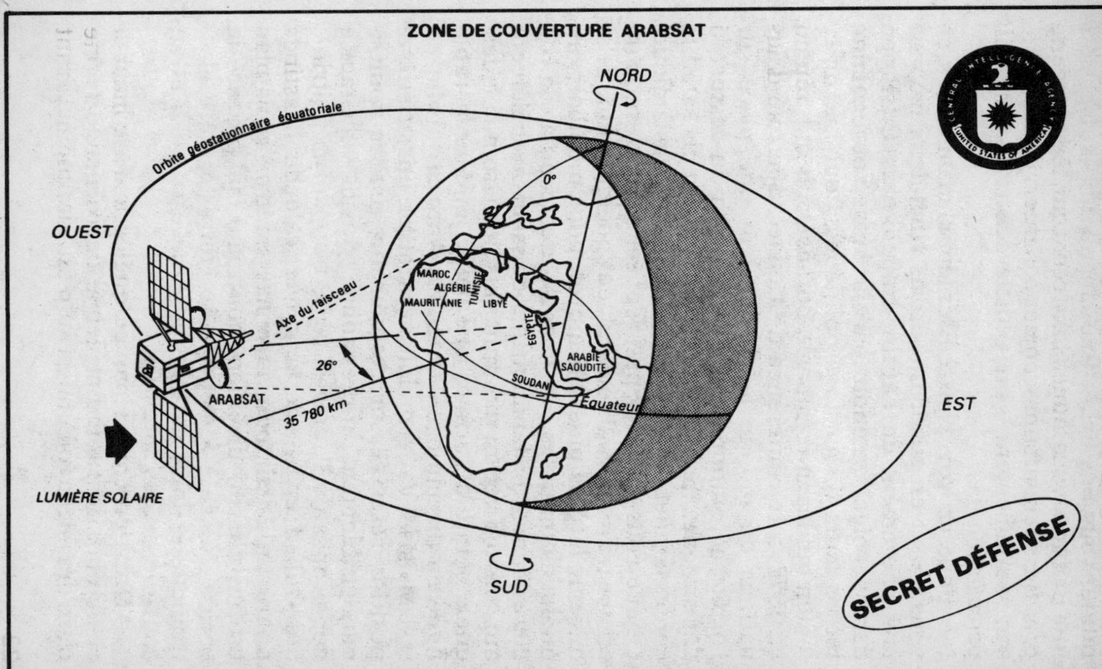
ZONE DE COUVERTURE ARABSAT
NORD
Orbite géostationnaire équatoriale
OUEST
0°
MAROC
ALGÉRIE
TUNISIE
MAURITANIE
LIBYE
EGYPTE
ARABIE SAOUDITE
SOUDAN
Équateur
Axe du faisceau
26°
ARABSAT
35 780 km
EST
LUMIÈRE SOLAIRE
SUD
SECRET DÉFENSE
CENTRAL INTELLIGENCE AGENCY
UNITED STATES OF AMERICA

le bassin méditerranéen. Après tout, il est normal que des nations ayant une langue, une confession, une culture communes, adoptent un système de communication homogène et cohérent. Cela semble au contraire être sain et aller dans le sens du progrès...

– Vous ne voyez pas? Eh bien, cher ami, ce que vous ne voyez pas, c'est que les vingt-deux pays de la Ligue arabe, de l'Arabie Saoudite à l'O.L.P., en passant bien entendu par la Libye, ont gommé toutes leurs dissensions politiques, pour magnifier le lien qui les unit tous : le Coran. Qu'ils ont obtenu en 1977, à la conférence de Genève, que toutes les nations du monde leur accordent une place sur l'orbite géostationnaire, quelque part au-dessus de l'Atlantique, pour y accrocher le seul satellite confessionnel de la planète : un satellite islamique! Ce que vous ne voyez pas, reprit-il enfin, c'est qu'un tel instrument aux mains de quelque fou peut devenir le plus puissant moyen pour mobiliser, en quelques minutes, un bassin de population de 200 millions de fanatiques, obéissant aveuglément aux ordres venus des minarets..., au sommet desquels pointe désormais une petite antenne parabolique en direction des satellites Arabsat.

– Mais le Vatican doit bien avoir lui aussi une position réservée sur cette orbite, remarqua d'Orbat, visiblement impressionné par la véhémence des propos de l'ambassadeur.

– Oui, il en a une; à la verticale de l'extrême pointe du Brésil, pour être précis. Mais... le Vatican est un Etat », dit-il en ponctuant sa phrase de courts silences.

D'Orbat entendit le gong du téléphone de bord et vit le chef de cabine principal décrocher le récepteur. Au signe qu'on lui adressa, le commandant s'excusa auprès des deux passagers et se dirigea vers l'escalier d'accès au pont supérieur.

Nicholas fut soulagé. Il n'aimait pas la tournure que prenait la discussion.

La première chose que d'Orbat remarqua en entrant dans la cabine fut l'ensemble des drapeaux d'alarme sur les instruments des planches de bord ainsi que les trois voyants rouges sur les I.N.S.[1]. Rigout, l'officier pilote, avait repris le pilotage manuel tandis que, près de lui, Paul, l'officier mécanicien, compulsait fébrilement la documentation de bord.

« Que se passe-t-il, demanda d'Orbat, vous avez des ennuis avec les centrales?

– Pire que cela, répondit Rigout. Il semble que nous ayons une panne totale de radio. »

D'Orbat reprit son siège et, remplaçant Rigout aux commandes, il fit mentalement un rapide bilan de la situation. Panne d'I.N.S., plus d'instrumentation d'orientation (horizon et cap), plus de pilote automatique. Fort sifflement de brouillage sur les fréquences V.H.F., les rendant inutilisables. Panne de radar.

« C'est le retour au pilotage des pionniers, dit d'Orbat d'un air crispé. Mais j'aurais préféré un autre endroit pour m'y remettre. »

Le souvenir du Boeing coréen abattu par la chasse soviétique deux ans plus tôt était encore dans tous les esprits.

« Il faut traiter rapidement le problème avant que la navigation ne se dégrade, lança d'Orbat en prenant les opérations en main. J'assure la trajec-

1. I.N.S. : Inertial Navigator System. Centrale de navigation inertielle qui permet aux avions de ligne de naviguer sans références radio extérieures. En fait, petits ordinateurs de bord programmés par les pilotes et reliés aux gyroscopes embarqués.

toire avec les instruments de secours. Claude, dit-il à son copilote, essaie de rétablir les contacts radio en V.H.F. ou en H.F. et fais cesser ce sifflement. Paul, interroge les centrales pour essayer d'identifier la panne. »

L'officier mécanicien penché sur le pupitre central appuyait déjà sur les boutons de test pour permettre aux ordinateurs de bord d'orienter le diagnostic des éléments défectueux.

« Jean-Pierre, ce n'est pas possible, les centrales ne répondent plus. » Puis baissant le ton comme s'il craignait de proférer une énormité, Paul acheva : « Il n'y a plus rien dans les mémoires; toutes les positions sont effacées, même l'origine de calage... »

Tout en pilotant, d'Orbat leva la tête vers le boîtier de commande de l'I.N.S. Tout semblait être en ordre. Mais, lorsqu'il mit l'ordinateur du pupitre central en position navigation, il ne vit défiler que des zéros là où auraient dû s'afficher les coordonnées indiquant le point de l'avion dans l'espace et dans le temps. Comme l'avait certainement déjà fait son copilote, il appuya successivement sur les trois boutons tests correspondant aux trois centrales, accompagnant chaque pression du doigt d'un juron.

« C'est incroyable », dit-il.

Il trouva le mot ridiculement faible.

« Oui, commenta Rigout, nous sommes dans la même situation que si nous étions au parking. Le problème, c'est que nous sommes à une altitude de 29 000 pieds et qu'il nous est totalement impossible de réinitialiser les centrales en l'air. »

Voilà, songea le commandant, c'est comme si j'étais condamné à faire Paris-Marseille par l'autoroute, les yeux bandés. Le destin de l'appareil dépendait des trois centrales à inertie, petits ordinateurs de bord chargés d'assurer le bon positionnement de l'avion dans l'espace et de guider le pilote automatique. Les trois n'étaient pas nécessaires. Une seule aurait suffit. Avec deux, on ne risquait presque rien. Il y avait, statistiquement, une chance sur un milliard pour que les trois se dérèglent en même temps. Ils avaient réussi l'impossible. Hargneusement, d'Orbat recommença pour la cinq ou sixième fois les mêmes vérifications, non parce qu'il espérait quelque chose, mais parce que, pour l'instant, il ne voyait pas très bien ce qu'il pouvait faire d'autre. Impossible. Impossible de rentrer la moindre donnée. Impossible de connaître leur position. Impossible d'appeler une tour de contrôle. Tous les instruments de bord, connectés aux ordinateurs, étaient muets. Morts.

Les propos du jeune prêtre italien revinrent à l'esprit de d'Orbat. Lui, l'ambassadeur, et moi ne sommes plus en trois moments différents, à présent, se dit-il. Nous ne sommes plus nulle part. L'avion s'enfonçait dans la nuit glacée et silencieuse de l'immense Sibérie.

Il s'essuya le front. La situation était simple; les consignes de secours claires; maintenir coûte que coûte les éléments du plan de vol, c'est-à-dire altitude, vitesse et caps successifs, pour respecter un couloir aérien large de 10 milles, autant dire un fil de soie tendu au-dessus d'une surface de 12 millions de kilomètres carrés. Sans instruments, sans radio, sans visibilité. Sinon...

Partout ailleurs dans le monde, ç'aurait été grave. Ici (mais où, ici?), c'était désespéré.

« A quelle heure se lève le soleil? demanda-t-il.

– Le soleil se lève à 23 h 58 G.M.T... C'est dire que pendant encore deux heures, c'est le black-out complet, sans même avoir la possibilité de se repérer par rapport au sol », répondit Rigout.

Paris, 23 h 25

« Quelle heure est-il chez vous à Tokyo? » demanda le père Michel d'Anglebert, provincial des jésuites de France.

Deux secondes s'écoulèrent, puis la voix du père Giuseppe Pitta lui parvint, étonnamment claire.

« 7 h 25. »

Un poste de télévision fonctionnait dans un coin de la pièce, son baissé. Le journaliste promenait une badine sur une carte de l'Union soviétique, indiquant d'après l'agence Tass la trajectoire actuelle de l'avion par rapport à sa route prévue.

« Depuis quand ne nous sommes-nous pas vus?

– Depuis que je suis à la tête de la province du Japon, je pense, répondit le père Pitta. Sept ans à peu près.

– Il y a du nouveau. Les Soviétiques menacent de faire décoller leur chasse. D'après eux, l'avion se trouve actuellement à 120 kilomètres de la position prévue par son plan de vol.

– Vous y croyez? Ici, au Japon, dit le père Pitta, on affirme que l'armée soviétique a été dessaisie de ce genre de problème depuis l'affaire du Boeing coréen. Toutes les décisions reviendraient à la direction de l'Aviation civile.

– Je sais. Maintenant, écoutez-moi. Resaccio est porteur de deux enveloppes ultra-confidentielles. Une qui le concerne et une autre qui nous est destinée. Si ces documents disparaissaient, il faudrait ajourner le plan Arcade jusqu'à nouvel ordre; et donc annuler, en ce qui vous concerne, tous les contacts avec les Japonais à propos de la venue de Resaccio.

– Les documents... ou l'avion?

– Les Russes n'ont que faire d'une seconde carcasse de Boeing », répondit le père d'Anglebert.

Quand il raccrocha, l'écran de télévision était devenu uniformément gris. Les Français, à leur tour, étaient allés se coucher.

« Dieu fasse que je ne me trompe pas », murmura-t-il.

Irkoutsk, 5 h 15 (heure locale)

Au fil des minutes, le capitaine Valéri Grigoriev, chef du centre de contrôle aérien d'Irkoutsk, sentait évoluer la vive irritation qu'il avait éprouvée la veille en voyant arriver le colonel Akhmedov. Elle n'avait pas disparu, non, mais semblait peu de chose à côté de l'impression de soulagement, presque de gratitude, qui l'envahissait à présent. Ce type froid et hautain ne lui inspirait pas plus de sympathie pour autant.

Grigoriev avait toujours su obéir aux ordres, mais il n'avait jamais supporté qu'on le méprise. A la rigueur, il aurait accepté de subir la morgue d'un vrai Russe. Mais une telle suffisance, chez un étranger! Akhmedov, prénom : Nadjimaddin. L'un des protégés d'Aliev. Aliev, membre du Politburo, grand maître de l'armée du K.G.B., moins connu sous le nom de Gaydar Ali Ali-Zadeh. Des Azerbaïdjanais, tous les deux; et tous deux originaires de la petite ville de Nakhitchevan; pour ainsi dire en Iran. Le capitaine Grigoriev voyait là un signe de la décadence de son pays. Quand il avait bu, il aimait répéter à ses compagnons : « Un jour, nous serons dirigés par les Arabes et ce sera la fin de la grande Russie! » Nadjimaddin ne buvait pas, lui. Grigoriev l'avait remarqué. Oh! bien sûr, il ne disait pas : « Excusez-moi, je suis musulman. » Mais il ne buvait pas.

Malgré tout, elle tombait à pic, cette « mission exceptionnelle d'inspection des principaux centres de surveillance de l'espace aérien soviétique ». Telle était la formule mentionnée par les documents officiels. Akhmedov avait l'air de la porter gravée sur son front. Incontestablement, il savait ce qu'il était venu faire à Irkoutsk. Et, aujourd'hui, Grigoriev se réjouissait que le colonel ait été conduit par sa mission au bon endroit et au bon moment. Il n'aurait pas aimé devoir affronter seul une telle situation, vraiment pas. Quant à Akhmedov, le moins qu'on puisse dire est qu'il n'avait pas semblé être pris de court par les événements.

Maintenant, on allait voir. La dernière fois, le Boeing coréen n'avait pas été le seul à sauter; à ce qu'on avait dit, le maréchal Oustinov l'avait suivi de près. Un vrai Russe, lui, pourtant. Oui, on allait voir si cet Aliev était plus malin (car c'était lui qui tirait les ficelles, Grigoriev en était convaincu). On allait voir si le K.G.B. s'en sortait mieux que l'Armée Rouge. Plus il regardait ce Nadjimaddin, plus il se sentait content de ne pas être à sa place. L'un de nous deux au moins, songea-t-il, est assuré de conserver son poste, quoi qu'il arrive. D'ailleurs, sa place, Nadjimaddin ne l'aurait pas cédée pour un empire. Le monde est parfois bien fait.

Le colonel Akhmedov répéta ses ordres dans le micro d'une voix terriblement calme :

« Interdiction absolue de traverser le champ visuel du 747 avant mon autorisation. Attention! Décollage dans trois minutes. »

Espace aérien sibérien, 5 h 45

Rigout, sur le siège de droite, compulsait les cartes topographiques, ultime moyen de repérage dès que l'avion sortirait enfin des nuages dans

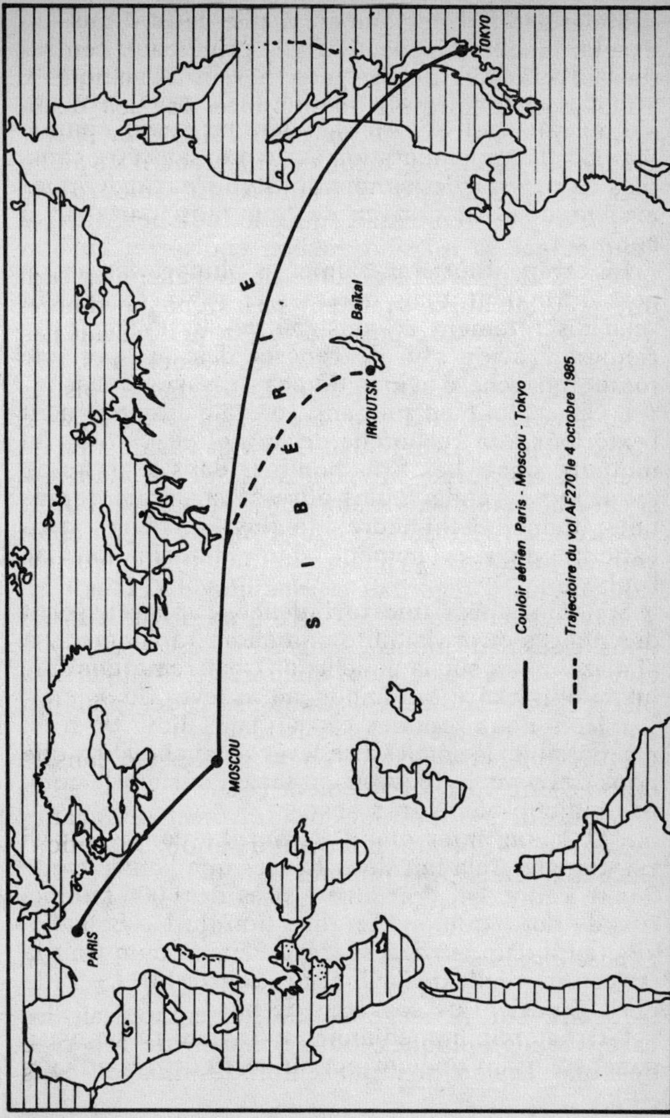

CARTE DE ROUTE DU BOEING

lesquels il se trouvait depuis plus de deux heures, et que le sol deviendrait visible. L'alerte devait être déclenchée depuis longtemps déjà. Ils avaient franchi le contrôle aérien de Kirensk, puis celui de Vitim, sans pouvoir se signaler par radio comme l'impose la réglementation aérienne; sans être capables de recevoir les sommations que les Soviétiques avaient déjà dû essayer de leur faire parvenir, à coup sûr.

En cabine, tout était calme. La plupart des passagers dormaient, mais hôtesses et stewards avaient reçu discrètement la consigne de surveiller l'extérieur de l'avion afin de repérer dès que possible toute approche d'avions de chasse soviétiques.

D'Orbat, tout en pilotant, scrutait attentivement l'extérieur à la recherche de la moindre étoile, du moindre signe. Les trois hommes dans le poste de pilotage ne s'étaient plus adressé la parole depuis une bonne demi-heure, tendus, anxieux, dans l'attente d'un événement, d'une information; de l'aube.

Soudain, après une turbulence, l'appareil sortit des nuages et la visibilité s'améliora rapidement. A l'horizon, loin sur la gauche, d'Orbat remarqua une lueur plus claire qui annonçait le lever du soleil.

« Mais nous sommes cap au sud, dit-il. Ce n'est pas possible, le soleil va se lever à gauche alors que nous devrions le recevoir en face. Pourtant le compas indique bien cap à l'est.

« Oh! non, interrompit Rigout. Le compas aussi est déréglé. Cela fait deux heures que l'on suit une fausse route. On doit être à près de 1 000 kilomètres de notre couloir! En direction du lac Baïkal », ajouta-t-il d'un air désespéré, dessinant d'un trait la trajectoire réelle de l'avion sur la carte 14H.L – celle de la Sibérie – de son atlas de bord.

D'Orbat mit immédiatement l'avion en virage à gauche, faisant une correction de 70 degrés au cap, ce qui eut pour effet d'incliner subitement l'appareil.

« C'est un miracle qu'on ne se soit pas déjà fait intercepter par la chasse, dit-il les mains rivées au manche. Maintenant que la visibilité revient, ça ne va pas tarder. Claude, allume tous les phares. Je ne tiens pas à ce que les Popovs nous prennent pour un avion espion. Dès qu'on aura repris notre assiette, je préviendrai les passagers de la situation. »

L'ambassadeur Williamson s'était réveillé en sursaut, croyant que l'appareil avait entamé sa descente, en vue de l'approche.

« Que se passe-t-il? Nous n'arrivons pas déjà? »

Le père Resaccio lisait à côté de lui.

« Il devrait être... attendez..., marmonna le diplomate en consultant sa montre. Cinq heures, un peu plus de cinq heures?

– A moins que nous n'ayons encore changé de fuseau horaire, répondit Nicholas. En tout cas, il nous reste encore trois bonnes heures de vol. »

Furieux de s'être assoupi, Williamson reprit la conversation là où l'avait interrompue son sommeil, comme pour répondre à son voisin après un long silence.

« Ainsi, *padre,* vous croyez qu'il y a place pour un informaticien dans l'Eglise d'aujourd'hui?

– Oh! plus d'un, certainement. Il me semble qu'une telle évolution ne serait pas choquante, qu'elle se situerait même dans notre tradition, dans la tradition des religieux qui répandirent le savoir, d'Albert le Grand et de Thomas d'Aquin, des maîtres de l'université de Paris, à l'époque où Notre-Dame était le centre du monde culturel occidental, dans la tradition aussi de ceux qui furent les premiers à comprendre l'importance de la découverte de Gutenberg. »

Evoquant le passé et l'avenir de l'Eglise, les deux hommes avaient tout naturellement abandonné l'anglais pour l'italien.

« Le christianisme a régné sans partage sur l'Occident pendant plusieurs siècles, parce que les moinès détenaient de façon presque exclusive la matière écrite, c'est-à-dire la connaissance. Aux copistes succédèrent les imprimeurs. Puis la technique s'est banalisée, d'autres courants spirituels ont pu s'exprimer.

– Vous le déplorez? demanda Williamson.

– Non, c'est un fait. Et c'était sans doute nécessaire. Aujourd'hui, une nouvelle course s'engage et, cette fois, nous avons pris du retard. Il s'agit de le rattraper et même de devenir, comme nous l'étions, les premiers.

– L'informatique?

– La mémoire universelle de demain, dit Resaccio, toutes les bibliothèques réunies en une seule, s'il le faut, et plus encore. Actuellement, un ordinateur perfectionné peut nous fournir un potentiel équivalant à ce que représentait l'ensemble des abbayes du Moyen Age. Or, ces dernières souffraient d'un grave handicap : elles œuvraient dans la solitude et la dispersion. »

L'enthousiasme du jeune prêtre inspirait à l'ambassadeur un mélange de sympathie et d'irritation. Il éprouva le besoin de le freiner quelque peu, bien qu'il approuvât les grandes lignes de son discours.

« Ne craignez-vous pas que l'Eglise ait perdu cette faculté d'être à l'avant-garde? Dans les temps reculés que vous évoquez, les moines vivaient en petites communautés très soudées et parfaitement organisées. Chaque monastère était un centre de recherche et de conservation. Puis, surtout, science et religion paraissaient souvent ne faire qu'un. Depuis Galilée, une sorte de divorce est apparu.

L'Eglise a appris à se méfier du progrès, des idées nouvelles. De nos jours, elle n'est plus au cœur de la modernité. Ce qui n'est d'ailleurs peut-être pas sa place. Elle se contente de porter des jugements, généralement prudents, sur tout ce qui va dans le sens d'une évolution de la société. La machine ecclésiastique est devenue lourde à remuer... et il y a des choses, des notions, des perspectives qui lui font peur. On parle à présent d'intelligence artificielle. N'estimez-vous pas qu'un cerveau électronique trop développé serait... »

Williamson hésita.

« Un rude concurrent pour Dieu? suggéra le prêtre.

– En quelque sorte, dit le diplomate en riant.

– Non, je ne crois pas. Seuls ceux qui ne connaissent rien à l'informatique s'illusionnent sur les possibilités de ce domaine.

– Vous les pensez limitées?

– Elles sont fantastiques. Mais seul Dieu n'a pas de limites! Les limites de l'ordinateur sont celles de la matière, pour la machine... et de l'homme pour le logiciel.

– Cependant, objecta Williamson, le culte de la machine ne peut-il nous détourner du Seigneur, comme autrefois celui du veau d'or?

– Il y a un risque en tout, admit le père Resaccio. Et je dois admettre que le risque est généralement à l'échelle des promesses. C'est pourquoi l'Eglise a tout intérêt à intégrer et à dominer au plus vite ces nouveaux modèles. Les rejeter serait une faiblesse impardonnable. Ce qui ne se fera pas en notre faveur se fera à notre détriment. Si l'Eglise avait refusé l'invention de Gutenberg, elle aurait peut-être disparu. En contraignant Galilée à abjurer, l'Inquisition a failli réduire à néant seize siècles de lutte et de sacrifice. La connaissance est ce qui nous rapproche de Dieu.

– Vous oubliez l'histoire de la pomme et du serpent. Et Babel?

– Je dirai que notre mission est de savoir progresser, progresser toujours, mais dans la mesure et l'équilibre, et tout en sachant que jamais nous n'atteindrons... l'infini. »

L'ambassadeur jeta un coup d'œil par le hublot. Le jour était maintenant totalement levé sur la Sibérie.

« Franchement, demanda-t-il, pensez-vous que le clergé soit prêt à accueillir de telles transformations? Mes fonctions m'amènent à fréquenter les membres de la curie et, ma foi...

– J'appartiens à une génération qui, elle, je le crois, saura créer un lien entre les nouveaux modèles philosophiques nés de l'informatique et le dogme éternel. »

Williamson hocha la tête.

« Arrive-t-elle vraiment, cette génération? Comme vous le savez, *padre*, je suis un vieux militant et je continue de m'intéresser, notamment, à l'évolution de la situation dans mon pays. Figurez-vous qu'il y a vingt ans, on comptait environ cinquante mille séminaristes aux Etats-Unis. Aujourd'hui, il y en a à peine douze mille. Je vais vous donner un chiffre encore plus impressionnant. A la fin de la décennie, les trois quarts des ecclésiastiques américains auront atteint l'âge de soixante-cinq ans. Où est votre jeune génération?

– Vous me parliez de la curie, Votre Excellence. Ne la voyez-vous pas se transformer? N'y voyez-vous pas arriver de nouveaux hommes, venus de continents lointains? Moi aussi, je vais vous donner deux chiffres. En 1953, il y avait deux évêques africains. Aujourd'hui, il y en a près de trois cents! Et encore ceci : à la fin du siècle, la moitié des catholiques du monde seront latino-américains. Voilà vers où il faut tourner nos regards. L'essor ne viendra plus de la vieille Europe, ni des Etats-Unis, mais du tiers monde. Ce sont les prêtres de ces pays qu'il faut associer à la modernisation de l'Eglise, c'est par eux qu'il faut la moderniser!

– Oui, après tout, vous devez avoir raison, je préfère les voir pianoter sur un clavier que les armes à la main. Pourtant, je me demande... »

Les haut-parleurs crachotèrent. Williamson s'interrompit brusquement.

« Mesdames et messieurs. Ici le commandant de bord qui vous parle du poste de pilotage. J'ai le regret de vous informer que nous avons quelques problèmes de navigation liés à des perturbations magnétiques, et à une panne de nos trois centrales à inertie. Ne soyez pas étonnés d'apercevoir des avions de chasse soviétiques. Ils sont au courant de nos difficultés et vont peut-être venir nous apporter leur aide. Je vous demande de bien vouloir garder votre calme. Veuillez relever les caches de vos hublots et signaler au personnel de cabine toute apparition d'avion dans votre champ de vision. Je vous tiendrai au courant de l'évolution de la situation et vous remercie de votre attention. »

Au même instant, une série de cris retentirent du fond de l'appareil, venant de la classe économique.

Williamson se précipita à son hublot.

« Regardez! »

Il s'effaça pour permettre à Nicholas de se pencher. Un avion de chasse volait tout près d'eux, incroyablement près. Le pilote tournait dans leur direction sa tête casquée et, certainement, derrière ses grosses lunettes, il les observait. L'ambassadeur ressentit cela comme une intrusion intolérable.

« Eh bien, *padre,* dit-il, sans doute n'était-ce pas

exactement l'idée que vous vous faisiez de votre ange gardien. »

Le fuselage du MiG lançait des éclairs sous le soleil froid de Sibérie. Voyant les passagers assis de l'autre côté de l'allée se précipiter contre les hublots, Nicholas comprit qu'un second appareil les escortait. Les hôtesses se démenaient vaillamment pour ramener un peu de calme à bord.

« Ils vont nous descendre! » hurla une voix.

D'Orbat, s'exprima à nouveau. D'un ton ferme et réconfortant, il demanda que chacun regagne sa place. Il n'y avait rien d'alarmant. Que chacun regagne sa place. Tout en répétant son message, il essaya une fois de plus de faire fonctionner sa radio, pour prendre contact avec les MiGs. En vain.

Le colonel Akhmedov avait rivé son regard sur l'écran du radar de contrôle. Une forme allongée figurait le contour du lac Baïkal. Trois petits points très rapprochés, presque à se confondre, se déplaçaient lentement. Quand ils furent parvenus à peu près au centre du lac vaste comme une mer intérieure, Akhmedov pressa le bouton rouge situé à côté de son micro et dit :

MAINTENANT

Dans le poste de pilotage, le commandant d'Orbat vit soudain les deux MiGs couper la route de son 747. Toute peur l'avait quitté. A son tour, il appuya sur un bouton. Au-dessous était indiqué :

FASTEN SEAT-BELTS

2

Abbaye bénédictine de Faremoutiers,
4 octobre 1985, 22 h 10

La lumière semblait rester prisonnière de la coupe blanche collée au plafond. La table et la chaise, au milieu de la cellule, baignaient dans une nuée trouble. Les murs et le lit appartenaient déjà au monde silencieux, nu et opaque, de l'abbaye, propriété de personne et de chacun. Wendy souffrait de savoir ses livres enfermés dans cet univers glauque, sur les étagères encastrées dans la cloison, derrière un rideau de coutil pareil à la toile du matelas ou aux tabliers des moniales. Quand elle se tenait près de la table, dominant le rectangle quadrillé du *go-ban* semé de pierres noires et blanches, elle avait l'impression de transgresser la règle. Elle méditait alors des stratégies guerrières, agitant des pensées violentes parmi l'atmosphère mi-ensommeillée, mi-recueillie de l'abbaye. Pis encore, elle avait le sentiment de s'approprier quelque chose; elle dérobait du temps et de l'espace, en ce lieu où l'on n'était même pas censé posséder son propre corps.

Les blancs étaient en fâcheuse posture. Comment avaient-il pu se laisser entraîner dans cette déroute, s'essouffler dans de vaines poursuites et permettre ainsi aux noirs de boucher toutes les issues, de couper toutes les libertés, d'accumuler les *atari* et les prises? Les pierres formaient d'étranges continents.

Pourquoi semblait-elle toujours privilégier l'un des deux camps? Inconsciemment, sans doute, elle avait tout fait pour assurer le triomphe des noirs. A présent, elle le déplorait. Cela se passait ainsi, presque chaque soir. Elle voulait toujours faire gagner qui perdait. C'était dans sa nature. La défense du faible et de l'opprimé. L'ennui, c'est qu'elle ne parvenait jamais à retourner la situation.

Depuis quelque temps, les noirs prenaient systématiquement l'avantage. Elle finirait par leur infliger un handicap de deux pierres. Wendy luttant contre Wendy, on aurait dit qu'une partie d'elle-même avait pris le pas sur l'autre. Pourtant, il ne lui semblait pouvoir s'identifier qu'aux blancs. Elle était Wendy la blanche égarée au sein de la congrégation des robes noires. Une sombre gardienne était postée devant chacune de ses libertés.

Elle leva les yeux. Derrière la croisée, une grille de métal quadrillait la nuit. La petite pierre blanche était devenue chaude dans sa main. Wendy la jeta dans son bol, où elle fit un bruit sec, puis s'approcha de la fenêtre. Elle n'avait d'autre miroir que ces vitres collées aux ténèbres des jardins, d'autre reflet que ce visage hachuré par les barreaux. Elle contempla ses cheveux courts et roux de postulante irlandaise. Rousse et Irlandaise. Un pléonasme dont elle avait voulu débarrasser sa personne, naguère, en teignant ses mèches alors longues et bouclées. Une postulante ne sacrifie pas à ce genre de caprice. D'ailleurs, ce qui lui était insupportable à Londres ou à Oxford, lui était maintenant redevenu indifférent. Un pli volontaire barrait son front, une ride imprimée là depuis cette tragédie qui avait changé sa destinée. Les taches de rousseur n'avaient jamais disparu de sa peau laiteuse, encline à virer au rose, même au temps de sa blondeur éphémère. Et quelques mois de postulat n'avaient rien pu contre la moue légèrement provocante de sa bouche, ni contre le frémissement qui souvent écartait les ailes de son nez. Wendy tira sur les coins de ses yeux clairs et composa ce qu'elle imaginait être une mimique japonaise. Décidément, le go était un jeu complexe. Mais elle se sentait progresser, sans pour autant savoir si les premiers *dans* étaient déjà à sa portée.

Elle recula d'un pas. Sa poitrine bombait la robe blanche au rythme agité de sa respiration. Elle tenta d'identifier son regard à celui de la supérieure, de se voir comme elle la voyait. Quand elle l'examinait ainsi, la révérende mère semblait dire « Ma pauvre enfant, vous ne ferez jamais une nonne. » Cependant, quelque chose dans les yeux de la sainte femme trahissait un mélange de respect et d'admiration. Bien sûr, il n'existait pas de destin plus élevé que celui d'épouse du Christ. La supérieure n'en paraissait pas moins prédire à Wendy une vocation qui la rapprocherait davantage encore, sinon du Seigneur, du moins de ses serviteurs les plus éminents. Avait-elle déjà l'intuition de la véritable raison de la présence de Wendy à Faremoutiers?

Un coup sonna pour la demie de dix heures.

Se retournant, Wendy crut apercevoir, l'espace d'une illumination, l'emplacement idéal de la pierre blanche qu'elle avait renoncé à placer quelques instants auparavant. Elle joua et se sentit envahie par une intense déception, à laquelle succéda une bouffée de triomphe : de nouveau elle était *noir.* Elle se complut un moment dans la peau de la gagnante, appréciant l'étendue des territoires conquis, mais cet élan de jubilation lui répugna; elle brouilla le jeu d'un geste hargneux.

L'heure était arrivée. Elle ne venait jamais sans que Wendy éprouve un pincement au cœur. Plusieurs impressions se mêlaient, parfois contradictoires; impatience, peur, excitation. Chaque fois, il lui fallait réussir son évasion. Il n'était pas facile de s'arracher à l'abbaye, à son climat presque pesant de quiétude et de ferveur. Quoique impalpables, les chaînes qui la retenaient lui paraissaient chaque jour plus lourdes. L'idée saugrenue l'avait effleurée de scier les barreaux qui condamnaient la fenêtre. N'est-ce pas ainsi qu'on s'échappe d'une cellule?

Wendy retira sa croix pectorale, qu'elle laissa choir sur le lit, puis se baissa pour ôter ses sandales. Elle enfila son caban crème, et enfouit sa tête dans le capuchon. Elle s'approcha de la porte et colla son oreille à l'un des panneaux de bois mince. L'étoffe épaisse de la capuche ne réussissait pas à étouffer les cognements irréguliers de son sang. L'agitation de sa chair et de ses pensées lui semblait faire plus de tapage que l'ensemble du monde alentour.

Elle ouvrit la porte et posa ses pieds nus sur le carrelage du couloir. Elle frissonna. Là, comme toujours, entre les murs sombres, l'attendait un courant d'air glacé, tel un guide pressé de la mener vers la sortie. Wendy marchait dans l'obscurité, l'échine courbée, serrant ses sandales contre sa poitrine.

Comme l'abbaye était loin, soudain! Tandis qu'elle foulait à grands pas le talus qui bordait la route, les façades austères s'émiettaient dans les ténèbres. Mais, pour rien au monde, Wendy ne se serait retournée.

Le plafonnier de la 205 GTI répandait sous un grand arbre des flocons de lumière douce. La portière s'ouvrit au moment où Wendy parvenait à la hauteur de la voiture. Elle s'y engouffra. La longue main, la main fine et élégante, qu'elle appelait musicienne, vola autour d'elle. La veilleuse s'éteignit, le moteur ronronna; les doigts de Michael étreignirent son épaule.

Michael conduisait vite, bousculé par sa formidable impatience. Les hauts feuillages fouettaient la lune et les nuages. Les tronçons de bitume apparaissaient et disparaissaient dans le faisceau des phares. La voiture tanguait dans les virages. L'épaule de Michael tremblait légèrement, tout contre Wendy. C'était à peine s'il avait pris le temps de l'embrasser, de la toucher, de la reconnaître. Il l'emportait, sans un coup d'œil pour ce qu'il laissait derrière lui.

Conduisant d'une main, de l'autre il la cherchait près de lui; il serrait son bras, son genou, il froissait le tissu de sa robe. Il l'interrogeait mécaniquement, chaque phrase butant sur les spasmes de sa passion, qu'il n'exprimait pas, pas encore. Cela se passait toujours ainsi; non, de plus en plus. Entre l'abbaye et la maison de garde forestier que louait Michael, s'étendait un long, un interminable couloir de nuit, sorte de terrain neutre où le temps restait en suspens; le temps, les actes et les paroles. C'était une course éperdue, où chacun partait à la poursuite de celui qu'il n'était pas pendant les jours si lents et nombreux qui séparaient leur rendez-vous.

« J'ai si peur que tu ne disparaisses encore », dit-il.

La voiture cahota, brassant les souvenirs de Wendy à la façon des verres colorés d'un kaléidoscope. Michael à Oxford, dans les glorieux bâtiments de l'université. Leur rencontre. Cette espèce d'urgence qui, déjà, tout de suite, les avait précipités l'un vers l'autre. Et, si peu de temps après, la séparation. Au centre de tout cela, Belfast, Londres, la maison familiale de Wendy, la marmaille autour d'elle, les cris de la mère, les églises, les tavernes irlandaises, leur colère commune contre l'envahisseur anglais, et puis... leur incompréhensible séparation. Elle en était la seule responsable. Le trou, un épisode si secret que Wendy évitait d'y penser. Michael, elle le savait, gardait de ces deux années de silence comme une profonde déchirure en lui, mal dont il ne se plaignait jamais, mais dont Wendy percevait la perpétuelle interrogation.

Les pneus crissèrent. Une volée de gravier égratigna les arbres. Le véhicule s'engagea entre deux barrières blanches, sur un chemin forestier. La respiration de Michael s'apaisa. Les troncs, les talus et les taillis les protégeaient, maintenant, dressant derrière eux des murs aussi puissants que ceux de Faremoutiers. Ils pénétraient dans un monde aussi clos, aussi solitaire et silencieux que celui de l'abbaye. Quel choc ç'avait été pour Michael! Le même jour, il avait cru regagner Wendy, puis la perdre à tout jamais. Postulante dans un couvent, cette démone irlandaise dont les harangues patriotiques avaient semé désordre et consternation sur les vénérables pelouses d'Oxford. Il n'avait pas cherché à comprendre. De tout ce qu'elle lui avait dit, il n'avait retenu qu'un seul mot : je m'arrangerai. Si tu viens me voir, je m'arrangerai. Il avait tout fait, tout risqué pour se rapprocher d'elle. Jusqu'à obtenir l'inespéré. Maître de recherches en neurométrie à l'université de Compiègne. Le recteur Pierre Jacson, très lié au « patron » de Michael à Oxford, n'avait pas hésité une seconde à accueillir ce jeune et brillant médecin informaticien chaudement recommandé. Il était fils d'une grande famille de médecins maltais éduqués depuis des générations à Oxford, et semblait lui-même vouloir se consacrer à la recherche expérimentable. Jacson avait tout de suite mis de gros moyens à sa disposition, dont les puissants ordinateurs de l'université, pour que

Michael puisse travailler à sa spécialité : l'étude des fonctionnements du cerveau humain par la simulation de ses mécanismes sur ordinateur.

« Combien de temps resteras-tu là-bas? » demanda-t-il.

Il ne savait pas ce qui l'emportait, du désir ou de l'appréhension. L'arracher à sa cellule de recluse, oui. Mais si elle la quittait, jusqu'où n'irait-elle pas? Wendy possédait la faculté d'apparaître ou de disparaître, comme la route sous ses phares, comme les génies, comme les anges.

« Je ne sais pas. »

Le sentier se creusa de fossés boueux et de sillons gravés par les pneus. La 205 malmenait ses passagers, mais Michael ne ralentissait pas. La maison était au bout du chemin; la vie, l'oubli. Une lanterne éclairait le porche. Michael freina et emprisonna Wendy dans ses bras, serra fort, très fort.

« Sauvés! » murmura-t-elle à son oreille d'une voix rieuse.

Ici, dans leur refuge, le temps reprenait un cours paisible, battant de ses pulsations nocturnes, tandis que le vent berçait la forêt assoupie.

Michael alla culbuter les bûches dans l'âtre. Les flammes s'élevèrent sur les braises et entraînèrent dans un manège de reflets les vieux meubles rustiques qui gardaient les ombres à chaque angle de la grande pièce. Wendy jeta son caban sur le sol, au pied d'un fauteuil cramoisi dont le brasier astiquait les clous d'or. La senteur des arbres et le parfum de la nuit fraîche imprégnaient sa peau et ses cheveux. Elle s'avança vers le feu que Michael fouillait de la pointe de son tisonnier. La cheminée cracha de grosses vagues brûlantes, lança des gerbes d'étincelles et d'escarbilles.

Dans un ample balancement de ses bras,

Wendy souleva sa robe et la fit voler par-dessus sa tête. Décoiffée, les pommettes rougies par la chaleur, elle marcha, nue, sur des peaux de chèvre dont le poil avait roussi après des années d'exposition devant l'âtre. Elle s'allongea là, les pieds tendus vers la grille dorée du garde-feu, laissant ruisseler sur ses jambes et jusqu'à son ventre les ondes tremblantes de la flambée.

Michael la contemplait. Assuré maintenant qu'elle lui était promise, il se sentait retenu par quelque chose que Wendy éprouvait cent fois plus violemment que lui. Emergeant du gouffre muet qu'était Faremoutiers, elle avait besoin de ces instants où elle entreprenait la reconquête d'elle-même et noyait les jours mornes de la semaine ordinaire dans l'abandon voluptueux et impudique de sa chair.

Otant ses vêtements, Michael admirait le corps de Wendy, à la fois fluide et solide, léger comme le ciel et vigoureux comme la terre, son corps qu'il adorait et qui hantait chaque lieu du monde quand elle n'était pas là. Dans le halo des flammes, sa peau blanche s'ambrait et son ventre s'ornait d'une touffe moussue couleur d'automne. Il s'agenouilla près d'elle.

« Il y a eu un coup de téléphone, dit-il à contrecœur. Pour toi, un certain Abdul. Il rappellera vers une heure du matin.

– Ah? »

Simplement ça. *Ah*? Mais plongeant son regard dans les yeux de la jeune fille, Michael y décela une lueur d'excitation tout autre que celle qu'il aurait aimé y trouver.

« Oui », dit-elle au visage qui descendait doucement vers le sien.

Leurs lèvres brillaient. Il y eut un choc électrique quand elles se touchèrent.

Les cheveux, les prunelles et la peau de Michael avaient noirci sous le soleil de la Méditerranée. Sa figure avait été taillée par le même burin que les rochers de Malte, son île natale. Wendy aimait la force tendre de ses muscles longs, comme serrés aux articulations par des fils invisibles.

Toute la violence née des heures d'attente, dans les nuits de désir inassouvi, se déchaîna, un peu plus tard. Le feu s'épuisa en eux jusqu'aux dernières braises. Le froid les désunit.

Ils montèrent dans la petite chambre, à l'étage. Wendy resta un moment à la fenêtre, à contempler les sommets de la forêt qui taillaient à grands coups de ciseaux la nuit claire. Puis Michael vint mêler ses jambes aux siennes; il la poussa légèrement et pressa ses seins dressés contre la vitre froide. Ils s'enfouirent sous les couvertures du lit. Chaque étreinte les comblait si fort qu'ils se croyaient rassasiés, mais un nouvel élan bientôt les dévorait. Ils s'émerveillaient de voir leur désir renaître si vite, si impérieusement. Ils pressentaient qu'à tout moment ils pouvaient être arrachés l'un à l'autre, peut-être définitivement.

La sonnerie du téléphone retentit. Wendy se leva d'un bond, le cœur battant. C'était toujours pareil depuis cette nuit de décembre où les amis de son frère Brian, par leur appel, avaient définitivement changé le cours de sa vie. Recouvrant ses esprits, elle pesa de ses deux mains sur le torse de son amant pour lui commander de ne pas bouger. Luisante de sueur, elle quitta la chambre, ferma la porte et descendit dans la pénombre jusqu'à la grande pièce du rez-de-chaussée. Le téléphone était posé par terre. Elle s'accroupit et décrocha.

« Wendy?

– J'écoute.

– Wendy Keenes?

– Oui, oui.

– Tu es seule, Wendy Keenes?

– Oui, j'écoute, merde!

– Elle est toute seule, la petite Wendy. Alors ouvre bien tes oreilles. Ce soir est un grand soir. L'opération était pour cette nuit. Tout s'est passé comme prévu. Irkoutsk a bien travaillé. Notre ingénieur de Téhéran aussi. Tu entres en scène le 10 novembre. Ça te laisse à peine un mois.

– Le 10 novembre? » répéta Wendy. Après un court silence, elle ajouta : « Je serai prête. » Tout doucement, comme si elle avait voulu masquer l'hésitation de sa voix.

Il y eut un petit rire à l'autre bout de la ligne.

« Qu'est-ce qu'il y a? demanda-t-elle.

– Désolé de t'avoir dérangée, sœur Wendy. »

Le rire reprit, déplaisant. Wendy raccrocha. Pauvre type. Après la révolution, songea-t-elle, il en faudra une seconde pour nous débarrasser des imbéciles. Vaste entreprise.

Elle s'immobilisa au pied de l'escalier, frissonna. Les pas de Michael s'étaient faits légers dans le couloir. Mais pas assez pour qu'elle ne les entende pas. Le petit couinement de la porte de la chambre ne lui échappa pas non plus. Elle attendit un instant, puis monta.

Michael était allongé sur le lit, une cigarette à la main.

« Tu devrais faire installer un second poste dans la chambre, dit-elle, ça t'éviterait de prendre froid dans les courants d'air.

– Je ne sais rien, répondit Michael avec humeur, j'ignore tout et je me tais. Je ne cherche pas à comprendre. On fait l'amour et on la ferme. Je ne sais rien, pas même si tu avais des amants.

– Comment?

– Là-bas, reprit-il d'une voix misérable. Pendant ces deux ans. Tu n'as pas eu d'amant?

– Si, tu vois, ils me téléphonent encore. »

Michael regretta d'avoir parlé. Il la détestait, quand elle se durcissait ainsi. La ride se creusait sur son front, ses joues s'enflammaient et son regard si clair pouvait tuer. Alors, il s'attendait qu'elle lui lance : Salut, je repars pour deux ans.

« Je pense être bientôt en mesure de répondre à l'une de tes questions, dit-elle. La date de mon départ de l'abbaye. Dans quelques semaines, sans doute. Si Dieu veut.

– Le 10 novembre?

– Il nous reste trois heures, dit Wendy. Trois heures pour cette fois. Si tu continues, je dors. Et il n'y aura pas de prochaine fois. »

Aéroport militaire d'Irkoutsk,
5 octobre 1985, 8 h 30

La dernière heure de vol avait été éprouvante. Mais depuis le moment où il avait vu les deux MiGs basculer sur la droite, puis sur la gauche, en faisant clignoter à intervalles irréguliers leurs feux de position – ce qui, selon les normes de l'O.A.C.I., signifiait dans le langage des oiseaux de guerre : ordre de nous suivre en vue d'atterrissage –, le commandant d'Orbat avait compris que rien d'irrémédiable n'arriverait à son Boeing, pourvu qu'il obtempérât. A son tour, il balança lourdement les ailes pour faire comprendre à ses intercepteurs qu'il obéissait.

Il avait découvert avec stupeur la longue piste s'avançant comme une énorme digue dans les eaux incroyablement pures du Baïkal. Une tour semblant inachevée dominait le lac, trois blocs de béton bas et aveugles se tassaient sous le ciel gris. Une base se construisait sur le rivage, peuplée de pelleteuses, de citernes, de pans de mur, creusée de tranchées bourbeuses; la tôle des hangars jetait des reflets verts. D'Orbat compta cinq chasseurs, dont un à moitié désossé. Les deux MiGs avaient fait quelques voltes dans les nuages, laissant à l'appareil d'Air France la possibilité de faire un passage à basse altitude, pour examiner la piste d'atterrissage. L'avion que pilotait d'Orbat avait besoin d'espace; après un deuxième survol de reconnaissance, il se posa en douceur, avant de s'immobiliser en bout de piste, le nez tourné vers une grue.

Des sirènes retentirent. Aussitôt, ce fut le branle-bas de combat. Du haut du cockpit, on aurait dit qu'une armée entière s'apprêtait à donner l'assaut. Des soldats en longs manteaux verts, chapkas et bottes, le fusil à l'épaule, descendirent de camions bâchés et prirent position de part et d'autre de l'avion. Une autochenille sortit du chantier et coupa les bourrelets de terre en se dandinant. Un char léger montait la garde sous la flèche de la grue. Puis arrivèrent en ferraillant deux camions-échelles et une ambulance militaire bosselée. Le cordon de soldats ne se rompit que pour laisser passer un command-car frappé d'une étoile rouge où se dressait, très droite, la silhouette d'un gradé coiffé d'une casquette.

Une passerelle fut placée contre le fuselage de l'appareil. Le colonel Akhmedov descendit de sa voiture et gravit les marches de l'escalier mobile avec une lenteur calculée. D'Orbat vit apparaître une face ronde soulignée de plis gras, au nez écrasé et à la bouche mince. Akhmedov ôta ses lunettes carrées, essuya entre les doigts noirs de sa main gantée les verres tachés de pluie, puis leva le bras pour frapper au hublot de la porte. D'Orbat ouvrit. Akhmedov salua.

« Je parle, n'est-ce pas, au commandant d'Orbat, dit-il dans un français très convenable, examinant ce qui l'entourait sans regarder le pilote. Il faut écouter bien mes conseils, commandant. Veuillez demander à vos passagers qu'ils doivent toucher à rien et sortir en ordre, tranquillement. Laisser les bagages. Compris? »

D'Orbat acquiesça.

« Ne rien prendre, compris? C'est votre intérêt. Allez! » fit-il en désignant le micro.

Tandis que Jean-Pierre d'Orbat transmettait les recommandations du colonel, ce dernier se retira. Une douzaine de soldats montèrent l'escalier et se répandirent dans l'avion.

« Quittez vos places dans le calme et en ordre, répétait la voix du pilote. N'emportez aucun bagage. »

Les passagers se levaient l'un après l'autre, au fur et à mesure que les militaires le leur enjoignaient, en tendant le doigt. Il n'y eut ni cris ni affolement. Tous étaient terrassés par l'impression qu'ils venaient d'échapper à une catastrophe et que quelque chose d'étrange se passait, dont ils ne comprenaient pas les raisons. Ahuris, engourdis encore dans leur nuit de demi-sommeil, ils obéissaient machinalement, osant à peine un regard furtif en direction des soldats. Ceux-là ne se montraient pas brutaux, mais leurs physionomies butées engageaient à la docilité. On avait cependant le temps de remarquer leur surprenante jeunesse et l'apparence souvent asiatique de leurs traits. Une femme émit à haute voix l'hypothèse que l'avion avait atterri en Mongolie. Son mari la fit taire. Derrière eux, une vieille Japonaise luttait silencieusement avec un colosse au faciès tatare pour essayer de récupérer son sac à main.

L'avion fut évacué à partir du dernier rang, la classe économique d'abord. A l'avant de l'appareil, Nicholas Resaccio s'était levé pour saisir sa mallette noire dès que les opérations d'atterrissage avaient commencé. Elle se trouvait maintenant à ses pieds, glissée à plat sous le siège précédent, côté hublot : il avait demandé à l'ambassadeur de changer de place avec lui. Voyant la tournure que prenaient les événements, le jeune prêtre regrettait son imprudence. Agissant ainsi, il risquait bien d'attirer l'attention sur ce qu'il avait voulu dissimuler.

« Votre Excellence? murmura-t-il.

– Je vous écoute, dit Williamson, sans tourner la tête.

– Oseront-ils fouiller un ecclésiastique?

– Je ne sais pas. C'est à craindre.

– Et un diplomate?

– J'espère bien que non. L'incident serait, serait...

– Très bien, coupa Nicholas. Je vais faire semblant de relacer ma chaussure. Voulez-vous avancer légèrement, un peu de biais, de façon à me masquer?

– Faites vite!

– Je vous passerai quelque chose. Il faudra le garder sur vous. »

Nicholas se baissa et fit jouer la petite clef dans la serrure de la mallette. Doucement, il souleva le couvercle. Les deux enveloppes se trouvaient là, entre une écharpe pliée en quatre et une trousse de toilette. Nicholas les pinça entre ses doigts et tira sans bruit.

« *Nié-dvigaïétié! Ostavtié èto!* »

Le soldat bouscula Williamson et d'une bourrade colla Nicholas au dossier de son fauteuil. Le couvercle retomba sur un coin de papier brun. Nicholas s'inclina pour repousser les enveloppes sous la baguette métallique. Le soldat le laissa faire en braquant sur lui un regard glacé, mais, quand le prêtre manifesta l'intention de boucler la serrure, il tendit la main en hurlant :

« *Klioutchou davaïtié!*

– C'est scandaleux, protesta Williamson. Ce comportement est un défi à toutes les lois de... de... Allez me chercher votre supérieur! »

Le militaire ne paraissait pas comprendre l'anglais, ni même posséder la faculté de l'entendre. Imperturbable, il laissa ouverte sa paume gainée de cuir sous le nez de Nicholas, jusqu'à ce que celui-ci y dépose la clef.

« *Wykhoditié!* cria-t-il. *Go!* »

Les deux hommes quittèrent l'appareil.

Une brume épaisse descendit soudain sur l'aéroport. Le sommet de la tour en construction disparut. Le couvercle bas du ciel vaporisait une pluie glaciale, presque impalpable, mais qui ne tardait pas à tremper les cheveux et les vêtements.

Les passagers s'avancèrent en une double file sur la piste mouillée, encadrés par une dizaine de soldats, dix de chaque côté. Sans un mot, traînant un peu les pieds, ils se dirigeaient vers un sinistre bloc de béton, tout neuf encore, mais aux façades déjà égratignées par les mois de gel de l'hiver précédent. Une Lada verte les suivait.

Les soldats frappèrent deux fois le sol du talon et s'immobilisèrent. La colonne s'allongeait devant la porte blindée de l'espèce de blockhaus. Chacun s'attendit alors à être invité à y pénétrer, mais rien ne se passa. Plusieurs minutes s'écoulèrent dans les bouffées humides du vent. Là-bas on apercevait le vol lourd des oiseaux fouillant de leurs regards perçants les eaux du Baïkal. Au bord du lac, le chantier s'animait. Puis la Lada recommença de rouler très lentement et la marche reprit, les muscles durcis par le froid se mouvant avec raideur. Les passagers du Boeing contournèrent le bâtiment, et derrière, orienté perpendiculairement à ce dernier, ils découvrirent un vaste hangar dont le toit crevassé révélait par endroits la charpente de bois. Seules deux immenses feuilles d'une matière plastique rigide et opaque en fermaient l'entrée. Nouveau piétinement, nouvel arrêt.

Ils avalaient de gros morceaux d'air congelé et recrachaient une vapeur se mêlant au brouillard qui ensevelissait la base. Même le vent s'était égaré dans la purée de pois; il errait, soulevant des volutes fumantes et retombant en paquets chargés de pluie et de poussière. Le soleil avait fui dans des régions inaccessibles où il s'était répandu en une flaque jaunâtre aux bords déchiquetés. Enfin, l'autorisation fut donnée de les faire tous pénétrer dans le hangar. Ils se faufilèrent entre les deux feuilles dures, comme par un sas, se meurtrissant les coudes et les hanches contre les arêtes de plastique.

Un homme transi dans son uniforme, sans manteau ni chapka, les attendait à l'intérieur, assis sur un tabouret derrière une haute caisse de bois tenant lieu de bureau. On leur demanda de s'aligner sur une seule file et de présenter leurs passeports. Les formalités durèrent une éternité. Chaque visage fut examiné, puis comparé à la photo d'identité, chaque document fut compulsé durant de longues minutes. Toujours, il semblait qu'on eût découvert quelque vice, quelque fraude. Chacun, son tour venu, eut la tentation de faire son examen de conscience et de se demander si, peut-être, il n'était pas responsable des ennuis qui frappaient l'ensemble de ses compagnons. Puis, à nouveau, le militaire qui faisait office de douanier levait les yeux et scrutait les traits de celui qui s'était arrêté devant lui, d'un regard vide et bleu, jusqu'à l'insoutenable; il contemplait le visage, puis la photo, puis encore le visage... enfin, il refermait le passeport et le restituait d'un geste mou, comme à regret, comme s'il s'en voulait de ne pas avoir su déceler la supercherie. Sa propre figure ne frémissait jamais, moulée par le froid en un masque blême.

Ayant satisfait à l'épreuve, les passagers se massaient un peu plus loin, sur le sol inégal, parmi les tas de solives, les cônes de gravier et les cratères de sable humide. Quelques minutes plus tard, dans un brimbalement presque joyeux, un vieillard en blouse grise arriva en poussant un chariot chargé d'énorme théières en métal argenté et de tasses empilées aux couleurs lavées par l'âge. Avec lenteur et méticulosité, il noyait les fêlures et les plaques brunes qui tapissaient la vaisselle faïencée sous un filet de thé clair. Ensuite, il tendait la tasse à demi pleine au bout d'un bras tremblant, jusqu'à ce que quelqu'un se décide à venir la chercher. Alors, il levait les yeux et, d'un grelottement de ses moustaches blanches, demandait :

« Paris? »

Et quand on lui avait répondu que oui, il secouait la tête en disant :

« Paris. Jamais, jamais Paris... Trop vieux. »

Il n'adressait pas la parole aux Japonais. Quand Nicholas se présenta devant lui, il le dévisagea longuement, puis pointa son doigt sinueux sur la petite croix piquée dans le revers de sa veste, et, s'assurant qu'aucun soldat ne le regardait, il fit un rapide signe de croix, la tête baissée devant ce prêtre catholique.

Nadjimaddin Akhmedov était seul dans l'avion. A sa demande, Grigoriev avait interrompu l'inspection entreprise par les soldats. Puis il avait expédié le petit capitaine lui-même vers d'autres tâches, lui infligeant une nouvelle vexation. Grigoriev supportait de plus en plus mal d'être dépossédé de ses prérogatives de chef du centre de contrôle aérien; mais Akhmedov n'en avait cure.

Il fureta un moment, puis marcha sans hésitation vers la place qu'avait occupée Nicholas. Il se baissa, saisit la mallette par sa poignée et la posa sur un siège. Il explora son gant droit, trouva la petite clef remise par le soldat et l'enfonça dans la serrure. Elle n'était pas fermée. Du pouce, il fit sauter les loquets. Les deux enveloppes dépassaient sous l'écharpe. Il s'en empara, les palpa, examina le sceau aux armes du Vatican qui les cachetait. Il prit dans la poche de tissu, derrière le siège précédent, le sac de papier blanc et en élargit l'ouverture.

Achmedov brisa délicatement les sceaux et récupéra les fragments de cire dans le sac; puis il étala les documents contenus dans les enveloppes. Un petit appareil photo japonais gonflait imperceptiblement sa veste, pendu au niveau de son estomac. Il tira sur la cordelette. Méthodiquement, il photographia chaque feuille. Il ouvrit sa serviette de cuir grenat, choisit deux enveloppes, les compara aux originales à la lumière du hublot et y rangea les documents. Il fit chauffer un bâton de cire rouge à la flamme de son briquet et appliqua un tampon d'antimoine, scellant les enveloppes à l'imitation des précédentes. Il examina son œuvre et s'autorisa un faible sourire. Akhmedov remit tout en ordre et épousseta le siège du revers de sa main. Il jeta la petite clef loin dans l'allée centrale.

Cinq minutes plus tard, il donnait ses ordres à Grigoriev.

Les soutes du Boeing furent ouvertes et tous les bagages éparpillés sur la piste luisante. Furieux de se voir réduit au rôle de sous-fifre et si clairement tenu à l'écart de ce qui se tramait, le capitaine Grigoriev veilla à ce que le travail soit exécuté sans ménagements. Les serrures qui résistaient furent forcées, les valises trop bourrées furent retournées au-dessus du béton humide. Les soldats fouillaient à pleins bras dans des monticules chiffonnés de vêtements et d'effets divers, secouant les livres, auscultant les doublures, démontant tout ce qui pouvait l'être. Quand ils découvraient une publication ou un objet suspects, ils l'apportaient docilement à Grigoriev, qui les renvoyait à leur tâche d'un geste agacé. On ne pouvait tout de même pas accuser ces gens d'avoir introduit clandestinement de la littérature antisoviétique sur le territoire de l'U.R.S.S.

Bien sûr, s'estimant lui-même victime de l'attitude méprisante de son supérieur, Grigoriev savait le colonel capable d'organiser cette fouille dans le seul but d'humilier une poignée d'étrangers. Cependant, il pressentait que l'homme du K.G.B. cherchait quelque chose, quelque chose de précis. Sans doute n'allait-il pas tarder à en apprendre davantage. Pour l'instant, il regardait opérer sa troupe avec un sentiment de jubilation où se mêlait parfois une pointe de dégoût. Seule la peur retenait les soldats de transformer la fouille en saccage et surtout en pillage. Au hasard de leurs trouvailles, ils tombaient en arrêt devant un rasoir électrique, un réveil à quartz, une calculatrice, un radiocassette. Ils se rassemblèrent autour d'un attaché-case converti en présentoir pour jeux électroniques japonais. Grigoriev allait intervenir pour les rappeler à leur devoir quand un de leurs camarades les héla. A son ton stupéfait, à ses gestes frénétiques, le capitaine comprit que celui-là avait décroché la timbale. Il approcha. C'était une grande valise en carton bouilli, élimée, écorchée, bref, on ne peut plus anodine. Un fort rembourrage matelassait l'intérieur du couvercle. Et, sur le fond, s'étalait tout un ensemble rutilant de métal.

« *Elektronika!* » souffla fièrement l'auteur de la découverte.

Le dispositif émettait un curieux sifflement.

Grigoriev n'eut pas à aller chercher Akhmedov. Le colonel surgit près de lui, comme alerté par un sixième sens, et jeta un rapide coup d'œil sur le contenu de la valise, juste un coup d'œil, sans manifester le moindre étonnement. Il arracha l'étiquette accrochée à la poignée, la tendit à Grigoriev et, comme s'il parlait à un chien, lui dit :

« Amenez-moi ce type-là. »

Dans le hangar, les passagers sautillaient sur place pour se réchauffer. Le thé avait laissé une traînée brûlante dans les gosiers et les estomacs, puis cette précieuse chaleur s'était dissipée dans l'air froid. Aussi, quand ils virent arriver le capitaine Grigoriev, accompagné de deux soldats et d'un homme muni d'un parlophone, attendirent-ils avec espoir qu'on leur annonce la fin de leur séquestration incompréhensible. Le commandant d'Orbat qui, jusque-là, s'était muré dans une stricte réserve, éludant les questions ou s'avouant incapable d'y répondre, s'avança de quelques pas. Mais le message transmis par le parlophone, en français, puis en anglais, ne fut accueilli que par un chœur de protestations étouffées. On demandait que se présente un certain Mohammed Khomsi, pour vérification d'identité. Il y eut un moment d'incertitude, puis une silhouette se dégagea de la masse des passagers. Grand, le visage émacié, vêtu avec élégance, l'intéressé se dirigea vers Grigoriev d'un pas nonchalant; rien, sur ses traits ni dans son attitude, ne trahissait la moindre émotion. Aussitôt, les deux soldats s'emparèrent de lui, avec la même vigueur, la même promptitude que s'il avait semblé chercher à fuir. Une rumeur indignée parcourut le hangar puis la petite foule retomba dans une sorte d'apathie résignée.

« *Tchaï! tchaï!* » appela le vieil homme en blouse grise.

Il avait rajouté quelques litres d'eau bouillante sur l'infusion. Le thé était encore plus clair et ne laissait sur le palais qu'une vague impression d'âcreté. Mais on avait plus que jamais besoin de se réconforter. Ses premières tasses furent pour Nicholas et l'ambassadeur.

Une heure s'écoula, comme un long, un interminable frisson. Puis l'homme au parlophone revint, convoquant cette fois le commandant d'Orbat. Voyant que le pilote sortait librement et sans escorte menaçante, les passagers reprirent courage.

L'irruption du Français dans la sordide pièce nue et carrée où se trouvaient déjà Akhmedov, Khomsi et le jeune secrétaire du colonel, un sous-lieutenant nommé Bronsky, n'arrangea pas l'humeur du capitaine Grigoriev. Les choses avaient pourtant commencé parfaitement normalement, Akhmedov et lui interrogeant à tour de rôle le propriétaire de la valise piégée, tandis que Bronsky notait les déclarations de l'Iranien. Khomsi n'avait fait aucune difficulté. Loin de vouloir minimiser ses responsabilités, il revendiquait à grandes tirades orgueilleuses l'opération de piratage électronique. Grigoriev n'avait pas tardé à se forger une opinion. Un illuminé, un dangereux maniaque, comme le régime des ayatollahs en produisait des centaines. C'était la première fois, cependant, que l'Union soviétique était impliquée dans une affaire de ce genre. Mais après tout, il était fatal que cela se produise un jour.

Mohammed Khomsi se disait originaire de Tabriz, capitale de l'Azerbaïdjan iranien, à quelques dizaines de kilomètres de la frontière. Il écorchait les mots, maltraitait la syntaxe, accentuait les syllabes en dépit du bon sens et oubliait de décliner les verbes, mais il savait assez de russe pour pouvoir se faire comprendre. D'ailleurs, il ne parlait pas, il prêchait. Sans cesse, tandis qu'il invoquait Allah, Grigoriev le renvoyait d'une bourrade sur la chaise d'où il s'était dressé. Allah lui avait ordonné d'agir... Allah, ainsi qu'un groupuscule jusqu'alors inconnu, lequel s'était baptisé « Croisades islamiques ». Le but de ces nouveaux croisés était d'arracher le monde des mains du capitalisme corrompu, comme autrefois on avait tenté d'arracher les Lieux saints aux vrais croyants, et de terrasser plus précisément le grand Satan américain et son suppôt français. Mais, plus généreux que les chevaliers d'antan, Khomsi et les siens avaient décidé de n'user qu'en dernier recours de la force aveugle et brutale, laissant à leurs victimes une chance de rédemption. Voilà qui expliquait le choix de la tactique. Egarés dans un Boeing fou, abandonnés à la grâce d'Allah, les passagers – confrontés soudain à leur tragique destin – auraient été prêts à entendre la parole divine, transmise par les soins de Mohammed Khomsi. Ils auraient alors été placés devant un dilemme simple : la mort ou la conversion. Chacun à genoux, chaque tête féminine sous un voile, chacun confessant ses fautes, chaque pécheur battant sa coulpe, toutes les voix unies dans un même élan vibrant pour célébrer la gloire de Dieu, du prophète et de l'ayatollah, ou le pirate iranien refuserait à jamais d'indiquer la source des perturbations électromagnétiques.

Grigoriev resta confondu devant tant de stupidité, devant le ridicule du projet et la complexité de sa conception. Car cette quincaillerie fonctionnait bel et bien. Ce fut à ce moment que le comportement du colonel Akhmedov commença de l'intriguer, puis de l'ulcérer franchement. Le capitaine Grigoriev voulut en effet obtenir certains détails sur la nature du dispositif dissimulé dans la valise. Khomsi s'embrouilla, prétextant d'abord qu'il n'avait aucune compétence en ce domaine, puis qu'il ne connaissait pas les mots en russe. Alors Akhmedov s'adressa au pirate dans une langue que Grigoriev entendait pour la première fois, mais qu'il devinait être de l'azéri, dialecte issu du turc et parlé en Azerbaïdjan, des deux côtés de la frontière, à Nakhitchevan, patrie du colonel, comme à Tabriz, patrie de l'Iranien. Ainsi, l'homme du K.G.B. se gardant bien de lui rapporter ce qui se disait, le capitaine Grigoriev se trouvait exclu d'une conversation qui se tenait à deux pas de son bureau, dans un centre de contrôle dont il avait la responsabilité. Le secrétaire Bronsky avait cessé d'écrire et observait la scène avec un petit sourire narquois. Pis encore, Grigoriev avait l'impression qu'Akhmedov et Khomsi s'entretenaient maintenant sur un ton presque familier et qu'une sorte de complicité s'était établie entre eux. L'arrivée du commandant d'Orbat mit sa fureur à son comble, car, faisant vaniteusement étalage de ses dons, le colonel renonça spontanément à l'azéri pour continuer en français, que le capitaine ignorait tout autant.

« Il y a eu une grave faute de votre pays, dit Akhmedov à Jean-Pierre d'Orbat. Cet homme n'aurait jamais dû passer le contrôle avec le matériel, jamais! Grave faute de l'aéroport de Paris! Vous avez grande chance, très grande chance d'éviter le drame pour tous les passagers. Grâce à la traditionnelle amitié franco-soviétique vous avez tous la vie sauve! Oui, commandant, malgré le viol de l'espace aérien soviétique. Vous pourrez repartir bientôt sans complications, pour la longue amitié de nos peuples. »

D'Orbat fut tenté de sourire, mais l'air glacial du colonel l'en dissuada.

« Pouvez-vous m'expliquer ce qui s'est produit? demanda-t-il. Comment puis-je remettre mes instruments en état de marche?

– Tout est normal, maintenant, certifia Akhmedov. Source radio très puissante brouillait les fréquences de l'avion, rayons gamma effaçaient les mémoires de l'ordinateur. Tout ça dans une valise. Vous comprenez? »

Le pilote acquiesça.

« Nous gardons la valise et aussi... le pirate. »

D'Orbat faillit protester, choqué qu'on retienne l'un de ses passagers, mais songea que les autorités de n'importe quelle autre nation auraient agi de même. Le fait que les autorités en question soient soviétiques ne changeait rien à l'affaire.

Soudain, Mohammed Khomsi bondit sur ses pieds et interpella le pilote dans un fouillis inextricable de persan, d'azéri, de russe et d'anglais. Grigoriev qui, à défaut de posséder le don des langues, avait l'oreille fine, remarqua que l'Iranien ne connaissait apparemment pas le français. Curieux, se dit-il, curieux de la part de quelqu'un qui entend convertir par son éloquence des passagers partis de Paris.

Trois soldats accoururent et traînèrent Khomsi hors de la pièce.

« Une minuterie, n'est-ce pas? dit le commandant d'Orbat. C'est une minuterie qui a déclenché le système de brouillage au-dessus du territoire soviétique. »

Akhmedov posa sur lui un regard qui ressemblait à une mise en garde, comme pour signifier que toute curiosité déplacée risquerait maintenant de différer l'autorisation de décollage.

Après tout, c'était le travail de la direction des opérations d'Air France que de connaître dans ses moindres détails les principes de fonctionnement de cette « bombe » d'un nouveau genre. Dans une boîte pas plus grande qu'un poste de radio portable, trois éléments actifs cohabitaient : une source de rayonnement gamma effaçant les mémoires de tous les ordinateurs dans un rayon de quelques dizaines de mètres, un émetteur multifréquence empêchant toute communication radio avec le sol, une source de rayonnement électromagnétique intense déréglant de 30 degrés les instruments de navigation... 30 degrés, juste ce qu'il fallait pour que l'avion se trouve en vue du lac Baïkal vers cinq heures du matin!

Dix grammes de cobalt 60 radioactif sortis mécaniquement de leur protection de plomb pendant quelques secondes, un émetteur multifréquence et un petit générateur de flux avaient suffi à rendre aveugle l'un des plus spectaculaires symboles de la technologie occidentale.

« Les religieux fanatiques sont dangereux pour nous tous, affirma brusquement Akhmedov. Pour tous les pays civilisés. »

Deux MiGs escortèrent le Boeing d'Air France jusqu'à l'extrême pointe de l'île de Sakhaline. Tout fonctionnait normalement à bord. Pourtant, l'équipage ne respira vraiment qu'en voyant disparaître vers l'ouest les chasseurs soviétiques.

Abbaye de Faremoutiers, 5 octobre, 4 h 55

Encore essoufflée, Wendy ressortit de sa cellule juste à temps pour assister à prime. La file des moniales s'écoulait lentement à l'intérieur de la chapelle; en queue, coiffées du voile blanc, venaient les quelques novices. Au moment où elle s'apprêtait à prendre place derrière elles, Wendy se retourna, consciente d'être observée. Son regard se heurta au visage lisse et sévère de la supérieure. Sœur Marie-Bernadette lui demanda d'approcher d'un geste à peine perceptible. Wendy obéit et, à sa grande surprise, vit la religieuse ouvrir grand les bras pour lui donner l'accolade. Elle baisa respectueusement les deux épaules noires.

« Comme vous êtes rose et fraîche, de si bon matin », remarqua sœur Marie-Bernadette.

Wendy inclina la tête sans répondre.

« Mais vous avez les yeux cernés et la figure toute chiffonnée. Vous ne dormez pas bien?

– Ma mère... c'est que j'ai passé la nuit en prières, devant la fenêtre ouverte, dit effrontément Wendy.

– Qui vous l'a demandé? Voici près de trente ans que j'ai prononcé mes vœux et je n'ai jamais cru bon d'ouvrir la fenêtre pour prier. »

La religieuse s'interrompit avant de reprendre d'un ton moins cinglant, plus neutre :

« Modérez-vous, mon enfant. Préservez votre sommeil. Et... venez me voir avant le déjeuner. J'ai à vous parler.

– Bien, ma mère. »

Wendy pénétra dans la chapelle et s'immergea dans les premiers chants matinaux, sans pour autant se sentir capable de lever les yeux vers l'autel.

Vers onze heures, elle se rendit à la convocation de la mère supérieure.

La pièce longue et étroite donnait sur un jardin. Le spectacle de quelques fleurs en semblait le seul luxe. Petite, sèche et droite, sœur Marie-Bernadette était assise derrière son bureau, les mains posées à plat sur une feuille de papier. Son regard vif et compatissant était dans sa physionomie austère comme une lumière brillant au fond d'un tunnel. Wendy n'avait jamais réussi à jauger son intelligence, ni la générosité de son âme. Elle s'était toujours gardée de sous-estimer la première de ces qualités, et de surestimer l'autre.

« Savez-vous ce que montre votre zèle excessif? commença abruptement la supérieure. Que vous n'êtes pas faite pour la vie contemplative. Vous doutez de vous-même, de votre vocation, et vous voulez en faire trop. Mais dites-vous bien que ce que vous prenez pour de l'humilité n'est qu'orgueil et présomption. Il ne vous appartient pas de vous mettre vous-même en pénitence.

– Oh! ma mère. »

Sœur Marie-Bernadette remua dans les plis trop amples de sa robe noire.

« Hélas! tout change, tout évolue... Cette abbaye en est le témoin. Il y a quatorze siècles, ce lieu s'appelait Eboriac. Puis est venue sainte Fare qui a créé le couvent. Savez-vous qu'une des filles de Charlemagne fut abbesse, ici même? Voyez ce qu'il reste de cette gloire passée! Tout a été détruit à la Révolution. L'aile la plus ancienne de nos bâtiments actuels date du siècle dernier. Il me semble que dans une abbaye ainsi arrachée à sa tradition, coupée de ses origines, il faut plus de force et de foi qu'autrefois. Ces murs sont trop proches de la vie de tous les jours, ils ressemblent trop aux murs ordinaires de la cité. Vous vous êtes trompée en entrant ici... oui, oui, je dois le dire, même si cela fait mal... vous avez cru pouvoir emporter avec vous le monde, car il est si proche de l'abbaye, vous êtes venue avec vos livres, votre science, vos passions bien ancrées dans la réalité quotidienne.

– Mais, ma mère, osa Wendy, n'a-t-on pas toujours étudié dans les monastères?

– Je sais. Mais pas l'informatique. Est-il nécessaire de mettre les Evangiles sur des fiches? »

Par ces mots, pour la première et dernière fois, sœur Marie-Bernadette trahit ce qu'elle pensait intimement des travaux de la jeune postulante.

« Nous sommes là pour lire et pour méditer les Saintes Ecritures. C'est notre vocation. La vôtre est différente. Comprenez-moi, je ne suspecte ni votre foi ni la sincérité de vos convictions. Mais il est un lieu pour chaque chose.

– Ma mère, vous me rejetez? » s'écria Wendy.

La supérieure fit un geste brusque pour dissuader la jeune fille de se jeter près d'elle à genoux.

« D'abord... » Elle ferma les yeux, sembla s'abîmer dans une profonde réflexion, puis reprit :

« D'abord, vous devez savoir que Dieu est partout et que vous trouverez le doux réconfort de Sa présence où que vous alliez, si cependant vous le méritez. Ensuite, il existe des endroits où l'on est plus près du Seigneur que n'importe où ailleurs. J'ai là une lettre... » Elle lissa de la main la feuille étalée sur son bureau désert... « Une lettre m'informant que notre Sainte Mère l'Eglise a besoin de personnes ayant le genre de qualifications que vous possédez et animées, si possible, de sentiments fervents. Vous êtes, je crois, docteur en informatique de l'université d'Oxford? »

Wendy acquiesça, le cœur battant. La supérieure se leva, signifiant clairement que l'entretien était terminé. La folle bouffée de joie qui avait envahi la jeune fille s'évapora d'un coup. La révérende mère la raccompagna à petits pas, paraissant soudain terriblement vieille. Près de la porte, d'une voix cassée par des émotions indéchiffrables, elle dit :

« Je pense pouvoir vous recommander à un institut que je connais, à Rome, et où vous serez très bien. Dieu vous garde, mon enfant. » D'un ton sec, redressant sa silhouette fragile, elle ajouta : « Allez, il est l'heure d'aller manger. »

Route de Compiègne, 5 h 30

Toute hâte l'avait quitté. La lassitude venant, ses pensées s'étaient abandonnées à un flot mélancolique. Depuis des mois, chaque fois qu'il s'éloignait de Wendy après l'avoir raccompagnée à Faremoutiers, Michael se disait : c'est peut-être la dernière fois. Mais aujourd'hui, c'était différent; il sentait déjà que cette date du 5 octobre resterait à jamais pour lui teintée d'amertume.

La 205 roulait lentement, un peu trop près de la ligne médiane, presque à cheval, par moments, sur le ruban jaune. La route était déserte. Quels pouvoirs étranges possédait cette fille! Jamais personne n'avait contraint Michael à tant de faiblesse, à tant de lâcheté. Quelque chose se révolta en lui, quelque chose dont il eut si fort besoin de se convaincre qu'il exprima tout haut, pour lui seul, la conviction qui venait de naître dans son esprit ensommeillé : *je ne suis pas vraiment comme ça.* Puis il se retrouva si désarmé, si incapable de traduire d'une façon ou d'une autre cette vaillante certitude que, perclus de fatigue, il alluma l'autoradio pour fuir les angoisses de ce petit matin.

A cinq heures trente précises, une voix redoutablement tonique annonça que le Boeing d'Air France, qui avait disparu dans la nuit quelque part au-dessus du territoire de l'Union soviétique, était attendu d'un instant à l'autre à l'aéroport de Tokyo Narita; pour les deux cent quarante-trois passagers, le cauchemar s'achevait. Le journaliste donna lecture pour la troisième ou quatrième fois du message des soi-disant Croisades islamiques revendiquant l'action. Mais le fait nouveau était le communiqué de l'agence Tass, tombé dix minutes plus tôt. Les Soviétiques avaient réagi avec une célérité inhabituelle, et ils accusaient. La dépêche parlait de provocation grossière, de l'irresponsabilité du régime fanatique de Téhéran et des grandes puissances occidentales, disait que seules la vigilance et l'efficacité des autorités de la région militaire d'Irkoutsk avaient évité que cet acte barbare de brigandage international ne s'achevât de façon dramatique, et évoquait à mots couverts l'incident tragique du Boeing coréen en qualifiant l'affaire de « nouvelle tentative d'espionnage par un avion civil étranger ». Tass rappelait enfin que le pirate était passible de la peine de mort et soulignait avec emphase que malgré cette vile provocation, le gouvernement de Mikhaïl Gorbatchev avait respecté scrupuleusement les accords de juillet 85 sur les garanties que l'Union soviétique accordait aux avions de ligne survolant son territoire. Michael baissa le son. Ses pensées circulaient vite sous son crâne tandis que ses mouvements ralentissaient, que son pied relâchait insensiblement la pression sur la pédale de l'accélérateur. Wendy, la voix lointaine au téléphone, le Boeing, Londres, l'Irlande et Oxford, Malte et Faremoutiers, l'avion désemparé, le pirate se balançant au bout d'une corde... tout un fatras d'images défilait sur l'écran gris et sinueux de la route; elles se télescopaient, se bousculaient, liées entre elles par un fil dont la partie bien éveillée de son cerveau n'arrivait pas à suivre les méandres. Michael soupçonnait qu'il y avait une logique dans ce tohu-bohu d'impressions fugitives, une logique qui lui échapperait s'il cherchait à la définir, comme si son être inconscient en avait su beaucoup plus long que lui. Il regretta de ne pas avoir le front ceint d'électrodes, comme les chats qui l'attendaient dans son laboratoire. Cela faisait des années qu'il travaillait sur ces questions, qu'il tentait de déterminer si le cerveau, en phase de rêve, partiellement déconnecté et donc moins sollicité qu'en période de veille, était ou non capable de traiter un nombre accru d'informations; qu'il tentait de déterminer si le corps en mouvement, l'esprit en alerte, assaillis par la multitude des stimuli et des perceptions, n'atteignait pas un stade de saturation qui fondait notre appréciation de ce que l'on appelle le temps. Le temps, pensait-il alors, ne serait ni plus ni moins que la mesure de nos capacités, tandis qu'à l'inverse, pour l'ordinateur, la capacité serait en quelque sorte une mesure du temps. Il lui arrivait de croire que le sommeil était une première étape vers l'éternité – l'éternité, le grand débranchement, la chute dans l'infiniment petit du temps.

Or, voici que placé à la frange entre les deux états qu'il s'efforçait de comparer, plongé dans ce qu'on nomme rêve éveillé, il ne réussissait pas à tirer le moindre enseignement de ce qu'il éprouvait. Il lui était difficile d'analyser clairement ce qui se passait. Arraché à cette léthargie, il ne pourrait observer objectivement ce qui déjà ne serait plus.

La lumière aveuglante des phares d'une camionnette fonçant à sa rencontre le sortit de son engourdissement. C'était fini. L'expérience à laquelle il avait involontairement soumis sa propre personne était terminée. Pourtant, il lui semblait avoir appris quelque chose. Rien qui puisse faire avancer ses travaux, mais quelque chose sur Wendy et sur lui-même. Il ne devait plus fermer les yeux, il n'avait plus le droit de ne pas savoir. Sinon, il la perdrait. Sinon, peut-être, elle se perdrait.

Il était trop tôt pour se rendre directement au laboratoire. Puis il avait besoin d'une douche, d'une tasse de café, de reprendre ses esprits; surtout, il voulait passer encore quelques minutes auprès de Wendy, profiter des ondes et des effluves doux qui persistaient après son départ et qui lui donnaient l'impression de pouvoir l'étreindre, la respirer, l'entendre vivre... oui, encore un peu.

La 205 tourna dans le chemin forestier que le jour naissant dégageait progressivement des ombres de la nuit. Soudain, comme une bête sauvage jaillissant des fourrés, la masse grondante d'une automobile surgit en face de lui; une voiture noire, allant tous feux éteints, et qui chargeait droit devant elle. D'un geste réflexe, Michael jeta sa 205 dans la tranchée emplie d'un magma de feuilles mortes et d'eau croupie qui bordait le chemin. Il y eut quelques éclairs métalliques, une légère friction de tôles, et le véhicule fila en chassant derrière ses roues des rafales de pierraille. Quand il se retourna, Michael n'aperçut qu'un nuage de fumée. Il avait à peine eu le temps d'identifier le véhicule – une BMW – et de compter trois têtes.

Aussitôt, il sut d'où ils venaient. La 205 patina, puis se hissa hors du fossé.

La porte de sa maison battait dans le vent.

Michael courut, écrasa des débris de verre et se rua dans la grande pièce du rez-de-chaussée. Il trouva exactement ce qu'il s'était attendu à trouver. Les coussins éventrés, les tiroirs retournés sur leur contenu, les chaises renversées, les papiers et les livres éparpillés. Des disques sortis de leurs pochettes. Le téléphone, pendu au bout de son fil, émettant un bip, bip insistant. Michael alla piétiner deux ou trois braises minuscules qui rougeoyaient dans les poils de chèvre. La cheminée avait vomi sur le tapis ses cendres et ses scories.

Le jeune homme tournoya sur lui-même, tituba, et recommença de tourner d'une danse lente et désespérée jusqu'au pied de l'escalier, embrassant d'un regard hébété le spectacle du ravage. Il monta jusqu'à la chambre. La fenêtre était ouverte, les draps et les couvertures entassés par terre contre le matelas rayé de blanc et de brun; une lame avait entaillé la toile et une bave blanche et floconneuse apparaissait entre les lèvres de la plaie. Rien ne le fit davantage souffrir que cet air glacé venant du dehors, ce souffle qui avait emporté dans les nuages les parfums de Wendy, la magie de la nuit. Il s'affala sur la colline chiffonnée qui s'élevait contre le lit, respirant à grands traits, cherchant à comprendre. Des minutes s'écoulèrent. Enfin, Michael songea à aller fouiller le réduit, au-dessus du lavabo de la salle de bain, où il conservait 5 200 livres sterling en liquide.

Ils les avaient trouvées. Mais ils les avaient laissées. Loin de le consoler, cette découverte ne fit que ranimer sa fureur; une colère derrière laquelle se profilait l'ombre de la terreur. C'était Wendy... Wendy qu'on était venu lui voler. Rien d'autre.

Il les haïssait, comme il n'aurait pas cru qu'on pût haïr.

3

Bakou, siège central du K.G.B., 8 octobre

Le colonel Akhmedov suivit Gaydar Aliev d'un regard admiratif tandis que ce dernier allait prendre place derrière son bureau, face aux deux envoyés de Gorbatchev. Le patron avait obtenu ce qu'il désirait en un temps record. Pourtant, il y avait seulement trois jours, rien encore ne semblait joué. Quelqu'un qui n'aurait pas voué, comme Akhmedov, une totale confiance à Aliev aurait même pu croire alors qu'il était en train de risquer imprudemment les fruits d'une carrière de quarante ans, d'une carrière exemplaire.

Mais non, Aliev n'était pas l'homme des coups de tête ou des coups de folie. Cela se savait. Gorbatchev le savait. Il pouvait se permettre certaines audaces... presque toutes les audaces, sans même que son crédit fût entamé. En outre, il n'était pas de ceux que l'on condamnait sans les avoir entendus.

Akhmedov observa Aliev, ses mouvements, sa façon d'être. Il examina, presque avec envie, le maître qu'il se sentait incapable d'imiter. Quand Aliev était simple, direct et ferme, lui, Akhmedov, ne savait que se montrer arrogant et sec. Les gestes d'Aliev étaient fluides et pleins d'aisance, ceux d'Akhmedov, mécaniques ou brusques. C'était ici, à

Bakou, qu'il fallait admirer Gaydar Aliev. Cette immense cité presque entièrement nouvelle, ce « champignon pétrolifère », était son jardin, un jardin aux dimensions de ses pouvoirs et de ses ambitions. Il ne quittait Bakou que contraint et forcé, généralement pour se rendre à Moscou, aux réunions du Politburo dont il était l'un des douze membres élus. Ses ennemis lui reprochaient d'être azerbaïdjanais avant d'être soviétique – autrement dit de ne pas être russe. Aliev ne faisait rien pour se les concilier. Il revendiquait son identité et il la vivait. Si le paradis socialiste existait quelque part, semblait-il penser, c'était dans cette petite république musulmane qu'il fallait le chercher.

Quand on faisait remarquer à Akhmedov que l'homme qu'il servait était trop marqué par ses origines pour pouvoir se hisser au sommet, il répondait que si un ancien séminariste comme Staline y était parvenu, rien ne devrait faire obstacle à un fils de mollah. D'ailleurs, si Aliev semblait encore loin de la plus haute marche du Parti, il était peut-être déjà l'homme le plus puissant, ou tout au moins le plus redouté du pays. De Bakou, entouré de collaborateurs totalement dévoués et choisis parmi ses compatriotes, Aliev régnait sur l'armée du K.G.B. Chose plus inquiétante encore pour ses ennemis intimes, on le supposait aussi pur qu'il était dur. On ne lui connaissait pas de vices et on craignait fort qu'il n'en eût tout bonnement pas. En revanche, il était affligé d'une fâcheuse manie, celle de s'intéresser aux vices des autres. Aliev avait repris à son compte l'œuvre de moralisation politique et civique entreprise par Andropov peu avant sa mort. S'appuyant sur un formidable réseau de renseignements, informé par un fichier sans équivalent dans le pays, il chassait impitoyablement les fonctionnaires corrompus, les prévaricateurs, les dignitaires trop richement installés dans un trop grand nombre de datchas; on affirmait qu'il était à l'origine de la lutte sans merci contre l'alcoolisme dans l'armée et chez les serviteurs de l'Etat. Certains l'accusaient de vouloir islamiser la nation; ensuite, disaient-ils, il nous interdira le lard! Même ses collègues du Politburo s'alarmaient davantage des soixante millions de musulmans qu'il représentait que des quatre cent mille hommes qu'il commandait.

L'un d'eux, particulièrement, avait de bonnes raisons de lui en vouloir : Grigori Romanov, qui avait longtemps paru pouvoir briguer la succession de Constantin Tchernenko, et que Gaydar Aliev avait largement contribué à écarter au profit de Gorbatchev. C'était Aliev qui avait ébruité le scandale de l'Ermitage, quand Romanov avait livré la vaisselle de Catherine II, empruntée à l'illustre musée, aux quelque mille invités conviés à fêter les noces de sa fille. Les libations s'étaient achevées à l'ancienne et bien des verres s'étaient fracassés contre les murs, comme si le sang des Romanov avait soudain contaminé celui de leur homonyme. C'était encore Gaydar Aliev qui avait précipité la disgrâce du maréchal Oustinov, alors ministre de la Défense, après l'affaire du Boeing sud-coréen. Seule la mort avait sauvé Oustinov du total déshonneur.

Aujourd'hui, Aliev passait pour le véritable numéro deux du régime. Cependant, Mikhaïl Gorbatchev n'était pas homme à se laisser dépouiller de ses prérogatives. Certes, il avait confié à Gaydar Aliev la responsabilité de l'espace civil aérien, et chargé ce fils de mollah de suivre tout particulièrement les relations souvent difficiles que l'U.R.S.S. entretenait avec le monde arabe, mais il entendait garder la haute main sur le Parti et sur les affaires de l'Etat. Aussi avait-il réagi avec un certain agacement en apprenant l'incident d'Irkoutsk. Une fois encore, Aliev avait pris des initiatives sans le consulter, risquant – on ne savait dans quel but – de provoquer une querelle diplomatique. Plus que tout, la présence, rapportée par ses services, du colonel Akhmedov à l'aéroport militaire d'Irkoutsk au moment où atterrissait l'avion d'Air France l'avait profondément irrité. Cela prouvait que le clan d'Aliev avait monté un coup prémédité, sans en référer à quiconque.

Gorbatchev avait alors téléphoné personnellement à Gaydar Aliev pour exiger des explications. Dans ces situations, l'Azerbaïdjanais était désarmant. Il savait mieux que n'importe qui feindre la plus parfaite bonne foi, en prenant un ton plein à la fois d'assurance et d'ingénuité. Le Boeing français avait quitté son couloir, répondit-il. Il était normal que les dispositions prévues en pareil cas soient appliquées. D'ailleurs, Gorbatchev lui-même n'avait-il pas approuvé les nouvelles procédures, l'interception de l'appareil, la fouille, puis l'escorte jusqu'à la frontière? Fallait-il permettre aux Occidentaux le survol du territoire soviétique à des fins d'espionnage? L'opération, rappela-t-il enfin, avait été fructueuse, puisqu'on avait arrêté le terroriste iranien et découvert la valise piégée : un curieux dispositif, fort astucieux, qu'on était en train d'ausculter avec le plus grand intérêt.

« C'est bon, Gaydar, assez plaisanté, coupa sèchement Mikhaïl Gorbatchev. Tu n'es pas à une conférence de presse devant les télévisions occidentales. C'est à moi que tu parles. Je te prie d'être précis.

– A quel sujet?

– Premièrement, que faisait Akhmedov le jour qu'il fallait à l'endroit qu'il fallait? Deuxièmement, que manigances-tu au juste? Je tiens surtout au deuxièmement, Gaydar. »

Aliev soupira, comme si on tentait de lui soutirer des confidences intimes.

« Pour être précis, affirma-t-il finalement, j'aurais

besoin de plusieurs heures et d'une carte détaillée du monde. Alors, je me contenterai pour le moment de te dire ceci : en agissant comme je l'ai fait, je voulais t'apporter la preuve que l'Occident trame contre nous le plus formidable complot qu'il ait jamais imaginé. »

Aliev n'était pas homme à gonfler ses propos. Le Premier Soviétique ne put s'empêcher d'être impressionné. Il écouta la suite avec attention.

« Cette preuve se trouvait dans l'avion. Elle est aujourd'hui en ma possession... là, devant moi, sur mon bureau. Elle tient dans une enveloppe.

– C'est une devinette, camarade Aliev? »

Gaydar Aliev poursuivit, imperturbablement :

« A part moi, seul Akhmedov est au courant. Autant dire que ce sera bientôt un secret entre toi et moi, Mikhaïl. Même les Américains ne savent pas que nous savons. Hum... je ne quitte pas volontiers Bakou quand ce n'est pas nécessaire mais, cette preuve, je te l'apporterai moi-même à Moscou, oui, demain, par le premier vol. Enfin, quand tu voudras. Mais il n'y a pas une heure à perdre.

– Qui complote contre qui, exactement, Gaydar? »

Aliev perçut dans la voix du Premier ministre une nuance de suspicion, qui équivalait presque à une mise en garde.

« L'ensemble du monde occidental, répondit-il sans se démonter, contre nous et contre les pays arabes.

– Ah! toi et tes ayatollahs! Mais je ne vois là rien de très nouveau. Je préfère ne pas te faire venir à Moscou en ce moment, Gaydar. Depuis le limogeage de Romanov, tu n'y as pas que des amis.

– Il faut absolument que...

– Très bien, très bien. Je t'envoie deux hommes sûr, Victor Akimov et Andreï Vikhalev. Tu peux tout leur dire. Dès leur retour, je t'appellerai sur ta ligne. C'est la mieux protégée du pays, n'est-ce pas?

– On le dit. »

Gaydar Aliev raccrocha, non sans éprouver un léger sentiment d'amertume et de déception. Gorbatchev se méfiait. Mais non, après tout, c'était fort bien ainsi; son succès n'en serait que plus éclatant.

Sur les armes de la République de l'Azerbaïdjan figure un derrick. S'éloignant de l'aéroport international de Bakou à bord de la Volga noire envoyée à leur intention, les deux représentants personnels de Mikhaïl Gorbatchev ne purent que s'en souvenir. Tout, sur la presqu'île Apchéron, était dédié au pétrole. Autour de l'immense Bakou se massaient usines et raffineries, les torchères balançant leurs hautes flammes sous le ciel bleu; par moments, des paquets de fumée masquaient à demi le soleil. Ils traversèrent les faubourgs interminables de la ville, les multiples unités de voisinage bien ordonnées autour d'un jardin et du centre commercial. Voyant les énormes nuages de poussière qui s'élevaient au-dessus des chantiers, au-dessus des bâtiments en construction et des tranchées du métro, ils comprirent pourquoi on appelait Bakou la « cité des vents ». Puis, par de longues artères droites bordées d'immeubles massifs et grisâtres, ils pénétrèrent dans les quartiers les plus anciens. Quelques minutes plus tard, ils s'arrêtaient devant le siège central du K.G.B. de l'Azerbaïdjan. Un escalier de marbre les conduisit au bureau de Gaydar Aliev.

Vêtus avec distinction, l'un maigre et l'autre imposant, mais tous deux un peu balourds dans leur tweed anglais, Akimov et Vikhalev s'assirent face au colonel Akhmedov, tandis qu'Aliev restait légèrement de côté, près d'un angle de la grande table, comme s'il voulait pouvoir surveiller ses trois interlocuteurs d'un seul coup d'œil. L'aisance souriante du général du K.G.B. rendait presque ridicule l'attitude guindée des émissaires de Gorbatchev; on sentait que ces derniers avaient été avertis par leur maître qu'ils allaient devoir se frotter à plus malin qu'eux. Certes, ils connaissaient déjà Aliev, mais beaucoup moins bien que celui-là ne les connaissait. Car, quand Aliev s'intéressait à quelqu'un, il en savait sur lui aussi long que sa propre mère.

« Camarade général, dit Victor Akimov d'un ton morne, le camarade secrétaire général nous a chargés de vous informer qu'il a été fort surpris par une récente conversation téléphonique... Oui, très surpris de ne pas avoir été tenu au courant dès l'origine d'une certaine opération... »

Son regard croisa celui d'Aliev et ils s'interrompit net. L'Azerbaïdjanais n'avait fait que hocher la tête de l'air bienveillant qui était généralement le sien. Vikhalev, le petit, le frêle, faillit poursuivre le discours demeuré en suspens, mais le colonel Akhmedov, superbe dans son uniforme illuminé de décorations, l'en dissuada d'un geste bref de la main.

« Nous n'en sommes plus là, dit tranquillement Aliev. Il y a un temps pour tout, messieurs, un temps pour écouter et un temps pour parler. Aujourd'hui, vous êtes dans ce bureau pour m'écouter. Au retour, quand Mikhaïl Gorbatchev vous recevra, vous parlerez, oui, pour lui répéter ce que je vous aurai dit. Mon souhait serait de m'entretenir avec le Premier secrétaire dès que possible. Si vos oreilles écoutent bien et si votre bouche est fidèle, il en comprendra, je crois, la nécessité. »

Ainsi, Akimov et Vikhalev surent à qui Aliev s'en prendrait si jamais ses désirs n'étaient pas satisfaits. L'Azerbaïdjanais se radossa à son fauteuil et cligna des yeux en direction d'Akhmedov. Le colonel comprit qu'il lui appartenait de continuer. Les deux envoyés de Moscou se raidirent un peu plus, tels deux chiens à l'arrêt.

« Laissez-moi vous rappeler quelques faits historiques, messieurs, dit Akhmedov en feignant de trier des papiers sur le bureau. Quelques faits concernant le Vatican... »

Akimov et Vikhalev s'entre-regardèrent, hésitant à croire qu'on se moquait d'eux.

« Mais certainement, reprit le colonel, tout heureux de pouvoir s'essayer à l'ironie, vous vous souvenez que toutes les relations diplomatiques entre le Saint-Siège et les Etats-Unis ont été interrompues en 1867... jusqu'à une date très récente... jusqu'au 10 janvier 1984 exactement.

– Des détails, camarade colonel. Des détails... interrompit Aliev. L'historique de ces relations a une importance capitale pour notre affaire. »

Après un imperceptible soupir, Akhmedov reprit sur un ton monocorde.

« Ces relations ont effectivement été rompues en 1867, lorsque le Congrès américain vota une loi interdisant à l'Etat d'allouer les crédits nécessaires au maintien de l'ambassade des Etats-Unis au Vatican. Deux ans plus tard, avec la disparition des Etats pontificaux, les relations consulaires étaient suspendues. Elles ne devaient reprendre qu'en 1939, avec l'envoi par le président Roosevelt d'un représentant personnel auprès du Saint-Siège, Myron Taylor. Après la guerre, Harry Truman songea à nommer un ambassadeur au Vatican, mais il dut y renoncer devant l'opposition virulente des protestants et des juifs. Il se contenta de n'envoyer auprès de Pie XII qu'un représentant personnel : le général Mark Clark. M. Nixon, un quaker, comme vous le savez, nomma aussi un délégué personnel à Rome : ce fut le sénateur Henry Cabot Lodge. »

Il laissa passer un silence, puis reprit :

« Le 11 février 1981, le président Reagan a

nommé le sien : M. Williamson. Le 10 janvier 1984, malgré les protestations véhémentes des lobbies juifs et protestants ainsi que celles de nombreux autres groupes de pression représentant à peu près toutes les tendances confessionnelles du pays, M. Williamson devenait le premier ambassadeur des Etats-Unis au Vatican depuis cent dix-sept ans. Il semble d'ailleurs, aussi étonnant que cela puisse paraître, que, même si le président de la Conférence épiscopale américaine soutenait cette décision en déclarant que ce n'était pas une question religieuse, mais une question de politique nationale – en fait internationale comme nous l'avons découvert depuis –, parmi les cinquante millions de catholiques américains, on s'y soit, dans l'ensemble, montré peu favorable. Le président catholique Kennedy lui-même ne s'était pas risqué à affronter une telle opposition. C'est dire à quel point Reagan tenait à ce projet... projet auquel ne tenait pas moins le pape polonais. M. Williamson est donc aujourd'hui ambassadeur des Etats-Unis au Vatican... ou peut-être serait-il plus juste de l'appeler émissaire personnel de Reagan auprès de Jean-Paul II. Williamson, et je me contenterai de ce détail, est en effet un ami d'enfance du président Reagan; c'est un homme de confiance, un catholique convaincu aux idées rétrogrades, sans aucun passé diplomatique. La vérité est qu'il a été choisi dans un but très précis. C'est de ce but qu'il va être question entre nous. »

Akhmedov jeta un coup d'œil vers Aliev, pour lui demander la permission d'entrer dans le vif du sujet.

« La nomination d'un tel personnage a immédiatement éveillé notre intérêt. A la demande du camarade Aliev, je me suis moi-même rendu en Amérique du Sud pour prendre contact avec certains de nos agents infiltrés dans les organisations militantes catholiques...

– Oui, dit Vikhalev, nous savons que ce réseau est l'une des plus brillantes réussites du camarade Aliev.

– Les Latino-Américains ne sont bons qu'à réclamer des subsides et des armes, coupa Aliev. On ne peut jamais obtenir la moindre information par ce canal.

– Ce voyage n'a pas été très fructueux, reconnut le colonel Akhmedov. Alors, comme bien souvent dans les cas épineux, c'est auprès de ce cher vieux brigand de Dom Mintoff, à Malte, que nous avons trouvé une piste.

– Il s'est retiré des affaires, observa Akimov, il n'occupe plus que des fonctions honorifiques.

– Vous l'enterrez trop vite, répondit Aliev. Bien sûr, il a cédé son poste de Premier ministre à Bonnici, mais son influence demeure considérable. Je suis convaincu qu'il continue de traiter personnellement avec les Libyens. Il faut être rusé comme l'est Dom Mintoff pour réussir à soutirer sans cesse de l'argent à Kadhafi sans le laisser mettre les deux pieds dans l'île. Cet homme a un don. Il est brouillé avec le monde entier... mais le camarade Akhmedov va vous expliquer la suite.

– C'est effectivement Dom Mintoff qui a informé notre ambassadeur à La Valette. Mintoff n'ignore rien de ce qui concerne le bassin méditerranéen, il sait tout ce qui s'y passe, de Rome à Jérusalem en passant par Tripoli. Et, quand cela sert ses intérêts, il est bavard. Tout le monde se méfie de lui, mais tout le monde lui fait des confidences. Disons qu'il est de ceux à qui l'on confie des secrets dans l'espoir qu'ils seront divulgués. Fin 83, peu de temps après avoir cédé son poste de Premier ministre à Carmelo Mifsud Bonnici, Mintoff a invité notre ambassadeur à une partie de pêche. Malgré son âge et sa santé un peu précaire, Dom Mintoff reste un fervent de la pêche au thon. Il est sur son bateau comme dans la vie, seule la pêche au gros l'intéresse... »

Le colonel Akhmedov laissa s'écouler une demi-minute de silence, pour permettre aux deux hommes de Moscou de se préparer à ce qui allait suivre. Mais Akimov et Vikhalev semblaient interroger mentalement le portrait du Premier Gorbatchev, accroché au-dessus d'une pile de dossiers, et attendre de lui conseils et directives.

« De la part de Dom Mintoff, reprit Akhmedov, c'était, disons, un gage d'amitié. En froid avec la Libye, Malte avait de nouveau besoin de notre appui politique et financier. En outre, et cela a son importance, le gouvernement de La Valette venait de jouer une partie difficile contre l'église catholique maltaise, à propos d'un différend portant sur l'éducation. Le Vatican était intervenu dans cette querelle scolaire et cela avait fort mal disposé Mintoff à l'égard du Saint-Siège.

– Au fait, Akhmedov, au fait », le pressa Aliev.

Le visage du colonel se crispa. Mais les deux envoyés de Gorbatchev n'étaient pas dupes. Ils savaient que leurs hôtes azerbaïdjanais jouaient à leur intention un petit acte parfaitement mis en scène, hésitations et interruptions comprises.

« Voici donc en résumé ce que nous avons appris. A la demande du président Reagan, le Pentagone a réalisé une étude très approfondie de la situation actuelle et prévisible du Vatican dans certains domaines, et notamment en matière de communications.

– Vous allez trop vite, Akhmedov, coupa Aliev. Vous pouvez tout dire à nos camarades...

– Eh bien, cette soudaine préoccupation du président Reagan se fondait sur un rapport confidentiel, également commandé par la Maison Blanche, et donnant un état précis de ce que devrait être le monde dans quelques années, quand la plupart des pays développés ou semi-développés posséderont leurs propres satellites de communication directe. Les cartes fournies par le Pentagone font apparaître de façon flagrante que les perspectives de l'évolution technologique rendront bientôt caducs les accords de Yalta.

– Comment? s'alarma Vikhalev.

– L'expression a dépassé la pensée du camarade Akhmedov », le rassura Gaydar Aliev.

Le colonel sortit un mouchoir de sa poche et essuya consciencieusement les verres de ses lunettes, savourant en souriant vaguement l'effet qu'il venait de produire.

« Je voulais dire, reprit-il, que la multiplication de ces satellites ne va pas tarder à redessiner la carte du monde. Dans un premier temps, bien sûr, les blocs et les alliances demeureront les mêmes, mais ils présenteront une nouvelle fragilité. En fait, ce rapport prévoit que nous allons assister à la création de ce que le Pentagone appelle des *pays logiques*, unités inédites et cohérentes vouées, semble-t-il, à se substituer aux nations actuelles. Les nations, présentement, sont des entités composites où se mêlent races, religions, cultures... et où s'affrontent opinions et intérêts.

– Vous parlez là des pays capitalistes, je suppose », interrompit Akimov.

Le colonel l'engagea à s'interroger sur la question d'un haussement d'épaules presque méprisant.

« Traditionnellement, dit-il, une nation est une mosaïque cimentée par l'Etat qui s'efforce de ménager chaque groupe d'individus pour le bien de la collectivité. Du moins devrait-il en être ainsi. Un *pays logique*, à l'inverse, ne comprend que des individus ayant des aspirations et des intérêts communs, des individus reconnaissant les mêmes valeurs et agissant dans un même but... et donc susceptibles de se comporter en vertu des mêmes schémas, d'obéir aux mêmes ordres... où qu'ils se trouvent sur la planète! » Akhmedov regarda l'un après l'autre les deux Moscovites et répéta : « Où qu'ils se trouvent. Comprenez-vous? »

Il fit comme s'ils n'avaient pas compris.

« Aujourd'hui, expliqua-t-il patiemment, ils sont répartis sur toute la surface du globe, isolés parfois. Tout cela est défini fort grossièrement, bien entendu, mais prenons un exemple, celui des 15 millions de juifs, disséminés sur toute la planète. Il y en a environ 3,5 millions en Israël, mais la première communauté juive du monde se situe aux Etats-Unis, où ils sont plus de 6 millions. Il y en a aussi 3 millions en Union soviétique, plusieurs centaines de milliers dans les autres pays du pacte de Varsovie, près d'un million et demi en Europe de l'Ouest, des centaines de milliers encore un peu partout dans le monde. Seule cette dispersion met un frein au complot sioniste. Ce n'est qu'un exemple. J'aurais pu choisir n'importe quelle autre confession ou n'importe quelle idéologie. Demain, grâce aux satellites, ces collectivités culturellement homogènes vont pouvoir être réunies dans un espace logique et non plus géographique, car il suffira d'un émetteur, d'une antenne et d'une fraction de seconde pour toucher chacun de leurs membres. Dans la même seconde, le juif de New York, celui de Moscou, de Jérusalem ou de Londres pourra être alerté, recevoir la même information, le même ordre. Ou le chrétien, le musulman, le communiste...

– Nous ne permettrons pas aux sionistes d'émettre vers notre territoire, objecta Andreï Vikhalev d'un ton buté.

– Sans doute, concéda Akhmedov, mais rien ne les empêchera d'émettre de telle façon qu'une antenne suffisamment perfectionnée, implantée clandestinement, puisse capter sur notre sol la périphérie de l'émission.

– Encore faut-il l'avoir cette antenne, intervint Akimov; ainsi que le décodeur qui va avec.

– Je ne vous donne pas dix ans avant que les capitalistes aient inondé notre territoire de petits décodeurs miniaturisés à bon marché, permettant de capter les émissions occidentales, dit fermement Akhmedov. Dix ans pour que la possession de mini-antennes paraboliques repliables devienne le snobisme de notre Nomenklatura. Souvenez-vous des calculettes électroniques japonaises, des Beatles, des Walkman. Lorsque l'Occident décide de jouer sur certaines faiblesses de notre marché et intervient pour nous inonder de ses produits de consommation, il sait le faire. Hélas!

– Alors nous brouillerons notre espace informationnel, en empêchant les Occidentaux de nous arroser de leurs messages.

– Impossible, reprit Akhmedov. Si nous le faisons, nous nous interdirons d'utiliser *notre propre système* de télédiffusion, car la plupart des fréquences d'émission que l'U.I.T. nous a accordées pour émettre sur notre territoire sont identiques à celles d'autres pays... occidentaux. Impossible de revenir là-dessus... sans clash mondial.

– Parlons-nous de technologie, de géopolitique ou du Vatican? demanda Vikhalev.

– Tout est lié, camarade. Il était nécessaire que vous saisissiez d'abord cette notion de pays logiques, ces espaces transfrontières qui rassemblent ceux que l'Histoire a dispersés, mais qui sont fondamentalement unis... que vous saisissiez la terrible menace que recouvre cette notion... Ce n'est pas une simple révolution technologique, c'est la remise en cause de la base de toutes les sociétés humaines, un péril pour ce lien suprême qu'est l'Etat.

– Le Vatican, Akhmedov, le Vatican, le pressa Aliev. Vous voyez bien que c'est cela qui préoccupe nos camarades.

– Des divers rapports du Pentagone, reprit le colonel, se dégage une vision d'ensemble, un paysage de notre planète telle qu'elle risque de se présenter dans une quinzaine d'années, à l'aube du siècle prochain. »

Victor Akimov eut un haut-le-corps, comme si on cherchait à lui faire avaler une potion nauséabonde.

« Vous voulez dire que cette affaire ne repose que sur une vulgaire étude de futurologie? s'exclama-t-il avec indignation. De la politique-fiction, camarades, de la propagande? Deux mille prétendus spécialistes travaillent à longueur d'années pour le département d'Etat sur ce genre de scénarios. Et c'est pour vous en procurer un que vous avez arraisonné un Boeing d'Air France? »

Des filets de sueur dégoulinaient de sa figure soudain devenue rouge et glissaient sous le col de sa chemise. Près de lui, Vikhalev scrutait de nouveau le portrait impénétrable de Mikhaïl Gorbatchev, comme pour essayer de deviner si le Premier secrétaire approuvait la sainte et audacieuse colère de son alter ego.

– Colonel Akhmedov, dit Aliev, je constate avec regret que vous vous exprimez mal. Ces messieurs persistent à penser que nous chassons les mouches avec un bazooka. »

Akhmedov ouvrit une petite boîte de carton et en sortit une photographie qu'il montra aux deux Moscovites.

« Cet homme s'appelle Nicholas Resaccio, expliqua-t-il. Le professeur Resaccio, prêtre, jésuite, informaticien, voyageait à bord du vol AF 270 au côté de l'ambassadeur Williamson et portait à Tokyo deux enveloppes ultra-confidentielles. L'une renfermait un exposé complet concernant le rapport du Pentagone et les conséquences qu'il implique; elle doit se trouver à présent entre les mains du père Giuseppe Pitta, provincial des jésuites du Japon. L'autre était destinée à Resaccio lui-même et comprenait des instructions détaillées sur la mission que le Vatican a décidé de lui confier, avec la bénédiction de Jean-Paul II. Ces documents confirment en tout point les renseignements fournis par Dom Mintoff et démontrent que le projet est d'ores et déjà entré dans sa phase active. Ce monde de l'an 2000 que nous évoquions tout à l'heure, camarades, les Occidentaux sont bel et bien résolus à se l'approprier! Et l'objet de la machination est tout simplement de marginaliser le camp socialiste, de faire éclater le ciment du pacte de Varsovie. L'idée-force des Américains est que la civilisation des décennies à venir sera celle des communications, comme la civilisation des décennies écoulées a été celle des transports et de l'énergie. Ou, si vous préférez une image de continuité, après le raccourcissement des distances, nous allons assister à leur abolition. Nous entrons dans l'ère de l'instantané.

– Nous savons tout cela, dit Vikhalev. Mais n'est-ce pas une chance pour nous? Notre pays si vaste, notre terre parfois si ingrate a longtemps été un handicap dans ce monde où il faut toujours aller plus vite. Nous avons dû consentir un effort énorme pour vaincre ces difficultés de transport, de communications. Le satellite est un plus formidable atout pour nous que pour n'importe quelle autre nation. »

Akhmedov secoua la tête d'un air désolé. Il poursuivit cependant son exposé, sans répondre directement.

« Etudiant les perspectives de l'évolution technologique aussi bien dans le domaine informatique, avec l'apparition des ordinateurs de la cinquième génération, que dans celui de l'occupation de l'espace, avec la multiplication des satellites de communication géostationnaires, les experts de Reagan

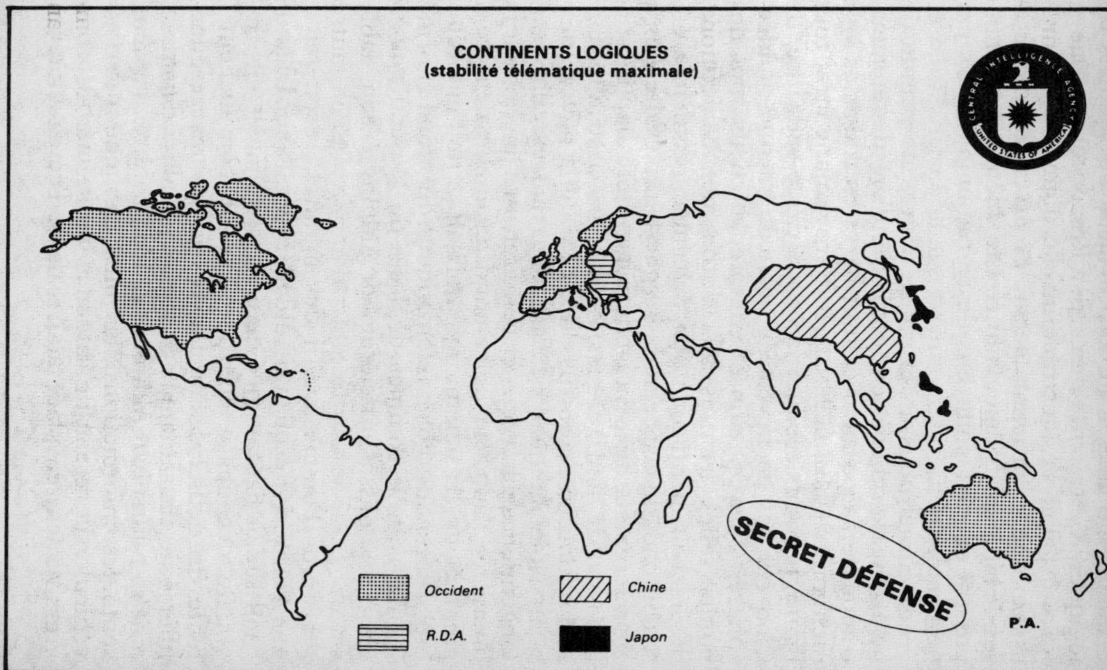
CONTINENTS LOGIQUES
(stabilité télématique maximale)
CENTRAL INTELLIGENCE AGENCY
UNITED STATES OF AMERICA
Occident
R.D.A.
Chine
Japon
SECRET DÉFENSE
P.A.

ont imaginé une sorte de planisphère des pays logiques. Cette carte peut paraître déconcertante mais, à l'analyse, il semble qu'elle donne un reflet assez exact d'un monde où les êtres de même sensibilité, de même culture, de même religion, posséderaient les moyens de se réunir par la voie hertzienne. »

Le colonel poussa devant lui d'un geste presque négligent le cliché en couleurs d'un document frappé de l'aigle américain et barré en rouge de la mention : SECRET DÉFENSE. On y voyait une étrange figure, pouvant évoquer la rosace d'une cathédrale. Cinq ellipses enchevêtrées délimitaient une quasi-sphère; chaque ellipse comprenait deux pôles, points reliés les uns aux autres de manière à dessiner un pentagone dont le centre approximatif se confondait avec celui de la sphère imparfaite. Les cinq sommets du pentagone avaient été baptisés : LIBÉRALISME, JUDÉO-CHRISTIANISME, MARXISME, CHINE, JAPON. Un peu au-dessus du centre de la figure, un point isolé indiquait : ISLAM. Deux autres ellipses, tangentielles au cercle, et comprenant l'une le pôle libéral et l'autre le pôle marxiste, englobaient ce point. Sous ce schéma apparaissait cette seule et brève légende : Pôles télématiques du monde.

« Nous nous sommes déplacés de Moscou pour voir ça », glissa grossièrement Akimov à son voisin.

Le gros homme, au fil des minutes, recouvrait une combativité qu'avait étouffée dès l'abord l'accueil sec et hautain des deux Azerbaïdjanais.

« Ce découpage en zones qui se chevauchent tente de définir les incidences et les marges de liberté de courants que le rapport qualifie d'*immatériels*, poursuivit Akhmedov. L'immatériel représente les informations, les messages que pourra véhiculer le réseau de satellites qui se mettra progressivement en place au-dessus de l'équateur terrestre. L'immatériel, ce sont les programmes, l'immatériel, c'est toute la culture humaine, c'est tout le patrimoine dogmatique, religieux, idéologique de l'humanité, c'est le flux d'informations qui baigne la planète. Un jour prochain, sans contrainte de temps ou de distance, chacun pourra cueillir dans ce patrimoine satellisé les éléments qui lui permettront de reconstituer autour de lui un univers fondé sur les valeurs qu'il reconnaît; univers où il ne rencontrera que les siens, ne communiquera qu'avec les siens, qu'avec ceux qui appartiennent à la même famille morale, philosophique ou économique que lui. Et ce, sans se soucier des problèmes de langage résolus par les perspectives de traduction simultanée automatique qu'offrent les nouveaux ordinateurs de la cinquième génération. »

Akimov s'agitait sur sa chaise, sans oser interrompre de nouveau le discours du colonel. Aliev sourit. Les deux hommes de Gorbatchev commençaient à comprendre qu'ils ne s'étaient pas déplacés pour rien.

« Chaque ellipse figure ce que les Américains appellent un continent logique, autrement dit un espace relativement abstrait qui subit une double attraction, l'une idéologique et l'autre politico-économique. Le raisonnement se fonde donc sur la conviction que chaque individu est soumis à l'influence prépondérante de deux pôles dont la conjonction détermine le système culturel dans lequel il baigne. C'est ainsi qu'est définie l'ellipse LIBÉRALISME, JUDÉO-CHRISTIANISME, qui comprend en gros ce que nous nommons l'Occident, puis, par exemple, l'ellipse LIBÉRALISME, ISLAM, l'ellipse MARXISME, JUDÉO-CHRISTIANISME, l'ellipse MARXISME, ISLAM, etc.

– Je ne vois pas comment nous pourrions nous reconnaître dans l'un de ces modèles artificiels, protesta Vikhalev en suivant du bout des doigts les courbes du schéma.

– C'est bien là tout le problème. Le continent logique que nous occupons n'est pas homogène; il est formé par la superposition de trois portions d'ellipse. De ce fait, nous pourrions écrire ainsi la formule qui nous définit... Il prit un crayon et inscrivit sur un bloc la fonction suivante : *marxisme (christianisme, islam, Chine).* En effet, le Pentagone prend en considération une donnée dont nous avons eu, hélas! récemment à constater la réalité : la renaissance de l'activité religieuse dans notre pays. Sur une population globale de 250 millions d'habitants, il y a aujourd'hui en Union soviétique 60 à 80 millions de chrétiens; à Moscou, 40 p. 100 des enfants sont baptisés! Il y a 60 millions de musulmans. Quant aux bouddistes, ils ne sont que 2 millions, mais il est inutile d'insister sur le pouvoir d'attraction qu'exerce la Chine sur certaines régions de notre territoire. Un autre détail, si vous le voulez bien, un détail particulièrement frappant. On compte actuellement deux fois plus d'orthodoxes pratiquants que de membres du Parti. Dans ce tableau, j'oublie les 2 millions de juifs, j'oublie que l'Union est une mosaïque composée d'une centaine de peuples et de peuplades. Or, voici ce que ces documents nous apprennent. » Il tapota une liasse de papiers du plat de la main. « Les Américains ont décidé de miser sur le réveil du sentiment religieux dans notre pays, sentiment qui, lorsqu'il est combattu, confine rapidement au fanatisme, comme en Pologne, par exemple. D'après eux, les nouveaux moyens technologiques permettront bientôt aux croyants éparpillés sur notre sol de communier par l'intercession des dieux qui brilleront désormais dans le ciel... les satellites.

– Tout cela est bien théorique, remarqua Victor Akimov. Encore faudrait-il que ces minorités possèdent le matériel nécessaire à la mise en œuvre d'un tel projet. Nous vous l'avons déjà dit, jamais nous ne permettrons que des particuliers ou des collectivités utilisent des installations...

– La seconde enveloppe répond à ces objections », coupa Gaydar Aliev.

Akhmedov écarta le cliché posé sur le bureau et le remplaça par un autre, portant un dessin semblable, mais couvert de hachures de couleur.

« Comme vous le voyez, en se coupant, en se chevauchant, les ellipses délimitent un certain nombre de zones, plus ou moins vastes, plus ou moins éloignées du centre. Chacune symbolise à la fois un ensemble de valeurs et une étendue géographique. Cinq couleurs ont été employées, correspondant à cinq degrés sur l'échelle de la stabilité culturelle et, donc, politique. Vous constaterez que les zones les plus stables de la planète sont celles qui n'appartiennent qu'à une seule ellipse, c'est-à-dire dont la population n'est pas déchirée entre plusieurs influences. C'est le cas du Japon, par exemple, ou encore de la majeure partie du monde occidental. Si nous prenons l'Amérique du Sud, on voit deux ellipses se superposer : LIBÉRALISME / CHRISTIANISME et MARXISME / CHRISTIANISME. Ce sont donc des régions de moindre stabilité, de niveau deux, si vous voulez. Si on franchit encore un échelon, la situation devient fort complexe, pour ne pas dire critique. C'est notre cas. Et ainsi de suite, jusqu'à cinq superpositions, comme au Liban. Je n'insisterai pas.

– Volontairement ou non, intervint Aliev, le rapport ne s'attarde pas sur l'Inde, placée curieusement au centre de cet enchevêtrement, au même niveau que le Liban, sans plus d'explications. Continuez, Akhmedov. »

Le colonel respira à fond et composa sur son visage une expression grave.

« Certains pays présentent donc des strates culturelles, des couches de population qui coexistent et entre lesquelles, de manière latente ou déclarée, subsistent des tensions. Ce sont ces antagonismes, ces affrontements internes, qui risquent d'être ranimés puis exacerbés grâce au développement des satellites de télécommunication directe, en permettant aux communautés éparpillées de recouvrer une cohérence, une unité, par-delà les distances et les frontières. De ce fait, une constellation de républiques comme la nôtre, si elle a pu se développer dans le centralisme qu'exigeaient le progrès industriel et l'idéal marxiste, risquerait d'éclater dans la révolution décentralisatrice de la communication. En créant un effet d'aspiration vers l'extérieur, on engendre une véritable opposition à tout système centralisateur, système scientifiquement nécessaire à la gestion et au contrôle d'une nation vaste comme un continent. Si les individus peuvent échapper à l'emprise de l'Etat et refuser la solidarité pour se réfugier dans un environnement culturel qui leur soit propre, nous assisterons fatalement à la décomposition de la société. C'est la contre-révolution. Une phrase du rapport indique bien quelle est la cible du complot. *Les koulaks,* peut-on lire, *se sont rebellés parce que Staline voulait leur retirer leurs lopins de terre; demain, ce pourraient être tous les Soviétiques qui se soulèveront parce que l'Etat voudra leur interdire de cultiver leur jardin secret.* »

Akimov haussa les épaules, en homme qui en a déjà beaucoup entendu et vu.

« Il ne s'agit pas d'un complot, mais d'un chantage, d'une tentative d'intimidation. Un pion que les Américains avanceront à l'occasion d'une prochaine négociation. Autrement dit, c'est de la théorie. Nous ne reculerons pas devant une manœuvre aussi grossière.

– De la théorie, répéta Aliev d'un ton songeur.

CARTE TÉLÉMATIQUE DU MONDE
(Pôles Télématiques)

SECRET DÉFENSE

P.A.

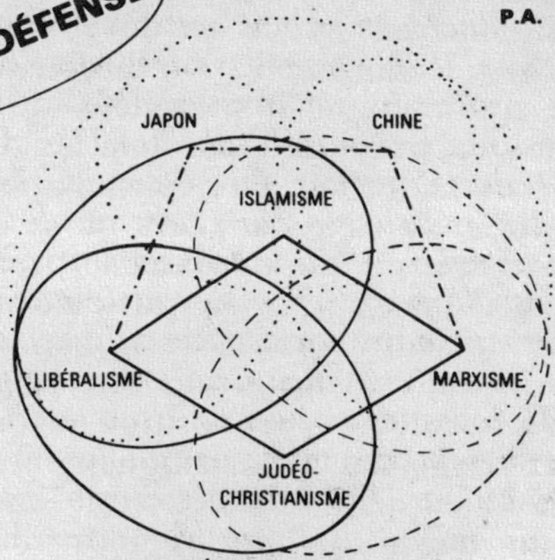

STABILITÉ DES PAYS LOGIQUES

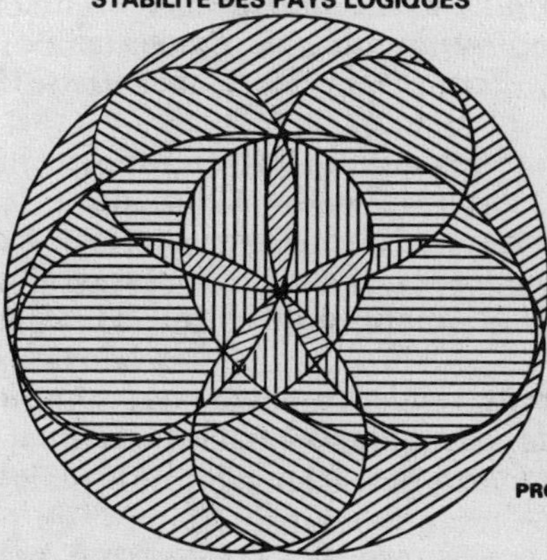

PROJET ARCADE

Stabilité de degré 1 (maxi)

Stabilité de degré 3

Stabilité de degré 2

Stabilité de degré 4

Stabilité de degré 5 (mini)

Colonel Akhmedov, voulez-vous nous résumer la conclusion du rapport? »

Akhmedov rapprocha une feuille de ses lunettes carrées.

« *Chaque mois, de nouveaux satellites géostationnaires sont placés en orbite, miroirs réfléchissant les messages que les hommes s'adressent les uns aux autres. Ce processus est irrémédiable et ne cesse de s'accélérer sous le contrôle de l'U.I.T.*[1], *chargé de le planifier. Il doit être clair que l'essentiel réside dans le contenu des messages. Sans aucun doute, il sera politique; directement ou indirectement. Ces messages deviendront alors offensifs, lorsqu'ils atteindront des hommes vivant dans un espace culturel différent de celui d'où ils ont été émis. Ceci préfigure l'émergence d'armes idéologiques nouvelles, avec lesquelles il faut désormais compter; contre lesquelles il faut aussi songer dès aujourd'hui à se prémunir. Une chose est certaine : au même titre que les armes A.B.C.*[2], *elles font désormais partie de l'armement indispensable à une nation responsable de l'intégrité de son espace territorial, maritime, aérien... mais aussi informationnel.*

« Je saute les détails techniques qui suivent pour arriver à l'essentiel », dit Akhmedov.

Sans même prendre le soin de lever les yeux vers ses interlocuteurs, il reprit, après avoir tourné une page du document qu'il lisait d'une voix monocorde :

« *De toute évidence, pour nous Occidentaux, la défense de notre espace informationnel passe par la consolidation des deux pôles qui le sous-tendent :*

1. U.I.T. : Union Internationale des Télécommunications. Organisation intergouvernementale créée en 1865 par Napoléon III et chargée dès sa création d'organiser et de réglementer le trafic international des télécommunications, qu'elles soient télégraphiques (1865), téléphoniques (1885), radiotélégraphiques (1906), radioélectriques (1927), ou enfin télésatellites (1977). Aujourd'hui l'U.I.T. dépend de l'O.N.U. et regroupe 159 pays.

2. A.B.C. : Atomiques, Bactériologiques, Chimiques.

LIBÉRALISME et JUDÉO-CHRISTIANISME. Malgré les multiples agressions de ces dernières années dans la guerre économique que le reste du monde – Japon en tête – tente de livrer à l'Occident, nous n'avons pas à craindre de dangereuse déstabilisation, à moyen terme tout au moins, du premier de ces pôles. Notre souci et nos craintes proviennent du second : du pôle idéologique, aujourd'hui terriblement affaibli. Ce qui est très grave, car c'est lui le garant des valeurs traditionnelles, sur lesquelles repose notre civilisation. C'est de lui que nous avons tiré dans le passé notre force et notre cohésion. C'est lui qui a été le moteur de notre ascension irrésistible, dans la révolution industrielle que nous venons de traverser au cours des deux derniers siècles. Dans l'ère informationnelle dans laquelle nous entrons, notre intérêt, notre devoir est d'assurer la préservation et le renouveau de ce pôle, de l'ancrer plus solidement que jamais, car il est le seul à être susceptible de rassembler les hommes libres autour d'une morale et d'une vision de l'avenir communes, indispensables à la survie et au développement de l'Occident. Dans cette perspective, le Vatican paraît occuper une position centrale, éminemment stratégique, sur laquelle il convient de s'appuyer. Le catholicisme est la première religion chrétienne par le nombre des fidèles et aussi par la puissance des structures. C'est aussi la seule qui soit implantée sur toute la surface de la planète. C'est enfin la seule qui possède à sa tête un homme d'un charisme incontestable, que les médias ont mondialisé. Un homme dont l'IMAGE et la VOIX déplacent les foules. Un homme qui, avec l'aide d'une infrastructure médiatique appropriée, peut refigurer à lui seul le pôle télématique idéologique de l'Occident... »

Nadjimaddin Akhmedov leva la tête.

« Le Vatican possède son satellite, dit-il. Mais le Pentagone n'estime pas cela suffisant. La zone de réception ne couvrirait en effet guère que l'Italie.

Non, les Américains voient plus grand que cela. Ils envisagent de demander à tous les pays occidentaux de se prêter à leur machination, en réservant un canal au Vatican sur leurs propres satellites. Ainsi sera mise en place la plus vaste chaîne de télécommunication qui puisse se concevoir... véritable ciment destiné à unifier les 700 millions de catholiques du monde et, au-delà, l'ensemble des chrétiens. »

Gaydar Aliev reprit la parole.

« Le Vatican est la plus petite nation du monde, dit-il. Si le projet aboutit, ce sera aussi le plus grand de tous les pays logiques. Messieurs, si le camarade Staline vivait encore, il ne demanderait pas : le pape, combien de divisions?, mais : le pape, combien de canaux de télévision? »

Il ne passa pas l'ombre d'un sourire sur le visage d'Akimov et de Vikhalev.

« Je sais, reprit Aliev, que pour l'instant tout cela vous semble encore quelque peu déconcertant, peut-être même fantaisiste. Je vois à vos réactions que vous ne percevez pas la nature réelle des enjeux. Pourtant, tout tend à démontrer que le président Reagan prend, lui, l'affaire très au sérieux; les responsables des principales nations occidentales ont reçu communication de l'étude américaine. Dom Mintoff lui-même en a eu connaissance à la suite de quelque indiscrétion. Apparemment, les partenaires de Reagan ont accueilli sa demande tout à fait favorablement. A telle enseigne qu'au sein de ce camp si souvent divisé par ses luttes égoïstes s'est formée spontanément la plus formidable coalition qui ait jamais existé. Seule la haine du communisme et de la liberté pouvait réaliser ce miracle. Ce n'est pas la première fois mais, cette fois, ils ont les armes pour réussir. Cependant... »

La voix d'Aliev, ordinairement si posée, s'était tendue, s'était chargée de violence. Il lui fallut quelques instants pour reprendre un débit plus calme.

« Cependant, dit-il, je ne vous aurais pas fait venir de Moscou s'il n'y avait pas eu la seconde enveloppe. »

Il poussa une chemise devant lui et assena un coup de poing sur le bureau. Sur la feuille de carton rouge était inscrit :

OPÉRATION ARCADE

Faremoutiers, 10 octobre 1985

Quand sœur Marie-Bernadette avançait de deux pas, Wendy n'en faisait qu'un. Ainsi, allant lentement, toutes deux tournaient autour du petit cloître. Wendy penchait légèrement sa tête rousse vers la silhouette austère de la supérieure, prêtant l'oreille. Mais la religieuse semblait méditer. Passé les premières formules banales, ayant évoqué certains détails pratiques insignifiants, elle s'était réfugiée dans le silence, comme paraissait le commander le chemin de pierre qu'elle arpentait. Le cœur de Wendy battait fort. Elle s'efforçait de dominer les élans impatients de son corps, donnant l'impression de traîner un boulet à chaque cheville. Tout semblait prêt pour son départ. Pourtant, elle ne pouvait s'empêcher de craindre un contrordre. Allait-on lui annoncer que sa candidature avait été rejetée? La liste des négligences ou des imprudences dont elle avait pu se rendre coupable passait et repassait dans sa tête. Allait-on au contraire la presser de gagner Rome et la priver de son séjour à Tokyo? Ça n'aurait guère été moins catastrophique.

Enfin, la révérende mère sortit la lettre glissée dans son ample manche noire. Elle déplia les feuillets et, les parcourant des yeux, raccourcit encore son pas.

« Ceci vous est destiné, dit-elle. Ces documents m'ont été transmis par l'évêché de Meaux. C'est par cette voie déjà que j'ai fait parvenir au Vatican les informations vous concernant. »

Wendy crut que la supérieure allait lui remettre la lettre, mais sœur Marie-Bernadette n'acheva pas son geste.

« J'espère que vous comprenez quelle grave responsabilité j'ai prise et que vous vous montrerez digne de la confiance qu'on vous accorde. Je n'entends rien à toutes ces choses, mais il me semble qu'il s'agit d'un projet très important. Nous ne recevons pas souvent de courrier de Rome, par ici, mon enfant.

– Mais moi, ma mère, je vous écrirai de là-bas », répondit Wendy, sans réfléchir.

La religieuse sourit.

« Justement... justement, si j'ai bien compris, et je me flatte d'être parfaitement ignorante en ces matières, ce ne sera bientôt plus nécessaire. Si ce poste vous est définitivement accordé, vous participerez à la mise en place de... voyons, comment disent-ils cela?... d'un système ultra-moderne de télécommunication par satellite de radiodiffusion directe. Quoique cela ne soit pas exactement votre domaine... mais ce réseau sera géré par un ensemble informatique très perfectionné et je suppose que c'est là que vos compétences seront employées. »

Assaillie par une vive émotion, Wendy buta dans la fêlure d'une dalle fracturée.

« Qu'est-ce qui ne sera plus nécessaire, ma mère?

– Eh bien, vous n'aurez plus à m'écrire. Pour me donner de vos nouvelles, il vous suffira d'appuyer sur je ne sais quel bouton et... Enfin, à la façon dont les choses évoluent, ce ne sera plus une croix que nous aurons sur la chapelle, mais une antenne.

– Vous semblez désapprouver, ma mère.

– Je mentirais en disant que tout cela m'enchante. Je suis une contemplative; c'est ma place et c'est ma vocation. Puis je suis une femme. Nous ne sommes jamais consultées sur les grandes questions, comme vous le savez. »

Elle riait doucement. Hochant la tête, elle reprit :

« Mais l'intention est très noble. Certainement, l'Eglise tirera un grand bénéfice de cette expérience. Tous les évêchés du monde communiqueront directement avec le Vatican et l'autorité du Saint-Père en sera renforcée. Vous savez comment ils appellent cela? Un synode permanent. Mon Dieu! »

Elle tendit les documents à Wendy d'une main lasse. Aussitôt, les yeux de la jeune fille tombèrent sur la mention : Plan Arcade-Circulation Confidentielle.

« Inutile de vous demander la plus absolue discrétion, n'est-ce pas? Vous êtes attendue à Rome au début du mois de novembre. Avez-vous toujours l'intention de vous rendre à Tokyo?

– Oh! oui, ma mère!

– Pour ce championnat de jeu de go, c'est cela?

– Le championnat du Japon. Il réunit tous les ans les fédérations de go du monde entier. Cette année, ma fédération à Dublin a décidé de m'y envoyer. Cela fait trois ans que j'attends cela, ma mère. Vous le savez.

– Cela m'a l'air très important. Bien, faites comme vous voudrez. » Elle soupira. « D'ailleurs, ajouta-t-elle d'un ton un peu plus amer, vous n'avez plus besoin de mon consentement à présent. Vous n'étiez que postulante à Faremoutiers. Vous n'aviez donc aucun vrai devoir envers l'Eglise, ni l'Eglise envers vous. Ah! si vous aviez voulu persévérer dans cette voie pour prononcer vos vœux, alors cela ne se serait pas passé comme cela. Croyez-moi. Mais votre esprit est ailleurs, Wendy. Votre avenir aussi sans doute.

– Je reste votre fille très obéissante, ma mère. »

Une nonne apparut dans le petit cloître. Elle se dirigea vers les deux femmes et, présentant de respectueuses excuses à la supérieure, demanda la permission de remettre une lettre à Wendy.

« Ce monsieur attend une réponse », dit la nonne.

Sœur Marie-Bernadette autorisa Wendy à ouvrir la lettre d'un mouvement bref du menton. La jeune fille parcourut les quelques lignes, le visage anxieux, puis blêmissant.

« De mauvaises nouvelles? demanda la révérende mère.

– C'est un ami qui habite la région. Il vient de perdre son père. L'enterrement a lieu aujourd'hui à Coulommiers. Est-ce que je peux...

– Mais oui, bien entendu, allez-y. Ah! ma fille, de mon temps, on prévenait à l'avance. Toujours le progrès, sans doute. »

Wendy fit une courte génuflexion et baisa la main que la supérieure sembla lui abandonner avec quelque réticence. Puis elle se précipita vers le parloir.

Michael attendait près d'une haute fenêtre grillée. Wendy vit la stupéfaction se peindre sur son visage quand il se retourna.

« Tu es folle! souffla-t-il. Je ne voulais qu'une réponse, un mot, deux phrases...

– Dehors, commanda-t-elle, il faut que j'aille chez toi.

– Quoi?

– Tu pars, non?

– Si, mais...

– J'ai des trucs à récupérer. Dehors, sortons. L'abbaye, c'est fini. »

Pour la première fois depuis des mois, ils se dirigèrent ensemble vers la 205, ensemble et en plein jour. Michael avait les traits creusés et, tout en marchant, examinait Wendy d'un regard un peu vide. Avant de monter dans la voiture, il s'écria soudain d'une voix cassée, tremblante :

« Enfin, Wendy, ça fait je ne sais combien de temps qu'on se cache, qu'on se...

– C'est fini, je te dis. Tu crois peut-être que je vais moisir ici pendant que tu te dores sur ton île? »

Sur la route de Compiègne, elle demanda :

« C'est vrai, ton père est mort? »

Michael fut choqué par le ton froid, dépourvu d'émotion, de la jeune fille.

« Oui, crise cardiaque.

– C'était sa spécialité, non?

– Quoi?

– La chirurgie cardiaque. »

Il acquiesça.

« Il est mort dans sa clinique, à La Valette. » Un tressaillement noua sa gorge. « A vingt mètres de la salle d'opération. Ils n'ont rien pu faire pour lui.

– C'est fou.

– Tu t'en moques, n'est-ce pas? »

Elle lui serra le bras.

« Vous vous ressembliez?

– Non, je ne crois pas. C'était une personnalité, un notable. Les ministres et les députés défilaient dans son cabinet, pas toujours pour se faire ausculter.

– De quel bord était-il?

– Il fréquentait les travaillistes. Dom Mintoff l'appelait mon cher ami. Mais, à ma connaissance, il a toujours voté nationaliste. Bref, un pur Maltais. Je l'aimais bien. C'était un type extraordinaire. Je n'ai jamais pu avoir raison dans une discussion avec lui.

Je suppose que c'est pour cela que je me suis décidé à partir.

– Et maintenant, qu'est-ce que tu vas faire? Tu vas le remplacer à la tête de la clinique?

– C'est ce qu'il aurait voulu. Ce sera dur. Il faudra que je m'impose. Je crois que je vais essayer... oui, sûrement. »

Ils roulèrent en silence pendant quelques minutes. Michael fumait nerveusement la cigarette coincée entre ses lèvres, laissant tomber la cendre sur sa chemise.

« Récupérer quoi? demanda-t-il soudain.

– Des bricoles que j'ai laissées chez toi.

– Rien de fragile, j'espère?

– Pas spécialement, pourquoi? »

Il eut un haussement d'épaules accablé.

« C'est ma semaine, dit-il. Je ne t'ai pas dit... La maison a été cambriolée, mise à sac plutôt. La dernière fois que tu es venue, pendant que je te raccompagnais.

– Comment?

– Ils étaient bien renseignés, apparemment. Je les ai croisés, Une BMW. Ils n'ont rien pris.

– Rien pris? Rien pris? Qu'est-ce que tu en sais? »

Deux taches rouges mangeaient ses pommettes, mais son front était blanc comme la craie; et ses yeux semblaient fondre dans un brasier de rage.

« Bon sang, mais où ont-ils fouillé, où?

– Partout. »

Wendy se laissa aller contre le dossier de son siège, sifflant entre ses dents.

« Ça ne va pas? demanda Michael.

– Je te le dirai tout à l'heure.

– Comment ferons-nous? Si je reste à La Valette, quand nous reverrons-nous?

– Je serai à Rome, dit Wendy. Terminé, Faremoutiers. Adieu, Seine-et-Marne. Et avant, je vais à Tokyo, pour les championnats de go.

– Le 10, hasarda-t-il.

– Tu es sûr qu'ils n'ont rien volé?

– Rien qui m'appartienne, Wendy. Pas même le fric. » D'un ton accusateur, il ajouta : « Il y avait un gros paquet de fric et ils l'ont trouvé! Ils ne l'ont pas pris. Qu'as-tu laissé chez moi, Wendy? Le plan de l'hôtel où Thatcher descendra la prochaine fois? Des microfilms, des explosifs, les fonds secrets de l'I.R.A.? »

Un pli douloureux déformait sa bouche. La jeune fille sentit qu'il ne plaisantait qu'à moitié. Non, il n'avait pas le cœur à ça; il ne plaisantait pas du tout.

« Mes perles, dit-elle, mes perles et ma rivière de diamants. »

Ils cessèrent de discuter. Lui retourna à ses pensées mélancoliques, à son chagrin; à ses doutes et à ses inquiétudes quant à l'avenir. Elle se laissa ronger par l'anxiété, mâchonnant sa lèvre inférieure et serrant les poings pour lutter contre l'affolement.

Dès que la voiture se fut arrêtée devant la maison perdue dans la forêt, Wendy se rua en direction de la porte. La serrure défoncée n'avait pas encore été changée. Elle fit sauter fébrilement les bouts de bois qui coinçaient l'huis et entra. Quand Michael pénétra dans la grande pièce du rez-de-chaussée, Wendy se trouvait déjà près du pétrin rustique placé à droite de la cheminée et où le jeune homme entassait de vieux chiffons, des vêtements usagés et quelques bûches.

« Eh! Mais tu es dingue! »

Wendy semblait ne pas l'entendre. Frénétiquement, elle vidait le meuble de son contenu poussiéreux. Une à une, les bûches atterrissaient par terre, secouant sur les peaux de chèvre leur sciure et leurs fragments d'écorce. Wendy jeta des boules bleues et noires, vieux jeans tachés de peinture, pulls troués, balança loin d'elle une paire de baskets avachies.

« J'ai mis des heures à ranger tout ça... à tout nettoyer, protesta Michael. Arrête! »

Une sacoche Air France, une pile de numéros jaunis du *Guardian*, un plaid mangé aux mites...

« Tu es fort pour collectionner les saloperies, quand même. En quelques mois... »

Elle souleva un grand carton posé à plat sur le fond du pétrin et se redressa, le visage défait. Michael l'observait d'un air médusé en rassemblant du bout du pied les vêtements qu'elle venait d'éparpiller.

« Est-ce que je peux savoir ce que tu cherches? »

Tout avait disparu. Le dossier fourni par Abdul, son correspondant à Tripoli, avec le descriptif complet de sa mission à Faremoutiers et à Tokyo, le rapport détaillé sur l'homme qu'elle devait rencontrer au Japon, tout...

« Non, dit-elle, tu ne peux pas savoir. Je suis désolée, Mike, je rangerai tout. Tu sais, c'est moi qui l'ai fait, la première fois.

– Oui, oui, je m'en souviens. C'est toi qui as décidé à quoi servirait le pétrin. Et pourquoi? Pour cacher quoi? Ça, par exemple? »

Il se baissa et ramassa parmi une poignée de paille une photo découpée dans un journal. Un groupe, à l'occasion d'une réception au Vatican; en gros plan, identifié par la légende, M. Williamson, ambassadeur des Etats-Unis auprès du Saint-Siège; et, entouré d'un coup de crayon rouge, le visage d'un prêtre; une flèche indiquait : N. Resaccio.

Wendy se rua sur lui.

« Rends-moi ça immédiatement. »

Michael n'eut pas le courage de se battre. Non,

pas pour ce misérable bout de papier. Tout lui paraissait soudain vain et dérisoire.

« Apparemment, commenta-t-il, nos amis ont oublié quelque chose.

– Pas grand-chose... Non, Mike, crois-moi, ils ont eu ce qu'ils voulaient. »

Il perçut tant de détresse dans sa voix qu'il se laissa émouvoir une fois de plus. Il ne pensa plus qu'à ce qui comptait vraiment; lui à Malte, elle à Tokyo, puis à Rome; une nouvelle séparation.

Wendy s'approcha de lui, s'accrocha à son bras. Michael trouva la force de la soutenir, de la rassurer. Longtemps, il avait cru qu'il la perdrait s'il essayait d'en apprendre trop long sur elle. Le hasard avait voulu qu'il en apprenne plus, oh! un tout petit peu plus qu'il ne l'avait souhaité. Maintenant, il n'avait plus le choix. S'il désirait la garder, c'était tout, absolument tout qu'il fallait savoir. Wendy leva ses grands yeux clairs, surprise par la violence de son étreinte.

4

Tokyo, 31 octobre

Nous sommes des bêtes curieuses, songea Wendy. Ils viennent nous regarder jouer au go comme les Anglais iraient voir jouer une équipe de Martiens à Twickenham. L'assistance était presque exclusivement japonaise. Derrière les petites tables alignées dans une vaste salle, au premier étage de l'imposant hôtel Impérial, des Allemands, des Anglais, des Français, des Hollandais. Ils étaient une dizaine en tout et, parmi eux, une seule femme. Tous affrontaient le même homme, européen lui aussi. Un Italien, un prêtre. L'un des meilleurs joueurs du vieux continent. Nicholas Resaccio, qui, depuis sa récente victoire au tournoi de Rome, contre des maîtres venus du Japon et de Corée, s'était fait un nom dans les milieux du go, donnait une démonstration, défiant en parties simultanées des adversaires moins bien classés dont les plus brillants seraient admis à participer aux éliminatoires des championnats amateurs de Tokyo. Selon leur *kyu*, leur position dans la hiérarchie du jeu de go, les compétiteurs avaient reçu, sous la forme d'un nombre plus ou moins élevé de pierres, un avantage qui constituait le handicap de Nicholas. Les performances antérieures de Wendy étant modestes, et son sexe ayant à l'évidence inspiré aux organisateurs un peu de condescendance, on avait infligé à Nicholas le handicap maximum de neuf pierres que la jeune fille avait trouvées disposées sur son *go-ban* avant le début de la partie. Cela l'avait blessée dans sa fierté, même si la décision favorisait ses plans et rendait envisageable ce qui *a priori* semblait hautement improbable : faire trembler l'un des rares Ve dan européens.

Malgré le caractère très cosmopolite de la clientèle du gigantesque Imperial Hotel, l'ambiance qui régnait dans le luxueux salon était typiquement japonaise. Wendy fut frappée par l'attitude silencieuse et recueillie des spectateurs qui se déplaçaient lentement dans les lumières douces, accompagnant le prêtre d'une table à l'autre. Parfois un murmure approbateur succédait au petit claquement sec de la pierre sur le *go-ban*.

Elle avait été déconcertée par l'allure de son adversaire, au point d'hésiter un instant à le reconnaître. Elle s'en était fait une idée grâce à deux ou trois photos prises à l'occasion de cérémonies officielles (et, dernièrement, grâce à celles parues à la une de tous les quotidiens du monde qui commentaient le détournement du vol d'Air France). Il y apparaissait un peu guindé, presque sévère. Elle ne s'était pas attendue à découvrir un homme si jeune, si séduisant, vêtu d'un pull noir à col roulé et de bottines luisantes; seul le costume gris restait plutôt austère, quoique la coupe portât la marque du chic italien. Quant à elle, son souhait le plus ardent aurait été de connaître l'effet qu'elle produisait sur lui. Hélas! pour sa plus totale déconfiture, Resaccio avait joué les premiers coups rapidement, ne se concentrant qu'un court moment sur le rectangle de bois quadrillé avant de placer sa pierre noire et de s'éloigner vers la table voisine, la dernière de la rangée. Wendy n'était pas bien sûre d'avoir vraiment été regardée. Resaccio savait que l'ensemble des parties serait interrompu au bout de deux heures d'horloge, et, visiblement, rien d'autre ne l'intéressait que d'avoir joué à ce moment-là le maximum de coups. Orgueilleux. Désir de montrer ses capacités. Wendy rangea ses premières considérations dans un coin de son esprit.

Les diverses parties progressant, les temps de réflexion du jeune prêtre se faisaient plus longs. Wendy attendait patiemment son tour, cherchant éperdument comment l'étonner, comment attirer enfin son attention. Pour l'instant, elle ne semblait avoir excité l'intérêt que d'un vieux Japonais, un petit homme à barbiche et cheveux blancs qui s'était statufié en face d'elle et observait chacun de ses mouvements avec une intense curiosité. Quand elle était sur le point de jouer, quand elle venait de choisir l'emplacement de la pierre, il plissait les yeux ou bien les écarquillait. Wendy ne tarda pas à comprendre. Le vieillard plissait les paupières de contentement et c'était la consternation qui les lui faisait ouvrir toutes grandes. Détail passionnant, il avait une tête à pratiquer le go depuis au moins dix mille ans.

Accaparée par ce petit manège et le déroulement de sa partie, la jeune fille tarda à identifier un autre sentiment, une impression qui se précisa dès qu'elle en eut deviné la cause. On la surveillait. Pas ce vénérable Japonais, pas cette foule sage et attentive... non, elle sentait peser sur elle d'autres regards, plus scrutateurs, plus indiscrets, qui ne s'intéressaient pas à ses manœuvres d'ouverture, ni à l'*hasami* qu'elle préparait pour couper court à l'attaque des noirs sur le bord droit du *go-ban*, mais à sa personne. Cela la troubla. Elle jeta un coup d'œil ou deux autour d'elle, mais ne put localiser la source de son inquiétude. S'il s'agissait d'un fantasme, il la poursuivait avec acharnement depuis qu'elle avait quitté Faremoutiers. Or, là-bas, il s'était passé quelque chose qu'elle n'avait assurément pas inventé.

Quand Nicholas se présenta à nouveau devant elle, elle sursauta presque. Le prêtre riposta sans hésiter à sa tentative d'*hasami*, sacrifiant quelques pierres pour consolider ses positions. Une dizaine de têtes branlèrent, approuvant la contre-offensive. Wendy crut qu'il allait encore s'éloigner sans daigner lui prêter attention, mais, cette fois, Nicholas leva les yeux. Il eut un petit sourire où Wendy crut lire un certain respect ainsi que la tranquille certitude de son invulnérabilité. Mieux que rien. Puis il continua, s'approchant d'un pas plein d'assurance de la table suivante, la dixième et dernière. Il faut que je lui fasse peur, se répétait-elle. Au moins cela. Qu'il soit obligé de s'arrêter, de réfléchir, au lieu d'avoir l'air de se baisser pour renouer son lacet. Tant qu'il dominera aisément la situation, je resterai transparente à ses yeux, un adversaire parmi les autres; l'une des victimes de sa démonstration.

Combien y a-t-il de spectateurs? Deux cents, peut-être. Des connaisseurs. Des hommes, uniquement des hommes. La plupart avaient cessé de vagabonder. Wendy nota la formation de trois groupes plus fournis, devant les *go-ban* où les parties devaient sembler les plus serrées. Hormis son fidèle Japonais à tête blanche, seule une poignée de curieux s'acharnait à suivre son combat désespéré. Mais aucun n'aurait misé un yen sur ses chances.

Soudain, comme lorsqu'elle jouait seule dans sa cellule, elle eut une sorte d'illumination. Resaccio avait entrepris de faire tout un coin en *sente*. Il lui fallait reprendre l'initiative, attaquer. Là, là? Un *kikashi*, un passage en force, comme disent les footballeurs. Les noirs paraissaient en position de faiblesse, dans ce secteur. Peut-être... Elle ne savait plus. Oui, comme à Faremoutiers, à l'étincelle succédait le doute, le voile, la déprime. D'un mouvement léger, presque subrepticement, elle posa le bout de son doigt sur l'intersection convoitée; puis elle glissa un regard en direction du vieux samouraï, innocemment. Les paupières se plissèrent; un petit air amusé ratatina plus encore le visage parcheminé. Merci, très honorable. Tricher, moi tricher? Oh! après tout, c'était peut-être une idée.

Au bout d'une heure de jeu, la situation était grave, mais pas catastrophique. Wendy avait déjà capturé quelques pierres et, surtout, elle avait réussi à desserrer l'étau. A son grand dam, Nicholas Resaccio ne paraissait pas s'en apercevoir. Ou alors, il ne s'en souciait guère. Il continuait de choisir ses coups avec rapidité et décision, comme si la solution à chaque fois était évidente. Wendy le trouva insolent. Elle faisait maintenant claquer ses pierres plus sèchement contre le tablier de bois, pour essayer de contraindre son adversaire à se rendre compte qu'il ne se battait pas seulement contre une horloge. Rien n'ébranlait son calme.

Une heure douze. Brusquement, Nicholas se retourna. Il vit trente, peut-être quarante spectateurs attroupés derrière lui. Une moue intriguée passa sur sa figure. Il se caressa la joue du revers de la main et se concentra un peu plus intensément sur le jeu. Wendy se sentit désemparée. Le coup qu'elle allait jouer, elle le savait, était décisif. Dans la partie en cours, bien sûr, mais surtout dans la partie tellement plus importante où Resaccio et elle étaient engagés. Le lien entre le jeune prêtre et elle devait s'établir, là, maintenant. La pierre était douce et chaude dans le creux de sa main. Wendy déplia lentement le bras, son index à demi tendu. L'ongle rose et court érafla une case. Les sourcils du vieux Japonais s'étaient enfoncés dans les grosses rides de son front. Wendy retira sa main comme si elle s'était brûlée. Alors, d'un geste précipité, fébrile, elle posa sa pierre plus loin, dans un angle. Tous les traits du vieillard s'étirèrent dans l'autre sens. Mais déjà, elle savait. Une rumeur réconfortante avait parcouru les rangs agglutinés des spectateurs.

« *Tesuji* », prononça une voix.

Remarquable.

Resaccio la regardait. Etonné. Piqué au vif? Non, émoustillé. Intéressé. A-t-il remarqué que je suis une femme? Wendy ne lui sourit pas. Elle baissa le front, sérieuse, modeste.

Quatre des dix parties de go étaient achevées. L'adversaire avait capitulé. Sur les autres *go-ban*, Nicholas dominait. Partout, sauf sur celui de Wendy. Là, la situation, lentement, incroyablement, basculait en faveur de la jeune fille. Quand Nicholas se présentait devant elle, il paraissait chaque fois plus perplexe, plus dérouté. Le temps s'écoulait, il tournait pour elle. Plus que vingt minutes. Wendy devait lutter pour garder le fil de sa réflexion, de sa stratégie. Une impression déplaisante la poursuivait et troublait sa concentration. Elle était certaine à présent d'être surveillée par des yeux qui ne voyaient qu'elle et se moquaient des figures blanches ou noires qui s'entremêlaient sur la planche de bois. Se redressant vivement, elle faillit laisser échapper un cri. Une silhouette sombre, sur la gauche. Elle l'avait repérée. Mais le rideau des amateurs s'était refermé, grappes compactes de costumes stricts et de faces attentives. Nicholas se penchait pour prendre une pierre noire dans le bol. Mais il ne la saisit pas. Il restait sept minutes à jouer. Les lèvres du prêtre remuaient, comme s'il comptait mentalement. Il secoua la tête, s'inclina; un salut cérémonieux, un brin ironique.

« Je crois que vous avez gagné, mademoiselle », dit-il dans un anglais parfait.

Des applaudissements éclatèrent autour d'eux. Wendy se leva; elle dut se retenir au bord de la table parce que le sol vacillait sous ses pieds. Que faire? Que dire? Tout d'un coup, c'était trop. Elle avait atteint son but au-delà de toute espérance. On la congratulait. Le vieux Japonais branlait du chef d'un air grave. Trop, oui. Il ne fallait pas qu'on lui arrache sa proie au moment où elle la tenait. Je lui ai prouvé mes capacités. Je ne dois pas le ridiculiser. Trop, j'en ai fait trop. C'est lui le meilleur. Il faut absolument qu'il le comprenne. Elle repoussa un bras, buta contre la table, brouilla le jeu, faillit se rattraper à la manche du prêtre.

« Mon père, dit-elle.

– Oui?

– Mon père, j'ai un aveu terrible à vous faire. »

Une voix les appela. L'espace d'un instant, ils regardèrent tous deux dans la même direction. Le flash les éblouit. Le photographe les remercia d'un signe de la main. Nicholas se tourna vers Wendy, les sourcils froncés, intrigué.

« Pas ici, bredouilla-t-elle, je ne peux pas.

– Ce ne doit pas être bien grave.

– Je commence à craindre que si. »

La foule s'éclaircissait enfin autour d'eux.

« Ces émotions m'ont creusé l'appétit, déclara Nicholas. Puis-je vous entendre devant un plat de tempura ou serait-ce déplacé? »

Wendy sourit.

« Cela me convient parfaitement. »

Ils redescendirent à pied jusqu'au grand hall principal de l'Imperial Hotel, où grouillaient les voyageurs et où circulaient sur des chariots des montagnes de bagages. Nicholas et Wendy s'arrêtèrent un moment face à la carte du monde qui dominait ce ballet incessant. Composée de volets blancs ou noirs, elle indiquait quelle partie de la planète était plongée dans la nuit et quelle autre éclairée par le soleil. Une lame pivota; quelque île perdue dans l'Atlantique vit le jour se lever.

L'ascenseur les mena à l'un des six restaurants de l'hôtel, celui où l'on servait la cuisine traditionnelle japonaise. Ils s'assirent en tailleur sur de petits coussins, de part et d'autre d'une table basse, comme s'ils s'apprêtaient à disputer une nouvelle partie sur un damier à peine plus grand que le précédent.

« Eh bien, cet aveu?

– Il faut... Il faut que vous sachiez que ma victoire n'est pas entièrement méritée. Sans l'aide de Dieu...

– On Lui doit tout, intervint Nicholas.

– C'est-à-dire... Il avait une barbe blanche...

– Naturellement.

– ... Et les yeux bridés.

– Vraiment?.

– Oui. Il clignait des yeux quand je jouais juste et les écarquillait quand je m'égarais. Je dois reconnaître que cela m'a bien aidée à certains moments plutôt critiques.

– En effet, dit Nicholas, il me semble à moi aussi que le bon Dieu m'adresse un petit signe quand j'agis comme il faut et qu'il me fait les gros yeux dans le cas contraire. »

C'est bien une réponse de curé, songea Wendy. Oh! là! là! pourvu qu'il ne soit pas *vraiment* comme ça.

« Mais vous, dit-elle, vous ne trichez pas. Je sais que je n'aurais pas dû, mais j'avais tellement envie de gagner. J'ai compris en voyant la réaction du public qu'ici, une défaite face à une femme...

– Vous oubliez que je suis italien. Pour moi, ça a été un plaisir... et un honneur. De toute façon, vous jouez très bien. »

Ils passèrent commande. Nicholas choisit pour deux. Tempura d'abord, suki-yaki ensuite. Chacun s'était maintenant habitué à la présence de l'autre et ils s'observaient mutuellement de façon plus directe. En s'habillant, en mettant sa jupe claire un peu courte, Wendy n'avait pas imaginé que la soirée pourrait se poursuivre ainsi, jambes croisées à la japonaise. Le tissu crème remontait effrontément sur ses cuisses. Nicholas, apparemment, la regardait sans embarras. La jeune fille fut un instant tentée de jouer de la situation. D'instinct, c'est ce qu'elle aurait fait. Il fallait qu'elle se surveille. Il ne croira jamais que j'arrive de Faremoutiers, se dit-elle.

« J'ai une autre confession à vous faire », déclara Wendy.

Nicholas l'encouragea d'un geste.

Au moment où elle allait se mettre à parler, la vue de son genou découvert la troubla. Elle tira sur sa jupe. Nicholas attendait, impassible.

« Si je suis une inconnue pour vous, dit-elle, vous n'en êtes pas tout à fait un pour moi. Je suis une passionnée de go, mais je ne pensais pas avoir la chance de vous rencontrer, ici, à Tokyo. Quand j'ai entendu parler de ce tournoi, dans l'hôtel... oh! j'aurais fait n'importe quoi pour qu'on me permette d'y participer. »

Le jeune prêtre sourit.

« Vous avez dû être bien déçue... Je ne suis pas le grand joueur que vous imaginiez. »

Wendy secoua la tête.

« Non, ce n'est pas pour cela que je désirais vous rencontrer. »

On déposa sur la table le plat de tempura. Couvrant de leur ombre dorée les beignets de crevettes et de légumes, s'élevaient de croustillants bouquets de persil, pareils à des arbres couverts de givre. Une jeune Japonaise drapée dans une longue robe vint s'agenouiller près d'eux. Elle commença par garnir l'assiette de Nicholas puis, plus parcimonieusement, servit Wendy. Ensuite, elle rangea ses mains dans ses manches amples, comme font les religieuses dans leur coule. Comparant la pose stricte et digne de la Japonaise à sa propre posture, Wendy sentit ses joues s'enflammer. Nicholas la regardait, attentif. Elle étala sa serviette sur son genou droit, qui lui paraissait le plus exposé.

« Quoi d'autre? » demanda le prêtre.

Il avait envie de rire, elle en était sûre.

« Je sais... que vous n'êtes pas seulement un joueur de go, mais aussi un informaticien. Or, il se trouve que c'est également un peu ma spécialité. Voyez-vous, je dois me rendre prochainement à Rome pour travailler à un projet dont la direction, je crois, vous a été confiée. »

Nicholas ouvrit de grands yeux stupéfaits. Wendy, elle, baissa modestement les paupières.

« Oh! je sais bien que nous ne travaillerons pas ensemble. Vous serez à la tête et moi... moi, j'ignore encore quelle sera ma tâche. Très subalterne, probablement. C'est pour cela... (elle rit)... que je me suis donné tant de mal pour essayer de vous rencontrer. Non, rassurez-vous, pas de piston. Mais c'était une telle chance. Je craignais que nous n'ayons que peu l'occasion de nous voir dans le cadre même de l'opération. Alors, j'ai lâchement profité... »

Elle se tut, comme si elle craignait d'ennuyer Nicholas avec ce flot de paroles. Le prêtre croqua pensivement un beignet.

« Vous avez eu raison, déclara-t-il enfin. Ce projet est tout nouveau pour moi aussi. Et, ma foi, je me sens un peu seul. Il est réconfortant d'avoir en face de soi quelqu'un qui sera associé à son déroulement. Cela lui confère plus de réalité. »

Il s'empara du cruchon de saké pour servir Wendy; aussitôt, prompte comme une tigresse, mais d'un geste calme, la Japonaise lui retira le récipient chaud des mains. Elle remplit d'abord le gobelet de Nicholas, puis celui de la jeune fille. Il y eut un petit moment d'incertitude, tandis que Wendy et Nicholas ravalaient un rire complice.

« Bref, votre présence ici, face à moi, dans ce restaurant, n'est pas tout à fait une coïncidence?

– Honnêtement, pas tout à fait.

– Comment se fait-il que vous me connaissiez si bien?

– J'étais postulante à l'abbaye de Faremoutiers. Quand elle a reçu la circulaire concernant le plan Arcade, la mère supérieure a eu la bonté de me recommander auprès du Vatican. Bien sûr, ç'a été un déchirement, mais je mentirais en disant que j'ai vraiment hésité. Et c'est ainsi qu'on m'a communiqué votre étude à propos de l'impact des mutations technologiques sur la spiritualité : la *Révolution de l'Immatériel.* »

Wendy but quelques gorgées de saké pour dissimuler son trouble. Ce texte du père Resaccio, elle se souvenait fort bien du jour et du lieu où elle l'avait eu entre les mains pour la première fois. Dans un hôtel parisien, quelque dix mois auparavant. En le lui remettant, Abdul avait affirmé : « Si tu veux avoir une chance de séduire ce prêtre, il te faut t'imprégner complètement de sa pensée. N'apprends pas ces divagations par cœur. Essaie de réfléchir comme il réfléchit. Fais comme quand tu joues au go. Sois toi-même et ton adversaire en même temps. »

Wendy eut l'impression que la Japonaise l'observait avec hostilité. Sans doute estime-t-elle que je bois trop, songea la jeune fille. Nicholas avait commencé de parler. A son ton fervent, elle sut que rien ne pourrait plus l'arrêter. Il avait reposé ses baguettes et laissait refroidir devant lui le dernier tempura.

« Je ne sais quelle idée vous vous faites de ce que l'on a appelé la révolution informatique, disait-il, mais vous m'accorderez sans doute qu'au-delà de ses nombreuses conséquences techniques, elle va provoquer un formidable bouleversement intellectuel et culturel. En tant qu'informaticien moi-même, tout cela me fascine, mais mon souci fondamental reste de savoir comment la spiritualité pourra survivre dans cette tourmente ou, mieux, s'il lui sera possible de s'y épanouir. Pour l'instant, cete mutation profonde apparaît essentiellement matérielle, dans la continuation de la révolution industrielle du siècle dernier. Or, cette révolution était l'aboutissement de la vieille logique cartésienne, à la fois linéaire et binaire, mécanique et tout entière fondée sur des relations de cause à effet. Depuis, nous sommes restés prisonniers d'un espace unidimensionnel, dans lequel l'Eglise a commis l'erreur de vouloir se situer. »

Wendy songea que Nicholas pouvait sans doute parler ainsi pendant des heures. Toutefois, elle éprouva la nécessité de l'interrompre, pour ne pas se sentir exclue de ce discours. Il fallait qu'à la fin de la conversation, le jeune prêtre vît en elle une collaboratrice et non seulement une auditrice.

« J'imagine qu'elle n'avait pas le choix, dit-elle. Elle devait avant tout exister.

– C'est vrai, mais un illustre théologien a dit que Dieu est un cercle dont le centre est partout et la circonférence nulle part. Cela exprime bien qu'on ne peut Le confirmer dans un espace unidimensionnel. Le spirituel n'est en aucun cas circonscrit par la culture linéaire et purement accumulative qui a été la nôtre pendant des siècles. Certes, Dieu S'est manifesté à nous par des signes, mais Sa vraie dimension n'est pas à trouver dans ces signes.

– Peut-être alors pourrait-on définir l'espace qui est le Sien comme étant de dimension nulle?

– Oui, dit Nicholas, c'est sans doute là qu'il faut chercher la spiritualité, non dans l'espace, mais dans le temps, ou plus exactement dans ce que les physiciens ont nommé l'espace-temps.

– Et cela, d'une certaine façon, nous ramène à l'informatique.

– Précisément. Mais comprenez-moi bien. Il n'est nullement question pour moi de vouloir démontrer quoi que ce soit grâce aux progrès de l'informatique. Ma foi ne peut reposer sur une démonstration scientifique. La mathématique ne nous conduira jamais vers le Seigneur. Veillons du moins à ce qu'elle ne nous en détourne pas. Non, ma démarche est inverse. Elle consiste à essayer de guider tous ceux qui ont une foi, notre foi, dans cette évolution fantastique, à essayer de les aider à passer du XIXe au XXIe siècle, en tâchant que leurs convictions, leurs valeurs, ne soient pas ébranlées, mais bien au contraire renforcées par ce bouleversement. Voyez vous, j'ai été informaticien avant d'être prêtre. Depuis bientôt quinze ans, je m'efforce d'analyser l'impact que les modifications de mon environnement technologique ont eu sur mon comportement, mon jugement. Honnêtement, j'ai parfois eu peur. Oui, j'ai vu par moments poindre à l'horizon de tels orages que je me suis demandé si ma foi simple de chrétien n'allait pas être emportée comme un fétu de paille. Pourtant, je suis sorti de l'épreuve fortifié, plus sûr de ma voie que jamais.

– Comme un ermite qui a triomphé des tentations? » glissa malicieusement Wendy.

Nicholas sourit.

« Comme un homme qui pense avoir compris quelque chose. Voilà ma conclusion, Wendy. Il me semble que nous quittons un siècle purement matériel pour entrer dans une ère nouvelle où la notion même de dimension perdra de son sens. Et j'ai la ferme certitude que les valeurs spirituelles sont appelées dans ces conditions à redevenir fondamentales, du fait qu'elles se trouvent au cœur de ce que je nomme l'espace immatériel. »

On apportait le suki-yaki. La viande était encore

rouge dans les récipients brûlants et cuisait à la vapeur des légumes qui tapissaient le fond du plat.

« Le but ultime de l'informaticien, reprit Nicholas, est de domestiquer non la matière, comme le physicien, mais le temps. Et plus exactement l'infiniment petit du temps. Comme d'autres fouillent la galaxie à la poursuite des espaces sans limites, nous travaillons sur le milliardième de seconde, sur la fraction la plus infime du temps. Ce sont deux façons de tendre vers l'éternité. L'univers sans fin ni commencement ou bien... le temps nul.

– Voulez-vous dire que, pour vous, l'ordinateur est une sorte de machine à remonter le temps? » demanda Wendy, passionnée.

Elle s'efforçait d'intervenir dans ce long monologue aussi souvent qu'elle le pouvait. Le texte de sa mission était gravé dans sa mémoire. Il revenait comme un leitmotiv : *Approcher Resaccio. Le sécuriser. Faire en sorte de devenir une de ses proches collaboratrices à Rome. Se préparer au noyautage du plan Arcade selon des directives fournies ultérieurement.*

« Pas du tout. Vous restez là vous aussi engluée dans la logique cartésienne. Linéaire, binaire : oui / non, vrai / faux...

– Comme les ordinateurs.

– Comme ont fonctionné les ordinateurs jusqu'à maintenant. Logique linéraire, binaire, et ne connaissant que deux directions temporelles, l'avant et l'après, de part et d'autre de l'instant zéro. Alors, bien sûr, puisqu'on avance dans les temps positifs, pourquoi ne pas imaginer de rebrousser chemin vers les temps négatifs? Cependant, cette exploration du passé, seule la mémoire individuelle ou collective peut l'accomplir. C'est un phénomène culturel et immatériel. »

Wendy hocha la tête.

« Oui, je comprends. Votre idée est que les ordinateurs de la nouvelle génération ne raisonnent plus à une dimension, en traitant un problème et un seul à la fois, mais en faisant ce qu'on appelle du *multiprocessing* relationnel, c'est-à-dire en traitant simultanément des centaines de problèmes liés les uns aux autres. »

La Japonaise agenouillée près d'eux donnait des signes d'agacement. Oh! bien légers, mais cependant perceptibles. Elle surveillait d'un air réprobateur l'assiette que Nicholas ne se décidait pas à vider. Wendy, elle, mangeait de bon appétit tout en écoutant le prêtre, et c'était peut-être bien cela que leur belle hôtesse supportait le moins.

« Je ne voudrais pas vous ennuyer avec un rappel historique, continuait imperturbablement Nicholas, mais il est parfois utile de se souvenir de ce qu'était ENIAC, la machine de von Neumann, l'ancêtre des ordinateurs. Il comportait trente-six mille tubes et pesait 18 tonnes! »

Wendy eut l'impression que la Japonaise avait froncé les sourcils. ENIAC, ce nom lui évoquait-il quelque chose? Savait-elle que la machine avait contribué au succès du projet *Manhattan,* dont l'aboutissement avait été l'explosion de deux bombes atomiques sur le territoire de son pays?

« Eh bien, quarante ans plus tard, malgré d'énormes perfectionnements, la plupart des ordinateurs – pour ne pas dire tous – ne savent pas en faire plus long que lui. A savoir fonctionner sur un mode exclusivement séquentiel, comparer deux informations ou les additionner. Seulement, on a fait de tels progrès dans un autre domaine, celui des logiciels, des programmes informatiques, qu'au fur et à mesure que les générations d'ordinateurs se succédaient, on a fini par croire que l'homme avait créé une machine douée de raison. On a même été jusqu'à baptiser pompeusement certains programmes informatiques « intelligence artificielle », ce qui laissait supposer que les ordinateurs pouvaient effectivement singer le fonctionnement du cerveau humain. Prétention naïve, erreur complète. Et cela nous renvoie à ce que je disais tout à l'heure sur l'espace de réflexion à dimension unique, linéaire et séquentiel, que nous arpentons depuis des siècles et où règne en maître l'axiome du tiers exclu, soit un mode de pensée qui n'admet pour une proposition donnée que deux possibilités...

– Qu'elle soit vraie ou fausse, compléta Wendy. Mais vous semblez là évoquer quelque fatalité. D'où vient qu'on ne sache pas raisonner autrement?

– Toutes les connaissances humaines modernes procèdent de l'invention de l'écriture. Or, c'est là une technique typiquement linéaire et séquentielle. Il est bien naturel qu'on ait conçu les « machines à réfléchir » en fonction de la même logique. Ainsi, la structure des circuits électroniques s'inspire encore aujourd'hui de l'algèbre de Boole, qui n'est elle-même qu'une admirable synthèse mathématique de la pensée cartésienne. Si on en est venu à envisager que les ordinateurs puissent simuler le raisonnement humain, ce n'est pas à la lumière d'une redéfinition de leur mode de fonctionnement, mais sous l'influence de l'espèce d'ivresse intellectuelle qu'a fait naître chez certains le prodigieux perfectionnement du mécanisme. C'est le vertige de la vitesse, du temps de réponse au milliardième de seconde. Comme si une fusée, par son seul pouvoir d'accélération, avait la capacité de nous faire passer dans une autre dimension. Mais non, nous n'avons pas créé, comme vous le diriez, des machines à remonter le temps – uniquement à traiter le temps : quelque chose comme des microscopes temporels, engins susceptibles d'effectuer en une seconde un milliard d'opérations. Doté de tels moyens, l'ordinateur peut en effet, sans s'échapper le moins du monde de sa logique binaire, donner l'impression à l'utilisateur qu'il réfléchit avant de répondre. En réalité, il essaie toutes les possibilités, de manière exhaustive, et, ayant identifié celle qui satisfait à tous les paramètres du problème, il la déclare " bonne solution ". »

Il mangea une bouchée, comme un orateur avale une gorgée d'eau, et poursuivit :

« Ayant adopté et appliqué une logique et une seule, l'homme a fini par oublier qu'il en existait d'autres... et que son propre cerveau était immensément plus riche que l'ordinateur de von Neumann. Le bouleversement qui se prépare repose sur une approche différente du problème. Ce qui est en train de se produire rappelle la découverte qui a révolutionné la physique au début de ce siècle. Depuis deux mille ans, depuis Lucrèce qui disait que « la nature est composée de petites particules irréductibles à toute division, solides et éternelles », on croyait que l'atome était la plus petite particule de matière existante, sorte d'unité indivisible. Or, il a fallu admettre que l'atome était composé d'un noyau et d'électrons, puis que ce noyau même était fissile. Aujourd'hui, nous devons nous habituer à l'idée que le temps n'est pas uniquement une suite de secondes formant le cours des siècles et que la seconde elle-même est divisible à l'infini. Alors, il se pourrait bien que, comme le XIXe siècle a été transformé par la maîtrise de l'infiniment petit de la matière, le XXIe siècle soit, lui, révolutionné par l'exploitation de l'infiniment petit du temps, par l'exploitation de cette matière première immatérielle et inépuisable.

– En général, dit Wendy, quand on parle de matière première, on suppose l'existence de gisements. Pensez-vous donc qu'après l'or et l'uranium, on va assister à une ruée vers les gisements de temps? »

Nicholas eut un hochement de tête satisfait.

« Parfaitement. Voyez-vous, nous sommes en train de passer de l'ère de la prospective à celle de la simulation. La prévision découle du vieux mode de pensée linéaire. Il s'agit de tirer sur un fil, et un seul, de façon plus ou moins arbitraire. Grâce à la simulation, nous pouvons disposer, de façon immédiate, de l'éventail complet des possibilités offertes. Tous les éléments sont accessibles, simultanément et, au lieu d'être placés sur un itinéraire fléché, nous nous trouvons devant un espace. Ce qui peut sembler n'être qu'un progrès technique se révélera d'une portée intellectuelle et même philosophique encore incalculable. Désormais, en effet, il n'y aura plus de distance entre le modèle et le réel ou, si vous préférez, plus d'attente. Le modèle *sera* le réel. Dans cet espace de la simultanéité, on ne distingue plus ni passé, ni futur. Biologiquement, on pourrait décrire cela comme une évasion. Nous briserons les plus lourdes de nos chaînes, celles qui nous retiennent à l'inexorable écoulement du temps. Par le jeu de la simulation, l'infini est contenu dans l'instant – et cet instant, ce peut être un millième de milliardième de seconde ou, qui sait, demain, un milliardième de milliardième de seconde!

– Et, dans cette vertigineuse descente dans l'infiniment petit, vous retrouvez l'homme en disant qu'un ordinateur qui travaille au milliardième de seconde effectue en une seconde autant d'opérations qu'un homme en toute une vie, continua Wendy.

– C'est à peu près ça. En conséquence, s'il fonctionnait au milliardième de milliardième de seconde, il en ferait autant en une seconde qu'un milliard d'hommes dans toute leur existence! Une telle appréciation, bien sûr, peut paraître sommaire. Cependant, voyez-vous, comprendre ce que signifie l'exploitation de ces granules de temps infinitésimaux, c'est comprendre qu'elle va non seulement offrir à l'homme des possibilités insoupçonnées, mais aussi, et peut-être surtout, le faire pénétrer dans un nouvel espace de réflexion : dans un espace-temps non plus physique, au sens « einsteinien », mais immatériel, spirituel.

– Où sont passés nos gisements de temps, dans tout ça? » demanda Wendy.

La salle se vidait peu à peu. La belle Japonaise leur avait servi du thé, puis s'était éclipsée. Wendy jeta un coup d'œil autour d'elle. Deux tables restaient occupées. L'une par deux hommes, américains probablement, l'autre par deux Japonais. Une curieuse impression la troubla, faillit même la faire pouffer de rire. Elle aurait juré que *tous quatre* les observaient, elle et Nicholas, et aussi... qu'ils se surveillaient mutuellement. Sans doute délirait-elle. Ou bien peut-être tout simplement ces messieurs avaient-ils assisté tout à l'heure au tournoi de go. Elle se prépara à signer des autographes.

« J'y viens, répondit Nicholas. Des gisements, oui... un peu particuliers en ceci que c'est, si l'on veut, le forage lui-même qui crée la matière première. Voilà, Wendy... sachant que notre espace physique n'est pas une simple somme de particules, mais d'éléments beaucoup plus petits, *infiniment* plus petits, et sachant que notre temps n'est pas l'addition d'unités temporelles indivisibles, mais un champ vertical d'une profondeur illimitée, nous devons déduire qu'il n'est plus possible de traiter l'espace-temps comme une étendue exploitable, mesurable et maîtrisable quantitativement : dans le champ illimité dont je parle, chaque quantum – particule élémentaire de temps – est porteur de sa propre richesse. Le pouvoir, de tout temps, a appartenu à ceux qui possédaient les matières premières. Hier, le charbon, aujourd'hui le pétrole. C'est du moins ce qu'il semble. Pourtant, déjà, on devine que la richesse des nations se trouve aujourd'hui ailleurs. Les grandes puissances actuelles ne sont plus celles qui détiennent le plus grand nombre de puits de pétrole, ou qui possèdent les territoires les plus vastes; ce sont celles qui ont su descendre le plus profondément dans la matière... au cœur de l'atome. Demain, ce seront celles qui auront su descendre le plus profondément dans le temps. Naturellement, ces nouvelles données vont avoir un retentissement sur la marche du monde, aussi bien sur la vie individuelle que sur l'analyse globale des phénomènes économiques, politiques et sociaux. Les paramètres classiques risquent de se montrer insuffisants. Désormais, la puissance et les perspectives d'un pays ne pourront plus être appréciées uniquement en termes de richesses matérielles. Un nouveau critère fondamental va s'imposer, celui de la capacité de traitement de l'information. Pour évaluer le niveau économique d'un pays, on ne parlera donc plus seulement en tonnes, en barils et en unités produits, mais aussi en nombre d'opérations traitées par an, ou peut-être en opérations/minute, je ne sais ce qu'inventeront les spécialistes.

– Pourquoi pas en équivalent/homme, ou plutôt en Temps Equivalent Cerveau? suggéra Wendy. On appellerait ça des T.E.C. Après tout, les ressources énergétiques d'un pays se mesurent bien en T.E.P.[1].

– Oui, c'est une bonne idée. En tout cas, cela frapperait les imaginations. Dire par exemple que les Etats-Unis représentent aujourd'hui une capacité annuelle de traitement de l'information de l'ordre de plusieurs milliards de vies humaines... c'est effectivement saisissant. Un peu inquiétant aussi... vertigineux, du moins. D'autant que ces estimations sont appelées à connaître une croissance exponen-

1. T.E.P. : Tonne Equivalent Pétrole.

tielle. Et on pourrait même aller encore plus loin en effectuant une comparaison que je n'utilise que rarement, car son interprétation peut être dangereuse.

– Je suis flattée, interrompit Wendy.

– Savez-vous combien d'êtres humains nous ont précédés sur la Terre, depuis l'aube des temps jusqu'à nos jours? interrogea Nicholas.

– Je n'en ai pas la moindre idée, répondit Wendy sans attendre.

– 80 milliards.

– C'est peu, dit Wendy l'air surpris.

– Ce qui m'intéresse, poursuivit Nicholas, c'est de calculer combien l'Humanité a traité d'informations dans sa totalité, en additionnant le nombre d'informations traitées individuellement, dans toute leur vie, par le cerveau de chacun des hommes qui nous ont précédés. Ce calcul, je l'ai fait. Il me donne ainsi le nombre d'informations qu'il a fallu traiter, biologiquement donc, pour que notre race, nos civilisations, nos cultures soient ce qu'elles sont aujourd'hui. Ce nombre, Wendy, il est égal au nombre d'informations que nous allons traiter, artificiellement, sur nos ordinateurs, d'ici à l'an 2000. Cela veut dire que dans les quinze ans qui vont suivre, les hommes auront une capacité d'évolution égale à celle dont l'Humanité a disposée depuis un million d'années. Voilà qui nous donne la mesure de l'ère dans laquelle nous entrons... Dans laquelle nous sommes déjà », reprit-il après un court instant.

Nicholas s'était enflammé. Wendy ne put s'empêcher de le trouver décidément bien plus séduisant qu'Abdul ne l'avait décrit.

« Très bien, dit Wendy, je vous accorde les gisements de temps. Et je remarque même que, contrairement à toutes les autres matières premières, celle-là est d'une part répartie équitablement entre tous les hommes, d'autre part inépuisable. Ce sont donc les moyens d'extraction qui feront la différence, c'est-à-dire les ordinateurs; l'avancée technologique.

– Exactement. Et, pour conserver cette comparaison, je dirai que, dans un proche avenir, certains donneront l'impression d'exploiter de formidables mines à ciel ouvert et d'autres de devoir descendre à 2000 mètres sous terre pour attaquer leur filon à pic. Dans ce contexte, les Japonais sont en train de prendre – de vouloir prendre – une avance incontestable sur leurs concurrents. Si votre candidature est retenue, Wendy, le prototype sur lequel vous travaillerez vous ouvrira des perspectives que nul n'a encore entrevues à ce jour. Le PSI 100 est une machine révolutionnaire. Il est l'aboutissement – provisoire – d'un processus entamé il y a quelques années, à un moment où tous les spécialistes qui s'acharnaient sur des programmes tendant à simuler l'intelligence humaine sont arrivés à cette désolante conclusion : tant que leur architecture ne serait pas modifiée, les ordinateurs demeureraient incapables de la moindre initiative. Le cerveau humain n'est pas un unique et volumineux processeur, mais un réseau complexe de synapses associant entre eux quelque 10 à 20 milliards de neurones. Chacun de ces neurones traitant, par un processus électrochimique, environ 1000 informations par seconde, le cerveau humain a donc la capacité de traiter simultanément entre 10 et 20000 milliards d'informations en une seule seconde! Le plus élaboré des ordinateurs conventionnels ne possède en réalité que les facultés d'un seul de ces neurones; il ne sait que traiter les informations une à une, séquentiellement, au rythme maximal d'un milliard à la seconde. L'idée s'imposa alors que l'avenir appartenait à des machines pourvues de milliers, voire de millions ou, pourquoi pas, de milliards de processeurs, connectés les uns aux autres par zones... un peu comme le sont les neurones de notre cerveau.

– La cinquième génération, dit Wendy.

– Oui, je pense que même s'il n'est encore qu'un nouveau-né, le PSI 100 appartient bel et bien à cette cinquième génération dont on annonce l'arrivée depuis déjà pas mal de temps. »

Tout était calme et silencieux autour d'eux. Wendy admira l'aisance avec laquelle Nicholas se levait. Elle eut un mal fou à l'imiter, tant ses jambes étaient endolories et ses articulations ankylosées. Ils se dirigèrent lentement vers la sortie de l'immense salle. Wendy jugea convenable de ne pas laisser le jeune prêtre la raccompagner plus loin.

« J'espère que nous nous reverrons bientôt, lui dit Nicholas. Je suis sûr que vous pouvez apporter quelque chose à notre projet. Voyez-vous, la plupart des chercheurs que j'ai rencontrés ici, à l'I.C.O.T., l'institut japonais en charge de la réalisation de ces nouveaux ordinateurs, avaient moins de trente ans. J'estime que nous aussi, au Vatican, nous avons besoin de collaborateurs jeunes, enthousiastes, imaginatifs et dépourvus de préjugés. »

Une expression préoccupée, presque anxieuse, passa sur le visage de Nicholas.

« Peut-être ai-je oublié l'essentiel, ajouta-t-il. Il faut bien comprendre, Wendy, que nous allons bientôt nous trouver devant une masse d'informations , de données, de possibles... quasi incommensurable. Et, là-dedans, nous devons opérer des choix. C'est à l'un de ces choix que je vous invite. Nous combattrons pour quelque chose, pour un modèle. Il ne suffit pas de s'approprier le savoir à l'état brut... encore faut-il le gérer, lui donner un sens. Et les grandes options seront spirituelles, non matérielles. De nouvelles sociétés vont naître, au-delà des frontières, des communautés cimentées par des convictions et des espoirs identiques. Les continents du siècle prochain ne seront plus géographiques, ils seront logiques. Une formidable course de vitesse vient de s'engager. A nous de rassembler notre troupeau, Wendy... Un peu partout dans le monde, des loups guettent nos brebis. A nous de le rassembler et de le fortifier. »

Il lui fit un petit signe de la main, puis s'éloigna d'un pas rapide. Les deux Japonais s'étaient levés presque en même temps qu'eux. Wendy n'y prêta pas attention.

La Valette, 2 novembre

C'était décourageant. Sur l'immense table à plateau de marbre vert, dans le bureau ensoleillé que son père avant lui avait occupé pendant tant d'années, s'élevaient cinq piles hautes d'environ cinquante centimètres. Les dossiers d'Albert de Bonno, fondateur et patron de la clinique la plus moderne de l'île de Malte, auquel Michael venait brutalement d'être appelé à succéder. Le premier tri lui avait coûté deux après-midi de travail. Trois piles avaient trait directement à la médecine et au fonctionnement de l'établissement; l'une était consacrée à la cardiologie, la seconde à la neurologie et à la neurochirurgie, qui, depuis dix ans, étaient devenues les spécialités de pointe de la clinique, la troisième aux questions financières et administratives. Michael avait rangé ensemble, en un tas hétéroclite, des documents plus ou moins personnels, et regroupé enfin tout ce qui touchait de près ou de loin à la politique. Ç'avait été pour lui une surprise relative. Bien sûr, il s'était attendu à trouver trace des activités de son père dans ce dernier domaine. Albert de Bonno était un homme respecté et écouté de tous; il avait joué un rôle important lors de la proclamation de la première république maltaise, en 1974, après plus de cent cinquante ans d'occupation anglaise. Mais Michael fut stupéfait de constater combien étroitement il avait été impliqué dans les affaires au cours des cinq années écoulées. Il pensait que depuis le départ du dernier soldat britannique de Malte, en mars 1979, son père, qui, toute sa vie, avait lutté pour que son île accède à l'indépendance, s'était peu à peu retiré de la politique. Bien au contraire, Michael avait sous les yeux la preuve qu'il y avait été, secrètement, plus présent que jamais. Dans ces dossiers confidentiels, sortis pour la plupart du coffre paternel, il était question d'à peu près tout, des problèmes de politique étrangère au règlement de la querelle scolaire en passant par le grave problème du chômage qui touchait plus d'un cinquième des 350 000 habitants de l'île que Churchill appelait *le verrou de la Méditerranée.* Cette situation géographique était sans doute la vraie richesse de l'île, celle que Dom Mintoff avait exploitée avec brio, en menant, moyennant d'importantes « aides libyennes ou soviétiques », une politique d'ouverture au bloc socialiste, à laquelle Albert de Bonno semblait avoir été particulièrement hostile (malgré son attachement aux travaillistes dont Mintoff était le patron). Michael découvrit des lettres de ministres, d'ambassadeurs et même d'un ou deux chefs d'Etat, prouvant l'estime dans laquelle était tenu son père, et le crédit que l'on apportait à son opinion. Il parcourut et classa tout cela avec plus d'ennui et d'embarras que de curiosité, espérant simplement qu'on ne lui demanderait pas de succéder à son père à tout point de vue. Il ne se voyait pas hanter les couloirs de la Chambre des représentants, à la recherche d'un compromis fragile entre les trente-trois travaillistes et les trente-deux nationalistes. Un dossier, cependant, retint son attention. Il était rouge, il était plat; il était vide. Il portait cette seule mention : PSI 100. Cela ne lui évoquait rien. Pourtant, sans qu'il parvînt à savoir pourquoi, il avait laissé la chemise sur le dessus de la pile.

La secrétaire avait conservé les anciennes habitudes. A dix-sept heures précises, elle lui apporta du thé et, sur un plateau argenté, une demi-douzaine de journaux. Il feuilleta rapidement le *Bulletin*, celui des trois quotidiens maltais qui paraissait le soir. Son contenu lui sembla faible et étriqué. Michael avait encore du mal à s'intéresser à la vie locale. Ouvrant *Le Monde* et le *Herald Tribune*, il eut l'impression réconfortante d'entendre à nouveau parler de la civilisation. Il faillit jeter directement l'*Osservatore Romano* dans la corbeille, mais une pensée subite l'arrêta. C'était la première fois que ce journal faisait partie de la sélection qu'on lui remettait chaque jour. Son père n'y était pas abonné. Intrigué, il le déplia. Que lui importaient les nouvelles directives concernant la catéchèse? Il ne se passionnait guère plus pour la préparation du prochain synode. Son regard fut cependant arrêté par un article au titre étrangement provocateur : PROPHÉTIES DE MALACHIE : LE PONTIFICAT DE JEAN-PAUL II INEXPLIQUÉ. Il le parcourut, intrigué, puis tourna la page. Soudain, il poussa une exclamation de surprise. Là, en page 4, il venait de découvrir une photo de Wendy. De Wendy? Non, il mit quelques instants à s'en rendre compte, elle ne se trouvait apparemment sur le cliché que par hasard. Le héros de l'histoire se trouvait à côté d'elle et se nommait Nicholas Resaccio. Le texte de commentaire était fort étrange. Impertinent, presque. On rappelait d'abord les états de service du père Resaccio, sa nomination récente à l'Académie pontificale des sciences, son rôle de conseiller auprès du Saint-Père pour les problèmes informatiques et les technologies nouvelles. On mentionnait l'incident du Boeing d'Air France et la présence auprès du prêtre de l'ambassadeur Williamson, « dont on connaît les liens étroits avec le président Reagan ». Il flottait derrière chaque phrase un sous-entendu réprobateur. Le bref article se terminait ainsi : « On se demandait ce qu'allait faire à Tokyo notre brillant informaticien. La réponse est maintenant connue : disputer un tournoi de go. »

Un hasard, songea Michael. Comme si cette fille pouvait se trouver quelque part par hasard. Il examina la photo, le cœur serré. C'était la première fois depuis trois semaines qu'il avait des nouvelles de Wendy.

Le téléphone sonna.

« Le cabinet du Premier ministre, monsieur », lui annonça la secrétaire d'une voix tranquille.

A cela aussi, il lui fallait s'accoutumer. Pour le fils d'Albert de Bonno, une telle communication n'avait rien que de très ordinaire. Le message fut court. On le priait de se rendre le plus tôt possible chez le Premier ministre. Le ton était déférent, mais ferme. Michael décida de ne pas attendre. Trop content, après tout, d'échapper au classement des dossiers.

Il quitta Floriana dans sa Volvo, longeant les nombreux jardins qui agrémentaient les faubourgs de La Valette. Il laissa derrière lui les fortifications extérieures et s'engagea dans l'avenue du duc d'York. C'était l'heure où la chaleur de l'après-midi s'apaisait, où le jour lentement déclinait et où la capitale s'abandonnait à une foule grouillante. Les derniers touristes de la saison circulaient en karrozin, traînés au long des rues étroites et déclives par un cheval poussif; les vieilles femmes installaient leurs chaises sur le seuil d'une maison pour y confectionner des dentelles et les potiers sortaient leur marchandise. Par chance, Michael n'eut pas à s'aventurer très au-delà de la porte de Castille. Il se gara à l'écart des rues populaires et marcha jusqu'à l'auberge de Castille et de Léon, qui abritait les services du Premier ministre. Un peu impressionné, il passa entre les énormes canons qui semblaient en défendre l'entrée, puis sous le buste du grand maître Manuel Pinto de Fonseca. Il s'engouffra dans l'ombre et la fraîcheur du magnifique bâtiment baroque. Un huissier le conduisit chez le directeur de cabinet du ministre, par les couloirs du palais.

Michael se vit offrir un volumineux fauteuil, face à la table marquetée derrière laquelle souriait avec sympathie un petit homme chauve au visage cuit par le soleil.

« Quel automne splendide, dit le directeur de cabinet en se rasseyant. On se croirait encore en été. »

Ses traits se figèrent et l'expression joviale quitta sa figure.

« Cher monsieur de Bonno, reprit-il, je tiens à vous renouveler au nom du gouvernement tout entier les condoléances que nous avons déjà eu la triste obligation de vous adresser. M. le Premier ministre, notamment, a eu le sentiment de perdre en votre père un ami fidèle et précieux. »

Michael le remercia d'un hochement de tête, mal à son aise dans ce cadre trop luxueux, dans cette ambiance trop solennelle. Son interlocuteur paraissait maintenant avoir entrepris la lecture d'un éloge funèbre.

« Albert de Bonno a beaucoup fait pour ce pays, sans jamais ménager ni son temps ni sa peine, sans jamais rien négliger pour le bien-être de ses compatriotes. Sa clinique de Floriana est un exemple pour tous les Maltais : exemple d'efficacité, de modernisme, de gestion rigoureuse... »

Michael hochait toujours la tête. Le directeur de cabinet s'interrompit, se racla la gorge et posa ses mains croisées sur le bureau. Son sourire revint, comme après le passage d'un gros nuage noir.

« Enfin, vous savez tout cela mieux que personne.

Je désirais surtout vous dire que votre décision d'accepter de succéder à votre père a été pour nous tous une grande joie, et j'ajouterai... un soulagement. »

Michael fronça les sourcils.

« Cette position, qui honore celui qui l'occupe, lui impose aussi de lourdes responsabilités. Nous ne doutons pas, monsieur de Bonno, que vous serez, comme votre père, un médecin dévoué, un grand chercheur et le patron dont la clinique de Floriana a besoin. Mais, comme je viens de vous le rappeler, votre père était plus que cela encore : un grand serviteur de l'Etat. A ce titre, il avait été amené à participer à un projet inconnu de vous et qui revêt une importance capitale pour l'avenir de notre pays. C'est à ce sujet que je souhaitais vous rencontrer et c'est ce qui explique le caractère un peu précipité de notre entrevue.

– A ce sujet?

– Ma mission auprès de vous, je vous l'avoue, est délicate. L'opération à laquelle je faisais allusion est en effet absolument confidentielle et il m'est interdit de vous en révéler la teneur tant que vous ne nous aurez pas donné les assurances les plus formelles. Avant tout, l'honnêteté m'oblige à vous indiquer ce que cela impliquera en ce qui vous concerne. Vous ne serez plus tout à fait un citoyen comme les autres, monsieur de Bonno. Votre existence ne vous appartiendra plus complètement, vous serez au service de votre pays. Inutile de préciser que c'est le plus haut destin auquel puisse aspirer un Maltais et le digne fils de votre père. Ayant des responsabilités nationales, vous serez tenu de rendre compte de vos activités devant le gouvernement, et il vous faudra tolérer un certain contrôle, une certaine surveillance, aussi bien dans le cadre de cette opération que dans votre vie de citoyen. »

Un peu abasourdi par ce discours, Michael recouvra l'usage de la parole.

« Mais! s'exclama-t-il, je ne vois pas pourquoi je me soumettrais à cela! »

Le petit homme chauve parut choqué.

« Monsieur... pour votre pays.

– Sans savoir à quoi je m'engage, sans rien connaître de cette affaire? Excusez-moi, mais je n'ai sans doute ni les qualités ni... les ambitions de mon père. J'admirais énormément ses compétences professionnelles et j'espère m'approcher autant que possible de ce qu'il fut. En revanche, il est d'autres domaines où je n'ai jamais eu le désir de l'imiter. Servir sa patrie est une très belle chose, mais je souhaite personnellement me contenter de servir mes semblables, quelles que soient leurs convictions politiques. Oui, je crois préférable de m'en tenir à cela. »

Le directeur de cabinet écarta les bras, comme s'il approuvait cette déclaration.

« Précisément, monsieur de Bonno. Le projet dont je vous parle dotera votre clinique de moyens sans égaux dans le monde. Je suis autorisé à vous dire ceci – et il sera inutile de m'en demander davantage car je ne pourrai répondre à vos questions : votre père a signé il y a quelques mois avec le gouvernement un protocole d'accord en vue de l'achat d'un ordinateur extrêmement performant. Le financement serait assuré à parts égales par la clinique et l'université, avec une aide budgétaire substantielle, mais... non officielle, de l'Etat, ce qui ramènera votre contribution à néant. Il s'agit d'un ordinateur japonais de la cinquième génération, du type PSI 100, l'un des tout premiers de ce modèle, que les Nippons acceptent de nous vendre à titre expérimental. Il est prévu qu'il soit installé à l'université de Msida, dans le *College of Arts*,

Science & Technology, plus exactement dans les locaux de la Faculté de médecine.

– Et... en quoi cela concerne-t-il la clinique?

– Votre père avait entrepris, comme vous le savez certainement, un vaste programme de recherches dans le domaine de la neurologie. Il estimait que les capacités de cet ordinateur révolutionnaire lui permettraient d'accélérer considérablement ses travaux. »

Le directeur de cabinet marqua une pause puis, d'un air tentateur, poursuivit :

« La neurologie, la neurométrie... c'est bien là votre spécialité, n'est-ce pas, monsieur de Bonno? Vous ne laisseriez pas passer une telle chance? L'ordinateur sera directement connecté à votre clinique et vous aurez l'entière liberté de mener à bien vos recherches. »

Michael parut hésiter.

« Tout cela est très nouveau pour moi. Je viens de prendre la direction de la clinique. Il m'est impossible de vous répondre pour l'instant. Il faut d'abord que la situation s'éclaircisse... Oui, tout a été très vite. Songez que... que je n'ai même pas pu voir le corps de mon père, comme si...

– Comme si?

– Rien, rien. J'ai été un peu surpris par la rapidité de... de...

– Je comprends. Pardonnez-moi ce détail pénible, monsieur de Bonno, mais il faisait très chaud. Votre père est décédé pour ainsi dire dans les bras de son chef de clinique. Tout s'est passé très normalement.

– Bien sûr. »

Michael se leva. Le petit homme l'imita précipitamment et vint vers lui. Il lui arrivait au menton.

« Monsieur de Bonno, dit-il en lui saisissant familièrement le poignet, l'affaire est urgente. Urgente et de la plus haute importance. Vous le comprendrez un jour, bientôt. Il me faut votre réponse après-demain au plus tard, ou plutôt, vous la donnerez vous-même après-demain à M. le Premier ministre. Vous avez certainement reçu le carton d'invitation pour une réception qui se donnera à l'ambassade d'Union soviétique. M. le Premier ministre s'y trouvera. Je vous présenterai à cette occasion. Il attend votre réponse, monsieur de Bonno, il attend votre accord. »

Michael se sentit étouffer. L'impression qu'on tentait de l'entraîner malgré lui dans une aventure qui ne le concernait pas lui était extrêmement pénible.

« Je n'avais pas l'intention..., commença-t-il. C'est bien, j'irai. Et vous aurez ma réponse. »

Il s'était réjoui à l'idée de se retrouver seul dans son bureau, seul dans l'aile du troisième étage d'où l'on commandait aux destinées de l'établissement. Il allait pouvoir réfléchir, décider. Mais sa secrétaire l'avait attendu, comme elle aurait attendu son père. Soudain, méditant devant la marée de papiers qui encombrait sa table, il aperçut la chemise rouge marquée PSI 100, le dossier vide. PSI 100. C'était ce que lui avait dit le directeur de cabinet. Le nom dont on avait baptisé le fameux ordinateur. Il convoqua sa secrétaire et lui demanda pourquoi, à son avis, le dossier était vide. Elle ne parut pas prise de court par la question.

« Votre père m'a priée de verser certaines pièces confidentielles dans un second coffre, quelques jours avant sa mort.

– Est-ce qu'il avait l'air inquiet ?

– Mais non, monsieur, pourquoi ? répondit-elle d'un ton un peu froid. Désirez-vous la clef ? »

Il fit signe que oui. Quelques minutes plus tard, Michael étalait les documents devant lui. Toute une liasse donnait de l'engin un descriptif complet. PSI : *Processeur à Inférences Séquentielles.* Il y avait des tableaux, des graphiques; une note concernait un langage informatique français nommé PROLOG, une autre un synthétiseur de voix à l'étude, une troisième la structure de l'I.C.O.T. Mais son attention fut vite attirée par autre chose, une correspondance privée entre son père et Dom Mintoff. Une lettre très brève informait Albert de Bonno que l'ordinateur arriverait probablement à Malte au début du mois de décembre 85. Elle était épinglée à un double du protocole d'accord. Un autre document, signé par le ministre de l'Intérieur, présentait un rappel détaillé des prévisions de financement.

Puis Michael lut, sur une photocopie, une longue missive rédigée par son père et dans laquelle ce dernier évoquait des problèmes auxquels le jeune homme ne comprit pas grand-chose. La réponse de Dom Mintoff l'éclaira. Elle l'éclaira même au-delà de tout ce qu'il eût pu imaginer. A propos de vos objections au sujet de la fourniture des programmes en provenance directe du Vatican, disait-elle en substance, nous avons maintenant une idée très précise de la personne qui se chargera d'opérer les transferts. Il s'agit d'une jeune informaticienne très compétente qui a subi un important entraînement en Libye et qui, dans la phase la plus récente, a été préparée spécialement en vue de la mission qui nous intéresse. Les services spéciaux du colonel Kadhafi la considèrent comme un agent très sûr quoique psychologiquement très malléable. Leur emprise sur elle est totale et ils affirment avoir eu l'occasion de mettre à l'épreuve sa loyauté. Elle est actuellement en cours de réinsertion en France et elle a été placée en noviciat dans une abbaye de la région parisienne. Miss W. K. a été le premier docteur en informatique de son sexe à l'université d'Oxford.

Le regard de Michael glissa sur d'autres détails déjà connus de lui ou dépourvus d'intérêt. Des images apparurent devant ses yeux. Il revit Wendy, désemparée, dans la maison du garde forestier. Fouillant dans le pétrin, près de la cheminée. Sa fureur, sa peur. Comme elle s'était précipitée sur cette photo! Nicholas Resaccio, conseiller de Jean-Paul II. Elle n'était pas ce qu'elle faisait semblant d'être. Ils la briseraient, ils la détruiraient. Elle n'était pas assez forte. Trois semaines et Faremoutiers sombrait déjà dans un brouillard glauque.

Il convoqua la secrétaire.

« Mademoiselle, demanda Michael, comment s'habille-t-on pour aller à une réception à l'ambassade d'Union soviétique?

– Votre père possédait plusieurs habits, monsieur. Il était un peu plus fort que vous, mais je pense que nous pourrons en trouver un à votre taille. »

Il acquiesça. Voilà, songea-t-il, voilà ce qu'ils veulent tous. Que j'endosse son habit.

5

Tokyo, 3 novembre

Loin de chercher la tranquillité relative des artères les moins encombrées, le chauffeur engagea résolument son taxi dans la mêlée épouvantable de la voie express qui descendait vers la rivière Sumida avant de mener à l'aéroport de Narita. Il était dix heures du matin, il pleuvait et les bas immeubles de la ville étaient balayés par un vent gris.

Noyé dans un trafic démesuré, Nicholas fut saisi soudain par un étrange sentiment de claustrophobie. Il eut l'impression de percevoir physiquement la présence grouillante des millions de Japonais qui s'agitaient autour de lui. Le chauffeur, pourtant, conduisait fort paisiblement, ses mains gantées de blanc posées au sommet du volant.

Par chance, Giuseppe Pitta n'habitait pas l'une des innombrables rues anonymes de Tokyo dans lesquelles il était impossible de se rendre en taxi sans fournir au chauffeur une sorte de signalement, d'après les monuments, les parcs ou les bâtiments administratifs les plus proches. L'appartement du provincial des jésuites se trouvait dans la grande avenue Umamichi-Dori, au cœur du quartier d'Asakusa. Nicholas avait téléphoné au père Pitta dès après son dîner avec Wendy, éprouvant brusquement le désir pressant de converser avec cet homme qu'il connaissait mal et qui lui paraissait jouer un rôle important dans le plan Arcade.

Sa rencontre avec Wendy Keenes l'avait intrigué. Mais déjà, quand il songeait à elle, il se la représentait comme quelqu'un qui était destiné à participer au projet. La place correspondant à ses capacités, à son profil et à ses ambitions existait. C'est tout naturellement qu'elle lui serait offerte. Et c'était cela, précisément, qui tracassait Nicholas. Wendy ne symbolisait-elle pas trop idéalement la collaboratrice – ou le collaborateur – dont il avait besoin? Elle était apparue au moment opportun, un rien trop providentiellement. Mais son personnage l'intéressait et il n'envisageait pas de se passer d'elle. Il aimait son sérieux, sa volonté, son audace. La façon à la fois naïve et impertinente dont elle s'était arrangée pour croiser son chemin n'était-elle pas, après tout, la meilleure garantie de son intelligence, de sa ténacité? Pourtant, à d'autres moments, Wendy lui avait paru douée d'un sens tactique étonnamment développé. N'avait-elle pas réussi à le battre, au cours de cette première rencontre du tournoi de go? Alors que dans la suite du championnat, si Nicholas avait pu aller jusqu'en demi-finale, en affrontant avec brio les meilleurs joueurs japonais, Wendy s'était fait éliminer dès le second tour, sans appel... ce qui donnait un tout autre éclairage à sa victoire.

Une lumière jaune baignait les jardins du temple Asakusa Kannon. On aurait dit qu'à peine levé, le jour s'apprêtait à décliner déjà. Nicholas voyait défiler les phares antibrouillard derrière les gerbes de pluie. Le taxi s'évada du flot de la circulation pour aller se ranger face au domicile de Giuseppe Pitta, et le chauffeur actionna le levier qui commandait l'ouverture automatique de la portière arrière.

Le père Pitta introduisit lui-même Nicholas dans son petit appartement. Au premier coup d'œil, on devinait que le jésuite s'était accommodé au mode de vie japonais. Il n'y avait pour ainsi dire pas de meubles et le décor était simple, à la limite de l'austérité. Spontanément, Nicholas se déchaussa.

« Vous savez, dit Giuseppe Pitta, ici, de nos jours, les jeunes couples à la mode ne rêvent plus que de salles à manger. Il faut bien que les étrangers préservent les traditions locales. »

Il s'arrêta devant une porte.

« Il y a là quelqu'un que vous connaissez », annonça-t-il.

Nicholas entra dans le bureau du jésuite et aperçut l'ambassadeur Williamson, assis par terre, en tailleur, les bras appuyés sur ses cuisses, comme s'il essayait de masquer ses chaussettes à carreaux. Le diplomate ne paraissait pas vraiment à l'aise. Sans doute, ses vieilles articulations avaient-elles du mal à supporter un tel exercice de si bon matin.

« Ne vous levez pas », dit Nicholas en s'accroupissant.

Le père Pitta installa près d'eux sur une natte sa carcasse osseuse au torse court et aux membres grêles. Il y avait dans sa figure très pâle aux pommettes couperosées quelque chose d'un peu asymétrique qui la rendait singulière. Son nez était légèrement dévié et son œil droit affligé d'un fort strabisme. Nicholas eut quelque difficulté à dissimuler qu'il regrettait de ne pas le rencontrer en tête-à-tête. Il savait que Pitta avait un certain nombre de choses à lui dire, et la présence d'un témoin aussi peu ordinaire que l'ambassadeur américain lui semblait déplacée. Il craignait que le provincial des jésuites, pas plus que lui-même, ne puisse s'exprimer avec la franchise nécessaire.

Pourtant, Pitta écourta les banalités d'usage. Il

n'était pas homme à discourir indéfiniment sur le temps pourri et les embarras de la circulation.

« Je ne vis pas à la japonaise parce que j'aime ça, dit-il, comme pour s'excuser auprès de Williamson. Ce n'est pas non plus par commodité ou par courtoisie. Il me semble, peut-être paradoxalement, que vivre selon la manière de ses hôtes est une façon de ne rien leur devoir. Je n'apporte aucun dérangement, je ne quête ni compréhension ni tolérance.

– Je vous comprends, répondit Nicholas, et je regrette de n'avoir pas, moi aussi, le loisir d'échapper à ma condition de touriste ou, du moins, de visiteur temporaire. Dans cette ville... nous sommes comme des enfants égarés dans un gigantesque parc d'attractions. » Il rit. « On a toujours l'impression d'avoir perdu sa mère.

– Vous êtes un invité dans ce pays, déclara le jésuite. Il est important que vous vous en souveniez, père Resaccio. Les Japonais ont accepté de vous former, ils ont accepté de fournir un certain matériel et certaines connaissances. A travers vous, à travers ce projet, *nous* leur devons, l'Eglise leur doit quelque chose. Votre situation est donc bien différente de la mienne.

– Qu'essayez-vous de sous-entendre? Comment me faudra-t-il m'acquitter de cette dette?

– D'aucune manière. Cela n'entre pas dans vos attributions. »

Giuseppe Pitta se tourna vers Williamson.

« Le but essentiel, à mon avis, ajouta-t-il, est de maintenir un certain équilibre entre le Vatican et ses partenaires. »

Il fouilla dans les poches de son triste costume gris perle et prit un paquet de cigarettes. Il fumait nerveusement, à petites bouffées rapides. Nicholas, qui ne fumait jamais, eut presque envie de l'imiter. La présence silencieuse du diplomate américain commençait à l'agacer.

« Dans cette affaire, père Resaccio, reprit le jésuite, nous ne comptons pas que des alliés. Aussi bien à l'intérieur qu'à l'extérieur de l'Eglise. Les personnes importent peu... tout doit passer après la réussite de notre projet. Bref, je suis chargé de veiller sur vous, afin que rien ne vienne contrarier la bonne marche du plan Arcade. Il me faut notamment vous préserver de toute intervention intempestive de la part de...

– De la part de?

– De qui que ce soit. Mais je vous serais reconnaissant de ne pas me compliquer la tâche. »

Nicholas eut un petit mouvement d'exaspération.

« Si vous avez quelque chose de précis à me dire, dites-le. »

Pitta et Williamson échangèrent un regard.

« D'un point de vue purement technique, dit le jésuite, vous êtes bien entendu, personne ne le conteste, le maître d'œuvre du plan Arcade. Vous vous entourerez des collaborateurs qui vous paraîtront les plus aptes à vous seconder mais, si possible, en les choisissant parmi ceux qui vous seront proposés. »

Nicholas devina où le provincial désirait en venir. Il le laissa cependant poursuivre sans l'interrompre.

« C'est un problème de sécurité, n'est-ce pas? Nous ne pouvons permettre que notre équipe soit infiltrée par des éléments indésirables.

– Très bien, qu'avez-vous découvert? »

L'ambassadeur Williamson se leva avec un grognement d'excuse et se mit à marcher de long en large sans cesser de masser ses cuisses endolories. Le jésuite hésita.

« A propos de cette jeune fille, insista Nicholas. Wendy Keenes. Eh bien, dites-moi donc ce que vous avez découvert, puisque c'est d'elle que vous souhaitez me parler. »

Giuseppe Pitta prit une nouvelle cigarette et l'alluma au mégot de la précédente.

« Nous possédons un dossier complet sur la jeune personne qui vous a battu au go, reconnut-il, semblant tirer un certain plaisir du rappel de cette défaite.

– Déjà ?

– J'ai vu la photo. Elle est très séduisante, intervint brusquement Williamson, qui s'était enfin immobilisé près de la fenêtre.

– Nous ne ferons pas au père Resaccio l'insulte de le croire capable d'une quelconque faiblesse », observa Giuseppe Pitta d'un ton convaincu.

Il se tourna vers Nicholas.

« Non, expliqua-t-il, nous ne sommes pas si rapides. Ce dossier existait. Depuis qu'elle a été pressentie pour collaborer au projet, par l'intermédiaire de la supérieure de l'abbaye de Faremoutiers, un certain nombre d'informations la concernant ont été rassemblées. Il m'a suffi d'en demander la communication.

– Ce dossier n'est pas bon », certifia l'ambassadeur qui contemplait par la fenêtre le spectacle de la rue.

Nicholas interrogea le jésuite du regard. Pitta confirma d'un léger signe de tête.

« Le passé de cette Wendy Keenes est en effet de nature à nous inquiéter quelque peu. C'est une ancienne agitatrice.

– Une terroriste ! tonna Williamson. Une rouge !

– Non, non, Son Excellence exagère. Disons une militante plutôt excitée. Miss Keenes a été arrêtée deux fois, en Irlande, puis en Angleterre, pour avoir participé à des manifestations, hum...

– Anti-impérialistes ! compléta le diplomate.

– Antibritanniques, corrigea doucement le père

Pitta. Mais ses études ont été brillantes, très très brillantes. »

Nicholas sourit.

« Que lui reprochez-vous, mon père, d'être une militante catholique?

– Il y a d'autres façons de défendre une cause qu'en incendiant des voitures ou en lançant des pierres contre les forces de l'ordre.

– Elle a fait cela?

– Eh bien... je ne sais pas... peut-être. Nous manquons de détails précis. Il semble qu'elle se soit associée à une grève de la faim, en 1979, et qu'elle ait tenu... environ trois jours. Non, rien de très grave.

– Alors, quel est le problème?

– Il y a un trou dans sa vie. Un trou de deux ans après la fin de ses études. Nous ignorons absolument ce qu'elle est devenue pendant ces deux ans. Nous retrouvons brusquement sa trace, un beau jour, à l'abbaye de Faremoutiers. Crise mystique.

– Décidément, vous l'auriez préférée mécréante.

– Elle est un peu trop... tombée du ciel, jugea Williamson en revenant s'asseoir sur une natte.

– Sa candidature n'a-t-elle pas été agréée par Rome? s'étonna Nicholas.

– Il s'agit en quelque sorte d'une présélection, expliqua Giuseppe Pitta. Mais, c'est vrai, son cas a été étudié favorablement. Ses capacités sont certaines et la révérende mère supérieure de Faremoutiers a fait d'elle un portrait tout à fait encourageant. Nous avons grand besoin de personnes de sa qualité.

– Parfait, dit Nicholas, il se trouve que mon opinion à son sujet est très bonne également. »

Williamson tendit le bras pour attirer l'attention du jeune prêtre.

« Il faut que vous compreniez bien quelque chose, mon père, dit-il. Nous n'en voulons pas particulièrement à Miss Keenes, qui possède peut-être toutes les qualités que vous lui prêtez. C'est une question de méthode. Votre comportement est imprudent. Vous n'avez pas le droit d'accorder votre confiance à n'importe qui, ni en n'importe quelles circonstances. Vous devez limiter vos rencontres à des personnes totalement sûres. Et nous sommes là pour vous y aider.

– Quoi? Mais donnez-moi donc deux gorilles, un de chaque côté, et qu'on n'en parle plus.

– C'est déjà fait.

– Pardon? »

Nicholas se sentit rougir de fureur. Giuseppe Pitta, près de lui, pompait sur une cigarette dont il ne restait plus que le filtre rougeoyant.

« Deux agents de l'ambassade ont été chargés de votre sécurité. »

Nicholas se leva d'un bond. Williamson se déplia laborieusement pour demeurer à sa hauteur.

« Vous semblez avoir oublié bien vite ce qui s'est passé à Irkoutsk, mon père. Rien ne prouve que les documents que vous transportiez ce jour-là n'ont pas été découverts, photocopiés... rien ne prouve que l'on ne sache pas quels sont votre rôle et votre importance. Cet incident paraît même indiquer qu'il en va tout autrement.

– Moi? Vous croyez qu'on a détourné un avion pour moi?

– Vous êtes trop modeste, père Resaccio.

– Qui sont-ils? Qui sont ces deux agents?

– Il est inutile que vous les connaissiez. Ils seront discrets. Ils ont assisté à la partie de go. Ils ont dîné dans le même restaurant que vous et Wendy Keenes. Ils vous protègent. »

Nicholas écarta les bras, comme pour demander à Giuseppe Pitta s'il avait entendu la même chose que lui.

« Ce n'est pas notre métier, dit le jésuite en guise d'excuse. Faites confiance à l'ambassade.

– Est-ce que le pape sait que la C.I.A. travaille pour le Vatican? »

Une mimique malicieuse effleura les traits sévères de Pitta.

« Moins nous serons nombreux à le savoir, mieux cela vaudra, remarqua-t-il.

– Je suis assez grand pour prendre soin de moi tout seul, décréta finalement Nicholas.

– Ce n'est pas à vous d'en décider. Oubliez un peu votre personne, père Resaccio. Ce n'est pas vous que nous protégeons, c'est le plan Arcade. Et si Miss Keenes doit y participer, notre devoir est de la surveiller elle aussi.

– Parlez-lui du télégramme », suggéra Williamson.

Le jésuite consentit d'un clignement d'yeux.

« J'ai reçu ce matin un message de la nonciature à La Valette. Le colonel Akhmedov se trouve à Malte depuis hier.

– Vous vous souvenez du colonel Akhmedov, père Resaccio? demanda l'ambassadeur américain. Vous vous souvenez d'Irkoutsk? Les Russes s'agitent, mon père, les Russes s'agitent.

– Malte? s'étonna Nicholas. Pourquoi Malte? »

Malte, 4 novembre

Michael eut l'impression de pénétrer dans un univers parallèle où la révolution aurait échoué et où Lénine aurait fini ses jours dans un bagne de Sibérie. D'abord, il y avait eu l'image de l'ambassade plantée sur une colline de la petite ville de Rabat, à quelques kilomètres de La Valette, demeure baignant de ses lumières douces un site enchanteur où parvenait le vent salin. Maintenant, il découvrait le faste un peu suranné des salons de réception, les ors, les tapis et les lustres; il découvrait la foule brillante, l'éclat joyeux des voix, l'atmosphère de fête. Il eût imaginé ainsi les nuits du palais d'Hiver au temps de Pétersbourg. Entre ces deux plans, entre la façade illuminée de la salle éblouissante, avait pris place une brève séquence en tout point conforme à ses prévisions : vitres à l'épreuve des balles, sas de sécurité, mines fermées, uniformes et fusils au pied, vérification attentive de son identité.

On rencontrait le Tout-Malte, les personnalités les plus importantes du monde des arts, de la médecine ou de la politique, des diplomates, des banquiers, des armateurs, des militaires. Des épouses honorables et de jolies maîtresses; les plus belles robes et les bijoux les plus coûteux de l'île. Que fais-je ici? se demanda soudain Michael. La dernière réception à laquelle il avait assisté s'était déroulée dans les locaux de l'université de Compiègne : une soirée coca-mousseux entre professeurs et étudiants. Que faisait-il là, dans ses souliers trop raides qui craquaient à chaque pas, dans cet habit précipitamment repris à la taille et aux ourlets? Il ne connaissait personne. Certains visages lui étaient familiers, beaucoup de noms, sans doute, lui auraient rappelé quelque chose, mais dans la plupart des cas, il était incapable de mettre un nom sur le visage. Il n'identifia que les personnages les plus éminents, certains amis de sa famille, et deux ou trois confrères, patrons d'autres cliniques de l'île.

Il s'enfonça dans le brouhaha distingué, parmi les petits groupes qui s'étaient formés, lui sembla-t-il, par affinités : ensemble les politiciens, les industriels, les ecclésiastiques, ensemble les Soviétiques; d'un côté les épouses, de l'autres les illégitimes. Il navigua un moment sur les tapis profonds, captant ici ou là des bribes de phrase, des politesses, des banalités, puis se laissa attirer par le scintillement et le tintement des verres qu'on remplissait au buffet. Il n'avait pas faim. Il se mit à boire.

Il n'avait pas encore vu trace du directeur de cabinet du Premier ministre, cet homme dont sa secrétaire ne lui avait appris le nom que le matin même : Henry Zubbieq. Il ne le regrettait pas. Il lui vint l'envie de se dissimuler dans la foule et de fuir le petit homme qui, probablement, le cherchait en ce moment.

Michael emporta son verre. Brusquement, il s'aperçut qu'on lui souriait, qu'on lui adressait des signes amicaux de la tête ou de la main. Apparemment, ces gens dont il ignorait tout savaient qui il était. Oui, bien sûr, le fils de son père. De Bonno Jr. Il était repéré, démasqué. Il ne leur échapperait pas. Cela lui fit presque peur. Il rendit quelques saluts, mais s'efforça de décourager toute tentative d'approche. Il retourna au buffet, entendant vaguement qu'on parlait de lui. Michael, le fils d'Albert. Il avala un nouveau whisky.

Enfin, ce qu'il craignait arriva. De vieux amis de son père le coincèrent entre une plante verte et le bord d'une table. Souriant mécaniquement, il accepta pêle-mêle compliments, encouragements et condoléances renouvelées. On lui rappela quel enfant doux et éveillé il avait été. On lui dit quels espoirs on fondait sur lui. Il remercia. Il s'échappa. Là-bas, à l'autre extrémité du buffet, au-delà des plats d'argent, des carafes de cristal et des bouquets multicolores, il alla chercher un troisième verre.

Près de lui, on conversait en russe. Curieusement, c'était la première fois de la soirée qu'il entendait parler cette langue. Les raisons de sa présence à l'ambassade lui revinrent brusquement à l'esprit. Il se sentit impatient d'en finir. Oui, avant d'être complètement bourré, ce serait préférable. Mais cet Henry Zubbieq ne se montrait toujours pas. Son regard croisa celui d'une jolie fille, une grande brune aux formes généreuses et dont les traits semblaient trahir le caractère à la fois sensuel et docile. Michael la jugea de type italien. Il y avait beaucoup de ravissantes personnes dans les salons de l'ambassade. Il se détourna, but quelques gorgées de whisky et leva de nouveau les yeux dans sa direction. Elle l'observait toujours, sans provocation ni curiosité. Qui était-ce? Encore une amie de son père? Une espionne à la solde des Soviétiques? Michael n'était pas sûr d'avoir envie de le savoir. Il tendit son verre dans la lumière, comme pour lui demander si elle désirait boire quelque chose. La charmante créature n'eut pas le temps de répondre. Elle disparut au sein d'une grappe de diplomates allemands, fédéraux et démocrates réunis, qui noyaient le mur de Berlin dans la vodka. Avait-elle souri avant de sombrer dans les rires gras et les vapeurs d'alcool, il n'en était plus certain. Michael hésita un instant, puis décida de se frayer un passage dans la cohue qui s'agglutinait près des pyramides de petits sandwichs, des brochettes de poulet et des hérissons de fruits caramélisés. Elle n'était plus là.

Une main se posa sur sa manche. Il frémit, comme si ce pouvait être elle. Mais c'était Zubbieq, jovial, presque sautillant, le front moite et les joues rouges.

« Je savais que vous viendriez, monsieur de Bonno. Quelle soirée éblouissante, n'est-ce pas? »

Michael l'écoutait distraitement, continuant de chercher la fille autour de lui.

« Ah! si la paix et la bonne humeur pouvaient régner toujours ainsi entre les nations! s'exclama le directeur de cabinet.

– Ah! si le marché kolkhozien pouvait être toujours aussi bien approvisionné! répondit Michael.

– On nous attend à côté, monsieur de Bonno.

Laissez votre verre, s'il vous plaît. Monsieur le Premier ministre a eu un empêchement de dernière minute. Mais ne restons pas là. »

Zubbieq le tira à l'écart, sans cesser de parler. Michael décela dans sa voix une nuance inquiète.

« Vous comprenez naturellement l'importance de cette conversation. Ce qu'on va vous expliquer maintenant, c'est la mission que vous confie votre pays. C'est ce que votre père aurait fait, et aurait voulu que vous fassiez. »

Ils s'éloignèrent du tumulte et de la chaleur. Juste avant de suivre le petit homme dans un corridor pareil à une coursive de navire, Michael aperçut la jolie brune, à l'ombre d'un palmier d'intérieur planté dans une vasque de marbre. Elle ne lui adressa pas la moindre mimique, son visage demeura lisse et sans expression; elle secoua sa chevelure bouclée et il crut que cela signifiait : à tout à l'heure.

Le colonel Akhmedov les attendait dans une petite bibliothèque, pièce carrée semblant faite du doux reflet des lambris et des cuirs cirés. L'aspect du Soviétique en uniforme dégrisa instantanément Michael, comme un seau d'eau froide en pleine figure.

Akhmedov se tenait près d'un fauteuil. Le col de sa chemise soulevait les plis roses de son cou et sa face ronde évoquait une lune sévère. Il tendit sa main droite à Michael, au bout d'un bras très raide, comme pour lui remettre un paquet. Les trois hommes s'assirent en triangle sur des mastodontes brun fauve qui exhalaient des parfums de havane et de miel. Une fois de plus, en guise de préambule, Zubbieq rappela à Michael que sa présence dans la bibliothèque impliquait de sa part un engagement ferme et définitif dans le projet dont on allait maintenant lui révéler la nature précise. Les mots sortaient plus difficilement de sa bouche, altérés par un léger tremblement. Michael eut l'impression qu'il jouait sa tête.

« Ne perdons pas de temps, dit Akhmedov en anglais. Monsieur de Bonno, voici la situation telle qu'elle nous apparaît et voici pourquoi elle nous dicte de faire appel à vos services. »

Il appuya sa nuque au dossier du fauteuil et continua de parler en regardant le plafond. Passé les premiers instants, Michael s'était habitué au physique désagréable du colonel soviétique. Il se sentait parfaitement calme, à présent. Trois ou quatre whiskies avalés coup sur coup lui faisaient considérer les choses avec un certain détachement.

« Tout d'abord, reprit Akhmedov, il faut que vous compreniez bien que je n'exprime pas devant vous un point de vue partisan et que ce discours n'est pas inspiré par la rivalité qui oppose mon pays aux Etats-Unis. Comme vous le savez, le monde se divise actuellement en un certain nombre de blocs plus ou moins homogènes : socialiste, capitaliste, musulman, ou bien encore se répartit entre nations pauvres et nations riches... Tout cela coexiste dans un état précaire d'équilibre... précaire, mais, jusqu'à maintenant, indéniable. Si je vous dis que la situation qui se profile est nouvelle, c'est que pour la première fois depuis longtemps, cet équilibre est menacé et que, pour la première fois aussi, un seul de ces blocs, le camp occidental, fait peser un péril très grave sur le reste du monde dans son ensemble. »

Il ôta ses lunettes carrées et, se redressant, posa sur Michael un regard flou.

« On vous a déjà parlé du plan Arcade... Non? Bien, voici... L'objectif essentiel de ce plan est de recentrer ce que les Américains nomment désormais l'espace logique occidental autour du Vatican. Pour y parvenir, les Etats-Unis et leurs alliés ont décidé de mettre à la disposition du Saint-Siège, pendant quelques heures par jour, tout un réseau de satellites de télécommunication, en sorte que les plus hauts responsables de l'Eglise, au premier rang desquels le pape, puissent s'adresser directement et régulièrement aux évêchés du monde entier et, à travers eux, à la masse des fidèles. Arcade, cela dit bien ce que ça veut dire. »

Akhmedov traça de la main devant lui une succession de petits arceaux, comme pour relier les divers satellites en orbite au-dessus de l'équateur terrestre.

« Quant à la réception de tels messages, reprit-il, elle ne pose aujourd'hui aucun problème. Il suffit d'une antenne parabolique d'un diamètre de 90 centimètres, pointée dans la direction du satellite du réseau Arcade le plus proche. Quelques centaines de dollars pièce. Il y a environ deux mille cinq cents évêchés dans le monde. On peut donc équiper la totalité de la chrétienté pour moins d'un million de dollars. »

Henry Zubbieq, qui écoutait en silence, alluma un gros cigare. Il présenta la boîte à Michael qui hésita, puis accepta en souriant, parce que ces longues fusées d'un brun doré s'harmonisaient à merveille avec l'ambiance de la bibliothèque et aussi parce qu'il éprouvait un malin plaisir à l'idée que la fumée piquante dérangerait certainement le colonel.

« La communauté catholique est minoritaire aux Etats-Unis, remarqua le jeune homme, en recrachant une bouffée bleue. Je ne vois pas pourquoi le gouvernement américain apporterait une aide aussi considérable, ni comment les parlementaires le toléreraient. »

Tout en s'exprimant, Michael sentait obscurément qu'il tombait dans un piège. Participer au débat, n'était-ce pas accepter de se soumettre à ses conclusions? Mais non, de toute façon, on l'avait

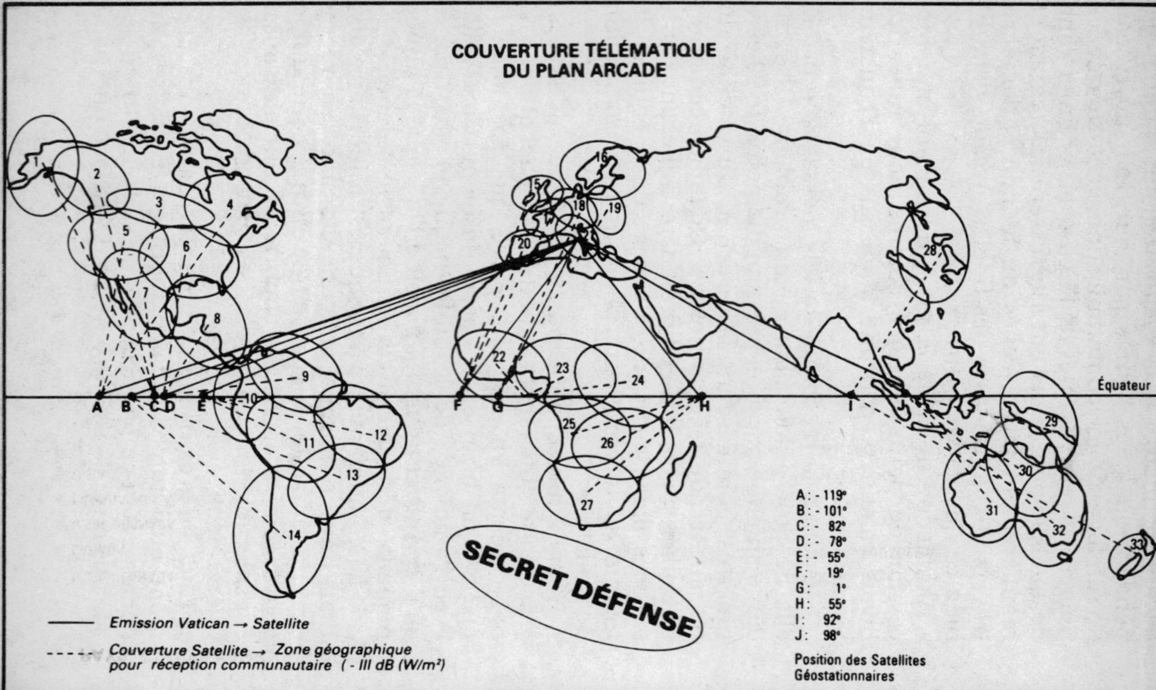
COUVERTURE TÉLÉMATIQUE
DU PLAN ARCADE
Équateur
A B C D E F G H I J
1 2 3 4 5 6 7 8 9 10 11 12 13 14 15 16 18 19 20 22 23 24 25 26 27 28 29 30 31 32 33
SECRET DÉFENSE
Emission Vatican → Satellite
Couverture Satellite → Zone géographique
pour réception communautaire (- III dB (W/m²)
A : - 119°
B : - 101°
C : - 82°
D : - 78°
E : - 55°
F : 19°
G : 1°
H : 55°
I : 92°
J : 98°
Position des Satellites
Géostationnaires

PAYS GÉOGRAPHIQUES COUVERTS

1 : U.S.A. - CANADA
2 : CANADA
3 : U.S.A. - CANADA
4 : CANADA - U.S.A.
5 : U.S.A.
6 : U.S.A.
7 : MEXIQUE
8 : GUATEMALA - MEXIQUE - SALVADOR NICARAGUA - COSTA RICA - PANAMA
9 : VENEZUELA - GUYANE BRITANNIQUE - SURINAM
10 : COLOMBIE - ÉQUATEUR - PÉROU
11 : BRÉSIL - PÉROU - BOLIVIE
12 : BRÉSIL
13 : BRÉSIL - PARAGUAY - URUGUAY
14 : CHILI - ARGENTINE
15 : GRANDE-BRETAGNE - IRLANDE
16 : NORVÈGE - SUÈDE - FINLANDE
17 : FRANCE - BELGIQUE - LUXEMBOURG - SUISSE
18 : R.F.A. - HOLLANDE - AUTRICHE - R.D.A.
19 : POLOGNE - TCHÉCOSLOVAQUIE - YOUGOSLAVIE
20 : ESPAGNE - PORTUGAL
21 : ITALIE - VATICAN - GRÈCE - MALTE
22 : CÔTE-D'IVOIRE - GHANA - TOGO
23 : RÉP. CENTRAFRICAINE - CAMEROUN - GUINÉE EQUATORIALE - GABON - CONGO - ZAÏRE
24 : ZAÏRE - OUGANDA - KENYA - RWANDA - TANZANIE
25 : ZAÏRE - ANGOLA - ZAMBIE
26 : ZAMBIE - ZIMBABWE - MALAWIE - MOZAMBIQUE
27 : BOTWANA - AFRIQUE DU SUD - SWAZILAND - LESOTHO
28 : JAPON
29 : INDONÉSIE - PAPOUASIE - NOUVELLE GUINÉE
30 : AUSTRALIE
31 : AUSTRALIE
32 : AUSTRALIE
33 : NOUVELLE ZÉLANDE

prévenu; d'ores et déjà, il avait renoncé à sa liberté. Sans le vouloir, sans savoir ni pour quoi, ni pour qui.

« Il est prévu que ce canal confessionnel fasse l'objet d'un partage entre les diverses obédiences du judéo-christianisme... c'est-à-dire que les juifs et les grandes églises protestantes bénéficieront d'un temps de diffusion. Mais, indubitablement, et pour des motifs que les buts du projet éclairent parfaitement, le Vatican reste la base et le maître d'œuvre de l'opération. Les non-catholiques s'inclineront devant les impératifs tactiques du complot. Vous savez, monsieur de Bonno, malgré ses multiples tendances spirituelles et culturelles, l'Occident recouvre immédiatement sa cohésion dès que l'on flatte sa haine du marxisme et de l'islam!

– Que craignez-vous exactement, colonel Akhmedov?

– L'équilibre, dit l'Azerbaïdjanais, c'est la survie du monde. Je vous le répète, le plan Arcade constitue un terrible facteur de déstabilisation. C'est une agression, une tentative d'invasion par des moyens extra-militaires qui, si elle se précisait, appellerait fatalement de notre part une riposte de type militaire.

– Vous estimez-vous donc incapables de résister sur le terrain de l'idéologie? »

Akhmedov se raidit.

« Notre peuple est certainement apte à résister à une quelconque entreprise de désinformation, mais toute propagande est susceptible de causer des ravages; il se trouvera toujours certains éléments corrompus pour la diffuser. En outre, il existe des points de faiblesse dans certaines régions, dans les pays musulmans...

– En Pologne? » glissa Michael.

Le colonel pinça les lèvres sans répondre. Ainsi,

sa bouche ne dessinait plus qu'un fil rouge coupant une zone assombrie par le poil renaissant.

« La force de pénétration de l'ensemble formé d'un réseau de satellites et d'un ordinateur ultra-perfectionné est considérable. Aucune frontière ne peut s'y opposer, monsieur de Bonno... les Américains veulent nous renvoyer au temps des croisades. Ils veulent armer une nouvelle guerre sainte. »

Il secoua la tête, comme pour se remettre les idées en place. Alors, d'un seul mouvement vigoureux, il se leva et s'approcha d'un mur tapissé de livres anciens. Son attitude laissait supposer qu'il aurait préféré trouver là un tableau noir.

« Dans un premier temps, expliqua-t-il, les pays marxistes ou islamiques ne représentent pas à proprement parler des cibles. Mais, inévitablement, ce seront les victimes de ce projet impérialiste et démesuré. Souvenez-vous des nazis, monsieur de Bonno. Quand la folie de l'expansion et de la domination est en route, elle ne connaît pas de limites; par nature, elle est insatiable. Enfin... disons que, pour l'instant, l'Occident, qui est en proie à une profonde crise économique et morale, a besoin avant tout de se ressaisir. Il lui faut trouver sa cohésion et mettre à la raison les régions du monde qui menacent d'échapper à son influence. Le principal champ de bataille de cet affrontement idéologique est et sera le continent sud-américain, qui abrite le premier cheptel papiste de la planète et dont les populations se battent pour reconquérir leur liberté. L'idéal socialiste y gagne du terrain chaque année, y compris dans les rangs du clergé. La communauté d'intérêts entre le Vatican, qui tente de freiner l'essor de la théologie de la libération, et les Etats-Unis, qui défendent leur hégémonie économique actuelle, est là particulièrement flagrante. Grâce au plan Arcade, les Américains mettent à la disposition du pape les moyens technologiques ultra-modernes susceptibles d'assurer la reprise en main de la situation. Ils veulent asservir, en utilisant son charisme, son image médiatisée, les nations qui commençaient enfin à se défaire de leur emprise. »

Akhmedov tendit le doigt en direction d'une rangée de livres, semblant ainsi marquer le second point de son exposé :

« La collusion entre le système capitaliste et les représentants de la morale judéo-chrétienne ne date pas d'hier. En de semblables circonstances, elle est plus criante que jamais. Alors que certaines valeurs paraissent démodées, usées, voire moribondes, le plan Arcade entend leur donner une seconde jeunesse et les préparer à accéder de façon triomphante au XXIe siècle. Ainsi, en s'appuyant sur leur puissance technologique et économique, les nations occidentales vont s'efforcer de permettre au Vatican et aux autres marchands d'opium intellectuel de sauver leur influence sur le peuple; inversement, en mettant leur autorité morale au service d'une doctrine politique, les grandes religions donneront à l'Occident en voie de décomposition une chance de se cimenter autour d'une cause sacrée. C'est une armée gigantesque qu'est en train de recruter le plan Arcade, une armée composée de près d'un milliard de chrétiens fanatisés... un milliard de pantins dont les fils seront des câbles. »

Le colonel Akhmedov s'interrompit pour savourer la pertinence de sa métaphore.

« Au commandement, ils se lèveront comme un seul homme. Un ordre issu du Vatican et tous seront avertis, mobilisés, prêts à se lancer dans une quelconque aventure expansionniste ou bien à comploter contre leur patrie, au risque d'anéantir le fruit de dizaines d'années de lutte contre l'exploitation de l'homme par l'homme. »

Henry Zubbieq agita le bout rougeoyant de son cigare pour réclamer la parole.

« J'ignore quels sont vos sentiments à l'égard de la religion, dit-il. Mais, quels qu'ils soient, croyez bien que nous les respectons. Il faut que vous gardiez ceci à l'esprit : le complot que dénonce le colonel Akhmedov n'a rien de commun avec ce qu'il est convenu d'appeler la propagation de la foi. Nous ne craignons pas un renouveau de la spiritualité, mais que la religion ne serve d'alibi à une collusion de toutes les forces réactionnaires disponibles dans les pays capitalistes. Il est significatif que le Japon, nation dont les valeurs traditionnelles sont fort éloignées du christianisme, ait accepté de jouer dans l'affaire un rôle capital en fournissant *gracieusement* au Vatican un prototype de l'ordinateur le plus perfectionné conçu à ce jour. Grâce à cette fantastique machine, qui symbolise l'avance technologique actuelle d'une petite fraction de la planète sur le reste de l'humanité, les techniciens de Rome pourront traiter les messages issus de la papauté et les diffuser à destination de tous les points du globe. »

Michael, qui avait écouté l'exposé d'Akhmedov avec une certaine indifférence, comme un morceau de propagande soviétique, sentit qu'enfin on s'adressait à lui. Quand on lui parlait du Japon, on lui parlait de Wendy. Les vapeurs d'alcool qui, par moments, avaient un peu brouillé le discours rigide du colonel, s'estompèrent tout à fait.

Maintenant, Akhmedov avait sorti une carte de sa mallette et il suivait du doigt une étrange toile d'araignée : le réseau de satellites sur lequel s'appuyait le plan Arcade. Le PSI 100, expliquait-il, permettrait de constituer un fichier cohérent sans équivalent – celui des catholiques du monde – et la gestion de cette masse de données, en attendant le jour où, comme il disait, tous les chrétiens seraient câblés. Puis le colonel alla se rasseoir, abandonnant à Zubbieq le soin d'exprimer le point de vue maltais.

« Nous sommes ici, à Malte, au lieu de rencontre de nombreuses influences, déclara le directeur de cabinet du Premier ministre. L'architecture de nos villes et la structure de notre population en témoignent. J'aime beaucoup ce pays, monsieur de Bonno, et, notamment, j'aime son harmonie. Malte est une terre d'équilibre, nous avons hérité ici du meilleur de plusieurs cultures. Cela nous donne des responsabilités. Ainsi, vous avez certainement suivi ce que les journalistes de l'île ont baptisé la guerre des écoles. Depuis des décennies, l'église catholique avait fait de l'enseignement son domaine réservé. Le gouvernement a dû se battre pour imposer la gratuité de la scolarité, pour que les commissions d'admission dans les établissements deviennent mixtes et ne soient plus exclusivement confessionnelles. En même temps, nous avons renoncé à la confiscation des biens de l'Eglise et nous avons accepté la nomination d'un nonce à La Valette. Voilà ce que j'appelle une politique saine et équilibrée. »

Il reprit son souffle et poursuivit :

« Mais ce différend avec le Vatican n'est pas à l'origine de notre position dans l'affaire qui nous occupe. Non... si nous semblons prendre le parti de l'Union soviétique et de la Libye, c'est parce que ce plan à long terme des puissances occidentales met en péril l'équilibre du monde. La position stratégique de Malte rend l'île particulièrement vulnérable en cas de fortes tensions internationales; en outre, elle nous donne la possibilité d'agir, et nous impose de le faire. Notre action n'est donc pas dictée par des intérêts égoïstes, mais par de plus hauts devoirs. Faire échouer le plan Arcade, c'est contribuer à préserver la paix, c'est mettre Malte à l'abri de l'avidité des uns et des autres. Votre père avait compris tout cela. Michael... je suis heureux de pouvoir compter chez vous sur la même clairvoyance. Bien sûr, une lourde charge pèsera désormais sur vos épaules et vous devrez en accepter les conséquences...

– Quoi? Quelles conséquences? »

Michael se rendait bien compte qu'il se réveillait un peu tard et que, déjà, il était clair pour chacun qu'il ne pouvait plus reculer. Oui, il avait signé sans voir, comme embobiné par deux camelots au numéro bien réglé.

« A partir d'aujourd'hui, vous serez à la disposition du colonel Akhmedov. Il vous faudra subir quelques contraintes, supporter un certain contrôle de votre vie privée. Oh! non, rassurez-vous, personne ne s'y immiscera. Mais nous la protégerons de toute atteinte étrangère. Votre sécurité l'exige. »

Akhmedov s'agita sur son fauteuil, impatient de couper court à ce qu'il considérait sans doute comme des mondanités.

« Le détail de votre mission vous sera exposé dans une semaine environ, annonça-t-il d'un ton sec. En Libye.

– En Libye?

– Oui, dans un camp proche de Tripoli. Vous aurez là un entretien dont je vous signale d'ores et déjà l'extrême importance. Il ne m'appartient pas de vous en dire plus. Voici cependant les grandes lignes de ce qui vous concerne : un ordinateur PSI 100 va être prochainement installé à l'université de La Valette, réplique exacte de celui qui sera mis en service à l'Académie pontificale des sciences, sous la responsabilité du père Nicholas Resaccio. »

Michael sursauta. Il revit en un éclair les deux photos : celle découverte dans le pétrin de sa maison de Seine-et-Marne, et celle où le prêtre figurait à côté de Wendy, à Tokyo.

« Cet ordinateur sera financé par nos soins,

continua Akhmedov. Officiellement, les acquéreurs seront votre clinique et l'université. Vous serez censé vous en servir dans le but de poursuivre vos travaux sur le fonctionnement du cerveau et dans le domaine de la neurométrie. En réalité, votre tâche consistera à remettre en place, ici à Malte, tous les fichiers et les programmes développés sur une machine identique, là-bas, au Vatican. Autrement dit, tout ce qui constituera le fondement du plan Arcade. »

Michael ouvrit de grands yeux.

« Comment voulez-vous que je fasse une chose pareille si j'ignore ce que... »

Akhmedov l'arrêta d'un geste de la main.

« Vous bénéficierez d'une aide exceptionnelle, du soutien d'un agent qui vous renseignera de façon très exacte. »

Le colonel prit une profonde inspiration et, d'un air intensément satisfait, acheva :

« Je crois que la personnalité de cet agent vous incitera à travailler efficacement à nos côtés. Vous ferez sa... sa connaissance en Libye, et je ne doute pas que cette rencontre contribue largement au succès de votre séjour là-bas. »

Il s'arracha brusquement à son fauteuil, salua ses deux interlocuteurs d'une brève inclination de la tête, puis, sans un mot de plus, sortit de la bibliothèque par une porte dont Michael n'avait même pas remarqué l'existence.

Il y eut une longue minute de silence, puis Zubbieq se leva à son tour, la respiration courte et les gestes mal assurés; il invita maladroitement Michael à rejoindre les invités pour jouir encore un peu de la merveilleuse hospitalité soviétique. Le jeune homme comprit qu'on lui suggérait de noyer ses doutes dans l'alcool. Il était à présent totalement dégrisé. Il ne voulait pas laisser partir ce petit homme, comme cela, sans rien dire. Ce soir, il avait pris tous les coups. Maintenant, il voulait frapper. Tout juste frapper. Il voulait lui montrer qu'il n'était pas dupe de ses calculs. L'*Osservatore Romano*, par exemple, c'est bien entendu Zubbieq qui le lui avait fait porter, afin qu'il y découvrît la photo de Wendy aux côtés du père Resaccio... et que cela l'aide à se décider à collaborer. L'article sur les prophéties de Malachie lui revint soudainement à l'esprit. Il y vit un étrange parallèle avec ce qui venait d'être dit, et en saisit le prétexte pour apostropher Zubbieq :

« Dites-moi, finalement, vous me demandez d'être le Judas par qui la prophétie de Malachie concernant Jean-Paul II se réalisera. »

Zubbieq regarda Michael, ne comprenant visiblement pas un traître mot à ce que ce dernier venait de dire.

« Vous ne connaissez pas saint Malachie? reprit sans attendre Michael devant le désarroi du directeur de cabinet.

– Jamais entendu parler.

– Vous devriez mieux lire les journaux que vous me faites porter, monsieur Zubbieq. Mais je vais vous en épargner la lecture. »

Afin de ne pas laisser à Zubbieq la possibilité de réagir, Michael se lança immédiatement dans une longue tirade.

« Malachie est un évêque irlandais ayant vécu au XIIe siècle et qui aurait laissé une série de définitions en latin, résumant en quelques mots la personnalité, ou l'histoire du règne, de chacun des papes à venir. Ces cent prophéties sont tombées suffisamment juste pour que l'Eglise ne les ait jamais condamnées. Bien au contraire, elle les a souvent utilisées – officieusement tout du moins – pour chanter les louanges d'un pape.

– Et quelle est donc celle concernant le pape polonais? interrogea Zubbieq.

– DE LABORE SOLIS, répondit Michael sans regarder son interlocuteur, ce qui signifie « Des difficultés du Soleil »... et ce que personne n'a encore réussi à expliciter clairement. La prophétie de son prédécesseur Jean-Paul Ier fut, elle, tristement simple à interpréter : DE MEDIATAE LUNAE veut dire « De la moitié d'une lunaison », c'est-à-dire le temps que dura son pontificat, interrompu par sa mort tragique. En ce qui concerne Jean-Paul II, vous venez de me donner la solution. Le pontificat de ce champion de la communication sera incontestablement marqué par le plan Arcade, dont la clef de voûte est le satellite du Vatican – *Soleil* d'un genre nouveau devant éclairer la chrétienté en cette fin de siècle. Et vous me demandez d'être celui par lequel *les difficultés* vont arriver. Celui qui, en faisant échec au projet, déstabilisera Jean-Paul II. Celui qui, en provoquant une crise grave dans l'Eglise, mettra en péril l'équilibre du monde.

– Revenez sur terre, monsieur de Bonno. Nous ne vous demandons rien de tout cela. Nous vous demandons seulement d'accomplir votre devoir de citoyen maltais; simplement, comme votre père l'aurait accompli.

– Mon père? Auriez-vous envoyé mon père à Tripoli? »

Le directeur de cabinet parut interloqué.

« Ma foi... non, certainement pas. Enfin...

– Finalement, dit Michael en reprenant le chemin du corridor, sa mort vous arrangeait plutôt. Sa mort... et mon retour dans l'île. »

Les abords du buffet s'étaient éclaircis et les longues tables elles-mêmes s'étaient copieusement dégarnies. Il se ferait servir sans trop de difficulté. Champagne, pour changer. Il vida la coupe d'un trait.

« Oh! mais *où* aviez-vous disparu? » lui demanda la jeune fille brune aux cheveux frisés.

Elle écarquillait les yeux. Elle semblait stupéfaite de le revoir en vie.

« Eh oui, dit Michael, ils m'ont relâché. C'était une erreur, une lamentable erreur.

– Vraiment? »

Elle pouffa derrière sa main.

« Et vous, demanda Michael, pourquoi vous gardent-ils?

– Oh! ce n'est pas *eux*, pas ceux auxquels vous pensez.

– Les Russes?

– Chut! »

Elle était un peu ivre, elle aussi. Elle désigna du menton un grand type aux tempes argentées.

« C'est lui. Je le suis partout, mais il ne s'occupe jamais de moi. Si je partais, il ne s'en apercevrait même pas. »

Michael supposa que c'était une proposition.

« Je vais vous faire visiter les ruines, décida-t-il.

– Il est député, dit la fille. D'accord, on va voir les ruines. »

Michael conduisait lentement. Il fit plusieurs fois le tour de Rabat avant de dénicher enfin la Villa Romaine, enfouie dans l'ombre du musée. Puis, roulant toujours au pas, il traversa Mdina. La jolie brune jouait le jeu, battant des mains et poussant des cris d'admiration. Elle prétendait s'appeler Leilah.

« Et ça, vous savez ce que c'est? lui demanda Michael en désignant un bâtiment.

– Non.

– Le couvent des bénédictines. »

Sans Wendy.

« Posez-moi encore des questions.

– Hum... laissez-moi réfléchir. Combien y a-t-il de conseillers libyens dans l'île de Malte?

– Giovanni le saurait sûrement. C'est mon député. Deux cents?

– Perdu. Trois mille. Une autre?

– J'écoute.

– Savez-vous pourquoi les bateaux soviétiques qui relâchent dans l'île paient trois fois plus cher que n'importe où ailleurs dans le monde?

– Aucune idée.

– Moi non plus. Mais le fait est que cela arrange bougrement nos finances. »

Oui, ajouta-t-il intérieurement, et les conseillers libyens *paient* pour avoir l'honneur de nous apporter leur précieux concours. On nous aime énormément.

« Assez! s'exclama Leilah. Vos questions sont trop difficiles. A moi, maintenant. Qu'êtes-vous allé faire pendant si longtemps de l'autre côté de la porte?

– Objection. »

Combien de fois ne lui avait-elle pas répondu cela? Objection. Ça ne te regarde pas. Je ne peux pas te répondre. Wendy. Enfin, je vais tout savoir. Connaître tes secrets. Trois ans d'incertitude et de souffrance pour en arriver là. Le plan Arcade... que m'importe le plan Arcade! C'est le projet Wendy qui m'intéresse. Il accélérait. Les vagues un peu nauséeuses de son ivresse lui semblaient soulever son corps du siège de moleskine. Maintenant, Wendy, tout me regardera. Tu auras besoin de moi. Je serai ton égal. Peut-être que je vais en crever, mais il n'y aura plus d'objections, plus jamais d'objections.

« Je m'en doute bien, allez, que vous êtes un espion russe, dit Leilah. Vous avez le même prénom que Gorbatchev! »

Il éclata de rire.

« Mais, vous savez, je m'en fous », ajouta-t-elle.

Ils étaient parvenus devant la villa, la somptueuse bâtisse léguée par son père, ses deux étages de belle pierre, son parc de trois hectares. Leilah le suivit sur le perron. Rien ne paraissait pouvoir l'étonner, ni l'effaroucher.

Il la fit parler encore, dans la petite chambre du premier. Il aimait sa façon de s'exprimer, franche et spontanée. Michael ne la soupçonnait plus de rien. Il n'était pas possible que cette Leilah eût des arrière-pensées. Que n'était-il tombé amoureux d'une fille comme ça! Quelle oasis de paix serait la vie... Il la fit parler, il l'embrassa, il la caressa. Il oublia les « sachez bien », les « comprenez que », les « croyez monsieur de Bonno », les « il faut que », les « vous devez »... Il les oublia tous, et même Wendy. Leilah faisait l'amour comme elle s'exprimait, joyeusement, sainement. Aucune pudeur ne la retenait. Elle criait fort, et riait ensuite. Elle aurait recommencé cinq fois, dix fois, mais Michael s'écroula dans ses bras... dans les bras de Wendy, mort de fatigue.

Tripoli, 10 novembre

Michael suffoquait. Deux jours plus tôt, l'automne s'était abattu sur Malte, avec son vent d'ouest et ses pluies continues. L'aéroport de Tripoli rôtissait sous le soleil, comme un morceau de désert bétonné. L'accueil avait été étrange. Quatre soldats l'encadraient. On lui parlait par gestes, à droite, à gauche, par là... mais de façon si mécanique, si impersonnelle, que Michael avait l'impression de s'être égaré au milieu d'un petit groupe en manœuvre. La file des passagers achevait de s'engouffrer dans l'ombre des bâtiments. Seul, il suivait un autre chemin, seul et les mains vides. Il se sentait nu, désarmé.

Une Fiat noire attendait au bord d'une piste annexe. On aurait dit que la chaleur faisait fumer la tôle. Michael comprit qu'il devait monter dans la voiture. Il s'installa, et la Fiat démarra.

« Je suis Abdul. »

Le personnage était assis près de lui, à l'arrière, sur la banquette brûlante. Michael ne voyait plus rien. Ses yeux étaient encore éblouis par la lumière éclatante de l'après-midi. Une vitre teintée les séparait du chauffeur; de petits rideaux masquaient la vue, à droite, comme à gauche. Nous sommes voilés, songea Michael; à la mode arabe.

Abdul avait une figure en lame de couteau et un menton pointu. Ses cheveux bouclés étaient très courts. Puis Michael distingua la lueur dans ses yeux.

Que pouvait-il lui dire? Alors, comme ça, c'est vous, le mystérieux correspondant de Wendy? Abdul n'avait visiblement pas envie de parler. Sa main était posée sur son genou et s'agitait fébrilement. Michael l'imaginait très bien parmi les tueurs des Jeux de Munich. Il se demanda si Wendy couchait avec lui.

Il roulait dans cette voiture chauffée à blanc, près d'un agent du terrorisme international, dans une ville dont il ne connaîtrait pas le paysage, et ne comprenait pas ce qu'il y faisait. Il se vit soudain en héros de bande dessinée. Michael au pays de Kadhafi. Lui qui était fait pour vivre dans un laboratoire, parmi ses chats et ses électrodes, lui qui aimait tant l'ordre, la méthode et la tranquillité! Pourquoi suis-je là? Par amour? La proposition lui parut insensée.

« Nous arrivons », annonça Abdul en tirant le rideau qui se trouvait près de lui.

Michael aperçut un fouillis de barbelés, un mur blanc épais de trois mètres. La Fiat pila. Il faillit donner du front contre la vitre fumée. Une tête coiffée d'une casquette se montra aux côtés d'Abdul. Le nez du militaire s'écrasa contre le déflecteur. Il y eut un cri en arabe et la voiture redémarra. Michael vit passer toute une série de fusils et de mains. La Fiat cahota et longea le pied d'une construction de bois; une sorte de mirador. Des barbelés, des sacs de sable, un autre mur. Second contrôle, plus long, plus âpre. Trois soldats se succédèrent. Le troisième fit baisser la vitre et scruta Michael pendant une bonne demi-minute. Abdul s'énervait. Il y eut un échange d'invectives et la voiture repartit, à toute vitesse, cinquante mètres et un coup de frein brutal.

« Descendez », ordonna Abdul.

Michael fut surpris qu'il ne lui mette pas un bandeau sur les yeux. Mais non, Abdul semblait fier de ce qui l'entourait, de ces bâtiments ultra-modernes, de cette angoissante architecture militaire, casernement bas, plat, plus ou moins aveugle, du métal rutilant des batteries, de l'activité à la fois grouillante et disciplinée. Il précisa même avec orgueil qu'il s'agissait de la caserne de commandement Aziziya, autant dire du palais présidentiel.

Ils avancèrent et Michael eut l'impression qu'une escorte de deux mille hommes les accompagnait. Il ne se sentait pas vraiment bien. Ils contournèrent un cube blanc et parvinrent dans une immense cour où veillaient des rangées de mitrailleuses. Au centre se dressait une grande tente kaki. Le saint des saints. Trente soldats la gardaient, tressaillant à chaque ondulation de la toile dans la bise. Les trois sbires armés jusqu'aux dents qui en défendaient l'entrée dévisagèrent Michael d'une façon quasi insoutenable. L'un d'eux tâta ses poches, ses mollets, sa poitrine. Ils consentirent à le laisser entrer à petits mouvements de tête hargneux.

Chaleur, pénombre, atmosphère lourde. Michael cligna des yeux, se força à respirer plus profondément. Puis il les reconnut, tous les trois. Wendy, Akhmedov et Kadhafi.

Le regard de Wendy passa vite, très vite sur lui, comme si elle craignait de se compromettre en avouant qu'elle le connaissait. Celui d'Akhmedov le transperça; le Soviétique n'avait pas vraiment l'air d'être là.

« Asseyez-vous », dit Abdul.

Michael s'installa sur les peaux de chèvre. Abdul vint se mettre entre lui et Wendy, ostensiblement. Il y avait un peu d'impatience dans les yeux du colonel Kadhafi, comme dans ceux d'un professeur qu'une intrusion inopinée a interrompu. Il était assis en tailleur, comme tout le monde, et portait la gandoura. Il se prenait pour un prince du désert, régnant à mille lieues de la civilisation. Mais on entendait le bruit des moteurs, les jeeps, les camions et les blindés. Un soldat entra et servit du thé. Ensuite il s'accroupit, posa son revolver devant lui et resta là.

Il n'y avait eu aucun contact physique. Personne ne lui avait tendu la main. On ne lui avait pas adressé la moindre parole de bienvenue.

« Le rôle de l'islam est d'éclairer l'humanité », dit Kadhafi.

Comme ça, tout à trac. Il parlait lentement, dans un anglais un peu laborieux. Le chef de la Révolution ne ressemblait pas à l'image que Michael s'en était fait à travers la presse, la télévision : celle du bouillant colonel Kadhafi. Il paraissait dix ans de plus que sur les photos, son visage était bouffi, ses cheveux grisonnaient; il avait l'air las, usé.

« La révolution libyenne est le messager de l'islam; son drapeau, sa fierté. Nous devons répandre le message de l'islam au-delà de nos frontières. Nous devons convaincre et conquérir le monde. »

Il broda sur ce thème pendant deux ou trois minutes, sans rien ajouter de plus. Akhmedov semblait s'ennuyer ferme. Michael se demanda à qui le discours était destiné. Quand même pas à moi? On n'espère pas me faire mordre à ce genre d'hameçon?

Il ne restait qu'un verre de thé sur le plateau. Michael osa enfin s'en saisir, dévoré par la soif. Il était encore brûlant. Wendy ne prêtait pas attention à lui. Parfois elle levait la tête vers Kadhafi, mais le plus souvent, elle regardait Abdul, attendant sans doute de lui un geste, une indication. Elle ne peut prétendre qu'au disciple, songea-t-il, pas au maître. Au maître! N'a-t-elle donc pas remarqué ses yeux flous, son visage amolli? Il en était sûr à présent; les traits du visage de cet homme étaient ceux de l'angoisse. Ceux d'un homme qui, pour sa sécurité, avait dû planter sa tente au milieu d'une caserne, entourée de barbelés, de champs de mines, de batteries de D.C.A.; pour se rassurer?

Le ton changea.

« Le Vatican n'existe plus en tant qu'autorité morale et religieuse. C'est maintenant la chose des Américains. Le vrai chef de la chrétienté est aujourd'hui le président Reagan. Il se prend pour Saint Louis. Reagan veut entraîner l'Occident dans une nouvelle croisade. La dixième croisade! Il veut s'emparer des Lieux saints et du berceau de l'islam. Le temps presse. Il a déjà envoyé le pape en reconnaissance chez ceux d'entre nous qui sont à la solde des impérialistes, pour semer le désordre et la confusion; pour diviser le peuple d'Allah. La main armée du Prophète saura faire expier ces traîtres; et, à leur tête, Hassan, le chien du Maroc qui a vendu nos frères au pape. La main armée du Prophète saura éliminer les ennemis de l'islam; tous ses ennemis », répéta-t-il en tournant doucement les yeux vers Wendy.

De la propagande. Le chef de la Révolution se croyait devant les caméras des télévisions internationales. Pourtant, jugea Michael, le spectacle n'aurait pas été fameux. Kadhafi se répétait sans cese, s'engluait dans sa propre diatribe. Par moments, un éclair de fureur illuminait son visage; il s'interrompait et reprenait avec une rage nouvelle.

« Reagan veut s'opposer à la montée triomphale de la révolution populaire islamique. Il sait que nous allons libérer les peuples du monde entier. Il veut asservir les nations occidentales et leur a choisi un chien de garde : le pape. »

Wendy hochait la tête; il n'est pas possible qu'elle puisse souscrire à ce discours? Michael eut le sentiment que la harangue lui était réservée, à elle seule. Akhmedov s'en moquait et le montrait presque. Abdul la connaissait par cœur. Quant à moi, se dit-il, on n'essaie pas de me convertir, non, on exhibe à mon intention Wendy la militante, pour que je sache qu'il serait vain de vouloir la leur arracher. Elle est en leur pouvoir; je ne peux que coopérer ou me retirer de sa vie; l'abandonner.

Le préambule était terminé. Kadhafi devenait plus précis, plus cohérent aussi.

« Le culte de la personnalité n'est pas bien vu dans l'Eglise. Ce renforcement des pouvoirs personnels du pape va rencontrer de fortes résistances. Nous nous attendons à une querelle des anciens et des modernes au sein du Vatican, une querelle qui pourrait aboutir à des déchirements semblables à ceux qui eurent lieu lors du concile de 1870, quand Pie IX voulut faire voter le dogme de l'infaillibilité pontificale. Il se produisit alors un schisme, qui engendra la secte des vieux-catholiques. Notre mission est de précipiter les événements et d'offrir des arguments à ceux que choquent les perspectives du plan Arcade. »

Michael avait lu que Kadhafi était féru de théologie. Il venait d'en avoir une éclatante confirmation. Après quelques instants d'hésitation, il fit mine de vouloir reposer son verre sur la table basse. Abdul, aussitôt, étendit le bras dans sa direction. On ne bougeait pas lorsque le chef de la *jamahirya* libyenne parlait.

« Nous nous appuierons sur l'Eglise pour vaincre l'Eglise. Nous ne haïssons pas les chrétiens. Nous savons qu'il y a parmi eux des gens nobles et intègres qui refuseront de cautionner une telle machination politique. Tous les hommes dont la foi est pure sont nos alliés objectifs. Je ne sais pas encore exactement comment nous procéderons. Je suis un combattant, pas un doctrinaire. »

Pour la première fois peut-être, le colonel regarda franchement Michael.

« Nous engageons une partie d'échecs. Chaque coup doit être joué à son heure. Nous harcèlerons l'adversaire jusqu'au moment où nous serons en mesure de le terrasser. »

Il se tourna vers Wendy, mais s'adressa à elle à la troisième personne.

« Quand Miss Keenes aura pris ses fonctions au Vatican, sa tâche sera de préparer le terrain et de découvrir les points faibles du projet. Elle sera à la source, là où vont s'élaborer les programmes, là où va être mise en place l'infrastructure informatique et satellite. Le but est de transférer l'ensemble des données recueillies vers l'ordinateur installé à La Valette, afin de créer là une simulation exacte de ce qui prend forme au Vatican. »

Michael se souvint de ce qu'il avait pensé à l'issue de sa rencontre avec Akhmedov, à l'ambassade. Qu'il serait l'égal de Wendy. Qu'elle allait avoir besoin de lui. Les propos du colonel Kadhafi étaient clairs sur ce point : il n'y aurait qu'un grand rôle, celui de la jeune fille. Lui, Michael, ne serait guère qu'un comparse, un standardiste de luxe. Il y aurait deux mondes, deux espaces : l'un, l'original, où opérerait Wendy, et le sien, sorte de fantôme, de reflet dans le miroir. Michael songea aux pratiques de certaines sectes satanistes où, pour invoquer le Diable, on faisait le signe de croix à l'envers. La Valette serait l'image inversée du Vatican; lui, l'innocent, gouvernerait la patrie de Satan, comme Wendy œuvrerait dans la patrie du Seigneur. Involontairement, il sourit.

Kadhafi l'expliquait encore une fois : grâce à l'infrastructure parallèle édifiée dans l'île de Malte, il allait trouver la faille. Quand le puissant réseau du Vatican serait solidement infiltré, il lui suffirait d'y distiller son venin. Un venin qui, en quelques instants, paralyserait la formidable machine. Après, ce ne serait plus qu'un jeu d'enfant. Un groupe de terroristes intégristes revendiquerait l'infiltration et la destruction du système, mettant en lumière sa formidable vulnérabilité. Les opposants au projet, de plus en plus nombreux au sein de l'Eglise, trouveraient alors tous les arguments pour obtenir la convocation des évêques en concile. Un concile qui, à l'image de celui qui s'était tenu il y avait une vingtaine d'années – Vatican II –, traiterait du modernisme, non plus social, mais cette fois-ci technologique. Un concile qui ne pourrait que condamner le plan Arcade et ses instigateurs; à leur tête, Jean-Paul II. Un concile qui, en cassant l'aura de son champion, plongerait l'Occident dans une crise morale telle qu'il ne s'en relèverait pas.

« Ce concile, dit Kadhafi, ce sera moi qui l'aurai provoqué. Il s'appellera Vatican III. Il marquera le triomphe de la révolution islamique! »

Maintenant, le colonel libyen ne voyait plus que Wendy. Il semblait satisfait d'elle, comme si c'était la jeune fille qui venait de faire ce brillant exposé, pour le convaincre, lui. Fier même – mais, se dit Michael en frissonnant, comme on est fier de sa chose, de sa créature. Il se sentit exclu du jeu. Michael jeta un coup d'œil autour de lui, s'attarda sur Akhmedov. Celui-là aurait aussi bien pu se trouver ailleurs. A aucun moment, il n'avait manifesté l'intention d'intervenir. Il écoutait, il observait et, plus tard, ferait son rapport. C'était cet Abdul qui troublait le plus Michael. L'humilité qu'il affichait en présence de son maître avait quelque chose d'un peu contraint. Parfois, cependant, il couvait Wendy d'un regard de propriétaire, semblant la disputer des yeux à Kadhafi, comme s'il revendiquait le mérite de l'invention.

Le chef de la Révolution donnait à nouveau des signes de fatigue. Des filets de sueur coulaient sur son visage. Il avait du mal à garder les paupières levées.

« La mission de Miss Keenes et de M. de Bonno est capitale, dit-il. Grâce à eux, le grand élan de la liberté universelle va pouvoir se poursuivre. »

Il prononça quelques mots en arabe et fit un grand geste pour chasser ses visiteurs de la tente. Abdul et le soldat sautèrent sur leurs pieds. Il n'était pas question que la tranquillité du grand homme souffre d'être dérangée une seconde de plus. Cependant, sous le soleil qui écrasait la cour, Abdul parut un peu embarrassé.

« Le colonel Kadhafi ne dort pas beaucoup, déclara-t-il. Il réfléchit toutes les nuits pour faire triompher la révolution islamique. »

Il attrapa Wendy familièrement par le bras.

« Je dois te féliciter de sa part. Pour ton succès de Tokyo et pour ta réussite à Faremoutiers. Il a dit que tu es un brillant stratège et que la révolution progresserait plus rapidement s'il en avait beaucoup comme toi près de lui. Il a dit que tu as une formidable ardeur révolutionnaire. »

Wendy acceptait les compliments, mi-flattée, mi-incrédule; ou bien seulement par jeu. Michael se détourna, écœuré. Il ne croyait pas une seconde que Kadhafi ait pu proférer toutes ces âneries. Abdul draguait. A la réflexion, Michael trouva cela encourageant. Si le Libyen se donnait tant de mal, c'était peut-être qu'il n'était pas encore parvenu à ses fins. Akhmedov s'était éclipsé.

« Nous sommes forts, proclama soudain Abdul. Avec l'ordinateur de La Valette et deux satellites Arabsat, nous pourrons nous battre contre l'Occident. La parole de Kadhafi sera plus forte que la parole du pape.

– Vous êtes forts, mais vos ennemis le sont aussi, osa Michael. A l'heure qu'il est, tous les services occidentaux doivent être sur les traces de Wendy Keenes, fouillant son passé, pour savoir si elle est digne de confiance. Et pendant ce temps-là, vous prenez le risque de la faire venir en Libye !

– Vos inquiétudes sont tout à votre honneur, monsieur de Bonno. Mais nous avons une certaine pratique, vous savez. Actuellement, Miss Keenes se repose à 60 kilomètres de Dublin, chez des amis dont nous savons qu'ils prendront toutes les précautions pour qu'elle ne sorte pas pendant une semaine ! Dublin qu'elle a quitté en ma compagnie il y a deux jours, sous l'identité d'une de nos diplomates, ajouta-t-il un léger sourire aux lèvres. Dublin qu'elle regagnera dans cinq jours par les mêmes moyens, avant de rejoindre son poste à Rome... ouvertement. »

Abdul fit signe à Michael d'approcher.

« En attendant, j'ai une grande surprise pour tous les deux, dit-il. Je crois que vous serez contents. »

Michael se prépara au pire.

Paris, le 8 novembre

Quand les initiateurs du plan Arcade avaient dû choisir l'homme qui leur servirait de relais à Paris, ils avaient pensé tout naturellement au père Michel d'Anglebert, provincial des jésuites de la maison de France et ancien polytechnicien. Dans chaque nation importante, on avait ainsi sélectionné une personnalité compétente, douée d'une certaine autorité et susceptible d'appuyer sans retenue les thèses modernistes du Vatican. Jeune encore – cinquante-quatre ans –, haut placé dans la hiérarchie de son ordre, fasciné par les technologies nouvelles, docteur en mathématiques et fidèlement attaché à son pape, d'Anglebert était considéré comme un des points forts du réseau humain sur lequel reposait l'organisation du plan.

Depuis l'affaire du Boeing Paris-Moscou-Tokyo, le père d'Anglebert et les autres membres de ce réseau étaient sur le pied de guerre. L'événement avait fait la une des journaux, puis était tombé dans l'oubli. Pourtant, les circonstances du détournement demeuraient mystérieuses. On savait qu'un fanatique iranien, un nommé Mohammed Khomsi, était coupable de cet acte de piraterie et que les autorités soviétiques l'avaient arrêté. Mais on ignorait ce qui était sorti des interrogatoires. L'attitude des Soviétiques était pour le moins trouble, et l'on pouvait se poser des questions sur l'origine du matériel ultra-sophistiqué dont Khomsi avait disposé pour mener son projet à bien. Certes, les documents que transportait Nicholas Resaccio n'avaient pas été confisqués, mais les hommes du K.G.B. avaient eu largement le temps d'explorer sa mallette. Or, en quelques pages, l'ensemble du plan Arcade – son dessein idéologique et son fondement technique – était résumé. Le rôle des Etats-Unis, des grands pays occidentaux et du Japon y était dévoilé. Ces documents constituaient une arme formidable entre les mains des ennemis du Vatican – ou, éventuellement, entre celles des adversaires du pape au sein même de l'Eglise.

Peu après le détournement, d'Anglebert était entré en relation avec le cardinal Ratzinger, préfet de la Congrégation de la foi et rouage essentiel du plan

Arcade, dont il assurait la coordination. Le jésuite avait exprimé ses inquiétudes et Ratzinger avait avoué les partager. En conséquence, ce dernier avait chargé le père d'Anglebert d'enquêter, dans la mesure de ses moyens, afin d'essayer de déterminer si certaines puissances étrangères avaient ou non pu prendre connaissance des documents confidentiels contenus dans la mallette. De toute façon, avait certifié le cardinal, le plan Arcade ne serait pas remis en cause.

Très logiquement, au moment d'entreprendre ses recherches, Michel d'Anglebert s'était tourné vers le Japon, où se trouvait encore Nicholas, et plus précisément vers son vieil ami Giuseppe Pitta qui assumait à Tokyo des responsabilités comparables aux siennes. Son appel téléphonique avait surpris Pitta alors qu'il recevait à dîner l'ambassadeur Williamson. Le diplomate avait en effet décidé de prolonger son séjour au Japon dans le but de veiller à ce que les services spéciaux américains s'occupent efficacement de la protection de Nicholas Resaccio.

Tout de suite, il avait demandé à Pitta si, à son avis, les enveloppes avaient pu être ouvertes. Giuseppe Pitta répondit que les cachets de cire, apparemment, étaient intacts au moment où il les avait examinés. En raison de leur nature secrète, les documents destinés à Nicholas avaient été détruits par ce dernier avec leur contenant. Lui, Pitta, avait cependant conservé précieusement la lettre où on lui exposait les divers éléments du rapport du Pentagone. Elle se trouvait en lieu sûr et quelques fragments de cire étaient restés attachés au rabat de l'enveloppe. D'Anglebert n'en désirait pas plus. Il pria donc le père Pitta de lui faire parvenir dans les plus brefs délais ces petits éclats rouges. Deux jours plus tard, il recevait un colis du Japon et un autre de Rome, renfermant un échantillon de la cire qui servait à cacheter les plis du Vatican.

Michel d'Anglebert transmit alors les deux spécimens aux laboratoires de l'Ecole polytechnique, où il enseignait, afin qu'il soit procédé à une étude comparative. La conclusion fut formelle. Les deux préparations étaient de provenance différente. Non seulement la proportion de gomme laque et de térébenthine n'était pas tout à fait la même, mais il y avait dans la cire envoyée par Pitta des additifs inusités en Europe. En revanche, il était possible qu'elle vînt d'Union soviétique ou même du Japon.

A la suite de cette analyse, d'Anglebert reprit contact avec Ratzinger par l'intermédiaire des services chiffrés de la nonciature. Son message disait : « Ai confirmation Irkoutsk a eu connaissance documents plan Arcade. Attends instructions. Michel. » Le cardinal accusa réception, puis délégua auprès de d'Anglebert l'un de ses secrétaires, timide jeune homme qui représenta longuement au jésuite à quel point il importait de ne pas ébruiter l'affaire. Les tensions internes de l'Eglise, expliqua-t-il, nous contraignent à taire certains détails. Le plan Arcade compte de nombreux adversaires au sein même de la curie, et ceux-là se réjouiraient de nos déboires; ils profiteraient de l'incident d'Irkoutsk pour faire pression sur le pape et tenter de l'amener à annuler toutes les dispositions du projet. N'en parlez à personne d'autre qu'au père Pitta.

Puis le jeune secrétaire se mit à débiter un discours appris par cœur, rappelant à d'Anglebert que le plan Arcade avait pour but principal de restaurer les vraies valeurs chrétiennes, grâce aux moyens nouveaux qu'aurait le Vatican de communiquer avec la masse des fidèles. Il insista sur le fait que l'entreprise était essentiellement d'inspiration religieuse, et que cela ne devait jamais être oublié lors de relations avec des partenaires étrangers à l'Eglise. Certes, le Japon et les Etats-Unis étaient de précieux alliés, mais pour le Vatican, ni la technique ni la politique ne pouvaient se substituer à l'accomplissement spirituel.

Donc, songea un soir Michel d'Anglebert, la partie est véritablement engagée. Les Soviétiques ont conscience des enjeux et connaissent maintenant la nature de la mission de Nicholas. Ils ont d'ores et déjà montré à quoi ils étaient prêts pour s'opposer à la réussite du plan. Nicholas Resaccio peut désormais se considérer comme une cible vivante.

Il fallait écarter de son chemin tous les périls. Précisément, certaines informations transmises par Giuseppe Pitta l'avaient alarmé. D'après ce dernier, Nicholas avait rencontré à Tokyo une jeune femme, Wendy Keenes, ancienne postulante de l'abbaye de Faremoutiers, et le prêtre avait manifesté son intention de s'assurer son concours. Bien sûr, elle semblait devoir faire une parfaite collaboratrice, mais il y avait dans son passé quelques éléments inquiétants. A part cela, ce paraissait être une jeune personne parfaitement recommandable. Séduisante : même Resaccio avait été sensible à son charme. Brillante : docteur en informatique. Habile : sa rapide promotion en témoignait. Profondément croyante : la mère supérieure du couvent s'en disait convaincue. Le père d'Anglebert s'était toujours méfié des gens qui ont tout pour plaire. La façon élogieuse dont sœur Marie-Bernadette avait appuyé sa candidature auprès de l'évêché de Meaux, la vigueur avec laquelle Nicholas avait défendu face à Pitta sa décision de l'engager, sa beauté, sa compétence, son opportunisme... tout cela finissait par former un tableau plus préoccupant que rassurant. Alors, faute de pouvoir travailler pour le moment sur des éléments plus concrets, Michel d'Anglebert résolut, en accord avec le père Pitta, de suivre cette piste et d'enquêter sur la jeune Irlandaise.

Le jésuite constata avec satisfaction que sœur Marie-Bernadette ressemblait exactement à l'image qu'il s'était faite d'elle. Une vraie religieuse, toute de sécheresse et de bonté, de force et d'humilité. Petite, vive, brassant à grands gestes les plis de sa robe trop large. Son regard exprimait tout ce qu'elle était, sa foi inébranlable et son intelligence sans cesse en alerte.

Il faisait frais dans le bureau exigu, presque froid. Sœur Marie-Bernadette se plaisait de toute évidence dans la nudité du décor et la rigueur de l'atmosphère.

« Parfois, expliquait-elle, je me demande si nous appartenons à la même Eglise. En tout cas, si vous désirez savoir quelle est la mienne, c'est celle des petits, des déshérités, des opprimés, de ceux qui ont faim de Dieu, faim d'amour... faim tout court.

– Y en a-t-il une autre? s'étonna d'Anglebert. Le Christ en a-t-il voulu une autre?

– Le Christ, non... mais j'en viens à me demander... Quand l'Eglise s'éprend de puissance et de grandeur, ce n'est plus l'Eglise du Seigneur. Elle a plus d'une fois succombé à la tentation, mon père, vous le savez. Des papes ont guerroyé pour de l'or, pour des territoires... Jules II voulut un tombeau si monumental que Michel-Ange ne put jamais l'achever. Est-ce là l'Eglise?

– Les cathédrales... » commença faiblement le jésuite.

Mais il renonça.

« Je vous l'accorde, dit-il, l'Eglise que vous défendez est la seule, la vraie. C'est aussi la mienne. Je vous en prie, n'en doutez pas.

– Alors, s'il vous plaît, laissez sur nos clochers

leurs croix et leurs coqs. Vous mettrez le Seigneur en colère avec vos antennes. Il y fera tomber sa foudre.

– Le Seigneur en a vu d'autres! répondit d'Anglebert en riant. Voyons, ma mère, nous ne pouvons demeurer en dehors du progrès. Nous ne l'avons jamais fait, ou alors ce furent des erreurs. Le Vatican a aujourd'hui sa banque, son journal, sa radio, son imprimerie... Radio-Vatican s'exprime en trente-trois langues, les documents pontificaux sont diffusés en quatre-vingt-quatorze langues! Puisque nous sommes au siècle de l'image, il est grand temps que le Vatican émette aussi des programmes à l'intention des fidèles, de l'ensemble des fidèles. Le pape a approuvé ce projet, comme Pie XI approuva la création de la radio. Le premier émetteur fut installé dans les jardins de la cité et, à ma connaissance, la foudre n'est jamais tombée dessus.

– Je crois... je crois que Sa Sainteté a été influencée par des personnes... »

Elle se ferma d'un coup, refusant d'en dire plus, ou plutôt préférant en revenir à ce qui la préoccupait :

« Voulez-vous que je vous dise ce qui va se passer? Tenez, on prétend que depuis qu'il y a la télévision dans tous les foyers, les gens ne vont plus au théâtre, et qu'ils fréquentent même de moins en moins les cinémas. Eh bien, ce sera la même chose. Au lieu d'assister à la messe, de communier ensemble, de former une communauté, les fidèles, si on peut encore les appeler comme cela, allumeront leur poste et auront l'impression de recevoir le Bon Dieu chez eux. Ils verront le pape, l'évêque ou bien leur curé, et ça leur suffira. Ils auront fait leur devoir de bons chrétiens. Puis, dans dix ans, pour ne pas rester en dehors du progrès, comme vous dites, on passera de la publicité entre le sermon et la consécration! Oh! en France, je vous l'accorde, cela ne changera pas grand-chose, mais dans ces pays lointains, en Amérique du Sud, par exemple, où les églises sont encore pleines... »

D'Anglebert la rassura d'un geste qui signifiait : nous n'en sommes pas encore là. En fait, il se sentait légèrement ébranlé. Les arguments de sœur Marie-Bernadette étaient simples, souvent naïfs, mais il comprenait bien qu'un semblable discours risquait d'être repris par nombre de religieux et de prêtres. Surtout, il devinait qu'à un niveau plus élevé de la hiérarchie, on ne se priverait pas de recourir à de telles objections; sans doute seraient-elles formulées de façon plus subtile, et aussi avec moins de sincérité, mais elles seraient les mêmes, solides et incontournables comme le bon sens. A quoi bon expliquer maintenant à la mère supérieure que les années à venir seraient celles de l'électronique, de l'informatique et de la télématique, et que si l'Eglise ne s'adaptait pas à ce nouvel environnement, sa voix crierait dans le désert; que bientôt le monde serait sourd à ceux qui parlent depuis le passé. Il réserva sa démonstration en vue d'autres affrontements, en vue des joutes combien plus âpres et plus importantes qui l'attendaient.

« Vous me trouvez rétrograde, n'est-ce pas? reprit la moniale. Vous songez : voilà le genre de personnes que nous allons devoir traîner derrière nous, de gré ou de force, quand il s'agira de moderniser l'Eglise. Vous déplorez en vous-même : que le Seigneur n'a-t-il moins parlé des innocents et des simples d'esprit! Nous en voilà tout encombrés! »

Elle leva sa main blanche, perdue dans la toile vibrante de sa grande manche, pour demander au père d'Anglebert de ne pas l'interrompre.

« Le pape, dites-vous, soutient votre projet. Je ne me permettrai pas, bien sûr, de mettre votre parole en doute. Et il faut bien qu'il en soit ainsi, d'ailleurs, puisqu'on ne semble plus s'occuper que de cela au Vatican. Pourtant, j'écoute toujours très attentivement le Saint-Père lorsqu'il s'exprime. Et, voyez-vous, je me souvenais récemment de phrases qu'il a prononcées il y a quelques mois, je ne sais plus à quelle occasion. J'ai lu cela dans un journal, tout simplement. Il affirmait, je crois, qu'il ne fallait pas succomber à la tentation de se tourner vers une croissance continue des connaissances, au risque d'oublier le développement de l'intelligence. Il affirmait que l'homme risquait de tomber dans le piège de la recherche de la quantité du savoir, au détriment de sa qualité. Voilà, je pense, qui mérite d'être médité.

– C'est au centre de nos préoccupations, ma mère.

– Parfait. Alors, si vous le voulez bien, venons-en au sujet de votre visite. Wendy Keenes, naturellement. »

Michel d'Anglebert confirma d'un petit plissement d'yeux.

« Franchement, ma mère, que pensez-vous d'elle? Du bien, je suppose, sinon vous ne l'auriez pas recommandée à votre évêque.

– Oui, oui... du bien. » Elle hésita. « Mais ça a pris un peu de temps. Cette jeune fille m'a intriguée, d'abord. Elle était si secrète, à la fois passionnée et réservée. J'avais peur de ne pouvoir trouver en elle toute l'humilité nécessaire à une telle vocation. On aurait dit... hum... qu'elle voulait se dissimuler, ne rien laisser paraître d'elle et, en même temps, qu'elle faisait tout pour qu'on la remarque... qu'on la distingue, plutôt.

– Qu'est-ce qui vous a plu en elle?

– Je ne sais pas... peut-être ce mélange de vigueur et de fragilité. Elle est têtue, volontaire, et pourtant, on a l'impression qu'un rien pourrait la briser. Puis elle est très intelligente, très brillante même, j'imagine... mais, en général, mon père, ce n'est pas pour ce genre de raisons que j'aime les gens.

– Ne teniez-vous pas à elle? N'auriez-vous pas préféré la garder ici, à Faremoutiers?

– Non. »

La netteté de la réponse étonna d'Anglebert.

« Non, reprit plus doucement la mère supérieure, je crois qu'il se livrait un combat en elle et que... que Dieu n'aurait pas gagné. Elle ne venait pas chercher cela... la foi, la méditation, la contemplation. Wendy a besoin d'activité, de se heurter à des défis. Tokyo, Rome. Quand on aime la victoire, la bagarre, on ne fait pas une bonne contemplative. Une excellente informaticienne, peut-être, mais pas une bénédictine. Sa présence ici mettait beaucoup de sœurs mal à l'aise, malgré ses efforts, sa gentillesse. Elle se forçait, cela se voyait. Honnêtement, en dépit de toute mon affection pour elle, j'ai été soulagée de la voir partir.

– Et elle? Etait-elle contente de partir? »

Sœur Marie-Bernadette se mit à rire.

« Oh! elle a fait bien attention à n'en rien laisser paraître. Je pense qu'elle était enchantée de la proposition qui lui était faite. Et ce tournoi de go l'obsédait. Elle s'exerçait sans cesse. Je n'ai jamais pu m'expliquer ce genre de passion. Cela me semble tellement éloigné de mes aspirations.

– Comment s'est passée votre dernière rencontre?

– Oh! très normalement... nous parlions... »

Elle se mordit les lèvres, eut un geste agacé.

« Enfin, nous avons conversé un peu dans le cloître, puis notre entretien a été interrompu par une jeune sœur. Elle apportait un message, un message pour Wendy. »

D'Anglebert haussa un sourcil intéressé.

« Vous en a-t-elle révélé le contenu?

– Eh bien... elle est partie précipitamment, un peu affolée, je crois.

– Comment cela? Elle est sortie du couvent? »

La mère supérieure confirma.

« Pour un motif grave, certainement, avança le jésuite. On ne file pas comme ça, même si on a apparemment renoncé à prononcer ses vœux. Ou bien la Règle n'est plus ce qu'elle était.

– Dois-je répondre à toutes ces questions?

– Je vous en prie respectueusement.

– Mais fermement, mon père, n'est-ce pas?

– Oui.

– La sœur portière m'a raconté qu'un jeune homme l'attendait au parloir. Il parlait avec un accent. Wendy est partie avec lui dans une voiture blanche. Une 205 Peugeot, d'après la sœur. On dit comme ça, une 205? »

D'Anglebert sourit. Puis, s'efforçant de reprendre un ton plein d'autorité, il insista :

« Vous n'avez plus jamais parlé avec Wendy? Elle ne vous pas expliqué cette fuite soudaine?

– Elle devait assister à l'enterrement du père de ce jeune homme. C'est ce qu'elle a prétendu en partant. Ensuite... c'était la fin de son séjour parmi nous, vous comprenez, je n'avais plus aucun pouvoir sur elle.

– Pourquoi avez-vous dit prétendu? Vous ne l'avez pas crue? »

Le père d'Anglebert avait l'impression d'arracher chaque bribe d'information avec des tenailles. Sœur Marie-Bernadette souffrait de devoir parler; tout son corps en frémissait. Oui, cette Wendy Keenes était sans doute quelqu'un qu'on avait envie d'aimer. Nicholas s'était attaché à elle, lui aussi, immédiatement.

Il laissa le silence se prolonger, pour ne pas aider la religieuse à contourner la vérité.

« J'ai vérifié, dit-elle enfin. Il n'y avait pas d'enterrement ce jour-là à Coulommiers. A Coulommiers, c'est ce qu'elle m'a affirmé. Mais peut-être... oh! je ne sais pas. »

D'Anglebert sentit son cœur se serrer devant cette femme rude et sévère, soudain au bord des larmes. Il recula sa chaise, comme pour se lever. L'expression de gratitude qui se peignit sur le visage de la mère supérieure l'alarma.

« Vous ne me cachez rien, n'est-ce pas, ma mère? Non, vous ne feriez pas cela. Vous avez bien conscience de l'importance extrême de cette affaire. Vous savez que vous commettriez une faute très grave. Miss Keenes fait maintenant partie de l'équipe qui travaille au plan Arcade. Si jamais elle n'était pas totalement... sincère, elle représenterait un danger pour ce projet, et pour l'Eglise en général.

– Attendez », prononça la religieuse d'une voix à peine audible.

Elle ouvrit un tiroir, chercha quelque chose.

« Vous voyez, je me doutais que vous m'y obligeriez. Le Seigneur me pardonne. »

Au bout de sa main tremblait une feuille de papier pliée en quatre.

« C'est le message, dit-elle. Dans sa hâte, elle l'a laissé échapper. »

D'Anglebert hésita, puis décida de le lire sur-le-champ.

Mon père vient de mourir. Ne sais pas si retournerai à Compiègne. L'université, c'est sans doute fini. Comment faire? Michael.

Le jésuite toussota.

« Un amoureux? » hasarda-t-il.

Sœur Marie-Bernadette se fâcha.

« Rien ne vous autorise...

– Alors pourquoi craigniez-vous de me montrer ceci?

– Il n'y a pas eu d'enterrement à Coulommiers ce

jour-là. Et un seul à Compiègne, d'ailleurs... Une vieille femme.

– Pas d'enterrement », marmonna le père d'Anglebert, qui ne pensait qu'à cela.

Un mensonge, un mensonge partagé. Même le message mentait, eût-on dit. Curieux.

« Laissez-moi, à présent, dit la mère supérieure. Je voudrais prier. »

Sorti du couvent, Michel d'Anglebert téléphona à Pierre Jacson, son ancien condisciple devenu doyen de l'université technologique de Compiègne, pour lui demander s'il pouvait le rencontrer dans les plus brefs délais. Il était 11 heures et demie. Jacson lui proposa de déjeuner avec lui.

Les deux hommes se retrouvèrent dans un restaurant chinois, à proximité des locaux de la faculté. Ils échangèrent des banalités pendant quelques minutes, en camarades que la vie a séparés depuis de nombreuses années. Jacson attendait visiblement que le jésuite se décide à lui expliquer ce qu'il désirait, et ce dernier cherchait vainement comment présenter l'affaire. Alors, ils évoquèrent de vieux souvenirs, parlèrent de Polytechnique, puis abordèrent des sujets plus actuels : les technologies nouvelles, l'informatique, l'enseignement.

Malgré toute la confiance qu'il voulait à son ami, le père d'Anglebert ne pouvait lui révéler exactement la nature de sa tâche. Cependant, petit à petit, il finit par lui exposer les grandes lignes de la mutation dans laquelle entrait l'Eglise. Décrivant les perspectives prochaines, il lui fallut se surveiller pour n'en pas trop dire et ne pas se laisser emporter par son enthousiasme. Pierre Jacson, par chance, n'avait pas l'esprit politique pour deux sous. Sans être particulièrement croyant, il adhéra d'emblée à un projet qui allait dans le sens du progrès;

l'informatisation des curés, comme il disait, ça lui plaisait.

« Précisément, déclara enfin d'Anglebert, je voulais te consulter au sujet d'un petit problème. Nous avons engagé dans notre équipe une jeune fille très douée, mais au sujet de laquelle nous ignorons à peu près tout. Je n'ai pas l'âme spécialement policière, mais j'aimerais avoir certaines assurances à son propos. Tu comprends bien que nous ne pouvons confier des tâches de haute responsabilité à n'importe qui. »

Jacson acquiesça, sans paraître saisir pour autant le sens de la tirade; pour lui, un bon élément était un bon élément, et le reste importait peu.

« En fait, reprit le jésuite, nous savons qu'elle fréquentait un étudiant de l'université, ici, à Compiègne, et nous voudrions vérifier que ce type-là est bien recommandable.

– Sa moralité? »

D'Anglebert rit.

« En quelque sorte.

– Bon, dit Jacson, un peu à contrecœur, je peux essayer de me renseigner. Comment s'appelle-t-il?

– Eh bien, c'est l'ennui... Je ne connais que son prénom. Michael. »

Jacson leva les yeux au ciel.

« Taille, cheveux?

– Même pas.

– Mon cher Michel, je vais t'étonner, mais je ne peux rien pour toi. Nous avons beau enseigner l'informatique, nos étudiants ne sont pas fichés.

– Il conduit une 205 blanche.

– De mieux en mieux.

– J'espérais que tu te montrerais un peu plus coopératif. Ah! oui, il a probablement un accent, mais j'ignore de quelle origine. Ce garçon pourrait bien être irlandais, ou anglais.

– Tu veux que je rassemble tous les étudiants et

que je fasse l'appel? Tu sais, c'est une grande fac, je ne les connais pas tous, surtout par leurs prénoms!

– De toute façon, il n'y est sans doute plus. Je pense qu'il a quitté l'université depuis quelques semaines. Vers le 10 octobre », semble-t-il.

Jacson s'esclaffa.

« L'Inquisition n'est plus ce qu'elle était », constata-t-il.

D'Anglebert haussa les épaules; puis il joua sa dernière carte.

« On m'a dit qu'il avait abandonné la fac à la suite de la mort de son père. Enfin, je ne suis pas très sûr que cela soit vrai. En fait, j'ai plutôt l'impression...

– De Bonno? coupa soudain Jacson.

– Comment?

– Michael de Bonno?

– Pourquoi, qu'est-ce qui te fait croire ça?

– Il est parti récemment, après la mort de son père. Mais non, ce n'est pas lui...

– Ah!

– Il n'était pas à proprement parler étudiant. Je le considérais plutôt comme un jeune collègue. »

Michel d'Anglebert agitait ses mains au-dessus de son assiette vide.

« Attends, attends... ça colle quand même peut-être. Son père est mort vers le 10 octobre, tu penses? Et... a-t-il été enterré dans la région?

– Ah! ça non, sûrement pas. Michael appartient à une grande famille de médecins maltais. Les de Bonno, oui, très connus. L'enterrement a dû avoir lieu à La Valette.

– Tiens donc.

– Ça colle, alors?

– Bien possible. Tu veux faire quelque chose pour moi? Rassembler toutes les informations que tu trouveras sur ce Michael de Bonno et me les communiquer au plus vite, à Paris.

– Eh! une seconde, je ne suis pas un flic, moi. C'est un garçon charmant. Sérieux, travailleur. Il vient d'Oxford. Je ne veux pas lui causer d'ennuis.

– Et moi, tu me prends pour qui? Oxford, hein?

– Qu'est-ce que tu veux savoir d'autre?

– Eh bien, par exemple, s'il conduisait une 205 blanche. Ses antécédents, ses études, ses relations. Tout. Ne t'inquiète pas pour lui. Il n'est pas en cause. C'est la fille qui m'intéresse. »

Deux jours plus tard, le père Michel d'Anglebert apprenait que Michael de Bonno avait fréquenté Oxford en même temps que Wendy Keenes; avait revendu récemment une 205 blanche, très au-dessous de l'*Argus*, dans un garage de Compiègne; avait reçu dans sa maison de location située en forêt une jolie rousse; n'avait vraisemblablement jamais fait de politique.

Quatre jours plus tard, il apprenait que le jeune homme : avait succédé à son père à la tête d'une importante clinique de l'île de Malte; avait été vu à l'ambassade soviétique lors d'une réception (témoin irréfutable : le nonce apostolique); n'avait apparemment aucune raison de se trouver là.

Cinq jours plus tard, il apprenait que Michael de Bonno s'était envolé pour Tripoli dès le lendemain de cette réception. Vol régulier. Billet fourni gracieusement. Aucune nouvelle de lui depuis.

6

Tokyo, 13 novembre

Le chemin était encore long. Et même, d'une certaine façon, les choses ne faisaient que commencer. Nicholas n'envisageait pas sans appréhension la suite des événements. Il savait très bien ce qu'il redoutait; il savait tout aussi bien ce qu'il aurait aimé pouvoir espérer : que les mois à venir fussent la continuation logique et paisible de ceux qu'il venait de vivre.

Nicholas Resaccio n'avait que deux passions : Dieu et la science, et il croyait fermement que l'on pouvait mener de front ces deux recherches, qu'elles étaient compatibles et s'enrichissaient l'une l'autre. Il refusait farouchement ce qu'il appelait le complexe d'Adam. Pour lui, tout ce qui rapprochait du savoir, de la connaissance vraie, rapprochait du Seigneur. Mais il n'avait jamais, *jamais,* souhaité devenir un chef de file, le symbole d'une tendance au sein de l'Eglise. Or, c'était ce qui avait semblé se produire, brutalement, le jour où il avait publié le fruit de ses travaux sur un nouveau langage informatique, développé par une équipe d'informaticiens français de l'université d'Aix-Marseille et baptisé PROLOG. C'était un élément essentiel de la mise au point par les Japonais des ordinateurs de la cinquième génération. En permettant à des chercheurs étrangers d'accomplir un pas décisif vers un programme révolutionnaire d'intelligence artificielle, il avait mis involontairement le doigt dans l'engrenage de la politique.

Les premières manifestations de ce qui allait bouleverser son existence avaient été plutôt plaisantes. Comment ne pas déborder de joie et de fierté quand le pape lui-même vous convoque et exprime le désir de vous entendre parler? Mais, très vite, Nicholas avait compris à quelles conséquences une telle confiance l'exposait. Une gêne sincère l'avait envahi à la lecture de certains journaux où l'on évoquait « la séduction exercée sur le Saint-Père par ce brillant jeune prêtre », « l'intérêt avec lequel le pape écoute le père Resaccio décrire sa vision du siècle à venir et les perspectives de l'informatique ». Le pape, il est vrai, s'était montré fort attentif. Nicholas, avant tout, s'était efforcé de lui démontrer que les mutations technologiques les plus spectaculaires pouvaient être prises en compte par la chrétienté sans se heurter à un dogme vieux de presque deux mille ans. Il fallait, disait-il, « prendre les catholiques du monde par la main » et les aider à franchir un pas de géant – le pas qui séparait le XIXe siècle du XXIe siècle.

L'inquiétude du Saint-Père était visible. Chacune de ses paroles rappelait à un sens élémentaire de la prudence. Il admettait le caractère inexorable, et même nécessaire, du progrès, mais craignait que par cette brèche ne s'engouffrent toutes sortes de théories modernistes, souvent dangereuses et condamnables en ce qu'elles menaçaient la simplicité de la foi et l'équilibre de l'être humain. Nicholas, lors de ces conversations, tâchait avec constance de tout ramener à un problème de communication. Il ne s'agissait pas, selon lui, d'altérer ou de renier le message divin, mais au contraire de se donner les moyens, dans un monde bouleversé, de continuer à toucher les fidèles. Prochainement, la plupart des enfants de la planète seraient initiés à l'informatique, vivraient à son heure; toute une génération nouvelle était en train de naître et il importait de pouvoir garder le contact avec elle.

Peu à peu, le pape s'était laissé gagner par ce discours. Son entourage le sentait bien. Et, dans les sphères influentes du Vatican, certains vivaient très mal cette évolution. Notamment, on avait accueilli plutôt fraîchement la suggestion du pape proposant, assez fermement, que Nicholas Resaccio soit reçu sans tarder au sein de l'Académie pontificale des sciences. Qu'avait donc fait ce jeune homme ambitieux pour mériter d'entrer dans l'illustre assemblée et de compter au nombre des soixante-dix éminents personnages dont, traditionnellement – disaient les mauvais esprits –, la moyenne d'âge était tout juste inférieure à celle des membres du Politburo? Le Saint-Père n'avait-il pas bousculé la tradition en prenant une initiative qui, en principe, revenait à l'Académie elle-même, la coutume voulant qu'il ne fasse qu'entériner les nominations?

Pour l'instant, Nicholas était partagé entre des sentiments contraires. La joie, l'enthousiasme – l'orgueil, peut-être, songeait-il avec quelque contrition – de voir ses thèses triompher. L'embarras, la tristesse de constater le remue-ménage fait autour de sa personne, de savoir que l'hostilité de la frange la plus rétrograde de la curie romaine se cristallisait sur ses modestes activités. Il n'aurait pas cru qu'être, comme d'aucuns le lui reprochaient, le « favori du pape » fût une position aussi inconfortable.

Le Japon, c'était terminé et, au moment de le quitter, Nicholas sentait remonter en lui certaines angoisses. Il aurait bien aimé, finalement, demeurer là où il se trouvait présentement, dans les locaux de l'I.C.O.T., auprès de gens qui partageaient sa conception hardie et dynamique du progrès et œuvraient sans arrière-pensées politiques; oui, demeurer là, s'instruire, échanger des idées et oublier les *combinazione*. Autant il se sentait à l'aise parmi les scientifiques, autant il se savait puissamment lié à ceux que seule la foi animait, autant il répugnait à fréquenter tous ceux qui baignaient dans les intrigues de palais, qu'ils fussent ou non pontificaux. L'entretien qu'il avait eu avec Giuseppe Pitta et l'ambassadeur Williamson l'avait profondément choqué. Il avait l'impression d'assister à un détournement du projet et, incidemment, de son propre individu. Entre leurs mains, il devenait un pion sur l'échiquier de la stratégie mondiale. Ils avaient décidé de le ligoter et le lui avaient dit. Ils l'avaient affligé de deux gorilles.

Nicholas n'avait pas mieux accepté les confidences du père Pitta à propos de l'enquête qu'on avait menée en France sur la jeune Wendy Keenes. Au départ, Wendy lui avait plu simplement par la finesse de son intelligence et la force de son caractère. S'assurer son concours lui avait paru un acte naturel et sensé. Maintenant, les choses avaient changé. Wendy était devenue pour lui le symbole de sa lutte personnelle contre certaines attitudes, contre la politisation du plan Arcade. Pitta et Williamson s'acharnaient sur elle, comme pour mieux faire comprendre à Nicholas que sa marge de manœuvre était réduite et qu'il fallait se plier aux exigences des maîtres tacticiens du Vatican et du Pentagone. Mais il ne céderait jamais sur ce point. Il était prêtre, il était informaticien et il ne permettrait pas qu'on fît de lui une arme dans le combat entre les blocs idéologiques ou, à l'intérieur même de l'Eglise, dans l'affrontement qui opposait les anciens et les modernes.

Or, voici que le matin même, alors que son séjour

au Japon touchait à sa fin, Giuseppe Pitta avait cru bon de lui communiquer « des informations extrêmement graves » au sujet de celle qu'il appelait élégamment « votre petite sainte nitouche ». D'abord, Wendy avait un amant. Ensuite, celui-là était maltais. Enfin, il se trouvait présentement en Libye.

« Et Miss Keenes, où est-elle, en ce moment? Qu'a-t-elle fait depuis qu'elle a quitté Tokyo?

– Je l'ignore, avait répondu Pitta. Elle est attendue à Rome dans les jours qui viennent? »

Un Maltais? Très bien. La Libye? N'était-ce pas l'interlocuteur privilégié de Malte? Puisque ce Michael de Bonno était apparemment un personnage relativement important dans son île, de telles relations ne semblaient pas surprenantes. D'ailleurs, estimait Nicholas, quand on a quelque chose à cacher, on n'agit pas au grand jour. On ne s'infiltre pas dans une organisation en se comportant comme une gamine effrontée. On ne travaille pas secrètement avec la Libye en y séjournant au su de tout le monde. Il voulait Wendy. Il aurait Wendy. Bon, admettait-il, une conversation avec elle ne serait peut-être pas superflue.

L'instant décisif approchait. Nicholas avait pris place devant l'écran d'un terminal, dans l'univers à la fois feutré et bouillonnant des laboratoires, et attendait que le professeur Irushi Kanaka commence sa démonstration. Kanaka était fier de son œuvre et parlait du programme comme de son enfant. Un bambin surdoué, au vocabulaire certes encore un peu limité – environ mille mots – mais qui possédait en revanche une faculté que bien des adultes auraient pu lui envier : celle de manier ce maigre bagage en quatre langues et de traduire simultanément de l'anglais en français, en italien et en espagnol... le tout en reconstituant très exactement la voix et les intonations de celui qui s'exprimait devant le micro, au moment même où il parlait.

Un premier pas, Kanaka en était conscient. Certes, son enfant ne pouvait aujourd'hui *que parler* des langues de même souche et de même racine. Mais il voyait très loin, ce Japonais aux traits émaciés et aux cheveux dressés en épis (Nicholas imaginait bien ainsi Lucifer, quand il était encore l'ange porteur de lumière) et il savait que bientôt, avec l'aide des meilleurs informaticiens, linguistes et acousticiens du monde entier, sa machine pourrait parler toutes les langues de la planète, mortes, vivantes ou à venir! Pour lui, l'avenir de l'humanité se jouait peut-être là, derrière les murs de l'I.C.O.T. Son avenir, sa liberté future. Ce que son équipe tentait de concevoir, c'était le prototype d'une génération de machines qui auraient pour fonction de décharger notre cerveau d'un certain nombre de tâches, comme tant d'autres instruments, par le passé, avaient soulagé nos bras. Ce combat, il le menait, au milieu de ses très jeunes chercheurs, sur le terrain philosophique. Mais il savait que ses *sponsors*, le gouvernement japonais et les dix plus importantes sociétés électroniques du pays n'avaient pas investi 850 millions de dollars dans le seul souci de l'amélioration, de l'élévation de la condition humaine. Non. Le terrain sur lequel, eux, se plaçaient, était beaucoup plus prosaïque : c'était celui de l'économie, pour les entreprises privées, de la politique, pour le gouvernement japonais. Il savait que ce dernier voulait faire avant tout de l'I.C.O.T. un véritable instrument de marketing international, destiné à redorer le blason nippon en matière d'innovation technologique, à montrer que, désormais, le Japon se situait à la tête des nations novatrices, la seule place qui manquait à son palmarès... la plus prestigieuse. Kanaka n'avait pas vu d'un bon œil que son gouvernement lui impose de vendre aux Maltais un PSI 100, identique en tous points à celui que le peuple japonais avait offert aux chrétiens du monde entier. Un mauvais pressentiment l'animait... un pressentiment qui se situait sur un terrain qu'il exécrait, celui des intrigues géopolitiques; un terrain où l'homme partait perdant! Pourrait-on utiliser ses découvertes à des fins destructrices, comme d'autres avaient retourné les fantastiques progrès nucléaires contre l'humanité? Au cours de leurs longues et passionnantes conversations, Kanaka et Resaccio avaient compris que, pour tous les deux, la réalisation de ce programme – et ce qu'il impliquait – avait la même signification. Il s'agissait de desserrer l'étreinte de la matière et de permettre l'épanouissement de l'esprit.

Soudain, l'ordinateur parla. Le synthétiseur de voix annonça qu'il était prêt, puis traduisit « Listo », « Pronto », « Prêt ». Le professeur Kanaka s'empara du micro et se leva. Toute l'équipe se pressait autour de lui, jeunes scientifiques à la mine anxieuse et crispant leurs pieds nus sur la moquette. La coutume qui voulait que l'on se déchaussât dans les lieux couverts était même respectée par les informaticiens. Nicholas quitta son siège et se mêla à eux. Lentement, semblant vouloir dompter la machine de son terrible regard, Kanaka compta jusqu'à trois. Des quatre haut-parleurs, surgit alors une cacophonie de chiffres, uno, dos, tres; uno, due, tre; un, deux, trois; et des applaudissements éclatèrent dans la salle. Puis le professeur Kanaka demanda à Nicholas d'approcher et s'adressa à lui en anglais : « Monsieur le professeur Resaccio », commença-t-il, et la machine reprit en écho :

« C'est une joie et un honneur pour l'équipe de l'I.C.O.T. et pour la nation japonaise de pouvoir offrir aujourd'hui cet ordinateur à l'Occident. »

Les mots se mêlaient, s'enchevêtraient. D'un seul coup, il y avait *quatre* professeur Kanaka, s'exprimant simultanément en anglais, français, italien et espagnol. Devant cet accès de glossolalie, Nicholas eut la vision étrange d'un Esprit mécanique venu prêcher aux hommes la bonne parole scientifique. Et, un instant pris de doute, il se demanda s'il ne parjurait pas sa foi en se faisant l'apôtre de cet évangile-là. Mais très vite il fut saisi, puis véritablement ému, par le sentiment étrangement fort qui émanait maintenant de cette machine, dans les sous-sols de l'I.C.O.T. Tout naturellement, la scène de la Pentecôte lui vint à l'esprit. Les Actes des Apôtres. L'Evangile... Saint Luc[1]. Nicholas était profondément troublé, presque mal à l'aise de l'effet que ce professeur japonais venait, sans le savoir, de produire sur lui.

« Ce sont les esclaves du futur que nous voulons créer, les esclaves qui libéreront l'homme de toutes les contingences de la vie matérielle. Notre but le plus cher est de rendre nos semblables aux tâches les plus nobles, à la création, à l'imaginaire, à la culture et aux arts, de faire de tous les égaux des tyrans d'Athènes ou des seigneurs médiévaux; notre but le plus cher est de faire revivre la fierté de notre race en abolissant les classes et en permettant l'établissement d'une société fondée sur la justice. Un jour, dans le monde dont nous rêvons, il n'y aura plus ni serfs ni manœuvres. »

Une pensée amusée amena un sourire sur les lèvres de Nicholas. Un vocabulaire aussi étendu que celui d'un jeune enfant, songea-t-il, mais d'une structure bien différente. L'ordinateur connaissait les

1. Actes des Apôtres (saint Luc) :

« Et tous furent remplis d'Esprit saint. Et ils commencèrent à prêcher dans d'autres langues, selon ce que l'Esprit leur faisait prononcer.

Cependant, il y avait des juifs de Jérusalem, qui craignaient Dieu, mais aussi des peuples de toutes les sortes qui existent sous le ciel.

Aussi, quand cette voix se fit entendre, la foule se pressa, et tous étaient confondus, car chacun entendait comme si l'on parlait avec sa propre langue. »

mots *serfs, tyrans* ou *abolir*, mais aurait-il su dire papa ou maman? De toute évidence, Kanaka l'avait programmé en fonction du discours qu'il avait l'intention de tenir.

« Cher professeur Resaccio, cher Nicholas, c'est pour des hommes tels que vous que le gouvernement et les grandes entreprises du Japon ont décidé de lancer ce programme ambitieux. Nous savons qu'entre des mains telles que les vôtres, cette réalisation connaîtra un destin magnifique. Voyez là, par-dessus tout, l'expression de notre gratitude envers l'Occident, auquel nous devons tant. Sans l'apport inestimable des chercheurs des grandes nations occidentales, jamais nous n'aurions pu entreprendre cette passionnante aventure. Qu'à travers votre personne, ils reçoivent tous nos remerciements admiratifs. »

Irushi Kanaka tendit à Nicholas son micro qui, en passant près d'un haut-parleur, déclencha un sifflement strident. Le jeune prêtre avait été légèrement surpris par la déclaration du Japonais, bien qu'il fût familiarisé maintenant avec sa rhétorique particulière, marquée à la fois par sa fascination pour l'Occident et son attachement aux valeurs traditionnelles de l'empire du Soleil Levant. Il ne doutait nullement de la « sincérité » du professeur. En renonçant, comme nombre de ses collaborateurs, au poste très élevé qu'il occupait dans une firme pour se consacrer tout entier à l'I.C.O.T., il avait eu l'impression de faire don de sa personne à une cause majeure. Sans doute était-ce l'une des raisons pour lesquelles Nicholas se sentait proche de lui : il semblait parfois qu'Irushi Kanaka eût prononcé des vœux et juré de ne plus vivre que pour sa foi.

Nicholas lui répondit en italien tandis que l'ordinateur traduisait; les mots sonnaient haut et clair en anglais, plus étouffés, plus lointains, comme un ronchonnement, dans les baffles qui diffusaient en sourdine le français et l'espagnol.

« Monsieur le professeur Kanaka, c'est avec une infinie reconnaissance que nous acceptons votre généreuse contribution. J'ai la conviction d'avoir appris auprès de vous et de votre équipe énormément de choses, et j'espère me montrer digne du savoir que vous m'avez confié. Soyez assuré que je ferai tout pour que soit respecté l'esprit dans lequel vous avez mené vos recherches, et que mon ambition est et restera de servir la paix et la science. Si Dieu le veut, le jour que nous vivons aujourd'hui ne sera pas une fin, le terme de notre chemin commun, mais, au contraire, un commencement; ce jour sera celui où aura été forgé le premier maillon d'une chaîne immense, non la chaîne des esclaves, mais celle qui doit unir dans l'avenir tous les êtres humains. »

Nicholas s'inclina, puis Kanaka vint vers lui et tous deux se donnèrent chaleureusement l'accolade tandis que les applaudissements faisaient résonner la salle blanche.

Il sentit une vive émotion s'emparer de lui. Ces quelques semaines passées au Japon avaient été un répit, une merveilleuse expérience, mais, au fil des jours, il avait vu aussi les nuages s'amonceler sur l'horizon vers lequel il lui fallait maintenant se tourner. Il savait avoir prononcé les paroles que Kanaka et son équipe désiraient entendre. La paix, la science, la longue chaîne unissant les hommes... il était moins sûr de pouvoir tenir ses engagements. Son principal souci, désormais, ne serait pas de mener à bien sa mission technique, mais de faire triompher, au Vatican et ailleurs, l'esprit qui régnait ici, dans les locaux de l'I.C.O.T.

Tripoli, 13 novembre

Une fois de plus, Michael ne savait pas où on le conduisait. Mais peu lui importait à présent puisque Wendy était près de lui – Wendy et un autre compagnon dont, en revanche, il se fût volontiers passé, cet Abdul qui ne semblait là que pour lui infliger son air méprisant et son sourire arrogant. La Fiat roulait sans hâte, tous rideaux baissés.

Une surprise, avait annoncé Abdul. Mais il ne se décidait pas à en dire plus. Il lui fallait d'abord bavarder, pérorer, faire sentir sa force. Il parlait, et chaque mot qu'il prononçait semblait signifier : je vous tiens. Et plus particulièrement, à l'adresse de Michael : je te tiens, toi. Comme pour le défier, Michael prit dans la sienne, la main de Wendy et la serra. Abdul hocha la tête, approbateur.

« C'est bien, dit-il, c'est bien. C'est pour ça que nous vous avons choisi, vous savez.

– Pour ça? Quoi, pour ça?

– Pas pour vos convictions, en tout cas! Nous savons bien que nous ne pouvons pas compter sur vous. »

Cette constatation parut l'amuser énormément.

« Vous êtes un Occidental, un vrai. Vous détestez la révolution. L'islam vous fait peur, le socialisme vous terrorise. Je sens votre haine, là. Hilare, il indiqua du poing le creux de son ventre. Alors, pourquoi? Pour vos compétences extraordinaires? Qu'est-ce que vous croyez? Des tas d'autres auraient pu faire l'affaire! Non, non... »

Michael haussa les épaules, feignant de se désintéresser de la conversation. Coincée entre les deux hommes au milieu de la banquette, Wendy avait du mal à ne pas manifester son malaise, sa tension.

« C'est votre passé, votre liaison avec Wendy... c'est ça qui nous a décidés, reprit Abdul. Nous sommes sûrs de vous à cause d'elle, sûrs d'elle à cause de vous. Vous travaillerez ensemble comme deux agents unis par leur amour et pas par des idéaux. Ne vous méprenez pas, ce ne sont pas vos qualités exceptionnelles, ni à l'un ni à l'autre, qui ont fait que nous *vous* avons choisis. Non, c'est simplement le fait que Miss Keenes ait eu dans sa vie des... comment dirais-je, des expériences qui font que nous savons qu'elle fera ce que nous attendons d'elle. Un faisceau d'expériences, reprit-il, après un court silence. Vous êtes l'une de ces expériences, monsieur de Bonno. »

Wendy protesta.

« J'ai confiance en toi, Wendy, la rassura Abdul avec insouciance, j'ai confiance en toi; nous te suivons depuis trop longtemps. Mais lui, il nous a été imposé par les circonstances. Le destin l'a sélectionné à notre place, tu comprends? Et son accord lui a aussi été imposé par les circonstances. »

Il rit de nouveau. Michael se sentit obligé de le contredire.

« J'ai agi parfaitement librement, déclara-t-il d'un ton froid. Personne ne m'a obligé à me rendre à l'ambassade. Personne ne m'a obligé à accepter la proposition qui m'était faite.

– Nous sommes de grands stratèges, le colonel Kadhafi et moi-même, riposta Abdul, soudain hargneux. Et même de grands devins, dirait-on. Car tout ce que vous venez de faire *librement*, cela fait des mois que nous l'avons prévu. »

Michael se raidit. Wendy, tout contre lui, eut un tremblement nerveux. Cherchant vainement à donner à sa voix une note gaie, elle demanda :

« Alors, cette surprise?

– C'est un cadeau pour toi, Wendy, un cadeau personnel du chef de la Révolution. Il a voulu te prouver son estime et son amitié. Puisqu'il est nécessaire que vous prépariez de façon détaillée votre collaboration future, et que vous subissiez un entraînement précis et varié; il a décidé de mettre à votre disposition une de ses résidences d'été pour une durée de quatre jours. »

Avec un enthousiasme un peu forcé, il s'exclama :

« Vous allez être traités comme des princes! »

Puis, reprenant son mode ironique, il poursuivit :

« Mais rassurez-vous, je serai là. Je vais m'occuper de vous. Nous nous verrons tous les matins. Et vous pourrez compter aussi sur l'assistance de spécialistes, de techniciens expérimentés. A la fin de ce séjour, vous serez séparés pour une période peut-être assez longue. Il importe que vous soyez parfaitement au point avant de vous quitter. Il faut que vous sachiez comment correspondre, entre Rome et La Valette, comment opérer le transfert des programmes. Tu sais déjà beaucoup de choses, Wendy, tu es un agent confirmé. Mais Michael a besoin de devenir un espion de choc! »

Il riait encore, encore...

« C'est vrai, conclut-il, son rôle sera aussi plus facile que le tien. »

Les rideaux avaient été rouverts. Michael voyait défiler par la vitre le paysage morne et aride. Abdul avait appuyé sa tête contre le dossier de la banquette arrière et faisait semblant de somnoler, mais une lueur brillait entre ses paupières mi-closes. Depuis quelques minutes, Wendy ne paraissait plus être qu'une boule d'anxiété.

Michael aurait voulu réfléchir, trier ses pensées, savoir ce qu'il désirait réellement. Par moments, il se disait que seule Wendy comptait et qu'il était prêt à tout, à renoncer à sa dignité, à renier sa culture, ses engagements les plus profonds, rien que pour elle, pour être à côté d'elle, pour qu'on lui permît de l'aimer. Puis une sorte de vague nauséeuse le submergeait. Il se répétait que ce n'était pas possible, qu'il n'avait pas le choix. Alors, il se demandait ce qu'il souhaitait, ce qu'il croyait intimement. Et c'était difficile, si difficile. L'Occident, le monde capitaliste... cela signifiait-il quelque chose pour lui? Avait-il une religion, une foi? Je suis un chrétien de culture occidentale, à dominante anglo-saxonne. Quelle valeur avait cette proposition? Pourquoi le Christ plutôt que Mahomet? Pourquoi le libéralisme plutôt que le marxisme? Pourquoi l'Atlantique plutôt que la Méditerranée? Il n'en savait rien. Pourtant, le plan soviéto-libyen le révoltait. Pourtant, il ne pouvait s'empêcher de considérer sa coopération avec Wendy comme une désertion, comme une trahison... et aussi, peut-être, comme un suicide. Un attentat contre la morale et la civilisation, contre la raison, contre tout ce qui le constituait lui-même. En retrouvant Wendy, en redevenant son égal, il avait eu l'impression d'atteindre son but. Mais son bonheur n'avait duré qu'un instant. Il avait honte de ce qu'il éprouvait maintenant, de ce mélange de soulagement et de terreur à demi refoulée. A vrai dire, il ne se demandait pas s'il aurait le courage de suivre jusqu'au bout la voie qu'on lui avait tracée autoritairement. Non, tout au contraire, il se demandait s'il serait assez lâche pour accepter cela, pour agir contre sa volonté jusqu'à l'écœurement, jusqu'à l'odieux, sans lutter. Il craignait tant que oui.

Michael vécut cela à la façon d'un changement de plan brutal, comme au cinéma. D'abord, sorte de retour en arrière, les murs, les barbelés, les soldats, les mitrailleuses; la fumée et la poussière; des cris, des ordres brefs; la lumière aveuglante, reflets sur le verre des projecteurs, sur le métal des armes; le mirador; poussées de tension, agitation fébrile; la voiture qui se rue en avant, qui pile, qui repart... Puis soudain, un autre décor, un monde différent, l'enchantement. Le vert des palmeraies, l'or des sables, au loin les rouleaux d'écume blanche de la mer. Un vent léger, une atmosphère de paix et de détente. Et maintenant, face à eux, comme un mirage, le palais surgi du désert. D'ocre et de blanc.

Drôle de film, confusion des genres. Au pied des escaliers les attendaient quatre personnages, formant un comité d'accueil pareil à celui qui guette le retour de la comtesse parmi les siens, dans les mélos américains d'une autre époque. Mais où étaient passés les bons et loyaux serviteurs d'antan? Ceux-là étaient vêtus d'uniformes kaki, non de blanc et de noir, et Abdul les présenta au jeune couple comme les individus chargés de leur « formation révolutionnaire ».

Cette formalité accomplie, le Libyen conduisit Wendy et Michael à l'intérieur de la somptueuse bâtisse, sous les écailles d'or, d'argent et de bleu du porche. Ils passèrent sous les arcades d'un patio captif de hauts murs et d'un ciel pur. La fontaine ne murmura qu'un instant à leurs oreilles. Ils trouvèrent le majordome comme par hasard, perdu au milieu des marbres gris et verts d'une salle nue. Ils le suivirent en silence, par d'autres salles, des escaliers et des couloirs. Le majordome s'arrêta devant une porte, l'ouvrit, et mit à leur disposition des appartements dignes des émirs qui autrefois y avaient séjourné.

Wendy courut jusqu'à la terrasse, pour admirer le spectacle de la baie, des eaux éblouissantes et des plages à perte de vue. Michael avança plus prudemment, comme en terrain piégé, inspectant du regard les tapis, les tentures, les meubles, les vases, les grands plats d'argent, comparant intérieurement le luxe de l'endroit avec le dénuement et la précarité de l'abri où vivait le colonel Kadhafi. Quand il se retourna, les deux Libyens avaient disparu. Il se retrouvait là, seul en compagnie de Wendy pour la première fois depuis plusieurs semaines, et déjà les lieux lui paraissaient moins solennels, plus amicaux.

Mais comme il était malaisé de renouer ce lien! Le panorama qui s'offrait aux yeux de Wendy était séduisant, certes, mais elle avait dû en épuiser les émerveillements, à présent. Si elle s'attardait là, dans la brise tiède qui soufflait sur la terrasse, c'était qu'elle craignait de revenir vers lui et de l'affronter face à face, sans témoin. Elle ne pourrait pas se réfugier dans le mystère, cette fois, elle ne pourrait profiter de sa naïveté, de ses doutes, de ses peurs, pour le manipuler à sa guise. Abdul lui avait joué un mauvais tour, finalement, il lui avait arraché son masque.

Tout à coup, Michael se demanda si elle l'aimait toujours, si même elle l'avait jamais aimé. Elle avait accompli sa mission, après tout, elle leur avait livré son amant – ou, plus exactement, son correspondant idéal, son complément indispensable, l'homme qui permettrait à la machination d'aboutir. Qu'avait-elle encore besoin de feindre la passion? Il était trop tard; Kadhafi, Abdul et les autres n'avaient plus besoin des sentiments pour le tenir, la force suffirait – la force et la menace. Il n'était pas courageux, il se plierait à tout. Ils devaient l'avoir compris.

Elle s'approcha et il sut qu'elle l'aimait. A la détresse de son regard, au tremblement de ses lèvres, à sa démarche incertaine, oui, il sut qu'elle l'aimait, qu'elle l'aimait. Et tout s'effaça. Les interrogations, le remords et la colère, honteusement, joyeusement, tout se dissipa.

« Le soleil va bientôt se coucher, dit-elle. C'est beau.

– Oui. »

Il la serra contre lui et sentit la chair douce et tendre s'abandonner. Ce fut comme dans la maison de Seine-et-Marne, comme à Oxford, comme toujours. Sauf qu'elle n'avait jamais été aussi magnifique, aussi flamboyante, aussi passionnée.

« Tu ne me pardonneras jamais, constata-t-elle. Oh! Mike! »

Il aurait fait dix, cent fois pire, il aurait tué père et mère, livré sa patrie; mais il ne le lui dit pas. Ils s'embrassèrent et, quand leurs lèvres se furent séparées, Wendy murmura :

« Tu as vu?

– Quoi?

– Tout ça, ces tapis de soie, ces tables incrustées de nacre. Regarde ça, cette aiguière... Est-ce qu'elle n'est pas sublime? Viens! »

Elle l'entraîna hors du salon pour visiter avec lui la salle de bain, les marbres, la baignoire monumentale, les robinets comme deux cygnes d'or.

« Un lustre! s'exclama-t-elle. Tu te rends compte, un lustre dans une salle de bain! »

Puis ils entrèrent dans la chambre aux tentures bleu et argent, au lit couvert d'un baldaquin; ils se noyèrent dans les ruissellements de cristaux et de métaux précieux. Ils marchèrent d'un pas précautionneux, comme pour ne pas briser les jeux subtils de la lumière, ne pas écraser la trame fragile des tapis.

« Tu as vu? répéta-t-elle. Ce serait idiot, non? On ne va pas se morfondre, s'angoisser, se déchirer, alors qu'on nous offre tout ça? Nous allons parler, je te le jure, parler sérieusement. Je t'expliquerai, tu comprendras. Mais pas maintenant. Ne gâchons pas ces heures-là. Profitons-en, profitons de tout cela... cette nuit au moins, s'il te plaît. »

Cela ne dura qu'une fraction de seconde. Il eut le temps de songer : ça y est, voilà, elle a trouvé un nouveau truc, un nouveau moyen de reprendre le dessus... Oui, une fraction de seconde. Il l'attrapa par le bras et tous deux roulèrent sur le lit. Ils froissèrent les étoffes, ébranlèrent le baldaquin; ils violèrent le silence et firent chavirer le plafond. Puis ils s'immobilisèrent, convaincus d'avoir commis quelque sacrilège. Michael retira vivement la main qu'il avait posée sur la poitrine de Wendy, comme s'il s'était brûlé.

« Et s'ils nous espionnaient? chuchota-t-il. S'il y avait des micros, des caméras? »

Wendy ouvrit de grands yeux stupéfaits, montrant qu'elle n'avait pas envisagé cette possibilité. Elle se composa une mimique malicieuse et, résolument, déboutonna sa longue chemise blanche d'aventurière du désert. Elle exposa ses seins nus, se tournant de droite et de gauche, puis haussa les épaules pour indiquer qu'aucun événement extraordinaire ne s'était produit.

« Ça m'a l'air autorisé », déclara-t-elle, et elle ôta sa chemise.

Le pantalon beige serrait étroitement sa taille, pris dans une ceinture très large; un battement de jambes et les deux sandales atterrirent sur la descente de lit, sans bruit. Michael admira sa faculté de chasser les inquiétudes et de vivre le moment présent avec la plus parfaite insouciance. Sans doute cela faisait-il partie de l'entraînement révolutionnaire : apprendre à jouir des heures de repos et de détente. Puisqu'il était là pour perfectionner sa formation, il allait essayer de remplir bravement sa mission. C'était, au vrai, un tel délice que de jeter en boule ses vêtements parmi tant de luxe et de richesses! Wendy ouvrit un sourire vorace sur une langue rose et pointue. Une lueur claire brillait entre ses paupières quasi scellées par le désir. Des reflets colorés caressaient sa chair blanche. Des flammes d'or rouge dansaient dans ses cheveux et sur son ventre. Comment l'imaginer ailleurs que dans un palais arabe?

Le lit était grand, mais tellement moins que la chambre! Ils l'emplirent tout entière de leurs cris. Ils firent l'amour sur les tapis précieux, sous les lustres, face aux miroirs. Ils ne craignaient plus ni les oreilles ni les regards indiscrets; ou peut-être voulaient-ils les provoquer et donner à qui les surveillait le spectacle de leur union farouche. Rien ne semblait pouvoir séparer ces deux corps, rien ne semblait pouvoir lasser leur ardeur. Ils tremblaient de hâte et de plaisir. Ils firent l'amour sur la terrasse, dans la clarté des étoiles; ils s'aimèrent sur les carreaux froids de la salle de bain, dans des ruisseaux mousseux.

Wendy se souvint de Shéhérazade. Moi aussi, se dit-elle, il faut que je tienne jusqu'au matin. Elle racontait, racontait, la belle princesse, pour échapper au destin fatal de celles qui avaient partagé la couche du roi. Moi, c'est mon corps que j'offre, que j'offre pour éloigner le moment fatidique où je devrai me mettre à parler. Michael gisait, haletant près d'elle. Il la regardait. Quelque chose passa dans ses yeux, une question. Elle frémit. Non, pas déjà. Si elle lui laissait un instant de répit, il allait vouloir l'interroger. Elle renonçait aux mille nuits suivantes, mais que celle-là, au moins, soit préservée – muette. Wendy inventa de nouvelles intrigues, de nouveaux rebondissements. Elle ne tint pas jusqu'au matin. Mais, par chance, Michael s'endormit le premier.

Wendy s'éveilla, jetée en travers du lit, sa peau nue couverte d'une sueur glacée. Qu'éprouvait le condamné quand il ouvrait les yeux à l'aube de son exécution? Etait-ce cela, ce frisson, ce désordre affreux de ses pensées? Tout semblait bouleversé dans la chambre et dans sa tête. Elle ne reconnaissait plus rien. Ses membres étaient gourds, sa poitrine pesait des tonnes. Le visage de Michael était posé près du sien, sur un oreiller brodé. Elle trouva qu'il faisait un bien charmant bourreau.

Quand il émergea du sommeil, il entendit la voix de Wendy, ténue, vacillante. Elle avait commencé son plaidoyer, seule, comme un examen de conscience.

« Que dis-tu? »

Elle se serra contre lui, se cramponnant à sa cuisse, enfouissant sa tête dans son épaule. Elle grelottait. Ses caresses l'apaisèrent, aussi douces et tranquilles que celles de la nuit avaient été intimes et passionnées.

« J'aurais voulu que cette nuit dure toujours, Mike.

– Il y en aura d'autres, autant que tu voudras.

– Non, ce ne sera jamais plus la même, plus jamais comme ça. »

Elle se sépara de lui, fermement – de lui qui tentait de la retenir.

« Je te parlais de Brian. C'était mon frère. J'aurais aimé continuer, et que tu dormes, et que tu saches tout en te réveillant.

– Pourquoi Brian? Tu as des tas de frères et de sœurs, non? Une famille irlandaise!

– C'était de lui que je me sentais le plus proche. Enfin, je ne m'en rendais pas vraiment compte. J'ai eu l'impression de le découvrir brusquement, en apprenant qu'il était mort. Le coup de téléphone à trois heures du matin... Les flics ont ramené son corps à la maison. C'était horrible. C'est trop épouvantable, Mike, tu ne peux pas savoir, tu ne peux pas imaginer ce qu'on éprouve quand on voit arriver cette forme sur une civière, sous une couverture tachée de sang, qu'on ne veut pas comprendre et puis qu'on sait, tout d'un coup, et qu'un type tire sur la couverture, comme ça, machinalement, pour te montrer la pauvre figure tordue, la plaie, les yeux morts. »

Michael songea à tous les visages qu'il avait couverts, découverts, à l'hôpital. Il songea à son père, sur qui il n'avait pas eu le temps de jeter un dernier regard. Non, c'est vrai, se dit-il pourtant, je n'ai jamais rien vécu de tel. Une perle claire tremblait sur la lèvre de Wendy. Elle avala pensivement la grosse larme et le goût salé sur sa langue parut aiguiser son chagrin. Elle baissa sa tête rousse.

« Quelle haine, Mike! tu ne peux pas imaginer cela non plus.

– Pourquoi? Que s'est-il passé? Pourquoi est-il mort?

– Une manif. Un soldat anglais a été touché par une pierre. Ils ont tiré. Banal. A Belfast, des choses comme ça arrivent tout le temps.

– Il militait?

– Oui. Mais ce n'était pas un fou. Ses copains l'appelaient l'idéologue. Il était chargé des contacts avec les organisations sympathisantes, avec l'étranger. Il était très lié avec un groupe d'étudiants libyens. Je n'étais même pas au courant. Il ne venait plus à la maison, par prudence. Huit jours après, quelqu'un m'a abordée, dans une église. Tu ne devineras jamais pourquoi j'étais entrée là. »

Elle sourit en essuyant ses yeux.

« J'étais venue faire mes adieux... mes adieux à Dieu, en quelque sorte. Oui, Lui dire en face ce que je pensais de Lui. Qu'Il ne me reverrait plus, qu'Il m'avait abandonnée et poussée dans le camp de la haine. Je devenais dingue, Mike. Ce type s'est assis à côté de moi, sans bruit, et il a glissé une lettre dans mes mains. »

Elle vida ses poumons, longtemps, douloureusement.

« Il a disparu aussitôt. Et j'ai lu la lettre, à la

lueur des cierges. C'étaient les dernières volontés de Brian. Et il m'avait choisie, moi, pour continuer son combat. Il voulait que j'entre en relation avec les étudiants libyens de la fac et que je me mette à leur disposition... il voulait que, s'il lui arrive malheur, je poursuive la lutte " dans la mesure de mes moyens ". »

Une expression indignée s'était peinte sur les traits de Michael.

« Je sais ce que tu penses, reprit Wendy. Qu'il faisait de moi de la chair à canon, de sa petite sœur chérie. Mais il ne voyait pas les choses de cette façon. C'était une question d'honneur. Pour lui, toute famille irlandaise devait compter au moins un de ses membres dans la résistance, pour avoir le droit de garder la tête haute et rester digne de sa patrie. Il estimait que moi seule pouvais tenir ce rôle. Il avait raison. Chez nous, il n'y avait que moi. Les autres ont courbé l'échine depuis longtemps.

– Je ne savais pas qu'il y avait des étudiants libyens à l'université de Belfast, remarqua soudain Michael.

– Oh! si. Ils apportent un soutien très efficace à l'I.R.A. Le cas échéant, ils n'hésitent pas à se priver d'une partie de leur bourse pour aider la résistance, ou des travailleurs en grève.

– C'est ça, le réseau de la terreur. »

Wendy se raidit. Elle s'assit sur le lit et se mit en boule, ses bras encerclant ses jambes. Michael, toujours couché, ne voyait plus que son sexe roux sur les draps froissés.

« Et tu as commencé à militer? demanda-t-il d'une voix rauque.

– Un peu. Prudemment. J'hésitais. Je ne voulais pas inquiéter mes parents. Je ne voulais pas qu'ils vivent de nouveau cette expérience affreuse. C'est après, en Angleterre. Là, je me suis retrouvée parmi un groupe de Libyens beaucoup plus structuré, plus résolu aussi. Ils ont décidé que je devais poursuivre mes études à Oxford... et les réussir. Militer, oui, m'initier à certaines techniques, me former idéologiquement, mais sans trop me faire repérer. Ils disaient qu'ils auraient peut-être besoin de moi un jour et que je devais rester discrète en attendant. Discrète... je ne l'ai pas été tant que ça, remarque. A l'époque, j'avais l'impression qu'ils ne me prenaient pas au sérieux, qu'ils faisaient semblant de me donner un rôle, mais qu'en réalité je comptais pour du beurre, comme disent les enfants. J'étais blindée, tu sais, j'ai toujours aimé les jeux de garçon, et on a toujours essayé de me laisser sur la touche. En l'occurrence, je me trompais.

– Alors, ils ont *décidé* pour toi!

– Avec moi. Quand ils ont jugé que j'étais mûre, ils m'ont proposé un séjour prolongé en Libye, pour apprendre à devenir une véritable combattante de la libération. C'était une décision difficile. J'ai lu et relu la lettre de Brian, qui ne me quittait jamais, je l'ai interrogée comme un oracle... et elle m'a dit : oui, vas-y! »

Michael leva les yeux au ciel.

« J'ai pris conscience alors que ma haine n'était plus seulement partisane, plus seulement tournée contre les Anglais, mais contre l'Occident. Parce que tout cela se tient, parce que ce sont des blocs, des mondes qui s'affrontent. Je pensais retourner en Irlande et prendre part à la lutte, là, sur ce terrain, parmi les miens. Mais, en Libye, on a jugé que ce serait gaspiller mes compétences. J'étais devenue une informaticienne confirmée... Ils avaient d'autres projets pour moi. Un jour, après des mois et des mois d'entraînement, d'attente, on m'a convoquée et on m'a expliqué ce qu'était le plan Arcade. »

Michael quitta le lit et se mit à marcher, nu, sur les tapis de soie. Il cherchait ses mots. Il aurait voulu la raisonner, la convaincre, mais ne parvenait plus à échapper à ses souvenirs, aux vieilles images teintées de nostalgie ou d'amertume; d'Oxford à Faremoutiers, l'amour fou, l'absence interminable, le désespoir, puis les retrouvailles; désormais, il savait comment qualifier ces diverses phases : Wendy recrutée, Wendy endoctrinée, Wendy formée, Wendy blanchie, Wendy remise en circulation...

« Tu mélanges tout, décréta-t-il enfin. D'un côté, la lutte des catholiques irlandais contre l'envahisseur protestant britannique, de l'autre, celle de l'islam contre l'Occident, du marxisme contre le capitalisme... Ou plutôt, *ils* ont tout mélangé dans ta tête, volontairement, pour te manipuler.

– Non, Mike, il n'y a que deux camps, toujours et partout. Les oppresseurs et les opprimés. La justice et l'injustice, la liberté et l'aliénation.

– Et tu crois travailler pour la justice et la liberté? Avec Kadhafi, avec Gorbatchev et, pourquoi pas, avec Khomeiny?

– Ici, les gens vivent une foi vraie. En Occident, nous n'adorons plus que des veaux d'or. Aujourd'hui, si la banque du Saint-Esprit fait faillite, la chrétienté s'écroule. Nous en sommes là.

– Tu vas sans doute te convertir?

– Ce n'est pas à l'ordre du jour.

– Le colonel Kadhafi n'a pas encore inscrit cela à ton programme. Mais s'il dit un mot, tu prends le voile. Pas celui des bénédictines, cette fois, le tchador.

– Tu fais fausse route, Mike. Tu devrais le comprendre, pourtant, toi, un Maltais! Ton île se trouve dans une situation assez comparable à celle que connaît l'Irlande. Plusieurs cultures, plusieurs religions... c'est un terrain type d'affrontement idéologique. Regarde le Liban. Ces petites nations sans homogénéité seront les premières victimes de la politique désastreuse des grands pays occidentaux, du plan Arcade. Nous serons immolés sur l'autel du libéralisme sacré. Le complot vaticano-américain a pour objectif de reprendre en main tous ces bastions menacés. Mais il ne s'agit pas de rendre leurs droits aux populations, il s'agit de les fondre dans un même moule... pas catholique, non, reaganien. L'Irlande passera de l'oppression à la Thatcher à l'oppression made in U.S.A. L'Angleterre est usée, on nous donnera de nouveaux maîtres : I.B.M., A.T.T., Intelsat. Voilà notre destin. »

Michael haussa les épaules.

« Tu sais comment ils appellent une calculatrice de poche, en Union soviétique? Un prototype. Un prototype, cher docteur en informatique. Si c'est de cela que tu rêves...

– Les Russes vont mettre à ta disposition l'ordinateur le plus perfectionné du monde, Mike.

– Très forts, ouais, ils sont très forts.

– Ecoute. Ça ne sert à rien de discuter de cette façon. J'aurais aimé te convaincre parce que cela aurait bien facilité les choses – et les aurait même rendues moins dangereuses, je crois. Alors, je veux te dire deux choses. Un, je suis désolée de t'avoir entraîné là-dedans. Mais tu n'as rien fait pour l'éviter. Deux, je t'aime, je n'ai jamais cessé et je ne cesserai jamais.

– Trois, dit Michael, nous sommes dans un foutu merdier.

– Mike, j'ai une question importante à te poser. Réfléchis bien avant de répondre. Et si tu penses que oui, dis-le. Rien n'est jamais définitif dans la vie. Il y a toujours un moyen de... enfin, voilà. Mike, as-tu l'intention de nous trahir? Et même, envisages-tu de pouvoir le faire? »

Il rit nerveusement.

« Tu pourras répondre à Abdul que Michael a dit : non. »

Wendy rougit de fureur, mais renonça à répliquer.

A huit heures quinze, le majordome entrevu la veille leur apporta le petit déjeuner. Ils l'avalèrent sur la terrasse, soudain gais et détendus, comme si rien n'avait eu lieu entre les délices de la nuit et celles du café chaud et du pain grillé. La mer roulait de grosses vagues argentées sur la plage. La journée s'annonçait belle.

Les gifles brûlantes de la douche ranimèrent leur désir. De nouveau, l'amour emporta tout. Tous deux, intérieurement, constataient avec surprise que leur conversation de l'aube, si pénible par moments, les avait soulagés et laissés dans un état d'esprit proche du bonheur.

A dix heures, ils enfilèrent les treillis qu'on leur avait remis et sortirent de leurs appartements. Michael trouva la jeune fille séduisante en petit soldat, comme elle l'était en étudiante, en postulante, sous la douche ou sur le lit. Il vit là le motif profond de ses propres faiblesses.

Abdul les attendait dans le patio, flanqué de sa cohorte de conseillers techniques. C'était l'heure des grandes manœuvres. Dans la palmeraie, bien dissimulée au fond d'un entonnoir sableux retenu par des plantes rampantes, ils découvrirent une sorte de casemate aveugle en brique rouge. Là, dans une pièce parsemée de cartes et de tableaux noirs, ils s'assirent sur des chaises rangées face à une estrade. L'un des conseillers prit la parole en anglais et leur décrivit le programme de la matinée. D'abord, cours théorique sur les armes. On aligna devant eux, sombres et luisants : revolver, fusil, mitraillette, grenade. On leur expliqua le maniement de chacune d'elles, comme s'ils avaient pour mission de partir en action de commando. L'un après l'autre, ils refirent les gestes : dégoupillage de la grenade, démontage du canon, mise en place du chargeur... Une série de diapositives commentées compléta l'exposé.

Ensuite, on leur fit traverser la palmeraie pour les conduire jusqu'à une zone dégagée, une surface de 2 mille ou 3 mille mètres carrés, camouflée parmi les arbres. C'était le terrain d'entraînement où, leur dit-on, le colonel Kadhafi aimait à s'exercer, autrefois. Toute cette formation était plus psychologique que réelle. Il fallait surtout que Michael comprenne qu'il allait jouer sa peau pour de bon.

« Vous allez tirer dans deux positions, leur annonça l'instructeur. D'abord, debout, puis couchés. Et à deux distances, à 50 et à 100 mètres. »

Michael regardait les mannequins de bois, plantés tout là-bas à la lisière de la palmeraie, incroyablement loin. Il se coiffa du casque qu'on lui tendait et, les tympans ainsi protégés, saisit d'une main hésitante le pistolet massif. Les silhouettes se présentaient de profil, puis pivotaient, offrant leurs poitrines de bois l'espace de trois brèves secondes. Trois secondes, c'était le temps qu'on lui accordait pour viser et pour propulser le projectile à l'intérieur des cercles concentriques de la cible. Ses premières balles durent perforer quelque palme ou branche innocente. Progressivement, son bras s'affermit, ses réflexes s'aiguisèrent. Il parvint à faire mouche. Wendy, près de lui, réussissait un carton sous les encouragements enthousiastes des Libyens. Elle avait pratiqué cet exercice des centaines de fois.

Michael se montra moins maladroit à la carabine, notamment en position couchée où il parvenait à réprimer les tremblements de son corps. Soudain, il s'aperçut avec consternation que le jeu l'excitait, lui plaisait, qu'il éprouvait une véritable joie quand son coup mettait dans le mille. Il comprit alors comment cela se passait, comment on parvenait à pervertir des foules de gens dans le monde entier, des femmes, des enfants, des paysans, des intellectuels; quelques mois d'endoctrinement, quelques mois de manœuvres, et l'on ne faisait plus la différence entre un mannequin de bois et une personne humaine; seule comptait la précision du tir. A la fin de la matinée, tandis que Wendy additionnait modestement ses points, l'instructeur vint lui tapoter l'épaule pour le féliciter.

Par une sorte d'accord tacite, Michael et Wendy parvinrent à faire de ce séjour imposé de vraies vacances, un asile précieux au milieu de la tourmente dont ils avaient déjà essuyé les premiers souffles et dont bientôt viendrait le plus fort. Malicieusement, ils infligèrent à Abdul le spectacle de leur gaieté et de leur amour. Ils le prièrent à déjeuner, mais ne prêtèrent qu'une oreille distraite à ses harangues, pour qu'il ravale ses directives et qu'il enrage. Ils riaient sans cesse et le pauvre Abdul ne comprenait jamais pourquoi. Alors, vexé, le jeune Libyen se laissa aller.

« Vous auriez intérêt à faire des progrès au tir, monsieur de Bonno, déclara-t-il soudain. Vous ressemblez à l'un de ces mannequins de bois, désormais. Vous avez de petits cercles dessinés sur la poitrine. Si vous êtes découvert, les services secrets américains ne vous rateront pas. Oui, vous feriez bien de devenir plus précis et, surtout, plus rapide. »

Wendy et Michael s'entre-regardèrent, un instant interloqués, puis, une nouvelle fois, s'esclaffèrent. Abdul saisissait moins que jamais. Et les deux jeunes gens auraient été bien en peine de lui expliquer ce qui les réjouissait tant. Pour l'heure, il semblait que le sentiment de leur complicité les mît à l'abri de tout.

Quand Abdul se fut retiré, Wendy affirma d'un ton détaché :

« Je crois qu'il a toujours été très amoureux de moi. Et, à mon avis, s'il pouvait t'accrocher lui-même cette cible dans le dos...

– Tu as couché avec lui?

– Oh! il n'a jamais osé seulement me le demander. Ce garçon se fait de sa mission une idée très stricte et très haute. Or, précisément, son rôle n'est pas d'entrer dans ma vie, mais d'inventer ma vie. C'est lui qui a imaginé de m'envoyer chez les bénédictines, c'est lui qui a suggéré de recourir à tes services au lieu de chercher à t'éjecter de mon existence.

– Je vois, je vois... grommela Michael. C'est sans doute également lui qui m'a convaincu de tomber amoureux de toi, lui qui... oh! d'accord... lui aussi qui nous surveillait à Faremoutiers, qui fouillait la maison en mon absence, qui... »

Il s'interrompit. Wendy avait blêmi. Elle ne s'amusait plus du tout.

« Tais-toi, Mike. Pas un mot là-dessus. Jamais, tu m'entends? Parce que... parce que s'il y a une chose dont je suis sûre, c'est que ni Abdul ni aucun Libyen n'est responsable de cette affaire... »

Elle se mordit les lèvres, jeta autour d'elle un regard inquiet et poursuivit en français :

« Ce ne sont pas eux qui ont fouillé la maison. Et je ne sais pas *qui*. Ils ont tout trouvé, les lettres, les documents, les descriptifs, les photos... oh! Mike, il ne faut surtout pas qu'ils l'apprennent. Ils nous tueraient. S'ils savaient que *quelqu'un* est au courant de tout, de notre mission, de mon infiltration au Vatican... ils nous tueraient.

– Qui? Abdul nous tuerait?

– Oui, Mike.

– Qui a fait cela, alors? *Qui* est au courant?

– Comment veux-tu que je le devine? Mais il ne

faut pas penser à ça, ne pas en parler... Continuons en anglais. Nous n'avons plus le choix maintenant, nous devons aller au bout. »

Cependant, elle murmura encore :

« Il faut que je découvre qui a fait ça. Moi, moi, la première. Peut-être les Russes, peut-être les Iraniens... ceux qui luttent contre le plan Arcade ont chacun leurs intérêts propres. »

L'après-midi fut consacré à ce qu'Abdul appelait *préparation technique*. Il s'agissait en fait d'un exposé assez théorique sur les ordinateurs de la cinquième génération, suivi d'une présentation du PSI 100 que Wendy et Michael allaient utiliser. L'*instructeur* était un Soviétique. Abdul l'avait présenté comme étant un brillant professeur de cybernétique de l'université Lomonossov de Moscou. Il s'exprimait avec un fort accent, et semblait réciter une documentation technique, sans doute subtilisée à l'Ouest par la ligne X – la direction montante du K.G.B. chargée de nourrir la recherche fondamentale soviétique d'informations scientifiques et techniques détournées en Occident. Michael trouvait décidément les Soviétiques bien présents, pour une opération que Kadhafi présentait avant tout comme étant le dernier combat de l'islam. Qui manipulait qui? Abdul venait de prendre la parole. Ses vociférations le sortirent de sa torpeur.

« Ce qui va suivre est extrêmement important et nécessite toute votre attention, dit-il en fixant Michael des yeux. Le professeur Vassiliev va en effet vous enseigner la manière dont vous communiquerez, entre Malte et Rome. Vous pensez bien, dit-il en baissant la voix, que le moindre indice que vous laisseriez échapper devant nos ennemis au cours de vos contacts signifierait l'échec de notre plan... et signerait votre arrêt de mort. Aussi, nous avons imaginé un moyen de communiquer, par ordinateur interposé, tout à fait original, et tout à fait sûr, si vous respectez scrupuleusement les procédures et les consignes que le professeur va vous exposer maintenant. »

Suivit une explication très précise de Vassiliev sur la façon dont ils devaient écrire leurs messages dans des parties secrètes de l'ordinateur, accessibles pour eux seuls, et s'effaçant automatiquement dès qu'ils étaient lus. Michael ne put s'empêcher de trouver le stratagème brillant et ingénieux. Abdul n'aurait jamais pu l'imaginer seul. Décidément, les Russes étaient de plus en plus utiles.

Le lendemain, sur la plage, voyant la mine préoccupée de Michael, Wendy déplora :

« Je n'aurais jamais dû te raconter tout ça. Cesse de te tourmenter, Mike, tout ira bien. Après tout, si les Américains savaient quelque chose, ils auraient déjà réagi. Il paraît qu'on m'a réservé un logement à Rome. Non, non, ils ne me soupçonnent pas. »

Michael lui sourit, si grand semblait le besoin de Wendy de se convaincre elle-même.

« Je songeais à cette photo, dit-il. La photo qu'ils ont oubliée dans le pétrin. Resaccio. C'est en revoyant ce prêtre sur une autre photo, prise lors du championnat de go, que j'ai compris qui tu étais vraiment, et ce que tu étais en train de faire.

– Eh oui, encore une idée de ce cher Abdul. C'est lui qui a choisi ce moyen d'infiltrer l'organisation du plan Arcade. Par Nicholas Resaccio. Il a eu du mal à imposer son stratagème. A ce qu'il m'a dit, ici, personne ne voulait croire que j'avais la moindre chance, même de me faire remarquer. Mais lui, il a toujours été persuadé du contraire.

– Quelle confiance!

– Pas en moi, Mike. Il croit en Allah et en la

Révolution. Il ne doute jamais, jamais de rien. Et, tu vois, il ne s'est pas trompé.

– Il adore te pousser dans les bras d'autres hommes, finalement.

– Oh! Mike!

– Il est plutôt séduidant pour un curé, non?

– Arrête...

– Je commence à voir pourquoi cette mission te tient tellement au cœur. »

Elle se précipita sur lui en hurlant, et il se mit à courir vers les vagues. Leurs pieds nus s'enfonçaient dans le sable humide. Elle tenta de le mordre, de le griffer. Il lui attrapa le poignet et la repoussa, plus brutalement qu'il ne l'aurait voulu. Wendy tomba dans l'eau en poussant des cris. Quand elle se releva, sa robe d'éponge trempée moulait ses seins et ses fesses. Elle jeta ses bras autour du cou de Michael et se serra contre lui, mouillant en riant sa chemise et son pantalon.

« C'est moi qui lui tiens au cœur, maintenant, mon cher ami, murmura-t-elle. D'abord, c'est la mère supérieure qui m'a recommandée. Ensuite, c'est Nicholas Resaccio en personne qui a réclamé ma présence à ses côtés. Est-ce que ce n'est pas bien joué? »

Le temps passant, leur gaieté se mua en anxiété et en tristesse. Leur dernière nuit d'amour fut aussi longue et passionnée que la première, mais quelque chose, dans la violence de leur étreinte, trahissait leur désarroi.

Puis vint le matin de la séparation. Le temps avait fraîchi et des brumes voilaient le soleil. Abdul les conduisit en silence vers la voiture qui devait les emporter. Même lui avait renoncé à ses airs ironiques et suffisants. Un second véhicule stationnait un peu plus loin sur une allée de terre battue, une Mercedes noire. Plusieurs soldats la surveillaient.

« Le colonel Kadhafi a tenu à assister à votre départ, annonça Abdul. C'est sa façon à lui de vous assurer de son soutien et de son estime. »

Wendy et Michael se tournèrent vers la Mercedes, stupéfaits. Au moment où ils s'apprêtaient à monter dans leur propre voiture, ils virent la vitre fumée se baisser; mais ils ne distinguèrent pas le visage qui se dissimulait à l'intérieur du véhicule.

« Désormais, leur dit Abdul en guise d'adieu, vous appartenez à la Révolution. Ne l'oubliez jamais. Grâce à son secours et à l'aide d'Allah, vous triompherez de toute situation. »

Il entremêla les doigts de ses mains et serra à en faire blanchir les jointures.

« Surtout, souvenez-vous que vous êtes liés à nous. Comme ça. Définitivement. »

Deuxième partie

7

Rome, le 5 décembre

La semaine d'étude consacrée à la communication ne devait commencer que trois jours plus tard. Pourtant, remarqua le père d'Anglebert, il y avait foule sur les allées du gravier qui sillonnaient les jardins du Vatican, autant de monde en vérité que si l'Académie pontificale des sciences s'apprêtait à entrer en séance plénière. Il s'attarda un moment avec plaisir sur le spectacle merveilleux des bassins, des fontaines, des arcs et des haies de verdure, il contempla la grandiose coupole de la basilique, puis alla rejoindre l'ambassadeur Williamson pour se diriger en sa compagnie vers la casina de Pie IV, siège de la prestigieuse institution.

Les deux hommes pénétrèrent dans le vénérable bâtiment et, patiemment, attendirent que la file des invités s'écoule dans la salle des conférences. Examinant cette docte assemblée, Michel d'Anglebert se sentit soudain extrêmement jeune. Avec ses cinquante-quatre ans, il paraissait un gamin parmi ces vieillards au pas hésitant et aux gestes saccadés. Il tenta un instant de se mettre à la place de Nicholas Resaccio qui, dans quelques minutes, allait s'efforcer de séduire ce public. Quelle impression allaient donc lui faire ses auditeurs et quelle impression leur donnerait-il? Un bambin. Un nourrisson. A trente-cinq ans, il était le plus jeune scientifique à avoir jamais été admis au sein de l'Académie.

D'Anglebert et Williamson s'installèrent dans le fond de la salle, face à l'estrade. La plupart des soixante-dix académiciens étaient là, autour d'eux, ainsi qu'un certain nombre d'observateurs étrangers. Et, tandis que le biologiste brésilien Carlos Chagas, président de l'Académie, ouvrait la séance, tous s'interrogeaient sur la teneur du discours qu'allait prononcer Resaccio – allocution de réception au cours de laquelle, on s'en doutait, il devait s'expliquer sur les objectifs exacts du plan Arcade et sur le sens de la mission qu'on lui avait confiée. Déjà, ils savaient que les Japonais avaient livré au Vatican leur fameux PSI 100. En revanche, ils ignoraient qu'ils étaient pour ainsi dire assis sur ce que d'aucuns auraient volontiers appelé la poudrière : une salle souterraine, située sous les jardins qui jouxtaient la basilique, avait été aménagée pour abriter cette merveille de l'informatique.

De curieux courants passaient dans l'assistance. Michel d'Anglebert constata que des clans s'étaient formés, de manière délibérée ou instinctive. Il décela sur sa gauche des tensions, une atmosphère plus hostile. Près de lui et aussi devant, dans les premiers rangs, les invités semblaient plus volubiles, plus impatients; ceux-là espéraient quelque chose de l'événement qui allait se produire.

« Ça va être une nouvelle bataille d'*Hernani*, souffla-t-il à Williamson. Les classiques et les romantiques... »

L'ambassadeur leva un sourcil en signe d'incompréhension. Puis il se tourna de nouveau vers l'estrade, la tête rentrée dans les épaules. D'Anglebert songea qu'il essayait sans doute de se faire le plus petit possible. Le rôle du partenaire américain, point crucial de l'affaire, apparaîtrait certainement en filigrane des propos de Nicholas Resaccio, même si ce dernier ne l'abordait pas franchement. Avant tout, il importait que le plan Arcade ne soit pas reçu comme un complot impérialiste visant à combattre l'influence socialiste et à reconquérir des positions sur l'échiquier international. Il est bien regrettable que Nicholas ait acquis cette réputation de maître de jeu de go, se dit soudain le jésuite; aujourd'hui, pour faire passer son message auprès des esprits méfiants, mieux vaudrait qu'il soit perçu comme un intellectuel naïf et généreux et non comme un stratège émérite.

Nicholas entra, tenant à la main les quelques feuillets qu'il avait eu tant de mal à rédiger, et prit place à la chaire de l'orateur. Chaque mot de sa déclaration avait été pesé et médité. Sitôt son texte achevé, il l'avait fait transmettre au Saint-Père, mais celui-ci n'avait pas réagi. Silence que le jeune prêtre avait interprété ainsi; permission accordée de prononcer une telle allocution, mais caution officielle refusée. Il avait obtenu le *nihil obstat* mais pas l'*imprimatur*. Une façon comme une autre de décharger encore un peu plus sur ses épaules le poids politique de l'opération. Il avait l'impression désagréable que les conseillers du pape avaient décidé de se servir de lui à la manière d'un bouclier, afin que le souverain pontife fût à l'abri des réactions vindicatives que l'exposé du projet risquait fort de soulever. Ah! bien sûr, songea-t-il avec une pointe d'amertume, contemplant ses auditeurs au moment de commencer à parler, lorsqu'un an plus tôt ces mêmes savants avaient eu à débattre de la menace nucléaire, l'unanimité s'était faite bien plus facilement; qui n'aurait partagé le message de paix des autorités ecclésiastiques?

« Le Christ est descendu parmi les hommes pour répandre et expliquer la parole de Dieu, énonça-t-il d'une voix ferme. Peu l'entendirent, une poignée d'élus qui, à leur tour, sacrifièrent leur vie pour que soient connus de tous l'amour et la volonté du Seigneur. Deux mille ans d'histoire nous séparent de ces temps sacrés. Malgré les persécutions, malgré les faiblesses humaines, malgré les tentations et les mutations sociales, le message divin n'a cessé de prospérer. Nous sommes aujourd'hui près d'un milliard – dont 700 millions de catholiques – à le vénérer. Pendant des siècles, des hommes et des femmes animés d'une foi inébranlable ont parcouru le monde pour que croisse le peuple de Dieu. Certes, leur tâche n'est pas achevée, certes elle ne le sera jamais. Mais voici qu'à présent, nous sommes face à une famille immense, multiple, diverse, éparpillée en tous les lieux de la terre et qu'une nouvelle interrogation se présente à nous. Sont-ils les membres d'une famille ceux dont on ne connaît pas le nom, ceux qu'on ne peut appeler, ni voir, ni toucher? Je crois qu'une nouvelle tâche s'impose à nous. En cette fin du XXe siècle, notre devoir, à nous, prêtres et religieux, est de devenir, de redevenir missionnaires, non plus en des contrées lointaines et barbares, mais au sein de notre propre Eglise. »

Un silence stupéfait planait sur la salle. De mémoire d'académicien, c'était la première fois que le récipiendaire prononçait un sermon au lieu du traditionnel discours scientifique et moral.

« Nous ne pouvons plus prendre notre bâton de pèlerin et partir, continuait Nicholas. Le temps de ces courages-là est révolu. Mais il nous faut rétablir le lien qui unit la hiérarchie et les fidèles, et les fidèles entre eux. Dans le monde où nous vivons, des êtres souffrent, parce qu'ils sont seuls, parce qu'ils ont faim – et si, hélas! leur ventre est affamé, leur âme, bien souvent, ne l'est pas moins. Nombre d'hommes et de femmes, dans nos pays occidentaux pourtant favorisés, se sentent perdus, égarés dans un univers livré au matérialisme. Tous ceux là ont besoin que l'on s'adresse à eux, qu'on les aide à retrouver le Seigneur. Cette nécessité – la nécessité pour l'Eglise de renouer le dialogue avec les siens – a été perçue depuis longtemps déjà. Elle fut notamment évoquée à l'occasion du concile Vatican II où fut promulgué le décret *Inter Mirifica* sur les moyens de communication sociale. Trop peu de temps, malheureusement, fut consacré à cette question. Je sais que j'ai l'honneur de m'adresser aujourd'hui à certains membres de la commission pontificale des moyens de communication créée par Sa Sainteté Paul VI; j'ai lu avec attention leurs travaux, j'ai sollicité de leur part des conseils qui m'ont été précieux. Certains d'entre vous, quelques années plus tard, participèrent à la rédaction de l'instruction pastorale intitulée *Communion et Progrès,* qui insistait sur l'importance des nouveaux moyens de communication en tant que facteurs de progrès, véhicules de la culture, de l'éducation et de la foi. Ce texte, auquel je me suis souvent référé au cours des derniers mois, a su marquer les limites à ne pas franchir, a su définir l'équilibre qu'il convenait de respecter entre l'audace et la vigilance. Je me permettrai d'en citer la conclusion, car elle résume parfaitement la pensée qui gouverne nos actes : *le peuple de Dieu, dans sa marche à travers les siècles, appelé à communiquer, c'est-à-dire à la fois à donner et à recevoir, regarde l'avenir avec confiance, car il entrevoit les promesses d'un nouvel âge, celui de la communication sociale.* »

Nicholas but une gorgée d'eau et, sans avoir levé les yeux, poursuivit :

« Si ce qui était vrai en 1964 et en 1971, dates d'*Inter Mirifica* et de *Communion et Progrès,* l'est toujours actuellement, les moyens de communication ont, eux, énormément évolué. Ce qui était inconcevable alors est désormais à notre portée; oui, désormais, en un instant, grâce à l'informatique et aux satellites de télécommunication directe, il est possible de s'adresser simultanément aux 700 millions de catholiques du monde. »

D'Anglebert surveillait les réactions de l'assistance. Il crut avoir décelé un soupir de satisfaction chez ceux qui, quinze ou vingt ans auparavant, avaient accéléré la rénovation de l'Eglise en participant aux travaux du concile. En revanche, les ecclésiastiques appartenant à l'Académie – ils n'étaient que trois, outre le père d'Anglebert lui-même – conféraient entre eux, visiblement irrités. C'étaient trois beaux vieillards dont le jésuite aimait à dire que, si l'occasion s'en était présentée, ils auraient réitéré la condamnation de Galilée. L'archevêque John Foley, président de la Commission pontificale pour les communications sociales – autrement dit grand patron des media vaticans – se trouvait auprès d'eux. Se pouvait-il que cet ancien journaliste américain récemment nommé à la tête de la puissante télévision du Saint-Siège, la CTV[1], n'approuvât pas lui non plus le projet? Ou bien était-il là tout simplement pour mieux circonscrire ses détracteurs? Il est vrai que le plan Arcade était placé sous la responsabilité directe du cardinal Agostino Casaroli, véritable chef de l'Etat de la Cité du Vatican, alors qu'en toute logique il aurait dû dépendre des services de Mgr Foley.

« Nous sommes bien entendu attachés à la

1. CTV : Centrum Televisificum Vaticanum. Télévision officielle du Saint-Siège créée en 1983, avec un triple objectif :

– Production d'actualités filmées sur les activités du pape.

– Production de programmes destinés à des chaînes de télévision, à des sociétés de diffusion par câble ou par satellites.

– Enregistrement de bandes vidéo lors des audiences du pape, pouvant être vendues aux groupes ou aux personnes intéressées.

liberté plus qu'à tout. Contrairement à ce que certains se sont permis d'affirmer, notre but n'est pas de reprendre en main la chrétienté. Celle-là, cependant, par le fait même de sa dispersion, nous apparaît souvent désunie et menacée par des tendances. Il nous incombe, en conséquence, de rendre sa cohérence à l'ensemble logique que constituent nos 700 millions de frères. »

Cette fois, l'agitation gagna toute la salle.

« C'est dans cet esprit que, sous l'inspiration du Très-Saint-Père, il a été décidé de doter le Vatican de moyens modernes de communication, à savoir d'un accès aux satellites des principales nations occidentales et d'un super-ordinateur. Ce prototype ultra-perfectionné a été offert à la chrétienté par le Japon, ce qui démontre, s'il en était besoin, que ce projet peut être perçu par des hommes étrangers à l'Eglise et à notre culture comme un facteur de progrès et d'équilibre, et non comme une agression ou un péril. C'est pour des raisons identiques, et mus par la même confiance, que divers pays de vieille culture chrétienne ont accepté de nous apporter leur concours, particulièrement en mettant à la disposition du Saint-Siège des canaux appartenant aux satellites qui arroseront leurs propres territoires. Grâce à ces dispositions, dont j'aurai l'immodestie de rappeler que j'ai la responsabilité technique, nous pourrons diffuser en direct et par satellite des émissions à destination de tous les pays du globe – émissions dont l'ordinateur permettra la traduction instantanée. Il nous sera ainsi possible d'émettre pendant quelques heures par jour non, bien sûr, tout de suite, vers chaque foyer, ce qui réclamerait un équipement considérable, mais, dans un premier temps, vers chaque évêché, puis, rapidement, vers chaque paroisse. Ce plan nous a conduits en effet à envisager de pourvoir les églises de quelque importance, partout où cela sera envisageable, d'une petite antenne parabolique et d'un grand écran de télévision. De la sorte, les fidèles pourront écouter, pourquoi pas pendant certaines messes, les messages que le pape leur adressera, ou encore assister aux événements capitaux de l'année religieuse, comme les bénédictions données depuis la basilique Saint-Pierre, le chemin de croix pascal ou les fêtes de la Nativité. Dans un deuxième temps, le système mis en place devra permettre à chacune des paroisses de communiquer avec les autres, en attendant que chaque fidèle accède à la communication absolue avec le reste de l'Eglise. Ce sera un ciment, une occasion de se retrouver tous ensemble, une source de joie et d'enthousiasme, et, de plus, une façon de rapprocher les fidèles de cette institution si lointaine, et semblant parfois si froide et incompréhensible, qu'est le Vatican. Vivre en harmonie avec son environnement technologique me paraît être aujourd'hui pour l'Eglise une impérieuse nécessité. Dans tous les grands pays modernes, et bientôt dans le monde entier, les générations à venir naîtront dans un univers régi par l'informatique et la télématique. Que l'on s'en réjouisse ou qu'on le déplore, force nous est de l'admettre. Pour s'adresser aux enfants de demain, il faudra posséder la maîtrise de ces techniques nouvelles. Ceux qui s'y refuseront ne tarderont pas à appartenir au passé. Telle est ma mission. Mes collaborateurs et moi-même, ainsi que tous ceux qui nous soutiennent, nous souhaitons aider l'Eglise à apprivoiser cet environnement technologique encore peu familier et faire en sorte que le message biblique continue de parvenir, plus haut et plus clair que jamais, à ceux qui viendront après nous sur cette terre. Mon vœu personnel est également de montrer à tous ceux que la technique et le progrès effarouchent, que les machines inventées par l'homme peuvent être mises au service de Dieu et contribuer au bonheur et à la paix de nos semblables. Oui, telle est notre tâche : jeter un pont entre le passé et le futur et, conformément à la conclusion de l'instruction pastorale de 1971, tenter de réaliser les promesses du nouvel âge de la communication. »

Nicholas reprit son souffle. Il y eut quelques grincements de sièges, quelques toussotements et froissements, mais l'assemblée restait particulièrement attentive.

« Nous n'entendons donc pas, reprit Nicholas, partir à la conquête ou à la poursuite du divin, attitude dont chacun voit qu'elle serait vaine et sacrilège. Bien au contraire, je crois fermement que la science en progressant ne peut nous dévoiler qu'une seule chose : l'incommensurabilité de Dieu et l'impénétrabilité de Sa Nature. Cependant, si elle ne peut nous faire connaître Dieu, la science peut assurément nous aider à L'aimer et à mieux Le servir. Tel est pour moi le sens profond du plan Arcade. Grâce à lui, l'Eglise sera plus fortement armée pour diffuser le message d'espoir, d'amour et de fraternité que nous autres ecclésiastiques avons la lourde charge de faire vivre. Aussi me crois-je en droit de demander respectueusement à tous ceux qui m'ont honoré de leur attention de m'aider, de nous aider, qu'ils soient scientifiques ou religieux, en sorte qu'aboutisse cette vaste mission de réconciliation entre les hommes. L'avenir de la foi dépend de nous, prêtres, et l'avenir de l'humanité dépend de nous tous, citoyens du monde. Ensemble, si vous le voulez, nous tenterons d'être les éclaireurs de la paix et de l'unité. »

D'Anglebert n'eut pas sa bataille d'*Hernani*. Une partie de l'assistance applaudit chaleureusement, une autre s'abstint. Mais il n'y eut ni vociférations ni sifflets. La vieille casina de Pie IV n'inspirait pas de tels débordements. Nicholas quitta la tribune.

Après avoir remercié le tout nouvel académicien, le président Carlos Chagas s'adressa à lui en ces termes :

« Vous avez mis en lumière la complexité de la tâche qui vous attend, et croyez bien que tous, ici, nous sommes conscients de la difficulté de l'entreprise. Il n'a d'ailleurs jamais été confortable, au cours des siècles, d'œuvrer au confluent de la science et de la foi. Je sais que le Très-Saint-Père a longuement hésité avant d'autoriser la mise en route du plan Arcade. Ici même, en octobre 1984, il avait exprimé ses craintes au sujet de ce qu'il appelait la colonisation par satellite. La technologie spatiale, avait-il notamment déclaré à l'occasion de cette semaine d'étude, ne peut être utilisée dans un esprit d'impérialisme culturel. En revanche, il avait souligné l'importance et le rôle bénéfique des satellites dans le domaine de l'agriculture, de la météorologie et de la communication. Depuis ce jour, un pas décisif a été franchi. Un choix audacieux a été fait. Mais le Vatican, il faut bien s'en persuader, n'a pas l'intention de se mêler à la lutte pour l'appropriation de l'espace; il entend au contraire montrer l'exemple. Il ne s'agit pas en effet de se livrer à une invasion idéologique ou religieuse, mais de rassembler tous les volontaires de la terre, tous ceux qui partagent la foi du Christ, et de leur permettre de communiquer entre eux. Il est naturel que les hommes de même sensibilité aspirent à se retrouver, à mettre en commun leurs expériences et à vivre dans un même espace qui, s'il n'est pas géographique, n'en possède pas moins une réalité *logique*. Il serait anormal et condamnable, en revanche, de vouloir imposer sa religion ou son système de pensée à autrui, et l'avenir risque hélas de nous enseigner que l'arme ultime de demain ne sera plus physique, mais psychologique. Les merveilleux outils de communication que sont les satellites peuvent être transformés par leurs utilisateurs en instruments de propagande, voire de coercition. Espérons en conséquence que la très grande prudence avec laquelle le Vatican met en place son propre réseau servira de modèle à l'humanité tout entière. »

Quelqu'un se leva dans la salle et demanda l'autorisation de prendre la parole. Michel d'Anglebert reconnut Victor Afanassiev, membre de l'Académie des sciences d'Union soviétique, qui se trouvait présent en qualité d'observateur. Un garde suisse lui apporta un micro.

« Monsieur le président, dit le Soviétique, au nom de l'Académie et des Républiques que je représente ici, je tiens à exprimer les plus expresses réserves à propos du projet que vient de décrire et de défendre le père Resaccio. Il nous paraît en effet déboucher sur des voies pour le moins aventureuses. Car, lorsqu'on prétend tracer les routes de l'avenir, la moindre des prudences est de s'assurer qu'elles seront bien fréquentées. Or, nul ne peut dire aujourd'hui comment sera utilisé le réseau qu'il est question de mettre en place. Je ne mets pas en doute la sincérité du père Resaccio, mais je remarque qu'il ne nous a donné à ce sujet aucune garantie. En vérité, il sera facile, au moment choisi, de détourner ce formidable dispositif technologique pour bombarder d'informations des individus qui ne les réclament pas ou même pour tenter de fomenter des troubles en divers lieux de la planète. Le soutien massif au projet des grandes puissances occidentales, et notamment des Etats-Unis, ne nous rassure nullement sur les objectifs réels du plan Arcade. Je dirai même que ce soutien est lourd de signification. En conséquence, j'ai l'obligation de manifester ici notre total désaccord. Plus encore, et en raison des risques qu'il fait encourir à la paix et à l'équilibre du monde, nous demandons que ce projet soit purement et simplement abandonné. »

Cette fois, une vive clameur accueillit la fin de l'intervention. D'Anglebert et Williamson échangèrent un regard qui signifiait : « Voilà, ça y est, c'est parti! » Carlos Chagas réclama le silence et répondit directement à Afanassiev.

« Nous enregistrons votre remarque. Laissez-moi, cependant, insister sur le fait que le Saint-Père a émis le vœu que les messages du Vatican ne soient destinés qu'aux seuls chrétiens. Sa volonté est précisément de montrer que les espaces logiques délimités par les satellites géostationnaires ne doivent être construits qu'avec les plus extrêmes précautions. Le plan Arcade a pour but de réaliser en cette matière un premier modèle, d'où soit exclue toute visée impérialiste et qui soit un exemple pour l'ensemble des cultures du monde. »

L'agitation fut telle qu'une expression de désarroi passa sur les traits du président. Bien sûr, peu d'entre les auditeurs se seraient associés franchement à la condamnation de l'académicien soviétique. Mais beaucoup, parmi ces savants venus du monde entier, partageaient son inquiétude. Brésilien lui-même, Carlos Chagas savait que nombre de représentants du continent sud-américain craignaient que le plan Arcade ne fût un complot dirigé par les Etats-Unis et destiné à reprendre en main des pays en proie à la tentation communiste. Ayant prononcé quelques mots de remerciement, il se hâta de lever la séance.

Le père d'Anglebert happa Nicholas à la sortie de la casina et l'entraîna dans les jardins, insistant pour le reconduire chez lui en voiture. Ses considérations d'ordre général ne durèrent pas jusqu'au pont qui enjambait le Tibre. Face au château Saint-

Ange, il avertit le jeune prêtre qu'il avait plusieurs choses importantes à lui dire.

« Sans doute avez-vous remarqué que votre discours n'a pas fait l'unanimité, commença-t-il. Vous allez avoir à affronter une sérieuse opposition au sein même de l'Eglise. Une opposition dont le fer de lance sera le groupe des trois ecclésiastiques appartenant à l'Académie pontificale des sciences. Retenez bien leurs noms, si vous ne les connaissez déjà : Pietro Scarpia, Franco Antonelli et David Kingsley. Pour eux, vous êtes le diable. Ils sont âgés, très âgés, mais leur prestige reste entier. Pour tous ceux qui s'acharneront contre le projet, ils vont représenter l'indispensable caution scientifique. Leur thèse est qu'en se lançant dans cette aventure, l'Eglise va perdre son indépendance et trahir sa mission spirituelle. Ils aiment la science, mais détestent la technologie. J'attire notamment votre attention sur le père Kingsley. Williamson le connaît bien. Il est en train d'organiser aux Etats-Unis, et maintenant au Vatican, un véritable lobby anti-Arcade. Ils ont de l'influence et des moyens. Apparemment, ils peuvent compter sur l'aide financière d'organisations fondamentalistes américaines.

– Des protestants? demanda Nicholas.

– Des catholiques également. Je soupçonne ces gens de pouvoir se comporter d'une manière totalement dépourvue de scrupules. Peut-être pas Kingsley lui-même, mais...

– De scrupules? »

D'Anglebert prit un moment pour réfléchir tandis qu'il quittait le corso Vittorio Emanuele II, près de la place Navone.

« Si l'occasion s'en présente, ils n'hésiteront pas à s'attaquer directement à vous, à votre vie privée. Il importe donc... hum... que l'occasion ne se présente pas. Et justement... »

Nicholas devina immédiatement ce qui allait suivre. Le jésuite lui parla de Wendy Keenes. Après Pitta et Williamson à Tokyo, c'était à lui maintenant de s'acharner sur la jeune fille. Il ne s'attarda pas cependant sur le chapitre de la morale ni sur le malin profit que certains ecclésiastiques opposés au plan Arcade pourraient tirer d'une situation équivoque. Levant une main pour interrompre les protestaions de Nicholas, d'Anglebert poursuivit :

« Mais, très franchement, ce n'est pas là ce qui m'inquiète le plus. Le projet que vous dirigez a d'autres ennemis que Kingsley et ses pareils, des ennemis considérablement plus dangereux. Vous avez d'ailleurs entendu l'un d'eux s'exprimer tout à l'heure, cet Afanassiev. Les Soviétiques, et très probablement aussi les pays arabes, considèrent le plan Arcade comme une nouvelle manifestation de l'impérialisme culturel occidental. Ils sont persuadés, et ont sans doute raison que le XXIe siècle appartiendra à qui possédera les étoiles. Ils savent que la conquête de l'espace orbital constitue pour l'Occident une chance de redresser la tête après la rude crise qui vient de le frapper. Bref, les services secrets américains nous ont mis en garde à plusieurs reprises contre les risques d'infiltration du plan Arcade.

– Fort bien, répliqua Nicholas, mais je ne vois pas en quoi tout cela me concerne. Ma tâche est purement scientifique. L'aspect politique ou idéologique de l'affaire n'est pas de mon ressort. »

D'Anglebert entreprit alors d'exposer à Nicholas les résultats de l'enquête qu'il avait menée, lui racontant notamment comment le passé de Wendy l'avait mis sur la piste d'un jeune Maltais nommé Michael de Bonno.

« Je n'ai pas de preuve contre lui, dit-il, mais je sais que pendant que Wendy Keenes était à Dublin, il y a deux semaines, lui a séjourné à Tripoli. De surcroît, il appartient à une famille qui a souvent été mêlée aux affaires, oui, des notables comme il n'en existe plus que dans ce genre de pays, toujours dans les coulisses du pouvoir. Or, les liens de Malte avec le camp communiste se sont resserrés ces temps derniers. De Bonno, Wendy... Voilà exactement la sorte de chaîne par laquelle certaines puissances étrangères pourraient tenter de vous approcher et d'infiltrer le plan Arcade. Peut-être la jeune fille est-elle parfaitement innocente, mais, dans l'hypothèse que je viens d'évoquer, cela ne la rendrait que plus dangereuse. Tenez. »

La main droite du jésuite lâcha le volant et alla chercher une enveloppe dans la poche intérieure de son veston.

« J'ai rassemblé ici toutes les informations que nous possédons sur ce garçon. Méfiez-vous de lui, Nicholas. Méfiez-vous de Michael de Bonno. »

Les deux hommes se quittèrent rapidement. Nicholas était pressé. Mais il ne dit pas pourquoi à d'Anglebert.

Une heure plus tard, le jeune prêtre prit sa propre automobile, une Alfetta qu'on avait mise à sa disposition depuis son retour à Rome et qu'il utilisait aussi rarement que possible, pour se rendre via Frattina. C'était là, au dernier étage ensoleillé d'un bâtiment niché au fond d'une cour pavée, qu'il avait réservé un logement à l'intention de Wendy Keenes. Il passa devant le bassin à sec, couvert de mousse, et se dirigea vers la façade aux deux tiers mangée par les feuilles vertes d'un lierre.

Nicholas jeta un coup d'œil sur sa montre et commença de gravir le vieil escalier de bois. Dix-neuf heures trente. Il avait réussi à ne pas être en retard. Il ne se rappelait plus qui, de Wendy ou de lui, avait le premier parlé d'opéra. Mais il se souvenait très bien avoir suggéré de profiter que la saison hivernale reprenait à Rome. *Cavalleria rusticana* et *Paillasse*. Certes, il préférait la profondeur et le romantisme de Verdi, certes le folklore et le vérisme des opéras du sud l'agaçaient quelque peu, mais l'enthousiasme avec lequel Wendy avait accepté son invitation le lui avait fait oublier immédiatement.

Nicholas eut un petit tressaillement en voyant paraître la jeune fille enveloppée dans un peignoir et les cheveux ébouriffés. Wendy referma la porte et lui proposa de se servir à boire en attendant qu'elle ait fini de se préparer. Elle se réfugia dans la salle de bain, laissant flotter son parfum derrière elle. Nicholas entendit des bruits d'eau, des coups de brosse énergiques.

« C'est encore le chantier! » cria-t-elle.

La pièce sentait la peinture fraîche. L'odeur de térébenthine chassa les effluves abandonnés par la jeune fille. Nicholas jeta un coup d'œil autour de lui : un fauteuil, une chaise, une table et des piles de cartons. Elle ouvrait et refermait des placards, prenait et reposait des flacons. Nicholas ne put s'empêcher d'être troublé par ces petits chocs, ces grincements, ces froissements. Il entendit le chuintement d'un atomiseur et une bouffée musquée parvint à ses narines.

« Dépêchons-nous, dit-il, nous ne sommes pas en avance. »

Mais ils manquèrent l'ouverture de *Cavalleria rusticana*. Les portes restèrent impitoyablement fermées devant eux tandis que retentissaient les premières mesures de Mascagni. Ils attendirent, guettant les applaudissements qui précéderaient la scène initiale. Nicholas en profita pour admirer la jeune fille qui s'était assise sur une marche et contemplait le plafond d'un air distrait. Elle était belle, quoique très simplement vêtue. Puis il s'examina lui-même, en pantalon de velours et veste de tweed. Sans doute, pour un œil étranger, auraient-ils paru former un couple? Un beau couple?

Ils se faufilèrent jusqu'à leurs fauteuils à temps pour voir arriver Santuzza, puis son ancien soupirant Turiddu. A la fin de chaque grand air, de chaque duo, les spectateurs trépignaient, hurlaient, criaient le nom des chanteurs.

« L'ambiance n'est pas tout à fait la même à Covent Garden, glissa Wendy.

– C'est typiquement romain, répondit Nicholas. Cela arrive même à l'Académie pontificale des sciences. »

On les fit taire.

Après la représentation, ils allèrent dîner dans un petit restaurant sarde. Wendy trouva que le garçon avait l'œil sombre et le masque tragique de Canio-Paillasse, le chef de troupe calabrais, au moment où il surprend sa femme dans les bras de Silvio. La remarque ne fit pas sourire Nicholas.

« Vous avez l'air soucieux, dit Wendy. Peut-être en avez-vous assez de faire des expériences culinaires en ma compagnie? »

Elle mangeait avec ravissement une tranche de fromage rôti.

« La journée a été un peu éprouvante. Pas la soirée, non, avant... cette séance à l'Académie. Puis... je ne sais pas... j'ai eu l'impression qu'on nous observait, à l'opéra, pendant l'entracte. On m'a prévenu que cela risquait de se produire... sans doute est-ce que je me laisse influencer. »

Il vit immédiatement, avec un peu de surprise, que Wendy prenait la chose très au sérieux.

« Qui? Qui, pensez-vous... » bredouilla-t-elle.

Nicholas hésita. Il repensa aux avertissements de Pitta, à Tokyo, puis de d'Anglebert, le jour même. Avait-il le droit d'en dire plus? Il ne sut plus, soudain, s'il pouvait faire confiance à cette jeune fille qui maintenant semblait déglutir avec difficulté. Mais ruser, dissimuler, n'était pas dans son tempérament.

« Le plan Arcade suscite une très forte opposition, dit-il. Parfois déclarée, parfois sournoise. Nous nous heurterons à des résistances à l'intérieur de l'Eglise et à l'hostilité de puissances étrangères. J'ai besoin d'éclaircir au plus vite cette situation, de savoir exactement sur qui je peux compter et de qui je dois me méfier. »

Wendy avait repris son calme. Elle hocha la tête et s'absorba un instant dans la lecture de la carte.

« On a du mal à se faire à l'idée qu'on n'a pas que des amis », ajouta Nicholas.

Elle lui adressa un sourire si lumineux qu'il s'en voulut de l'avoir soupçonnée, ne fût-ce qu'un instant. Plus tard, cependant, tandis que Wendy dégustait ses sebadas luisantes de miel, il lui demanda abruptement :

« Est-il vrai que vous fréquentiez un Maltais, à Oxford? Et qu'il se trouvait en France en même temps que vous, tout près de vous? »

Wendy jeta autour d'elle un regard étrange, comme si elle se sentait traquée. Puis elle se força à approcher de ses lèvres le morceau de pâte croustillante et à mastiquer.

« Vous êtes bien renseigné. »

Une pauvre réplique, la seule qui lui était venue à l'esprit.

« Je n'y suis pour rien. Tout se saura, sur moi comme sur vous. Un projet tel que le plan Arcade exige ce genre de précautions. Mieux vaut que vous en soyez consciente.

– Mais... je ne désirais rien cacher de particulier. Vous m'avez un peu... étonnée, c'est tout. Michael est un de mes meilleurs amis. Michael de Bonno. Un garçon très brillant, un neurobiologiste. Il fait des recherches sur le fonctionnement du cerveau et s'intéresse également beaucoup à l'informatique. Justement, je pensais à lui, hier... je me disais que ce serait bien que vous vous rencontriez, tous les deux. »

Cette dernière phrase raviva le doute dans l'esprit de Nicholas. Il se souvint de la mise en garde du père d'Anglebert. *De Bonno, Wendy... voilà exactement le genre de chaîne par laquelle certaines puissances étrangères pourraient tenter de vous approcher...* Servait-elle d'appât? N'était-ce pas là le but qu'elle poursuivait depuis le commencement : lui faire rencontrer de Bonno?

« Pas maintenant, bien sûr, dit-elle, Michael est très absorbé par la réorganisation de sa clinique. Mais plus tard, un jour, quand tout ceci sera terminé. »

Nicholas accueillit la vague de soulagement qui l'envahissait avec un léger malaise, tant il l'avait souhaitée.

Ils n'évoquèrent l'aspect technique du plan Arcade que sur le chemin du retour, dans la voiture. Wendy était une spécialiste des problèmes d'intelligence artificielle et avait tout particulièrement travaillé sur des programmes de traduction simultanée. C'était précisément ce qui avait convaincu Nicholas de faire appel à ses compétences.

Le jeune prêtre avait rapporté de Tokyo le programme de traduction simultanée en quatre langues dont il avait pu admirer l'efficacité dans les locaux de l'I.C.O.T. La tâche, fort complexe, de Wendy consisterait à en reprendre les algorithmes et à les améliorer de façon à permettre une traduction simultanée vers une vingtaine de langues. Langues parfois très éloignées les unes des autres, ce qui était loin de simplifier les choses.

« Il faut que le pape puisse s'adresser au monde entier, expliqua-t-il, et que sa voix soit reçue partout, en Europe, en Afrique, en Asie, en Amérique et que chacun comprenne ce qu'il dit. Il parlera, mettons, en italien, et la machine, sans intermédiaire, traduira fidèlement ses propos en français, en anglais, en espagnol, en chinois...

– La voix de Jean-Paul II, c'est tout son charisme, toute sa force.

– Absolument. Et c'est pourquoi il faut, d'une part, que la traduction soit parfaite au point de vue du sens et, d'autre part, que ses intonations, sa diction soient restituées avec exactitude. Il faut qu'on ait l'impression que le pape parle lui-même, sans artifice, dans toutes les langues du monde.

– Comme le Saint-Esprit ?

– Si vous voulez.

– Et vous avez tout l'équipement nécessaire ? Je crois que l'on n'en est encore qu'à l'état expérimental.

– Nous avons le premier système opérationnel. Jean-Paul II prononcera un certain nombre de phrases types dans chacune de ces langues. Les sons seront analysés, décomposés, et le spectre de sa voix sera reconstitué par l'extraordinaire synthétiseur qui est incorporé dans le PSI 100. Ainsi, il s'exprimera vraiment en finnois, en tamoul ou en japonais, avec son accent, ses défauts de prononciation, etc.

– Je crois que nous sommes arrivés, remarqua Wendy.

– Oui, je crois. »

Elle descendit.

« Bien sûr, nous reviendrons longuement sur tout ça demain », lança Nicholas par la portière ouverte.

Il attendit qu'elle eût disparu dans l'obscurité du porche pour redémarrer. C'est à ce moment-là qu'il aperçut la Fiat blanche dans son rétroviseur, la même, lui sembla-t-il, que celle qui stationnait tout à l'heure devant le restaurant sarde. Mais sans doute s'inquiétait-il une nouvelle fois pour rien.

Malte, le 6 décembre

Akhmedov comprenait pourquoi l'ambassadeur avait montré si peu d'enthousiasme à lui abandonner la majeure partie de la villa pour aller se réfugier avec sa famille au second étage de l'aile la moins agréable. La bâtisse était splendide, merveilleusement située, et pourvue de tout le luxe occidental. Le colonel y avait instauré une sorte d'état d'exception. Les mesures de sécurité avaient été renforcées et tout le personnel mobilisé. Akhmedov n'était pas là en visite. Il s'installait pour une durée indéterminée, plusieurs mois certainement, et ne repartirait que lorsque l'opération d'infiltration du plan Arcade entreprise en collaboration avec les Libyens aurait été couronnée de succès. En attendant, tout devait être sacrifié au profit de cette seule tâche – c'est-à-dire à son profit à lui.

Akhmedov régnait avec délice sur l'ambassade. Il y avait pris ses aises et traitait les diplomates en subalternes. Il n'avait qu'un seul maître, Aliev, présentement trop éloigné pour pouvoir lui faire de l'ombre. Quant aux Libyens et à Kadhafi, il faudrait qu'ils comprennent, eux aussi, qui dirigeait la manœuvre. Akhmedov s'était rendu à Tripoli dans ce but. Il avait imposé sa présence, uniquement pour faire sentir son poids. Il n'avait rien demandé. Kadhafi ne lui avait pour ainsi dire pas adressé la parole. Mais le message avait été reçu : les Soviétiques payaient, le PSI 100 que les techniciens japonais étaient en train d'installer dans les locaux de l'université de La Valette était financé par leurs soins, et il n'était pas question qu'on leur dispute la conduite des opérations.

A Bakou, Akhmedov avait toujours mené une vie austère. Ses collaborateurs le considéraient avec un mélange de respect et de commisération parce qu'il ne buvait pas et semblait ignorer tous les plaisirs de la vie. On ne lui connaissait qu'une passion, celle de commander. Aussi souriait-il béatement en fumant des cigarettes américaines sur le grand lit moelleux, une main posée sur le ventre plat de Leilah. Leilah était entièrement nue, entièrement brune et entièrement soumise. Plus il y songeait et plus il estimait que son obstination et son dévouement passés lui avaient mille fois mérité cette récompense.

« J'ai pu obtenir ton accréditation auprès du *Malta News*, lui annonça-t-il. Tu es maintenant la correspondante officielle de l'Agence égyptienne de presse.

– J'en rêvais.

– Tu n'auras rien à faire. Mon service de presse s'occupe de tout. Enfin, celui de l'ambassade. Toi, tu vas te débrouiller pour reprendre contact avec Michael de Bonno. A propos, comment le trouves-tu?

– Charmant. Très bien élevé.

– Et toi, tu lui plais?

– Il n'a pas dit le contraire.

– Comment était-il, l'autre soir, nerveux?

– Plutôt. A la fois excité et inquiet. Il avait un peu trop bu, je crois. Il avait l'impression de s'être fait piéger. Si j'avais insisté un peu, sa vie n'aurait plus aucun secret pour moi. »

Akhmedov fit tomber la cendre de sa cigarette dans le creux du nombril de Leilah. Elle ne broncha pas.

« Ne t'illusionne pas... Ce sera beaucoup plus difficile, maintenant. »

Il promenait le bout rougeoyant au-dessus de son corps, effleurant presque sa peau. Leilah respirait paisiblement.

« Tu ne vas plus le lâcher d'une semelle. Il faut que tu me tiennes au courant de ses moindres faits et gestes. Mais attention! il ne doit en aucun cas soupçonner qui tu es. Ne prends aucune initiative. N'essaie surtout pas de me voir ou d'entrer en relation avec moi. C'est moi qui t'appellerai ou qui te donnerai rendez-vous, ou qui t'enverrai quelqu'un... »

Elle bâilla ostensiblement et, pour la punir, il fit mine d'écraser son mégot sur son sein. Leilah chercha du bout des doigts le petit rouleau de cendre niché dans son nombril et le poussa pour l'écraser dans les poils de son pubis.

« D'autres que nous peuvent s'intéresser à ce garçon, reprit Akhmedov. Tu dois passer aux yeux de tous pour une journaliste... hum...

– Amoureuse?

– Libidineuse. De Bonno recevra ses ordres de Zubbieq, le directeur de cabinet du Premier ministre, qui est également chargé de le surveiller. Mais tu devras toi-même tout revérifier, tout contrôler. Nous avons besoin de tout connaître de ses relations. Nous ne sommes pas sûrs de ce garçon. Il pourrait fort bien se prêter à une tentative de sabotage. Les Japonais partent dans quelques jours. A partir de ce moment-là, il ne sera plus question de se permettre la moindre défaillance. »

Il déboucla sa ceinture et fit descendre son pantalon. Puis il s'allongea sur Leilah, enfonçant dans sa chair les boutons dorés de sa veste.

Rome, le 6 décembre

La fenêtre de la pièce principale donnait sur la cour, mais, par celle de la chambre, elle découvrait Rome, les toits de Rome et, au loin, le portique massif du monument à Victor-Emmanuel II. Cela valait de monter quelques étages. Mais, maintenant, il faisait nuit et Wendy ne voyait plus de la ville que ses lumières et ses reflets.

Quand elle regardait Rome, elle pensait à Nicholas. Il émanait du jeune prêtre le même charme distingué que de la vieille cité. Quelque chose d'à la fois puissant et serein. Elle songea qu'il lui serait difficile de mener à bien sa mission en ce lieu et face à cet homme. Il ne lui paraissait pas concevable de trahir Rome et celui qui, à ses yeux, l'incarnait si bien.

Elle était là pour le faire échouer. Ils travailleraient côte à côte, pour faire triompher les idées auxquelles ils croyaient, mettant leurs compétences au service de cette tâche, mais, tôt ou tard, ils s'affronteraient. Elle redoutait ce moment.

Mieux valait ne pas y penser. Elle n'était pas sûre d'être assez forte, assez longtemps. Si elle réfléchissait trop, elle craquerait. Alors, contre la nuit lumineuse qui baignait Rome, elle imagina le visage de Michael. Que les heures passionnées de Libye étaient loin, déjà. Elle eut envie d'entendre sa voix. Bien sûr, Abdul l'avait cent fois mise en garde contre de tels élans, mais pourquoi s'en serait-elle privée? Nicholas savait, tout le monde apparemment était au courant. Après tout, n'était-ce pas en interrompant brusquement cette relation avec Michael qu'elle risquait le plus d'éveiller les soupçons? Elle rit toute seule. Quand on désire quelque chose, on trouve toujours un bon moyen de se justifier.

Michael était chez lui. Au lit, lui dit-il. En excellente compagnie, mais il ne précisa pas laquelle : 2 kilos de documentation sur le PSI 100. Il pataugeait un peu, comme toujours lorsqu'on se plonge dans une nouvelle documentation. Wendy perçut la bouffée de joie qui accompagna ses premières paroles. Puis son inquiétude. Très vite, avant qu'il n'ait eu le temps d'exprimer son anxiété, elle lui raconta d'un ton détaché que Nicholas Resaccio s'était mis en tête d'éplucher son passé et qu'il était bien évidemment tombé sur la trace de son vieil ami Michael.

« Excuse-moi de ne pas entrer dans les détails, dit-elle, mais ma mission ici est assez confidentielle. Bref, tu m'as valu un mauvais point. A ce qu'il paraît, tous les Maltais sont suspects. Mais, rassure-toi, j'ai bien l'intention de continuer à fréquenter qui je veux. »

Il y eut un flottement sur la ligne. Wendy s'empressa de changer de sujet. Elle lui vanta Rome, les couleurs de Rome, son ambiance, ses parfums, la beauté des femmes et la distinction des hommes.

Il parla de Malte et de La Valette, comme pour être sûr de ne prononcer aucune parole compromettante.

« Je travaille, dit-il, je lisais des documents... enfin, je m'occupe de la réorganisation de la clinique. »

Wendy lui donna son numéro de téléphone, son adresse, lui suggéra de venir passer quelques jours à Rome, émit encore quelques banalités, puis sa voix se coinça. Michael restait muet. Wendy crut deviner son envie de pleurer. Ou bien peut-être était-ce à ses propres yeux que les larmes montaient. A quoi bon se téléphoner s'ils étaient incapables de... pourtant qui le leur interdisait?

« Tu me manques », dit enfin Michael.

Wendy eut l'impression que tout le Vatican avait entendu. C'était trop triste, trop pénible. Puis elle sut ce qu'il fallait dire :

« Ecrivons-nous. D'accord? Oui, c'est ça, écrivons-nous. »

Elle raccrocha.

Elle s'allongea sur son lit, mais comprit immédiatement que le sommeil la fuirait. Alors, comme dans sa cellule, à Faremoutiers, elle sortit son *go-ban* et se mit à jouer. Au bout de quelques coups, une sensation inhabituelle interrompit sa réflexion. Oui, bien sûr... aujourd'hui, sans même s'en rendre compte, elle avait choisi les noirs.

Rome, le 17 décembre

Cent quarante-sept des deux cent cinquante-quatre papes qui se sont succédé depuis saint Pierre reposent au Vatican, dans les cryptes de la basilique. Plus bas encore s'étend une zone de fouilles, entreprise décidée en 1939 par Pie XII et assidûment poursuivie jusqu'à aujourd'hui. Là se trouvent la nécropole nivelée sur les ordres de Constantin et les vestiges du cirque de Néron.

Depuis plusieurs mois, toute une partie de l'ensemble souterrain situé sous les grottes vaticanes avait été fermée au public, officiellement pour prévenir certains risques d'affaissement. Mais le visiteur qui, par quelque magie, se fût aventuré au-delà du mur qui bouchait désormais le couloir dont la pente douce conduisait vers le Tibre eût éprouvé la surprise de sa vie. Il fût passé brusquement d'un monde de pénombre et de recueillement, d'humidité et d'odeurs lourdes, à un univers blanc, aseptisé et bourdonnant. Oui, s'il avait pu prolonger son exploration, aux cryptes et aux boyaux auraient succédé des salles dont les murs couverts de peinture antistatique renvoyaient la lumière blafarde des néons. Au lieu d'un sol contenant de vénérables reliques, il aurait découvert un faux plancher de couleur claire sous lequel circulaient des kilomètres de câbles. Puis, partout, et comme enveloppées par le ronronnement continu des souffleries qui asséchaient l'atmosphère, il aurait aperçu les volumineuses machines, le nec plus ultra de la technologie du XXe siècle.

C'était là que travaillaient Wendy, Nicholas et tous ceux qui participaient à la phase initiale du plan Arcade. De là sortirait prochainement le gigantesque programme informatique contrôlant l'accès à l'ensemble des satellites géostationnaires.

Nicholas Resaccio avait recruté une équipe forte de près de cent personnes, ce qui l'avait contraint à étudier avec un soin particulier les problèmes de sécurité. Un nombre restreint de ses collaborateurs avaient directement accès au PSI 100, ce qui limitait concurremment le nombre de terminaux pouvant être connectés à la machine. Pour communiquer avec l'ordinateur, les utilisateurs autorisés possédaient chacun un mot de passe personnel et secret. Grâce à ce code, ils étaient en mesure d'entrer en relation avec lui, à tout moment et où qu'ils se trouvent – dans les salles souterraines, bien entendu, mais également en n'importe quel autre lieu (certains, d'ailleurs, conservaient leur terminal chez eux, ce qui leur permettait de travailler avec assiduité par l'intermédiaire du réseau téléphonique.) Mais, à ceux-là, seule une fraction relativement réduite de l'énorme puissance de traitement d'information du PSI 100 était ouverte. Comme disait Wendy, ils pouvaient relire et modifier leur propre copie, mais non jeter un coup d'œil sur celle du voisin et, encore moins, essayer de fouiller dans la sacoche du maître pour connaître les sujets.

Cependant, parmi ces techniciens et chercheurs, une poignée jouissait du privilège de se servir des consoles-systèmes, c'est-à-dire de terminaux situés dans la salle informatique, à proximité de l'ordinateur japonais, et donnant accès à presque toutes les parties de la machine, à tous les programmes et notamment à ce que l'on appelle le programme du système, au cœur même de l'ordinateur. C'était une véritable ligne rouge, la seule qui permît de réparer éventuellement un mécanisme défaillant ou d'intervenir sur les éléments cruciaux du projet. Wendy comptait au nombre des élus.

Pour avoir le droit de prendre connaissance des informations les plus confidentielles, ou de manipuler ces données complexes, il fallait se trouver dans la salle des machines, devant une console-système, et décliner son identité. Ayant reconnu et agréé l'utilisateur, l'unité centrale déverrouillait toutes les sécurités. Mais ce n'était pas tout. Accablé de consignes de prudence par le père d'Anglebert, Nicholas, malgré le dégoût qui lui inspirait cette pratique, avait constitué une équipe de trois informaticiens spécialement chargés de soumettre leurs collègues à une surveillance étroite. Ils remplissaient, en quelque sorte, le rôle de vigiles, voire de mouchards. Ne pouvant évidemment contrôler chaque geste, chaque opération, ils s'efforçaient de savoir quelles parties du programme avaient été utilisées, et par qui, de façon à s'assurer que chacun restait dans les limites prescrites et que certaines zones particulièrement critiques ou stratégiques n'avaient pas été consultées par des personnes non autorisées. On les appelait les audits et, quoiqu'ils fissent de grands efforts pour se montrer courtois, voire cordiaux, il n'était jamais agréable de les sentir arriver dans son dos.

Ordinairement, donc, les collaborateurs de Nicholas ne travaillaient qu'à partir de leur terminal personnel, sur la partie de la mémoire qui leur était réservée et représentait, en quelque sorte, leur propriété privée : lopin circonscrit parmi un territoire beaucoup plus vaste. Ils le défrichaient et le cultivaient à leur guise, écrivant, corrigeant, effaçant comme bon leur semblait. Ce qui s'y passait ne regardait qu'eux, et même les audits n'y mettaient jamais leur nez. On ne leur demandait qu'une chose : respecter scrupuleusement les limites de ce domaine exclusif.

Dès que Wendy connut ses premiers mots de passe (ils changeaient chaque semaine), elle se rendit dans un petit café proche du Panthéon et là, buvant un capuccino, griffonna la suite de lettres et de chiffres sur une serviette de papier qu'elle alla déposer dans les toilettes pour dames. Une jeune femme lui succéda et s'empara du message glissé dans un distributeur de papier essuie-mains situé à gauche du lavabo. Une heure plus tard, Michael était en possession du code. Détenant ce sésame, il pouvait, sans quitter La Valette, se connecter directement sur l'ordinateur du Vatican et, plus précisément, sur la zone de mémoire réservée à Wendy. Désormais, Michael et Wendy étaient en mesure de communiquer instantanément, sans risque d'être espionnés et sans laisser de traces compromettantes car les lettres vertes disparaissaient de l'écran sombre du terminal au bout de quelques dizaines de secondes. Il suffisait à Michael d'un simple appel téléphonique pour se brancher sur la partie « brouillon » affectée exclusivement à Wendy. Dans un premier temps, il ne s'agissait pas pour la jeune fille de permettre à son correspondant de déchiffrer les programmes qu'elle élaborait, mais d'échanger avec lui des messages en direct. L'appel émanant de l'extérieur, il était impossible aux audits d'en contrôler l'origine. Ils ne pouvaient que constater qu'à telle heure précisément – moment où elle se trouvait devant son terminal – Wendy s'était connectée dans sa zone de mémoire pour y travailler. Fort normalement.

A 23 h 5 très exactement, Wendy était installée dans la salle de l'ordinateur, devant une console-système. Elle venait de décliner son identité et le

PSI 100 lui avait ouvert son petit domaine privé ainsi que toutes les autres parties de la mémoire.

23 h 5, telle était l'heure du rendez-vous convenu à l'avance entre elle et Michael. Le choses se déroulaient toujours de la même manière. Michael remplissait une fraction de la zone de mémoire de Wendy et y inscrivait les messages qu'il désirait lui faire passer. Puis il effaçait ce qu'il venait d'écrire et se déconnectait. Dans l'intervalle, la jeune fille avait le temps de déchiffrer et d'enregistrer mentalement le texte. En effet, une fois l'opération achevée, il n'en subsistait plus rien. Si elle souhaitait répondre, il lui suffisait de taper son message et Michael, là où il se trouvait, en prenait immédiatement connaissance. Utilisant le même procédé, elle pouvait aussi bien envoyer en direction de Malte des morceaux entiers des programmes qu'elle étudiait. Michael possédait sur elle un avantage : rien ne l'empêchait de stocker à sa guise tout ce qu'il recevait.

Le stratagème était sûr, simple, efficace. Il n'exigeait qu'une parfaite synchronisation et un minimum de précautions. Le seul souci de Wendy était la présence permanente des audits qui rôdaient jour et nuit dans les locaux souterrains. Ses habitudes tardives, nécessaires à la discrétion de son manège, avaient bien entendu éveillé l'attention des trois cerbères. A la vérité, ils ne nourrissaient probablement à son endroit aucun soupçon particulier. Mais on ne pouvait leur interdire d'avoir un comportement humain. Se succédant l'un à l'autre, ils traversaient les nuits comme de longues périodes d'ennui et de solitude. Pourquoi se seraient-ils privés d'aller voir un peu plus souvent qu'il n'était indispensable la jolie petite rousse qui s'acharnait sur son terminal? Cependant, ils accomplissaient consciencieusement leur mission et, même si cela devait s'achever par une conversation amicale, une tasse de café et quelques avances plus ou moins voilées, l'irruption de l'audit était toujours soudaine et suivie d'un rituel immuable : *mains en l'air, ne touchez à rien! Qu'êtes-vous en train de faire? Quel mot de passe avez-vous utilisé? Quel fichier explorez-vous?* etc. L'homme notait ses observations et l'atmosphère se décontractait aussi rapidement qu'elle s'était tendue.

Elle tapa sur son clavier l'ordre d'aller lire la zone de mémoire de Wendy Keenes. Aussitôt, une série de caractères s'afficha sur l'écran. Elle lut : « Ai reçu aujourd'hui les instructions concernant ton dernier envoi d'il y a trois jours. »

A cet instant-là, elle aperçut par la paroi vitrée la silhouette de Renato Bertoni, l'audit de garde, qui effectuait sa ronde. Il marchait à pas lents dans le couloir éclairé et remuait les lèvres, comme s'il chantonnait. Il se tourna vers elle, lui adressa un petit signe et disparut. Wendy commença à sentir ses mains trembler. Son front devint moite. Il fallait impérativement que Michael efface rapidement ses messages et qu'aucune trace de ces échanges illicites ne puisse être découverte, même dans son propre bouillon. L'audit était parti dans les salles voisines, pour s'assurer que tous les terminaux étaient bien éteints, faute de quoi n'importe quelle personne non autorisée eût pu y accéder illégitimement. Mais il allait revenir. Il n'achèverait pas sa ronde sans avoir rendu visite à Wendy, surtout Bertoni qui semblait prendre un malin plaisir à lui faire lever les bras, moins par scrupule professionnel que pour voir saillir les seins fermes sous le chandail.

Elle attendait. Michael lambinait. Pendant ces quelques secondes interminables, elle repensa au rapport qu'elle lui avait fait parvenir trois jours plus tôt, lui expliquant ainsi de manière précise la nature de sa tâche. En quelques lignes, elle l'informait que son rôle consisterait à réaliser un programme de traduction simultanée qui permettrait à quiconque – au pape par exemple – de s'exprimer en plusieurs langues, dans le même instant, *avec sa propre voix, son accent et ses intonations*. Pour ce faire, elle s'appuierait sur des programmes mis au point et offerts par l'équipe de l'I.C.O.T. Ces programmes, elle les avait d'ores et déjà isolés, puis transmis à Michael par l'intermédiaire du réseau téléphonique. L'émission avait été délicate en raison de sa longueur. Pendant une heure vingt, Wendy avait dû se déconnecter de la console-système de façon à ne pas attirer l'attention. Ayant décliné la bonne identité, Michael s'était en fait substitué à Wendy aux yeux de l'ordinateur. Les travaux dont il s'était ainsi emparé constituaient la base des recherches de la jeune fille, laquelle avait pour objectif de les perfectionner, d'en étendre l'application et de les rendre opérationnels à très court terme : le premier essai officiel de traduction simultanée devait avoir lieu prochainement. Nicholas souhaitait que ce test décisif mette en scène une personnalité importante, afin de convaincre l'opinion, dès cette démonstration initiale, de la portée technique, intellectuelle et sociale du plan Arcade. La presse serait convoquée et l'on tenait à ce que chaque témoin éprouvât une impression de perfection. La réussite et la proximité de ce premier grand rendez-vous importaient d'autant plus que les manifestations d'hostilité à l'égard du projet avaient fâcheusement tendance à se multiplier. Il était nécessaire de prendre de vitesse ceux qui, à l'intérieur ou à l'extérieur de l'Eglise, organisaient la contre-offensive. Nicholas ne cachait pas qu'il considérait la contribution de Wendy comme un des éléments clefs de cette phase inaugurale.

La jeune fille attendait toujours. Que se passait-il? D'un œil, elle surveillait son écran et, de l'autre, elle louchait en direction du couloir. Soudain, le curseur se mit à bouger et le message se poursuivit :

« *Ai transmis le détail de ta mission à T. Je sais maintenant ce que K. attend de toi exactement. Il te demande de disposer dans tes programmes des pièges que tu pourras déclencher – ou que je déclencherai moi-même de M. – lorsque le processus de traduction sera en activité. Le but est de détourner le message. Puisque ce sont tes programmes qui vont traduire en diverses langues les propos du pape, K. souhaite que tu y insères un dispositif permettant de modifier subtilement et en direct les paroles prononcées, en recourant soit à des synonymes, soit à des termes proches. Il faut que l'altération soit légère, phonétiquement, afin que les intonations et les syllabes puissent être confondues avec les originales; que le discours reste cohérent; que cela permette d'en modifier cependant le sens. Comme il n'y a pas d'intermédiaire entre l'auditeur et l'orateur, autre que l'ordinateur, le fonctionnement d'un tel piège habilement réalisé peut et doit passer inaperçu. Pour y parvenir, il faut profiter de l'énorme capacité de traitement du PSI 100. La machine réagissant au dixième de milliardième de seconde, l'espace temporel qui sépare deux mots dans la bouche d'un homme est pour elle vaste comme l'éternité. Elle utilisera ce délai pour se livrer à un exercice de logique et s'efforcer de prévoir, d'après son début, comment une phrase a quatre-vingt-dix-neuf chances sur cent de se poursuivre (technique déjà employée par les interprètes de conférence.) Ainsi, après avoir deviné le mot suivant, elle sera à même de lui en substituer un autre – selon les règles définies plus haut – et d'infléchir dans la direction demandée la signification globale du message. K. désire que ton programme soit opérationnel le jour de la présentation à la presse afin de pouvoir se livrer à une première tentative (discrète) de piratage guidée par lui depuis T.* »

Wendy sourit. T. pour Tripoli. K. pour Kadhafi. M. pour Msida, siège de l'université maltaise. Michael n'avait pu se résoudre à écrire les noms compromettants en toutes lettres.

Elle sursauta. L'ombre de Bertoni venait de passer sur la paroi vitrée. Cette fois, elle n'y échapperait pas. La communication avec Michael avait duré beaucoup plus longtemps que prévu. C'était à lui de l'interrompre. Il avait présentement le contrôle de la mémoire. Lui seul pouvait envoyer l'ordre d'effacement. Dans un instant, l'audit allait entrer et elle ne pourrait même pas rappeler le programme destiné à donner le change. Elle l'avait de nouveau perdu de vue. Quand il pénétra dans la salle, ce ne fut pas lui qu'elle aperçut, mais son reflet vague sur la vitre à sa droite – vague, mais pas suffisamment pour qu'elle ne remarquât pas son large sourire. Michael! Michael! hurla-t-elle mentalement. Coupe. Bon sang!

Les petits caractères s'évanouirent et elle se sentit envahie par une vague de gratitude.

« Eh bien, Wendy, encore au boulot? Il va falloir te faire installer un lit dans cette salle! lança l'audit. Tu n'as pas peur de rentrer toute seule chez toi, le soir? »

Au moment où elle allait se retourner pour lui balancer une réplique de son cru, elle découvrit avec consternation que l'émission avait repris :

Voilà, c'est tout pour aujourd'hui. A dans trois jours, même endroit, même heure!

L'essentiel, rien que l'essentiel. Le leur avait-on assez répété!

Deux secondes. Ecran sombre, vierge à nouveau. Elle avança l'index pour rappeler son programme.

« Et alors, on ne lève pas ses mains? On ne touche à rien et on lève les mains. »

Elle avait eu le temps d'appuyer, elle en était sûre. Sans résultat.

« Justement, j'avais terminé », bredouilla-t-elle en obtempérant.

Puis, devant ses yeux, en grandes capitales, comme une gifle en pleine figure, un énorme :

JE T'AIME.

L'audit était là; il allait voir. Mais, pour l'instant, son regard ne cherchait pas l'écran. Pas encore. Elle tira sur ses bras, bombant la poitrine, dans un effort désespéré pour mobiliser une seconde de plus l'attention de Bertoni. Une seconde vitale.

Les lettres disparurent. Les épaules de Wendy s'affaissèrent. Et c'est presque avec fatalisme qu'elle reçut l'estocade, le coup mortel qu'elle ne redoutait plus.

Je voudrais faire l'amour avec toi, là, tout de suite, dans la lumière des néons.

Et cette fois, ce fut tout. Mais Bertoni était là, tout près d'elle, et il avait lu. A quoi servait maintenant que son programme en cours vienne enfin se substituer sur l'écran aux déclarations de Michael? Ils étaient découverts. Tout était foutu.

« Mais décidément, susurra l'audit, on est la véritable petite championne de la programmation différée. Tu minutes mes rondes ou quoi? Très fort, ça, très fort... »

Elle sentait son souffle dans le creux de son oreille. Quand il se permit de la toucher, elle eut envie de crier, mais ne songea même pas à baisser les bras. Son esprit réfléchissait à toute vitesse, si vite qu'il lui semblait déraper. Il lui fallut étonnamment longtemps avant de comprendre que Bertoni avait pris le message de Michael pour une manifestation particulièrement coquine de ses dons d'informaticienne... et bien moins de temps pour saisir qu'elle avait le choix entre avouer ses activités de sabotage ou accepter les conséquences de la méprise. Prétendre qu'elle avait voulu plaisanter, se payer sa tête, qu'un collègue lui avait fait une farce?

Oui, il y a un instant encore, peut-être aurait-elle pu prendre le risque d'infliger à l'amour-propre de Renato cette blessure cuisante. Mais il était déjà trop tard. Bertoni avait glissé les mains sous son chandail, effleurant ses flancs. Elle l'avait laissé faire. Et elle le laissait à présent soupeser ses seins en propriétaire et agacer du pouce la peau tendre.

« Repos, Wendy, repos! »

Elle eut un mal fou à y arriver. Ses bras ne voulaient plus descendre. Bertoni paraissait déconcerté, non de l'aubaine inespérée – il devait la guetter depuis bien des jours – mais par la façon dont Wendy se comportait maintenant, avec tellement moins d'ardeur que son aveu électronique ne l'avait laissé supposer. La jeune fille s'en rendit compte. Ce ne serait donc pas assez de subir. Il lui faudrait encore participer, de son plein gré, passionnément. Elle renversa la tête et lui ouvrit sa bouche. Il avait lâché l'un de ses seins pour lui tenir la nuque, fouillant du bout des doigts dans ses cheveux roux coupés court, comme les aimait Michael. Puis elle se leva avec une sorte de rugissement et ôta son chandail. Elle lui abandonna le soin de faire glisser sur ses jambes nerveuses son pantalon et le petit triangle de soie rose, parce qu'elle savait qu'il aimerait cela.

« Et ta feuille de contrôle? demanda-t-elle, comme s'il y avait eu encore une chance de rappeler l'audit à son devoir.

– L'utilisation de la console à des fins privées ne sera pas mentionnée », dit-il.

S'il avait su... C'était presque drôle.

Elle fit ce qu'il attendait d'elle, pour ne pas avoir à obéir à ses regards ou à ses gestes. Le plancher était froid sous son dos. Il y avait des milliers de fils qui couraient là-dessous. Son écran brillait toujours. Elle en voulait mortellement à Michael. Qu'y avait-il donc d'excitant à faire l'amour dans la lumière des néons? C'est odieux, Mike, on voit tout et la chair paraît tellement blanche. La respiration lourde de Bertoni se joignit au souffle des machines. Les secondes s'écoulèrent avec la même affreuse lenteur que lorsqu'elle fixait des yeux le message, tout à l'heure, le suppliant de disparaître. Elle se trémoussa et écarta les cuisses pour que c'en soit plus vite fini, mais il n'y vit qu'une invitation à des jeux différents. Le temps s'acharnait contre elle... aujourd'hui, il avait décidé de ralentir et de faire durer ses souffrances. Wendy chercha ailleurs, derrière ses paupières closes, de plus douces images. De toutes ses forces, elle se représenta un visage, elle évoqua un autre être, d'autres mains sur sa poitrine, d'autres lèvres sur son ventre. Un léger sourire s'étira sur ses dents serrées, l'air se mit à siffler en sortant de sa gorge, elle éprouva dans tout son corps une nouvelle hâte qui n'était plus seulement désespoir ou anxiété. Les spasmes la secouèrent avant qu'elle n'ait pris pleinement conscience du désir qui l'habitait.

Elle resta sous la douche pendant une heure, peut-être deux. L'eau tiède tombait en cataractes sur sa tête et rebondissait sur ses épaules. Le dos un peu ployé, elle protégeait ses blessures de ses bras repliés. Parfois, elle se renversait en arrière pour que l'eau envahisse sa bouche et chasse le goût de fiel. Dans son esprit, au vide absolu avaient succédé des idées précises, bien trop nettes et précises. Elle pensa à Brian, qui s'était sacrifié pour une cause juste. Et un doute affreux lui vint. La peur de s'être offerte pour rien ou, pis, pour défendre l'indéfendable.

Elle se demanda si elle avait vraiment cherché à éviter ce qui s'était passé. Sa passivité lui faisait horreur. Elle dut lutter contre l'impression qu'elle avait accepté complaisamment la situation, pour se punir, pour s'humilier. Parce qu'elle *savait*...

Que savait-elle? Avec son concours, les Soviétiques et les Libyens tentaient de semer la pagaille en Occident. De ridiculiser le pape en le transformant en pantin, en lui faisant prononcer des mots qu'il n'avait pas émis. Jusqu'où cela pouvait-il mener? Elle l'ignorait. Mais c'était la première fois qu'elle avait à souffrir dans sa chair, dans sa dignité, des choix qu'elle avait faits. Et c'était maintenant que ses certitudes tremblaient... Oui, c'était juste au moment où elle aurait tant eu besoin d'être sûre qu'elle ne savait plus où se trouvaient la justice et la raison. Comment continuer dans ces conditions, alors que sa mission allait l'entraîner vers des périls sans cesse plus grands, alors qu'elle venait de se fourrer dans un piège dont elle ne voyait plus comment se dépêtrer? Elle n'avait pu s'empêcher de lire dans les yeux de Bertoni toute sa vaniteuse satisfaction de mâle conquérant. Il croyait son succès complet et définitif. Il reviendrait. Ce ne seraient plus des rondes qu'il ferait, mais un siège. Elle n'aurait plus un moment de libre. Il lui faudrait consacrer toute son énergie à l'éloigner, à le décourager. Elle ne pourrait pas revivre cela, pas une seconde fois.

L'eau coulait, mais les traces subsistaient. Non, elle ne pouvait pas supporter que cela se reproduise. C'était un véritable appel à l'aide qu'elle avait lancé quand sa honte et son dégoût étaient devenus trop forts. Et ce secours était arrivé, de la façon qu'elle attendait le moins. Son plaisir avait été intense. Soudain. Intolérable. Pauvre Mike! Je t'ai trahi deux fois. Mais pourquoi n'est-ce pas toi qui es venu, pourquoi n'ai-je pas vu ton visage à toi? Pourquoi Nicholas?

Rome, le 18 décembre

Il y avait une liste de cinq cafés que Wendy fréquentait à tour de rôle, à des jours et des heures convenus d'avance. Elle pouvait maintenant faire un constat : dans l'ensemble, les toilettes étaient plutôt mal tenues.

Le lendemain de sa mésaventure, elle se rendit chez Giolitti. Elle avait mis un pull à col roulé blanc, une longue jupe en cuir beige qui tombait sur le haut de ses bottes noires, et s'était affublée d'une paire de lunettes de soleil pour masquer ses yeux gonflés. Dégustant sa glace au marron, elle se rendit compte que tout le monde la regardait. Le temps était maussade, frais et pluvieux. Ces verres teintés passaient pour une provocation. Elle contempla un moment la salle désuète, ses lustres, ses petites tables espacées, le ballet las et indolent des garçons, puis alla déposer près du lavabo des toilettes une serviette de papier rouge. Ensuite, Wendy sortit du café et marcha. Une heure plus tard, elle se posta devant un magasin de souvenirs situé via Barberini, et attendit, serrée dans son imperméable.

Un taxi jaune s'approcha à très petite vitesse, puis s'arrêta devant Wendy. Elle monta. La Fiat redémarra sèchement, à la mode du pays.

« Combien y a-t-il de femmes chauffeurs de taxi, à Rome? demanda Wendy.

– Je ne sais pas, répondit la conductrice, mais il faut lever la main, me faire signe. Sinon, comment voulez-vous que je sache que vous m'appelez? On vous surveille, ne l'oubliez pas. Où allons-nous?

– Au Vatican, devant l'entrée du musée.

– Non.

– Où vous voulez, alors.

– Caracalla. Les thermes sont très jolis. »

Il y eut une minute de silence. La conductrice jeta

un coup d'œil impatient dans son rétroviseur. C'était la première fois que Wendy la voyait. Elle ne connaissait d'elle que son nom, Suzanne, et le numéro d'immatriculation de son taxi. Wendy la supposait d'origine méditerranéenne. Maltaise? Libanaise, plutôt. Elle trouva son visage dur, austère, désagréable.

« Il s'est passé quelque chose, commença Wendy, quelque chose de très pénible et qui risque de... enfin...

– Racontez. »

Wendy s'exécuta avec gêne et difficulté au début, puis avec une espèce de hargne. Elle fit un récit précis de ce qui s'était produit, ne négligeant aucun détail. Sans même s'en apercevoir, elle fit porter toute la responsabilité de l'incident à Michael. Suzanne conduisait sans mot dire, le regard rivé sur le trafic.

Le taxi tourna devant le Colisée et fila vers les thermes.

« Est-ce que ce Renato soupçonne quelque chose? demanda enfin Suzanne.

– Mais non, certainement pas.

– Qu'attendez-vous de moi, alors? Que je vous prenne dans mes bras pour vous réconforter? »

Wendy se sentit devenir rouge de colère.

« Vous vous en fichez, hein? Tout le personnel du Centre peut bien me passer dessus! Pourvu que... pourvu qu'on ne soupçonne rien! »

Elle eut un rire nerveux, presque hystérique.

Le soir tombait. De minuscules gouttelettes de pluie tachetaient le pare-brise. Soudain, Wendy aperçut dans le faisceau des phares les Italiennes plantureuses qui arpentaient le bord de la route.

« C'est ça que vous avez voulu me montrer? s'écria-t-elle. C'est pour ça que vous m'avez conduite ici? Mon corps m'appartient, vous m'entendez? Je n'ai pas l'intention de me prostituer pour la Révolution.

– Calmez-vous. »

Suzanne accéléra, prenant le viale di Porta Ardeatina en direction de la pyramide.

« Je ne vais plus pouvoir travailler, dit Wendy.

– Pourquoi?

– Ce type va me tourner autour. Je n'aurai plus un moment tranquille pour émettre. »

Suzanne s'arrêta le long du trottoir, en face de la pyramide de marbre élevée à la mémoire de Caïus Cestius.

« Un particulier, un notable, vous vous rendez compte! s'exclama-t-elle.

– Pardon?

– Ce Caïus Cestius... un simple magistrat. Ni roi ni empereur. Riche. Et il s'est fait construire ça. »

Wendy faillit éclater de rire en entendant le ton indigné de la jeune femme.

Suzanne lui tendait quelque chose.

« C'est mon adresse, dit-elle. Apprenez-la par cœur et rendez-moi le bout de papier.

– Où est-ce?

– Dans le quartier de l'E.U.R. Au cas où vous devriez être convoquée, c'est là que vous irez. Prenez le métro. Il faut descendre à E.U.R. Marconi. Et munissez-vous d'un appareil photo. Jouez les touristes.

– C'est beau?

– Affreux. Fasciste. Descendez, maintenant. »

Wendy ouvrit la portière.

« La ligne passe par Pyramide, lui indiqua Suzanne, la station est juste là, de l'autre côté. »

Deux jours plus tard, Wendy reçut l'ordre de se rendre le soir même à l'adresse indiquée. Elle partit en avance pour avoir le temps de visiter le quartier bâti par Mussolini en vue d'une exposition universelle qui ne devait jamais avoir lieu. L'expo de 1942.

Wendy déambula pendant plus d'une heure parmi les grandioses monuments de style néoromain, fascinée par les façades blanches, les colonnades, les portiques, les gradins. Elle resta en arrêt devant le palais de la civilisation du travail, masse énorme et presque fantasmagorique avec ses deux étages d'arcades, dont le premier abritait comme en autant de niches des statues allégoriques. Wendy éprouva un certain mépris pour Suzanne. *C'était* beau.

A sept heures, elle se mit à chercher la rue où habitait la jeune femme : une grande artère commerçante au pied des escaliers qui montaient vers l'église saints-Pierre-et-Paul. Elle n'appuya pas tout de suite sur le bouton de la sonnette, attendant que les battements de son cœur se calment. Qui allait-elle trouver là? Elle paria sur Abdul. Rien ne la tentait moins que de raconter ses malheurs au jeune Libyen. Elle se prépara à affronter ses airs ironiques; Abdul ne se donnerait pas la peine de cacher son amusement. Non qu'il la détestât, mais Wendy savait qu'il jalousait férocement Michael.

Suzanne lui présenta un visage tendu dans l'entrebâillement de la porte. Ses gestes étaient saccadés, elle semblait inquiète. Et Wendy comprit tout de suite que ce n'était pas Abdul. Un si petit personnage n'aurait pas mis Suzanne dans cet état-là.

L'homme qui regardait par la fenêtre ne se retourna qu'au bout d'un assez long moment, mais Wendy n'hésita pas une seconde à reconnaître le colonel Akhmedov. Elle se demanda s'il allait se montrer plus loquace que sous la tente de Kadhafi.

« Asseyez-vous. Non, pas ici, à droite. »

Ils se trouvaient dans une petite salle à manger,

sombre et triste, aux murs grisâtres décorés de mauvaises reproductions de Botticelli. Sans doute s'agissait-il d'un meublé. Wendy et Akhmedov prirent place de part et d'autre de la table de formica sur des chaises de bois blanc. Le colonel pointa un doigt boudiné sur Suzanne.

« Passez dans la cuisine, lui dit-il. Et n'en sortez que si je vous appelle. »

La jeune femme obtempéra sans broncher. Wendy n'avait jamais envisagé qu'elle pût être aux ordres des Soviétiques; elle avait toujours pensé que Suzanne travaillait pour les Libyens. Elle songea soudain qu'elle avait été bien naïve de croire que Kadhafi tirait toutes les ficelles.

« Il n'entrait pas dans mes intentions de quitter l'île, déclara abruptement le colonel. De surcroît, tout contact superflu entre vous et moi, ou entre vous et quiconque me seconde, met en péril la sécurité de notre opération. J'aurais préféré ne pas devoir mettre les pieds à Rome. »

Le ton était sévère et le regard dur derrière les petites lunettes.

« Bien. Avez-vous quelque chose à ajouter ou à retrancher au récit des faits que m'a rapporté Suzanne?

– Je ne sais pas ce qu'elle vous a...

– Exactement ce que vous lui avez raconté, coupa Akhmedov.

– Bien sûr. Alors non, rien... sinon... sinon que Michael ne pouvait pas savoir et qu'il ne faut pas...

– Nous reparlerons de tout ça tout à l'heure. Pour l'instant, je voudrais vous rappeler que nous sommes en train de lutter contre un complot impérialiste à l'échelle mondiale, que le camp socialiste et le monde islamique sont directement visés par cette machination et que si nous ne parvenons pas à nous y opposer, les tensions internationales risquent de nous entraîner dans un conflit aux conséquences planétaires. Maintenant, je vous pose la question : estimez-vous que nous puissions nous exposer à un échec simplement pour que votre petit ami ait le droit de s'amuser à vous envoyer des messages lubriques? »

Wendy baissa la tête, comme une gamine prise en faute. Mais ce n'était pas sa honte qu'elle voulait cacher, plutôt son envie de cracher à la figure d'Akhmedov. Le colonel se radoucit.

« Je n'ai sur vous que d'excellents renseignements, dit-il. En outre, le rôle que vous tenez est d'une importance stratégique capitale. Il est trop tard pour reculer. Vous êtes irremplaçable. Je n'en dirai pas autant de M. de Bonno. Même si l'idée de recourir à ses services présente certains avantages évidents, elle ne m'a jamais totalement convaincu. Il existe des solutions de rechange. S'il devait arriver malheur à votre ami, rien ne nous empêcherait de confier à un homme sûr son poste à l'université de Msida. M. le directeur de cabinet Henry Zubbieq me l'a confirmé hier encore. Comprenez-vous? »

Wendy acquiesça sans répondre.

« Ce n'est là qu'un aspect du problème, reprit Akhmedov. Le plus simple à régler : ou vous calmez les ardeurs de Michael de Bonno, ou vous continuez votre travail avec quelqu'un d'autre. Une autre question réclame une solution plus urgente et, surtout, plus radicale. Vous avez eu vous-même la lucidité de l'affirmer devant Suzanne. »

La jeune fille tressaillit. Le colonel sembla noter cette réaction avec satisfaction, demandant d'un ton faussement naïf :

« C'est bien vous, n'est-ce pas, qui avez réclamé la suppression de l'audit Bertoni?

– Non!

– Comment non?

– Il doit bien y avoir...

– N'avez-vous pas dit à Suzanne que vous ne pourriez pas mener votre mission à bien si l'audit s'acharnait à vous tourner autour?

– Si, mais vous n'avez pas besoin de le tuer! Il suffit de... je ne sais pas... de le faire renvoyer, de...

– De raconter au père Resaccio ce qui s'est passé? » suggéra Akhmedov.

Le Soviétique se radossa, pinça les lèvres en un petit sourire et demanda :

« Pensez-vous que Resaccio vous garderait toute sa confiance, s'il apprenait ce fâcheux incident? »

Wendy le défia du regard, affrontant pour la première fois les petits yeux sans couleur derrière les lunettes carrées.

« Oui, dit-elle, je crois que oui.

– Fort bien. Vous êtes mieux placée que moi pour en juger. Vous allez donc tout avouer à Nicholas Resaccio. Il vous donnera l'absolution et l'audit sera renvoyé. Vous voyez, Miss Keenes, il est toujours possible de parvenir à un compromis satisfaisant, dit-il sarcastique.

– Je ne pourrai pas... Je ne pourrai pas... »

Le colonel eut une mimique contrariée.

« Vous voyez bien... », dit-il.

Wendy faisait un effort terrible pour ne pas lui offrir le spectacle de ses larmes. Une douleur insupportable lui vrillait les sinus.

« Lorsque vous repenserez à cette conversation, Miss Keenes, n'oubliez jamais que vous avez rencontré un homme ouvert à la discussion, prêt à envisager toutes les solutions. Contrairement à ce que vous croyez, je ne suis pas un tueur. Mais, surtout, rassurez-vous, ne vous sentez pas coupable... Je suis convaincu que nous venons de faire ensemble le choix qui s'imposait. »

Wendy avait crispé ses mains sur le rebord de la

table pour les empêcher de trembler. Elle ne souhaitait plus qu'une chose : quitter cette pièce, partir, partir...

Mais Akhmedov n'avait pas terminé.

« Puisque ce petit détail est réglé, je voudrais attirer votre attention sur le fait que vos activités sont l'objet d'une surveillance étroite. Sur votre lieu de travail même, bien sûr, de la part des services de renseignements américains, de la nôtre également, comme vous l'imaginez... mais ce n'est pas tout. Les Japonais s'intéressent aussi de près à l'opération, Miss Keenes. »

Wendy haussa les épaules, pour qu'Akhmedov comprenne combien elle se moquait de tout ça.

« Deux d'entre eux sont particulièrement chargés de vous suivre, ici même, à Rome. Mais sans doute n'ont-ils pas échappé à votre vigilance. Ils sont pendus à vos basques depuis Tokyo. Nous estimons même qu'ils vous connaissent depuis plus longtemps que ça, depuis la France, l'Angleterre peut-être...

– Je ne vois pas comment...

– Certains groupuscules japonais prétendument révolutionnaires entretiennent des relations avec les Libyens. Il y aura eu des fuites. »

Wendy repensa soudain à la maison de Michael, près de Faremoutiers, aux documents volés dans le pétrin. Etait-il possible que... Elle avait soupçonné tout le monde, les Américains, les Russes, les Iraniens, les Français ou même ce jésuite, d'Anglebert, mais les Japonais, jamais. L'hypothèse lui parut lourde de conséquences, accablante. S'ils étaient au courant de tout, depuis le début, aussi bien du plan Arcade que de la riposte soviéto-arabe, les Japonais, fournisseurs des deux PSI 100 sur lesquels reposait l'ensemble des manœuvres, apparaissaient brusquement comme les véritables maîtres du jeu.

Akhmedov la scrutait du regard, intrigué. Mais

elle se garda de rien lui révéler, éprouvant un sentiment étrange où se mêlaient terreur et jubilation.

Le colonel se leva.

« Souvenez-vous d'une chose, dit-il. Suzanne est la seule à qui vous ayez le droit de *tout* raconter. Méfiez-vous de tous les autres, de Michael, de Nicholas, des Libyens... méfiez-vous de vos impulsions. Votre tâche ne fait que commencer. Nous n'accepterons plus de votre part le moindre écart, la moindre imprudence. Si jamais les circonstances m'obligent à revenir à Rome, vous aurez sans doute à le regretter amèrement. Mon rôle est d'écarter la menace impérialiste des nations qui combattent pour la paix et la liberté, Miss Keenes, pas de passer derrière vous pour réparer vos bévues. »

Wendy acheva le trajet qui la ramenait chez elle en courant à demi. La place d'Espagne grouillait de touristes japonais. Elle avait eu l'impression que cette meute l'examinait, l'espionnait, la suivait. Tous? Non, ce n'était pas raisonnable. Mais quel meilleur camouflage qu'un de ces grands cars climatisés? Ils devaient se cacher là, tous les deux, avec leur appareil photo en bandoulière et leur plan de Rome à la main. Elle les voyait défiler devant elle, ces Japonais, et chaque nouveau visage lui évoquait quelque chose. N'avait-elle pas aperçu celui-là la veille, dans sa rue, ou ces deux autres à Tokyo, dans le restaurant? Elle crut même reconnaître le vieil homme qui l'avait aidée à battre Nicholas au go.

A peine eut-elle poussé la porte de son appartement qu'elle se précipita sur le téléphone. Elle prononça quelques banalités d'une voix essoufflée et annonça à Michael :

« Excuse-moi, il faut que je retourne travailler. Il

est déjà tard et j'ai une bonne demi-heure de route. Je t'écris dès que possible, d'accord?

– Je te réponds aussitôt. »

Il était près de minuit quand Wendy parvint au Centre informatique souterrain. Elle passa les deux contrôles, glissant à chaque fois sa carte magnétique dans une fente et composant son numéro de code. La salle était déserte. Wendy alla jeter un coup d'œil dans les couloirs et constata avec soulagement que l'audit de service n'était pas Renato Bertoni. Cependant, elle eut le désagrément de lire sur le visage de l'homme de garde une expression sarcastique semblant signifier : eh non, désolé, il n'est pas là, ce n'est que moi.

« Je n'en ai pas pour longtemps, dit-elle, une idée à vérifier. »

Ça ne va pas, songea Wendy, ça ne va plus du tout. Je deviens complètement parano. Je n'ai pas à justifier ma présence ici. Quant à Bertoni, il tient à sa place, il n'a pas pu...

Elle s'installa devant sa console et appela sa zone de brouillon. Ses mains étaient glacées. Elle ne pouvait détacher son regard de la vitre, pour voir si l'audit approchait. Comment se nommait-il, celui-là? Paolo. Un brave type, père de six enfants. Ancien séminariste, lui avait-il raconté un jour. Elle dut lutter pour ne pas quitter sa place et aller lui expliquer que si, vraiment, elle était en train de résoudre un problème très important, qu'elle avait de bonnes raisons de se trouver là. Absurde. Grotesque. Je vais finir par craquer, songea-t-elle. Et Akhmedov me descendra. A moins qu'Abdul ne soit plus rapide que lui.

Elle commença à taper sur son écran une mise en garde inspirée par sa rencontre avec le colonel soviétique.

Il y a eu un incident avec un audit. Akhmedov déterminé à le faire disparaître. Fais très attention. Si ton travail ne le satisfait pas, il pourrait t'arriver la même chose. Sois prudent et coopératif. Ne peux pas t'en dire plus.

Elle jeta un coup d'œil par-dessus son épaule et ajouta : *Je t'aime...*

Elle attendit quelques instants et la réponse de Michael vint s'inscrire devant elle :

Message bien reçu. Promets d'être sage. Je t'aime.

Et ce fut tout. Cette fois, pourtant, Wendy aurait souhaité en lire plus, lire ces mots qui avaient été la cause de tout. Mais ils ne vinrent pas.

Elle demeura de longues minutes sur sa chaise, s'accablant de reproches. *Fais attention! Sois prudent!* Alors qu'elle aurait dû le supplier d'arrêter tout, de fuir, de se réfugier aux Etats-Unis, de...

Lorsque l'audit pénétra dans la salle, il trouva Wendy assoupie devant sa console, la tête posée sur ses bras croisés. Il s'approcha doucement, mais la jeune fille s'éveilla en sursaut alors qu'il n'était plus qu'à trois ou quatre pas d'elle.

Elle leva les mains et tenta de masquer l'écran dans un réflexe désespéré. Mais il scintillait légèrement, uniformément vert, redevenu vierge depuis longtemps.

8

Faremoutiers, le 22 décembre

Quand Nicholas lui avait annoncé : « C'est décidé, Wendy, je vous emmène avec moi », la jeune fille ne lui avait pas semblé autrement ravie. Pourtant, elle avait manifesté depuis longtemps son vif désir d'assister au lancement symbolique du plan Arcade que représentait l'inauguration de la première antenne parabolique. Et Nicholas avait aussitôt admis le bien-fondé de ce souhait : le site retenu pour poser la première pierre du vaste projet était l'abbaye de Faremoutiers, choix personnel, contesté et probablement malicieux du père d'Anglebert. Le jésuite le justifiait en disant qu'il ne connaissait pas de cadre plus paisible ni plus rassurant, et que rien ne ferait mieux comprendre les véritables intentions de l'Eglise que l'élection de ce lieu vénérable, isolé et évoquant aussi peu que possible la froide brutalité à laquelle certains assimilaient toute technologie moderne.

Nicholas fut frappé par l'air las, presque abattu, de Wendy. Il mit cela sur le compte de la fatigue et n'en trouva que plus judicieuse l'idée de l'arracher, l'espace de quelques heures, à son travail pour la replonger dans l'atmosphère sereine de Faremoutiers. Cependant, devant son masque soucieux, où se peignaient parfois des expressions douloureuses, il en vint à douter que le surmenage pût tout expliquer.

Wendy ne commença à respirer qu'au moment où l'avion quitta la piste de Fiumicino. Jusqu'à la dernière seconde, elle avait redouté que ne tombe l'affreuse nouvelle et que toute l'opération ne soit précipitamment annulée. Mais, elle le savait, ce n'était qu'une question de temps : le destin de Renato Bartoni était scellé. A peine l'appareil eut-il décollé que Wendy s'assoupit, sombrant dans ce bienheureux état d'oubli qui la fuyait depuis trois jours. Elle ne se réveilla qu'une demi-heure avant l'atterrissage à Roissy II. Elle se sentait beaucoup mieux et Nicholas se réjouit de ne plus déceler sur son visage les stigmates de l'angoisse. A nouveau, et non sans en éprouver quelque culpabilité, il se persuada que le comportement un peu déroutant de Wendy n'était dû qu'à la fatigue. Pour éloigner ses préoccupations, il se mit à lui parler, expliquant ce qu'il attendait de la démonstration de Faremoutiers, réservée à une poignée de journalistes soigneusement sélectionnés en fonction de leur représentativité. Wendy l'écouta avec plaisir, tout en regardant par le hublot tandis que l'avion semblait dévaler de sombres gorges envahies de fumée noire. Le commandant de bord les avait avertis qu'il régnait à Paris un temps froid et humide.

Nicholas souhaitait que la manifestation du lendemain soit reçue à la fois comme une preuve de la détermination et des capacités technologiques du Vatican, et comme l'assurance que les desseins de l'Eglise n'étaient en rien suspects. Quoique considérant lui-même cette présentation à la presse comme légèrement prématurée, il s'était aisément rendu aux arguments du père d'Anglebert, selon qui elle constituait le meilleur moyen de couper court aux rumeurs fantaisistes et aux accusations mensongères. En dévoilant ses batteries, l'Etat du Vatican entendait persuader le monde qu'il n'avait rien à cacher.

Nicholas discourait encore, et Wendy l'écoutait toujours, quand ils virent approcher Michel d'Anglebert dans la lumière crue des néons, juste après le passage de la douane. Le jésuite avait décidé de les conduire lui-même jusqu'à Faremoutiers. Il semblait détendu, confiant. La société anglaise pressentie à cet effet avait livré l'antenne dans les délais et tout paraissait devoir fonctionner parfaitement.

L'automne avait effeuillé les forêts de Seine-et-Marne. Wendy découvrait un paysage nouveau, estompé par le brouillard et repeint ici ou là en jaune par les phares des automobiles. D'étranges émotions l'assaillirent. Elle eut l'impression d'avoir elle aussi suivi pendant trois mois la route qui menait à l'hiver, quittant la France pleine de vie, d'enthousiasme et d'espoir pour y revenir à présent l'esprit embrumé et le cœur dépouillé de toute passion, comme éteint. La révolution, l'amour, la justice, la liberté... Elle ne croyait plus en rien. Un homme, là-bas, quelque part à Rome, allait bientôt mourir, simple présage peut-être annonçant d'autres drames, et elle ne pouvait plus rien faire. Il lui arrivait ainsi parfois, devant son damier de go, de constater que la situation était sans issue et qu'aucun mouvement ne pourrait l'en sortir.

Elle vit arriver les hautes grilles sans percevoir en elle trace de courage ni de volonté. Sœur Marie-Bernadette les accueillit aux portes de l'abbaye, un peu crispée et plus frêle que jamais dans son ample vêtement noir. Chacun savait qu'elle avait cherché à dissuader le père d'Anglebert de choisir Faremoutiers pour inaugurer le plan Arcade et que seule l'intervention de son évêque avait pu la fléchir. Elle laissa cependant éclater sa joie quand Wendy vint vers elle et s'agenouilla pour lui baiser la main. Elle releva promptement la jeune fille et la serra contre sa poitrine en une affectueuse accolade.

« Vous voilà bien pâlotte, remarqua la religieuse, l'air de la campagne vous réussissait mieux. Enfin, si on peut encore appeler ça la campagne. Avez-vous vu ce que ces messieurs de Rome font pousser dans mes jardins? »

Elle prononça ces mots sur un ton de lamentation, mais, comme elle tendait le bras vers l'objet incriminé, Wendy surprit un léger sourire sur ses lèvres. D'ailleurs, la jeune fille savait que son autorité de supérieure du couvent avait été respectée et qu'en aucun cas on n'eût pu lui imposer quelque chose à quoi elle se fût formellement refusée. L'antenne parabolique pourtant semblait une fleur bien monstrueuse au milieu du jardin flétri par le froid : sa corolle mesurait 1,20 mètre de diamètre et pointait vers le ciel un long pistil métallique.

« J'ai eu si peur qu'ils ne me la mettent sur le toit de la chapelle, glissa sœur Marie-Bernadette à Wendy, que je suis presque contente de la voir là. »

Les visiteurs dînèrent en compagnie de la mère supérieure dans une assez grande salle qui embaumait la cire. C'était là qu'on conservait habituellement les cierges, l'encaustique et le miel dont la vente constituait l'une des ressources de l'abbaye. Dans cet endroit clos et austère, où l'on s'était contenté d'apporter une table et quelques chaises, et que seul égayait un bouquet de marguerites, la présence contre un mur d'un immense écran plat détonnait singulièrement. Chacun feignit de ne pas l'avoir remarqué. Plus tard, si la révérende mère s'en laissait convaincre, il serait placé ailleurs, où toutes les sœurs pourraient le voir. Pour l'heure, les religieuses semblaient s'être englouties dans le silence de l'abbaye. Elles avaient reçu l'ordre de rester cloîtrées dans leurs cellules – et le conseil de prier pour la sagesse du monde – jusqu'à ce que

« cesse toute cette agitation ». Seules deux sœurs converses avaient été dispensées de cette réclusion, afin d'assurer le service.

Wendy vit arriver les plats sur la table avec amusement. Pour y avoir séjourné pendant plusieurs mois, elle savait qu'à Faremoutiers la frugalité était de rigueur. Goûtant les légumes cuits à l'eau et la viande un peu coriace, puis surprenant une grimace que fit le père d'Anglebert en avalant sa première gorgée de vin, elle songea qu'incontestablement un effort particulier avait été fait à leur intention. Sœur Marie-Bernadette avait dû suggérer aux cuisines qu'on traitât ces hôtes d'un soir avec une rudesse étudiée. Une façon comme une autre, probablement, de leur rappeler la règle monastique et les commandements de l'Eglise : oui, une manière d'opposer humilité et pauvreté à ce qu'elle devait considérer comme un honteux gaspillage.

« Inutile de vous dire que cette chose-là n'entrera jamais dans mon réfectoire, déclara abruptement la supérieure.

– Quoi donc, ma mère? demanda d'Anglebert. Oh! ça? »

Il tendit sa fourchette vers la surface gris-vert et l'écran géant.

« Ici, nous mangeons en silence, ou bien nous écoutons la parole du Seigneur. Ou peut-être voudrez-vous ensuite mettre un poste de télévision dans chaque cellule, puis aussi y aménager un coin cuisine pour que les sœurs puissent se préparer leurs repas. Ce ne serait même pas nouveau! J'ai connu des abbayes où les choses se passaient à peu près comme ça. Mais, tant que je vivrai, pas à Faremoutiers! »

Nicholas eut un geste embarrassé, mais Michel d'Anglebert écoutait la révérende mère avec délectation.

« Où le mettrez-vous, alors? s'enquit-il doucement.

– Non, mais les imaginez-vous, la tête tournée vers l'écran pour regarder... je ne sais quoi! Il ira dans la bibliothèque et ne fonctionnera que si je le juge utile. C'est-à-dire sans doute pas très souvent. Quant à *l'autre*, je n'ose même pas y penser.

– Quel autre? demanda Wendy.

– Il y a un second écran dans la chapelle, lui apprit Nicholas.

– Oh!

– Comme vous dites, ma fille.

– Pardonnez-moi, ma mère, dit Nicholas, mais je crains que vous ne commettiez une erreur en ne considérant que l'objet.

– Oui, je sais, je suis une vieille femme rétrograde.

– Vous prouverez le contraire dès demain, répondit Nicholas en souriant.

– Contre mon vœu, cher père Resaccio, dit l'abbesse, et même, pourrais-je ajouter, contre *mes* vœux.

– Votre réaction est tout à fait naturelle, reconnut le jeune prêtre, et beaucoup la partageront, beaucoup d'hommes et de femmes animés d'une foi aussi sincère que la vôtre, de tous âges, de toutes origines. C'est une croisade pacifique que nous avons décidé d'entreprendre pour les convaincre de l'exactitude de notre démarche. Honnêtement, le choix de Faremoutiers a surtout pour nous une valeur symbolique. Outre que nous le considérons comme un clin d'œil à l'adresse de Wendy et comme un hommage respectueux à votre personne, il montre à tous qu'à l'heure des options décisives, nous nous tournons vers les sources de notre religion et non vers des perspectives de conquête. Mais, bien sûr, l'abbaye ne représente pas ce que j'appellerais un lieu critique. Elle se trouve dans un pays moderne où la culture d'inspiration chrétienne demeure malgré tout dominante et où les communications sont faciles. On dit que la France est la fille aînée de l'Eglise... C'est aussi, spirituellement, la banlieue de Rome. On y vit librement et ses évêques comptent parmi les plus écoutés. Rien, apparemment, ne la menace à brève échéance. Bref, la France n'a pas un besoin urgent du plan Arcade. Néanmoins, elle est destinée à en être l'un des piliers. A ce titre, la démonstration de demain doit être exemplaire. Le monde entier aura les yeux braqués sur Faremoutiers. Oui, bien sûr, vous allez me répondre que vous vous en seriez bien passée. Disons que c'est un sacrifice que l'Eglise vous demande. Mais sachez que si, demain, grâce à votre concours, nous réussissons à donner de notre projet une image à la fois rassurante et efficace, l'image d'un pont jeté entre la tradition séculaire et les incertitudes de l'avenir, nous aurons accompli un grand pas. »

La religieuse pinça les lèvres et lança un regard suspicieux en direction du grand rectangle de verre dont la surface réfléchissait les lumières de la pièce.

« L'un de nos buts, précisément, intervint le père d'Anglebert, est de faire comprendre que cet écran n'est pas un poste de télévision installé dans un lieu où il n'aurait pas sa place.

– Oui, dit la supérieure, un jour nous nous y habituerons comme aux cloches électroniques, comme aux veilleuses qui remplacent les cierges, comme aux micros, aux haut-parleurs... oui, je le suppose.

– Je voulais dire, reprit d'Anglebert, que cet écran n'est que la partie visible, un peu trop, je vous l'accorde, d'une longue chaîne qui traverse les espaces et que je comparerai à un cordon ombilical reliant le peuple des croyants au Vatican. Vous ne regarderez pas des *émissions*, ma mère, vous entrerez en communication avec votre pape, avec le gouvernement de l'Eglise, vous assisterez aux grandes fêtes de l'année chrétienne, aux synodes. Vous serez mieux informée, mieux écoutée aussi, vous pourrez participer. Certes, la vocation monastique qui est la vôtre vous incline plutôt au recueillement et à la méditation. Mais je crois que chaque catholique, un jour ou l'autre, s'est senti seul, parfois même abandonné, incompris également. Nicholas insistait à juste titre sur le fait que la France est un pays privilégié. Certains de nos frères ont moins de chance. Leur environnement est difficile, voire hostile, il leur faut se battre, souvent ils doutent. Nous n'avons pas le droit de les recenser, de les compter dans cette vaste masse des chrétiens, comme si leur nombre faisait notre force, pour les ignorer ensuite. Ceux-là ont besoin de savoir que Rome existe et de connaître le chemin qui y mène. Car, lorsqu'ils songent à cette institution un peu vague, à cette puissance inaccessible qu'est le Vatican, croyez-moi, ils ne sont plus si sûrs que tous les chemins les y conduiront. Oui, ceux-là ont besoin de savoir qu'ils appartiennent à un groupe, à une communauté, à ce que nous avons baptisé un pays logique. Sans quoi ils auront bientôt l'impression d'être livrés à eux-mêmes tandis qu'autour d'eux les autres s'organisent. Les pays communistes européens forment un bloc compact, les pays arabes ont Arabsat, le Japon, l'Inde et la Chine vont sans doute connaître un développement fulgurant, et l'Occident a sacrifié son âme à un rêve économique. Si nous ne saisissons pas notre chance, maintenant, nous serons submergés et l'avenir nous échappera. Alors, le Vatican deviendra une simple enclave dans un monde que se partageront les négateurs de la foi et les religieux fanatiques. Ne voyez donc pas cet écran comme une intrusion de la modernité dans votre univers fondé sur des valeurs séculaires, ma mère; et, puisque Noël approche, pensez plutôt au satellite qui lui transmettra ses messages comme à l'étoile qui guida les mages vers l'Enfant Jésus.

– Amen », dit l'abbesse.

Elle se leva sans avoir mangé sa pomme.

Le lendemain matin, Wendy eut l'impression de revivre ce qui, avec le recul, lui apparaissait maintenant comme des jours heureux. Elle se leva très tôt, assista à matines et prit son petit déjeuner en compagnie des sœurs. Elle avait passé la nuit dans une cellule et, ne pouvant trouver le sommeil, avait médité sur les événements qui s'étaient déroulés depuis qu'elle avait quitté Faremoutiers. Rien ne ressemblait à ce qu'elle avait escompté et, aujourd'hui, elle ne savait plus vers qui se tourner, ni qui prier. Pour leur part, Nicholas et d'Anglebert s'étaient retirés la veille après le dîner et avaient dormi dans un hôtel de Compiègne.

Une quarantaine de journalistes avaient été conviés à assister à l'inauguration du plan Arcade, nom de code auquel on avait substitué pour l'occasion l'expression moins guerrière : *ouverture du premier espace confessionnel et social chrétien.* Les principaux journaux et les plus grandes agences de presse occidentaux étaient représentés, mais la sélection, fort sévère, ne s'était pas faite sans grincements de dents. Légèrement à l'écart sur son coin de pelouse, Wendy essaya de mettre une origine sur ces visages inconnus. Qui venait de France, d'Italie, du Japon, des Etats-Unis, d'Allemagne ou du Brésil? Tous s'étaient rassemblés autour de l'antenne parabolique, sous un ciel bas qui déversait sur leurs têtes une pluie fine et glaciale. Serrés dans un pardessus ou un imperméable, les joues rougies par le froid, les cheveux collés en mèches humides sur le crâne et la figure striée de ruisselets, ils ne tardèrent pas à tous se ressembler. Il y avait très peu de femmes parmi eux; cinq en tout, Wendy les compta. Elle chercha l'une d'elles sur sa liste des personnes accréditées, une jolie brune, séduisante et élégante, qui ne semblait guère à sa place dans cette assemblée grise et austère. Elle arrondissait le dos sous l'averse à la façon d'une chatte et ne prêtait aucune attention aux explications de Nicholas. Wendy découvrit enfin son nom sur la feuille que les gouttes gondolaient entre ses mains. Oui, aucun doute, ce ne pouvait être qu'elle : Leilah Zanoun, Agence Medna News. Malte! La jeune femme se retourna brusquement, comme avertie qu'on l'observait. Wendy froissa nerveusement sa liste et s'approcha de Nicholas Resaccio.

Tête nue, vêtu d'un costume gris perle, le jeune prêtre paraissait insensible à la pluie. Wendy songea en souriant qu'il se comportait avec la dignité imperturbable d'un chef d'Etat contraint d'exercer ses fonctions dans des circonstances pénibles. Du doigt il désignait un point invisible, quelque part dans le ciel, dans ce ciel si bouché que rien n'y semblait pouvoir trouver refuge : là-haut, à une altitude de 36 000 kilomètres, et tournant au même rythme que la terre, orbitait le satellite TDF1. A la demande de Nicholas, un technicien fit fonctionner le moteur qui orientait l'antenne. Elle fut pointée en direction sud/sud-ouest selon une inclinaison de 37 degrés.

« On procède à ce réglage une fois pour toutes, expliqua-t-il. Quand il est satisfaisant, la réception de l'émission devient possible. Ce que nous faisons ici peut être fait en n'importe quel endroit de la planète. Il suffit de connaître les coordonnées du satellite concerné. Tous les satellites qui relaieront les émissions du Vatican sont géostationnaires, ce sont des points fixes dans le ciel, d'où une totale efficacité et une grande simplicité technique. L'antenne ayant été posée et orientée, il ne sera pas plus difficile de capter les images en provenance du Vatican que n'importe quelle chaîne de télévision locale. »

Un coup de vent fit frissonner les journalistes. Ils contemplaient la soucoupe tournée vers le ciel, muets et frigorifiés. Ils ne cachaient pas leur hâte de voir la suite, à l'abri des murs de l'abbaye. Mais Nicholas continuait de parler, évoquant avec enthousiasme l'immense miroir concentrique que constituerait la ronde des satellites placés en orbite. Bientôt, à toute heure et en tout lieu, la communication serait permise entre Rome et le reste du monde.

Un technicien coiffé d'un casque adressa un signe à Nicholas pour lui transmettre l'indication qu'il venait de recevoir : la position de l'antenne était parfaite et la diffusion pouvait commencer. Le jeune prêtre leva les yeux et sembla s'apercevoir pour la première fois qu'il pleuvait. Souriant, il proposa à son auditoire de le suivre dans un lieu couvert et chauffé.

Wendy laissa s'éloigner les journalistes, que la supérieure guidait d'un pas réticent vers son couvent. Quand elle pénétra à son tour dans l'entrée, elle constata que la jolie brune l'avait attendue.

« Miss Keenes? »

Wendy acquiesça d'un mouvement de tête circonspect.

« Leilah Zanoun, Medna News. Excusez-moi de vous aborder aussi familièrement, mais j'ai quelque chose à vous remettre de la part d'un de nos amis communs. Quel temps épouvantable, n'est-ce pas? Dommage pour ce pauvre père Resaccio, c'est un homme si charmant. »

Wendy fronça les sourcils.

« Quel ami commun?

– Michael. Michael de Bonno. Vous connaissez sa clinique? Magnifique, vraiment magnifique. Le patron de mon agence s'y est fait soigner autrefois, du temps dc de Bonno père. Il estime beaucoup Michael. »

Wendy indiqua d'un geste agacé qu'ellc devait se dépêcher pour ne pas manquer le début de la démonstration.

« Tout de suite, oui, oui... »

Leilah fouillait dans son sac. Après plusieurs pêches infructueuses, elle exhiba une enveloppe cachetée qu'elle tendit à Wendy en marmonnant :

« Quand il a su que je venais ici, vous comprenez... »

Puis d'une voix plus forte :

« Voulez-vous que je lui dise quelque chose? Je lui transmettrai votre réponse avec plaisir. Les distances sont si courtes, à Malte. Je travaillais au Caire, jusqu'à cet été. Vous n'imaginez pas le changement que c'est.

– Merci. »

Wendy hésita.

« Je vais lire la lettre, dit-elle. Je vous dirai tout à l'heure si... si je crois devoir abuser de votre courtoisie. »

Elle se hâta vers la salle, poursuivie par les « mais non, mais non » de Leilah.

L'écran était toujours à la même place, contre le mur. Une cinquantaine de chaises avaient été installées face à lui, formant des rangs hétéroclites. Il était difficile de concevoir mise en scène moins grandiose. Wendy songea qu'on se serait cru dans une école communale, pour la fête de fin d'année. Au parfum de miel, de cire et d'encaustique s'ajouta la senteur caractéristique des cheveux et des tissus mouillés. Une mare se formait au centre de la pièce, sous les bottes et les chaussures.

Des stries grises et blanches défilaient sur l'écran

géant. Puis il y eut quelques clignotements et une image de 6 mètres carrés apparut, montrant une vue aérienne de la Cité du Vatican. L'émission commençait, transmise en direct de Rome et relayée par telespazio, centre de communication spatiale situé dans les Abruzzes, à quelque 150 kilomètres à l'est de la capitale italienne. A dix heures trente précises, l'hélicoptère entama sa descente au-dessus de la place Saint-Pierre. Le panoramique révéla les jardins du Vatican, le dôme de la basilique, donna enfin l'impression que l'appareil allait venir s'empaler droit sur l'obélisque, entre les deux fontaines. Aucun commentaire n'accompagnait ces images, mais l'abbaye paraissait vibrer tout entière du vacarme du rotor. Il y eut un léger sursaut au moment de l'atterrissage et sur l'écran s'incrusta la mention : Rome, 10 h 34.

Filmant en continu, la caméra s'attarda quelques secondes sur les marches de la basilique avant de se tourner du côté droit vers la colonnade du Bernin dont elle s'approcha lentement. Elle s'arrêta un instant devant la porte de Bronze et s'enfonça dans la pénombre de l'escalier de Pie IX pour déboucher dans la vaste cour Saint-Damase. Il y eut un long plan sur les loges et l'émission reprit au troisième étage du palais, dans les appartements du substitut du cardinal secrétaire d'Etat.

L'écran à cristaux liquides, de très haute définition, présenta le visage souriant du substitut, où chaque poil, chaque ridule, était visible. Cette figure haute de deux mètres produisait un effet si saisissant que la plupart des spectateurs invités à Faremoutiers perdirent les premiers mots du message de bienvenue. Le substitut se contenta d'ailleurs de prononcer quelques phrases assez banales, comme si le reportage avait eu pour objet les attraits touristiques de la Cité du Vatican. Cependant, il termina en disant qu'il espérait pouvoir s'adresser prochainement de la sorte au monde entier, non plus à travers les journalistes éminents réunis pour une occasion unique, mais à tous, directement, et où qu'ils soient, malgré l'immensité des terres et des océans, malgré aussi l'infinie diversité des cultures et des sociétés.

Les ondes grises et blanches reprirent possession de l'écran et quelques applaudissements firent résonner la salle. Wendy profita du temps mort qui précéda la conférence de presse pour ouvrir la lettre de Michael. La jeune fille s'était assise dans le fond de la salle, près de sœur Marie-Bernadette. La religieuse avait suivi la brève émission avec la plus grande attention et son visage n'exprimait plus la moindre hostilité; peut-être même pouvait-on y lire un soupçon de fierté.

Wendy triturait la feuille de papier, n'osant pas la déplier. Elle se demandait ce qui avait pu pousser Michael à prendre un tel risque. Cette Leilah Zanoun paraissait trop franche et pleine d'aisance pour être honnête. De surcroît, la présence de Wendy à Faremoutiers n'avait été décidée qu'au dernier moment. Michael lui avait donc fait porter cette lettre sans être certain qu'elle pourrait en prendre connaissance. La mère supérieure regardait droit devant elle, tandis que Nicholas et d'Anglebert commençaient de répondre aux questions des journalistes. Une fois de plus, les deux prêtres exposaient la structure technique et l'ambition morale du plan Arcade. Dans un premier temps, expliquaient-ils, seuls les pays qui possédaient déjà un ou plusieurs satellites géostationnaires seraient intéressés. Pour l'instant, principalement : les pays européens, les Etats-Unis, le Brésil, le Mexique, l'Indonésie... Mais cette liste était destinée à s'allonger très rapidement au gré des prochaines mises en orbite.

N'y tenant plus, Wendy posa la lettre ouverte sur

son genou. Le message était bref, rédigé à la main, hâtivement.

« Décidément, ce jeune homme vous poursuit. »

Wendy sursauta.

« J'ai toujours su reconnaître une écriture au premier coup d'œil, ajouta la mère supérieure.

– Mais comment pourriez-vous... Vous ne l'avez jamais vue !

– Allons, mon enfant, souvenez-vous, dans le cloître...

– Dans le cloître ? »

La jeune fille blêmit. C'était vrai, ce petit mot de Michael, qu'était-il devenu ? Elle ne s'en était jamais souciée.

« Ce message vous a échappé malencontreusement, dit la religieuse. Je l'ai conservé. Mieux vaut que vous sachiez que je ne l'ai plus. Le père d'Anglebert a insisté... Mais lisez, lisez... Je n'ai plus la moindre autorité sur vous, désormais. Permettez-moi juste un dernier conseil : lisez cette lettre et, cette fois, ne la perdez pas. Cela m'épargnera un nouveau cas de conscience. »

Wendy jeta un coup d'œil vers sœur Marie-Bernadette, mais cette dernière ne la regardait plus, s'étant tournée avec affectation vers les journalistes qui interrogeaient Nicholas. Elle déchiffra avec difficulté les petites lignes qui semblaient danser sous son nez. « Il m'était impossible de te dire ce qui suit grâce à l'ordinateur pour la bonne raison que nos conversations sont probablement écoutées. Et voilà justement le fait nouveau ! Qui ? Pas de (mon) côté. Nous n'avons rien à leur cacher. Du tien ? Hautement improbable. Voici ce qui se passe. En étudiant les programmes que tu m'as envoyés, je suis tombé sur quelque chose d'étrange, d'apparemment inutile. Comme des parasites. Des lignes entières. Et voici ce que nous allons faire. Lors de notre prochain contact, je te repasserai l'intégralité de ce qui m'est parvenu et tu pourras comparer avec ce que tu m'as adressé; pardon, non, l'intégralité de ce qui m'est parvenu MOINS les éléments suspects. Ainsi, tu les repéreras sans trop de peine. Mais qui? Si ce ne sont ni les Russes, ni les Libyens, ni les curés, qui? Ces programmes sont peut-être bien piégés. L'outsider pourrait bien coiffer tous les favoris au poteau! Je t'aime. P.S. Tu peux faire confiance à Leilah (elle n'en est probablement pas plus digne que n'importe qui, mais qu'est-ce que ça change?). »

Wendy se laissa aller contre le dossier de son siège. Elle eut l'impression de se rendre compte pour la première fois que quelqu'un, depuis des mois, s'obstinait à lui donner des coups de marteau sur la tête. Au début, ça faisait un peu mal, mais après, on s'habituait. Là-bas, devant l'écran plat, le père d'Anglebert venait d'épuiser l'épineuse question du financement, parlant de la générosité des pays de tradition chrétienne et de la contribution désintéressée des Japonais. Wendy n'y croyait plus. Elle n'imaginait pas de pouvoir encore entendre parler de choses comme la générosité ou le désintéressement sans sourire. Et Nicholas en avait terminé lui aussi avec la description de l'ordinateur et avec le problème des canaux loués à raison de quelques heures par jour sur les différents satellites relais. On ne parlait plus que d'idéologie, de basse politique. Expansionnisme religieux, impérialisme culturel, mainmise des Etats-Unis, stratégie japonaise, riposte soviétique... Nicholas ne savait répondre que d'un mot : liberté. Liberté de choisir ses liens, de communiquer avec ses semblables, de s'intégrer dans l'univers logique avec lequel on se trouve fondamentalement en accord. Pas de complot, pas de propagande : liberté! Ces espaces culturels cohérents existaient déjà, mais on ne pouvait les figurer jusqu'à présent que comme des sortes de pointillés serpentant sur toute la face de la planète.

Grâce au plan Arcade, il serait bientôt possible d'unir tous ces points éparpillés les uns aux autres et, à la façon dont un enfant, par le même procédé, découvre le dessin mystérieux, on pourrait faire apparaître la véritable configuration du continent logique de la chrétienté. Le faire apparaître et lui donner vie.

L'un des techniciens coupa Nicholas en pleine péroraison pour l'informer qu'on le demandait d'urgence au téléphone. Il laissa donc Michel d'Anglebert répondre à la question suivante, quittant la salle d'un air soucieux. Quand il revint, il ressemblait à un boxeur sonné. Mais il ne dit rien à d'Anglebert, ignorant le regard interrogateur du jésuite pour laisser la conférence de presse s'achever. Cependant, Nicholas n'y participa presque plus. Wendy l'observait avec anxiété, songeant : ça y est, lui aussi commence à sentir les coups. Michel d'Anglebert s'obstinait à défendre le projet et à faire briller les perspectives d'avenir, mais le cœur n'y était plus. D'ailleurs, la plupart des journalistes avaient rassasié leur curiosité et ne pensaient plus qu'à se remplir le ventre. Les dernières questions furent donc expédiées en quelques phrases et tous furent conviés à se rendre au buffet préparé à leur intention dans une auberge voisine.

« Eh bien? »

Nicholas attendit que les journalistes aient commencé de s'éloigner vers la sortie avant de se tourner vers le père d'Anglebert. Il aperçut Wendy, debout au fond de la salle, blême et comme statufiée.

« Un des audits du centre a été assassiné, dit-il au jésuite. Ce matin, à sept heures, alors qu'il se rendait à son travail. Dans une ruelle, près de la via Giulia. Une camionnette lui a bloqué le passage, il est sorti de sa voiture et une moto est arrivée par derrière. C'est le passager de la moto qui a tiré.

Cinq balles, dont trois mortelles. Il paraît que les enquêteurs ont jugé ça *classique*. Sauf qu'en général, la victime n'est pas un employé à 900 000 lires par mois.

– Tu étais sûr de lui? demanda d'Anglebert.

– De Bertoni? Ma foi... oui.

– L'attentat n'a pas été revendiqué?

– Si. Par un obscur groupuscule japonais. Les Brigades révolutionnaires du Soleil Levant. Quelque chose comme ça. Mais à Rome, personne n'a l'air de prendre ça très au sérieux. La police penche plutôt pour la fameuse filière turco-bulgare. Le Vatican, tu comprends?

– Un groupe japonais, dit le père d'Anglebert d'un ton songeur. Fantaisiste, peut-être, mais ça ressemble bien à un message des vrais assassins. Comme s'ils avaient voulu nous indiquer non l'identité des coupables, mais les motifs de l'acte. C'est bien le plan Arcade qui est visé, Nicholas.

– Mais pourquoi Bertoni? s'exclama Nicholas. Pourquoi pas moi? Ce pauvre garçon n'avait strictement aucune influence sur le déroulement du projet. »

Wendy s'était approchée. Elle avait entendu le nom de Bertoni. Mais elle n'avait pas eu besoin de cela pour comprendre. D'Anglebert lui expliqua rapidement ce qui s'était passé.

– Il y a un avion à treize heures, dit Nicholas. Il faut rentrer immédiatement. Tous nos adversaires vont s'emparer de l'affaire. On m'a affirmé que nos trois collègues de l'Académie pontificale des sciences, Scarpia, Antonelli et Kingsley, font depuis ce matin le siège de l'*Osservatore Romano* pour que soit publié un article de leur cru intitulé : La première victime du plan Arcade. »

Troisième partie

9

Malte, le 11 avril

Le père d'Anglebert n'oubliait jamais un visage. Il s'autorisait même à entretenir le souvenir quand c'était celui d'une jolie femme. Or, cette grande brune était incontestablement ravissante. Cependant, toute faculté a ses limites. Si le jésuite était aussi physionomiste qu'un portier de casino, il se sentait généralement incapable de replacer la personne dans un contexte précis et de se rappeler où et quand il l'avait vue pour la première fois. Cette fille, en tout cas, semblait fort bien savoir à qui elle avait affaire puisqu'elle l'avait attendu à sa descente d'avion pour le mitrailler avec ses appareils photo. Cela indisposa considérablement Michel d'Anglebert : son voyage avait été décidé à la dernière minute et seuls quelques proches collaborateurs en avaient été avertis.

Il se dirigea en maugréant intérieurement vers le nonce apostolique tout récemment nommé à La Valette, soupçonnant cet Ettore Ghinzani d'être à l'origine de l'indiscrétion. Il garda cependant sa mauvaise humeur pour lui et suivit le nonce dans l'aéroport de Luqa sans lui faire part de l'incident.

« Pardonnez-moi de ne pas venir vous accueillir

avec une voiture, dit le nonce. J'ai pensé qu'un simple taxi conviendrait mieux à la situation.

– Très bien, très bien.

– Vous serez logé au Phoenician Hotel. C'est près de la porte de La Valette. Le plus bel établissement de l'île. Personne ne vous remarquera. Vous serez noyé dans la foule des touristes. La saison commence tôt ici. »

L'aéroport était situé au centre de l'île, à une dizaine de kilomètres de la capitale. Un doux soleil l'éclairait, mais le vent soufflait en rafales assez violentes. Michel d'Anglebert prit soudain conscience de l'importance capitale que devait revêtir aux yeux de ceux qui le soutenaient la phase dans laquelle venait d'entrer le plan Arcade. L'homme auprès duquel il marchait maintenant, comme en compagnie de n'importe quel prélat ordinaire, était de ceux devant qui on déroulait habituellement le tapis rouge. Ettore Ghinzani faisait partie de ces diplomates pontificaux sortis de l'Académie de la place de la Minerve, puis élevés à la dignité d'évêque et qui finiraient probablement cardinaux. Un personnage influent, confronté dans l'île de Malte à une tâche particulièrement difficile en raison de l'opposition entre la forte tradition catholique et la non moins puissante attraction de l'axe soviéto-libyen, et dont l'attitude empressée montrait qu'il avait choisi son camp dans la querelle qui déchirait présentement le Vatican.

Dans le taxi, le nonce dit en souriant :

« Vous pouvez parler librement, mon père. Le chauffeur est un de mes secrétaires. »

D'Anglebert songea que Malte décidément était un lieu propice aux intrigues. Ghinzani, pourtant, n'avait pas le physique de l'empoi. Court et rond dans sa simple soutane de prêtre, affublé d'une voix fluette et enclin à agiter ses bras d'une façon trop gracieuse pour n'être pas irritante, il évoquait les ecclésiastiques de salon d'une époque révolue. Michel d'Anglebert ne l'imaginait pas en train de déjouer les pièges des espions de Moscou.

« Tout semblait aller bien, pourtant, soupira le jésuite. Cet affreux assassinat a tout bouleversé. »

D'Anglebert était tout le contraire du portrait de Ghinzani. Curé de choc, comme l'appelait Nicholas. Les rides sur son visage avaient été creusées par le soleil et l'air vif. Depuis plus de trente ans, le jésuite dépensait son trop-plein d'énergie en escaladant des parois rocheuses. Avec ses cheveux blancs coupés en brosse et sa mâchoire un peu forte, avec ses yeux où se reflétait éternellement la couleur des glaciers, il semblait fait pour mener des hommes au combat. Pourtant, cela faisait des lustres qu'il avait renoncé à porter, comme il disait, l'uniforme. Une simple croix piquée dans le revers de son veston gris-bleu signalait sa vocation.

« Les revendications n'ont pas manqué, continua-t-il. D'abord, cette organisation japonaise inconnue, puis les Croisades islamiques, comme pour le détournement d'Irkoutsk. Etrange et significatif dans les deux cas. Nous ne saurons jamais la vérité.

– C'est décevant, dit le nonce, c'est même grave. Autrefois, quand l'Eglise se sentait attaquée, elle resserrait les rangs autour de son chef. Voilà qu'aujourd'hui la première agression contre un de ceux qui la servent marque le début de la débandade.

– C'est pire que cela, Votre Excellence. Nos adversaires attendaient une telle occasion. Ils savaient, prétendent-ils maintenant, que tôt ou tard une catastrophe allait s'abattre sur ceux qui veulent sacrifier le message biblique aux sirènes de la modernité. Je cite, Votre Excellence, j'ai lu cette phrase mot pour mot. »

Plus il regardait le nonce et plus Michel d'Anglebert s'étonnait qu'il fût, lui aussi, sensible à ces sirènes. Mais, peut-être, comme on le murmurait à Rome, ses ambitions personnelles passaient-elles par le succès du plan Arcade.

« Il n'est pas aisé d'affronter l'agitation quand les meneurs ont soixante-dix ans passés, dit le nonce. Il ne viendrait pas à l'idée de traiter le révérend Kingsley de jeune écervelé, n'est-ce pas? »

D'Anglebert acquiesça en riant.

« C'est bien là le problème. Ces hommes représentent tout ce que l'Eglise peut offrir de plus sage, de plus noble... Nous comptions beaucoup sur la démonstration de Faremoutiers pour rassurer tous ceux que le projet inquiétait. Certains de nos plus chauds partisans nous ont même reproché le côté mièvre et anodin de l'émission. Bref, cet attentat épouvantable a ruiné tous nos efforts.

– Vous n'accusez tout de même pas les ecclésiastiques hostiles au plan Arcade de l'avoir commandité!

– Non, bien sûr que non. Mais la façon dont ils se sont précipités sur l'aubaine m'a profondément révolté. Depuis, ils n'ont cessé de durcir le ton. Ils se comportent comme des militants politiques. Ils ont gagné des prêtres et des organisations laïques à leur cause, un peu partout dans le monde : aux Etats-Unis et en Italie, principalement, mais aussi en Espagne, en Afrique, au Canada, au Brésil... Certains cardinaux des pays de l'Est se sont joints à eux et ont élevé une protestation officielle, à la suite d'on ne sait quelles pressions. Tout ce que je puis vous dire, c'est que, pour une fois, ceux qui ont demandé audience au pape à ce sujet n'ont eu aucune difficulté à obtenir leur visa.

– Et... Sa Sainteté?

– Le pape continue de nous soutenir, mais... mais Nicholas et moi le voyons chaque mois plus hésitant. Ou, pour être exact, nous le voyons de moins en moins souvent. Il nous a semblé à plusieurs reprises qu'on nous avait empêchés de le rencontrer, sans qu'il ait été consulté. Nous ne sommes pas son seul souci, évidemment. Il faut précipiter les choses, Votre Excellence, les rendre définitivement inéluctables. Nous devons frapper un grand coup. Imaginez que Kingsley a osé réclamer la convocation d'un nouveau concile! Il nous fait trop d'honneur.

– C'est un schisme qu'ils veulent, dit sévèrement le nonce.

– Oh! ce n'est pas eux qui le provoqueront. Ils veulent nous obliger à partir, nous les réformateurs, nous les modernistes. Ils veulent nous empoisonner l'existence pour que nous n'ayons plus qu'à nous incliner ou à prendre des positions excessives qui nous mettraient hors de l'Eglise. Leur jeu est clair. Ils attendent que nous commettions une erreur suffisamment grave pour pouvoir dire au pape : voilà de quoi ils sont capables, voilà vers où ils nous entraînent. »

Le jésuite s'agitait sur son siège, dominant difficilement la tension qui s'était accumulée en lui au cours des dernières semaines.

« J'ai l'impression qu'une Fiat blanche nous suit depuis l'aéroport », intervint soudain le chauffeur.

D'Anglebert se retourna vivement et aperçut la petite voiture qui roulait à une cinquantaine de mètres derrière eux. Il crut reconnaître la jeune fille brune qui l'avait photographié à Luqa. Tout d'un coup ça lui revint : à Faremoutiers, tout bêtement; cette fille se trouvait parmi les journalistes invités. Il hocha la tête sans faire de commentaires.

« Le pape n'est plus inébranlable, reprit le jésuite, revenant à ce qui le préoccupait. Ou plutôt, il paraît de plus en plus réceptif à l'attitude pour le moins réservée d'une partie de son entourage. Il y a là des hommes que notre projet avait séduits, mais qui visiblement commencent à prendre peur. L'assassinat de Bertoni les a fait réfléchir. A vrai dire, la plupart d'entre eux n'avaient jamais compris la portée réelle du plan Arcade. Ils voyaient là il y a quelques mois encore une fantaisie un peu coûteuse, mais flatteuse pour l'image de l'Eglise. Chacun se rend bien compte que la communauté catholique est en péril. Et dans ces cas-là il est relativement aisé de faire l'unanimité autour d'un grand projet, d'une entreprise ambitieuse. Le plan Arcade a suscité chez certains un véritable élan patriotique. Mais les mêmes se sont laissé tout aussi vite effaroucher quand ils ont saisi les enjeux exacts de l'affaire. Ils ont cru que le Vatican allait lancer un défi aux grandes puissances et, surtout, s'immiscer dans la lutte entre les blocs : ils ont craint que le Saint-Siège ne veuille soudain redevenir un Etat comme les autres, un Etat comme il le fut quand le pape partait guerroyer à la tête de son armée. L'un d'eux, qui m'avait souvent assuré de son soutien, m'a même glissé un jour : nous sommes là pour répandre le message de paix du Christ, pas pour déclencher le prochain conflit mondial. »

D'Anglebert soupira.

« Et voilà... Après nous être donné tant de mal à faire admettre qu'il ne s'agissait pas d'un gadget, il nous faut expliquer encore et encore que ce n'est pas non plus une boîte de Pandore. »

Le chauffeur accéléra brutalement, projetant ses deux éminents passagers contre les sièges de l'avant. Puis il reprit une allure plus tranquille, scrutant d'un œil narquois son rétroviseur. La Fiat blanche était restée coincée à un feu rouge qui réglait un carrefour proche de l'entrée de La Valette.

« Que Son Excellence me pardonne, dit-il. La circulation est très surveillée, par ici. Je savais qu'elle ne passerait pas. »

Leilah se précipita sur la première cabine téléphonique venue. Elle composa le numéro sans cesser de guetter sa voiture mal garée, maudissant le zèle des flics locaux.

Ce fut Akhmedov lui-même qui décrocha. Leilah l'avait appelé sur sa ligne directe et il attendait de ses nouvelles avec une impatience que traduisit immédiatement son : « Alors? »

« Ils m'ont faussé compagnie dans les faubourgs, expliqua la jeune Egyptienne. Bêtement, à un feu rouge. Ils ont dû me repérer. Je crois qu'ils l'ont fait exprès.

– Qui? Qui as-tu vu?

– Tu avais raison. C'est bien d'Anglebert. J'ai pris des photos. Je te montrerai ça demain. Le nonce est venu l'accueillir en personne, mais presque à la sauvette. Ils sont repartis en taxi, tu te rends compte? »

Akhmedov poussa un grognement satisfait. Leilah savait que le déroulement des événements confirmait ses prévisions. Si les deux hommes avaient pris tant de précautions, c'était qu'il se préparait quelque chose.

« Où sont-ils allés? demanda le colonel.

– Comment veux-tu que je le sache? Je suis coincée là, dans ma cabine et... merde, un flic est en train de tourner autour de ma Fiat.

– Je paierai la contravention, répondit Akhmedov d'un ton enjoué. Bon, je suppose que d'Anglebert ne sera pas logé à la nonciature. Trop voyant. Je vais faire ma petite enquête dans les hôtels. Toi, tu fonces chez Michael. Je suis sûr que le jésuite va essayer de le joindre dès qu'il en aura la possibilité.

– Michael? Mais comment saurait-il que...

– De Bonno est probablement repéré depuis un

bon moment. Je m'en doutais, mais l'arrivée du jésuite en est pour ainsi dire la preuve. Que viendrait-il faire à Malte, sinon? Ne lâche pas Michael d'une semelle. Je veux absolument que tu sois là quand le jésuite appellera. »

A la demande du nonce, le taxi continua de tourner dans les rues de La Valette autour du Phoenician Hotel. Où la conversation aurait-elle pu se poursuivre avec plus de discrétion?

« Il est navrant de constater que nos plus fermes soutiens nous viennent maintenant de l'extérieur, disait Michel d'Anglebert. J'aurais aimé que le Vatican reste le cœur et le moteur du projet. Mais, de plus en plus, nous devons nous reposer sur l'appui des grands pays occidentaux. Depuis l'assassinat de Bertoni, le plan Arcade est devenu une affaire politique : beaucoup ont interprété la revendication par les Croisades islamiques comme un avertissement des nations arabes, d'autres y ont vu la main de Moscou. »

Le taxi passait pour la trois ou quatrième fois devant le fort Saint-Elme. Ils remontèrent de nouveau Merchant Street.

« Vous affirmiez tout à l'heure que les services secrets américains vous avaient communiqué un rapport alarmant? intervint Ettore Ghinzani.

– Ils sont convaincus que le plan Arcade est infiltré. C'est aussi mon impression depuis un certain temps, mais mon opinion ne se fondait sur rien de concret. Comme vous le savez peut-être, l'université de La Valette est désormais pourvue d'un ordinateur identique à celui qu'utilise Nicholas Resaccio : un PSI 100 japonais. »

Le nonce fit signe qu'il n'entendait rien à ces questions.

« Il semblerait, dit d'Anglebert, que des échanges d'informations aient eu lieu entre ces deux ordinateurs, ce qui, bien sûr, n'aurait en aucun cas dû se produire. Les experts américains sont formels à ce sujet, quoiqu'ils n'aient pas jugé bon de nous expliquer d'où ils tirent cette conviction. Je serais personnellement assez enclin à les croire.

– Qu'espérez-vous trouver à Malte? lui demanda Ettore Ghinzani.

– Je souhaite rencontrer Michael de Bonno. Tout me porte à penser que si infiltration il y a, ce garçon n'y est pas étranger. Il est idéalement placé pour cela. Ami intime de Wendy Keenes, informaticien qualifié, très introduit dans les milieux politiques maltais... Il a en outre accès au PSI 100 de Msida, qui, comme par hasard, a été confié à la faculté de médecine. Michael de Bonno... je suppose que vous le connaissez?

– Un peu. Nous nous sommes croisés deux ou trois fois à l'occasion d'une réception. Je crois savoir qu'il appartient à une famille catholique pratiquante. Vos soupçons m'attristent, cher père d'Anglebert.

– Précisément. Il y a chez Michael quelque chose de trouble. Si j'avais vu en lui un adversaire résolu du plan Arcade, prêt à tout pour s'opposer à nos projets, je ne me serais pas donné la peine de venir ici. Nous aurions tenté de résoudre le problème d'une autre façon.

– Que voulez-vous dire? demanda le nonce. Que Michael de Bonno collabore avec nos ennemis contre son gré?

– J'ai ma petite idée là-dessus, mais rien ne me permet d'en faire encore état. Il faut que je parvienne à lui parler. C'est un risque, mais il mérite d'être pris. Pensez-vous que vos services, grâce au prestige de la nonciature, pourraient m'aider à arranger ce rendez-vous?

– Je vais y réfléchir. Oui, je vous promets de m'en occuper moi-même.

– Merci, Votre Excellence. »

Le taxi passait une nouvelle fois devant le Phoenician Hotel. Le chauffeur jeta un coup d'œil pardessus son épaule et comprit qu'il devait poursuivre sa route.

« La première véritable émission en direct aura lieu dans cinq jours, reprit d'Anglebert. Le pape s'adressera au monde entier. Son message sera relayé par telespazio, la station d'Avezzano, dans les Abruzzes, puis diffusé par tout un réseau de satellites dont les différentes émissions seront gérées par l'ordinateur du Vatican. Nous assisterons à un événement historique, Votre Excellence, car les propos du Saint-Père ne seront pas seulement retransmis dans une quarantaine de pays : ils seront traduits, simultanément, en quinze langues. Ce message sera reçu en direct dans tous les lieux que nous avons déjà équipés d'antennes paraboliques. On peut supposer que dans les pays concernés, les chaînes de télévision nationales feront un large écho à ce programme. Nous ne pouvons nous permettre un échec, Votre Excellence. C'est la crédibilité du plan Arcade dans son ensemble qui est en jeu. Autrement dit sa survie. Notre position est si fragile actuellement qu'au cas où les choses ne se dérouleraient pas parfaitement, nous ne nous en relèverions sans doute pas.

Le jésuite se tourna vers Ettore Ghinzani.

« Bien évidemment, ajouta-t-il, un tel fiasco est ce qu'attendent ou même ce que veulent provoquer nos adversaires. Certains, à l'intérieur de l'Eglise, s'en réjouiraient, mais de ceux-là, pour l'instant, je ne me soucie guère... D'autres, en revanche, ne se contenteront pas de regarder. Les Soviétiques et les Libyens ont déjà multiplié les protestations contre le plan Arcade. Tout laisse penser qu'ils n'en resteront pas là. Nous allons vivre cinq jours critiques.

– Et vous pensez que ce Michael de Bonno...

– Je ne redoute pas un attentat ni une agression

de front. Personne ne peut prendre le risque d'attaquer brutalement l'Eglise. Persécutés, nous redeviendrions invulnérables. Non, je m'attends à une offensive détournée, insidieuse. Pour cela, à mon avis, il faut pouvoir opérer de l'intérieur, infiltrer le plan Arcade. Or, Michael est mieux placé que quiconque pour ouvrir cette brèche.

– Mais, objecta le nonce, ce n'est pas parce que vous le rencontrerez que le danger sera écarté.

– J'ai bien étudié son dossier, répondit d'Anglebert, j'ai interrogé des professeurs et des étudiants qui l'ont fréquenté, à Compiègne. Ce garçon semble à peu près dépourvu de conscience politique. C'est un calme, un pacifique, un peu naïf sans doute... manipulable, probablement. Mais qu'il ait embrassé avec ferveur la cause de l'islam ou qu'il ait été touché par la grâce en voyant pour la première fois Gorbatchev à la télévision, ça je ne le croirai jamais. »

Le taxi s'était enfin arrêté devant les portes de l'hôtel.

« Si je vous suis bien, dit le nonce, ce garçon est en danger de mort.

– En effet, Votre Excellence. Ma mission à La Valette est double. D'abord, je dois convaincre Michael de renoncer à ses activités, quelles qu'elles soient exactement. Ensuite, je dois veiller à ce que sa sécurité soit assurée. Il y a de fortes chances pour qu'il soit prisonnier d'un chantage quelconque. L'ambassade américaine est prévenue; en cas de besoin, elle est disposée à nous aider. Il sera peut-être nécessaire d'enlever ce jeune homme... c'est-à-dire d'organiser son évasion. Lorsqu'il aura parlé, il comprendra qu'il n'y a pas d'autre solution. Le temps pressera, alors, car il n'est évidemment qu'un maillon dans une chaîne dont nous ne savons trop d'où elle part ni où elle aboutit.

– Où désirez-vous organiser ce rendez-vous?

– C'est tout le problème. Je ne connais pas assez bien l'île pour pouvoir me faire une opinion là-dessus. J'espérais que peut-être vous seriez en mesure de me faire une suggestion. Il ne faut pas que...

– Oui, oui, je comprends, cette rencontre doit demeurer secrète. »

Le nonce regardait en direction des anciennes casernes et de Great Siege Road, qui menait aux fortifications.

« Et, dit d'Anglebert, si tout se passe selon mes souhaits, il est également nécessaire qu'un hélicoptère puisse atterrir à proximité de cet endroit.

– Appelez-moi ce soir à la nonciature.

– Merci, Votre Excellence. »

Dans le hall de l'hôtel, Michel d'Anglebert croisa une foule distinguée. Tout en se dirigeant vers la réception, il perçut les échos feutrés du boston que jouait l'orchestre dans la salle à manger.

Rome, le 11 avril

A neuf heures du soir, l'E.U.R. n'était plus qu'un fantôme de quartier, un désert de pierre blanche. Alors, il méritait bien son autre nom d'E42, projet avorté, année fatale, simple code pour un événement contourné par l'histoire.

Par la fenêtre du petit appartement de Suzanne, Abdul surveillait la rue triste et inanimée. La jeune Libanaise était sortie. Elle se trouvait déjà au volant de la camionnette stationnée le long du trottoir opposé, en bas de l'immeuble où depuis quelques jours résidaient les Iraniens. Dans un instant, Mohammed Khomsi allait monter près d'elle. Les quatre autres membres du commando prendraient place dans le second véhicule, garé juste derrière. Le matériel destiné à l'opération était réparti entre les deux fourgons. Abdul attendit qu'ils aient démarré à destination des Abruzzes pour quitter l'appartement.

Une demi-heure plus tard, il frappait à la porte de Wendy. La jeune fille parut surprise, et même fort mécontente, de cette visite inopinée. Elle s'apprêtait à s'en aller, devant passer au Centre informatique du Vatican une bonne partie de la nuit.

« Le transfert est annulé? demanda-t-elle d'une voix anxieuse, invoquant la seule raison qui lui semblât pouvoir justifier l'irruption d'Abdul.

– Mais non, pas du tout. »

Le Libyen s'affala sur une pile de coussins et alluma une cigarette, détaillant la pièce avec un soin insolent.

« Je suis pressée. Ce n'est pas le moment de traîner. Tu es mieux placé que quiconque pour le savoir. »

Elle secoua la tête, incrédule. C'était le soir qu'elle attendait depuis des mois, le soir décisif où elle allait transférer l'intégralité de la mémoire du PSI 1000 romain sur l'ordinateur similaire situé à Msida dans l'île de Malte; non seulement l'ensemble des programmes rapportés du Japon par Nicholas, mais aussi tous les fichiers, toutes les données accumulées par l'équipe du Centre au cours des mois écoulés. Ainsi, il serait bientôt possible de recréer sur l'ordinateur pirate une réplique fidèle de l'espace informatique dessiné au Vatican; ainsi, il serait possible de démanteler ou de détourner le plan Arcade, avec pour effet de déclencher en Occident une crise aussi soudaine qu'inattendue. La deuxième phase de l'opération devait avoir lieu cinq jours plus tard, au moment même où le pape s'adresserait pour la première fois par satellite et dans la langue de chacun à ses fidèles du monde entier. Ce jour-là, le Saint-Père entendait démontrer l'efficacité du projet, entendait également prouver à ses adversaires qu'il ne servirait que la cause de la paix et de la fraternité, espérait, enfin, apaiser les tensions que son élaboration avait suscitées.

« Khomsi et ses hommes seront sur place dans un peu moins de deux heures, dit Abdul. Tu vois, cela te laisse le temps de te mettre au travail. »

Khomsi. C'était la première fois que le jeune Libyen prononçait ce nom devant Wendy. Jusqu'alors, elle l'avait toujours entendu désigner le groupe d'intervention de façon globale; c'était le commando, ou encore : les Iraniens. Cela lui revint aussitôt. Khomsi, Mohammed Khomsi. Il avait fait la une des journaux en octobre. Tel était l'individu que les Soviétiques avaient jeté en pâture à l'Occident après le détournement du vol Paris-Tokyo où s'était trouvé Nicholas. Mais personne n'avait jamais vu son portrait.

« Je croyais que ce Khomsi purgeait une peine de trente ans dans un bagne sibérien, dit-elle. A moins qu'il n'ait été condamné à mort? »

Abdul se mit à rire.

« Oh! il a bien dû purger deux ou trois mois dans une datcha au bord de la mer Noire.

– Plutôt imprudent, remarqua Wendy. Et s'il se fait pincer ici, à Rome ou à Avezzano? Il ne sera pas difficile de faire le rapprochement. Et la complicité des Russes sera évidente. Je supposais Akhmedov plus malin.

– Akhmedov n'est rien. Le chef, c'est Aliev. Et Aliev est très malin. Mohammed Khomsi a été libéré officiellement il y a un mois, remis aux autorités iraniennes.

– Sans blague? Un pirate de l'air?

– Il a été échangé contre trois dirigeants du Toudeh incarcérés à Tabriz et qui attendaient d'être exécutés. Aliev n'a fait que sauver de bons communistes.

– Je vois. Alors, c'est la responsabilité des Iraniens qui sera engagée.

– Ça, sans doute. Mais c'est leur rôle. Ou plutôt c'est celui des Croisades islamiques. Elles opèrent en première ligne et couvrent tout le monde. Les types risquent leur peau, mais ils sont là pour ça. Et ça n'ira pas plus loin. L'organisation n'existe pas. Le plan Arcade réduit à néant, on n'entendra plus jamais parler d'elle.

– Qui sont les quatre autres membres du commando? demanda Wendy.

– Des techniciens, et aussi des terroristes entraînés. Les Iraniens ont les mêmes raisons que nous de vouloir s'opposer au complot américano-catholique. Leur contribution est à la hauteur de leurs moyens, voilà tout. »

La voix d'Abdul trahissait tout le mépris qu'il éprouvait pour les hommes de Téhéran, simples pions sur un échiquier dont Soviétiques et Libyens se partageaient la maîtrise.

« Le seul lien qui nous unit à eux est Suzanne. Je la connais. Ils la connaissent. Nous n'avons pas besoin de nous rencontrer. Et c'est bien ainsi. »

Il regarda sa montre. Les deux camionnettes roulaient vers telespazio, à 150 kilomètres de Rome. Dès que Khomsi et son commando auraient réussi à occuper la salle de contrôle du système de télécommunication par satellite, ils adresseraient à Wendy un signal lui indiquant qu'elle pouvait commencer à envoyer toutes les données contenues dans les mémoires auxiliaires du PSI 100 vers la petite antenne fichée sur le toit de la casina de Pie IV, siège de l'Académie pontificale des sciences. La pose de cette antenne avait représenté l'un des premiers actes concrets du plan Arcade. Par l'intermédiaire de telespazio, elle recevait continuellement des données informatiques en provenance de la plupart des pays occidentaux associés au projet.

De la sorte, le Vatican était tenu au courant des progrès de l'implantation du système et, surtout, pouvait jeter les bases de ce qui serait un jour le plus gros fichier du monde : celui de la communauté catholique. En effet, si le plan Arcade semblait fonctionner dans un premier temps à sens unique, les ambitions de ses concepteurs ne se limitaient pas là. Il ne s'agissait pas uniquement de permettre au pape de s'adresser en direct aux fidèles. Le père d'Anglebert, notamment, tenait à ce que soit bâti un gigantesque réseau de communication, véritable toile d'araignée tissée entre tous les évêchés de la planète, afin de délimiter et de matérialiser le continent logique catholique. Ce continent était formé par la masse immense, mais éparpillée, des croyants, par tous et par chacun. Pour le connaître, l'identifier et lui donner une cohésion, il fallait en recenser la population, élément par élément, c'est-à-dire en enregistrer tous les membres : nom, âge, profession, domicile, etc. Tel était l'objectif de la seconde phase du plan Arcade, dont la réalisation se poursuivrait pendant les années à venir : constituer, grâce aux informations collectées par les paroisses, puis transmises par les évêchés, le plus vaste fichier jamais enregistré et apprendre à le gérer de manière efficace.

C'était donc cette antenne orientée vers les Abruzzes qui allait permettre à Wendy de mener à bien sa mission; c'était par là où il comptait s'enrichir que le Vatican allait être dévalisé. Techniquement, l'opération à laquelle elle devait se livrer était assez simple. Il lui suffisait de brancher tous les modems – petites boîtes noires par lesquelles l'ordinateur communiquait avec l'extérieur – sur l'antenne voisine et de donner l'ordre au PSI 100 d'émettre en simultané tout ce qu'il lisait. De la sorte, l'ordinateur passerait en revue l'intégralité de son contenu et l'ensemble de ces données seraient transmises à telespazio par le relais situé sur le toit de l'Académie. La suite ne dépendait plus d'elle, mais du commando iranien.

Wendy s'impatientait. Il lui tardait que tout cela fût terminé. Le transfert auquel elle allait procéder ne comportait en lui-même aucune difficulté, mais l'importance stratégique de ce détournement était immense. Par-dessus tout, elle se méfiait de la perspicacité de Nicholas Resaccio; ou peut-être ne craignait-elle au fond que ses propres faiblesses.

« J'y vais », décida-t-elle.

Abdul écrasa sa cigarette et fit mine de se lever.

« Je t'accompagne. »

La jeune fille en resta interdite.

« Pardon?

– Nous ne pouvons nous permettre la moindre défaillance technique ou... humaine, déclara Abdul. Cette nuit, je te suivrai partout en permanence.

– Bien sûr. Vas-y même à ma place si tu veux. Tu as toujours les clefs?

– Pas besoin. Allons, ce n'est pas à une informaticienne confirmée comme toi que je vais apprendre qu'on n'a pas forcément besoin d'une clef pour entrer dans ce genre d'endroit. Ni d'une carte, d'ailleurs.

– Explique. »

Wendy marcha jusqu'à la fenêtre et se mit à contempler la ville endormie.

« Disons que je t'accompagne... logiquement, dit derrière elle la voix d'Abdul. Grâce à ton terminal. Je reste ici et je contrôle tout ce que tu fais, d'accord? »

Elle ricana. Pourtant, déjà, elle avait saisi que le jeune Libyen ne plaisantait pas. Mais, si l'idée qu'il pût s'introduire avec elle dans le Centre lui avait paru absurde, celle de le savoir demeurer chez elle en son absence l'horrifiait carrément.

« Tu ne sais pas comment ça fonctionne! s'exclama-t-elle. Tu crois peut-être que j'ai le temps de m'amuser à te faire un cours d'initiation à l'informatique? »

Wendy se retourna et vint s'accroupir près d'Abdul.

« Écoute. Le père Resaccio m'attend. Sur *ton* conseil, et dans le but d'éloigner les audits, je lui ai raconté que j'avais l'intention de compiler cette nuit un programme très long et très compliqué. Sur *ton* conseil, et pour que les audits ne viennent pas fourrer leur nez dans mes affaires, j'ai proposé à Nicholas de disputer une partie de go afin de passer le temps tout en suivant cette compilation. Parce que, comme tu me l'as si bien dit, personne ne lui demandera, à lui, de lever les mains en l'air! Et si j'avais mis en pratique tes sages recommandations jusqu'au bout, Abdul, je serais déjà arrivée là-bas, tu comprends. *Est-ce que tu comprends?*

– Je pense m'en sortir très bien tout seul. Je viens de passer une semaine à Malte, chère Wendy, et, comme tu le sais, il se trouve dans l'île un système en tout point comparable à celui sur lequel tu travailles ici. Je me flatte d'apprendre assez vite. Bref, je crois en savoir suffisamment pour me connecter sur ta mémoire et pouvoir suivre exactement tout ce qui se passe.

– Non, pas du tout. Les terminaux personnels n'ont pas accès à toutes les zones de l'ordinateur. »

Abdul lui fit comprendre d'un haussement d'épaules qu'il ne s'en souciait guère.

« Le rôle du commando est de prendre le contrôle de telespazio, expliqua t il. A ce moment-là, Khomsi appellera directement Malte. Bien entendu, il ne doit y avoir aucun contact entre les Abruzzes et le Vatican. Khomsi signalera donc à Malte qu'il est prêt à recevoir tes données. Aussitôt, Michael t'enverra un message codé, selon le procédé habituel, c'est-à-dire en écrivant dans ta zone de mémoire. Ce message codé, tu ne le connais pas, mais moi, si.

– Et Michael?

– Lui non plus. Il faut que tu saches que Michael va être maintenant accompagné jusqu'à la fin de l'opération, de la même façon que tu le seras ici, par moi. Pendant les cinq prochains jours, l'un des nôtres restera en permanence auprès de lui, ou, plus exactement, l'une des nôtres. »

Il adressa à Wendy un petit sourire ironique, mais la jeune fille ne broncha pas.

« Je dis bien auprès de lui, insista Abdul, car à Msida rien n'empêche d'opérer à découvert. C'est elle qui tapera le message codé. Il apparaîtra dans ta mémoire, visible aussi bien au Centre qu'ici sur ton terminal, et je saurai que Khomsi a réussi et qu'il attend le début du transfert. Ce message sera suivi de la mention en clair : *tu peux y aller*. Ainsi, pour toi, aucun doute ne subsistera. Il est évident que si je voyais ce *tu peux y aller* non précédé de la formule codée, je saurais immédiatement qu'il n'a pas été tapé par la bonne personne, mais par toi, ou par Michael ou par n'importe qui d'autre. Ce sont des précautions que nous sommes obligés de prendre, comme tu l'imagines. Je suis sûr que tu ne t'en formaliseras pas.

– Mais non, c'est bien naturel. »

Elle lâcha son pull-over noir dont elle ne cessait depuis un moment d'arracher de petits brins de laine.

« Il faut environ une heure pour transférer la totalité des programmes et des fichiers par l'intermédiaire des faisceaux hertziens – de l'antenne de l'Académie au Centre des Abruzzes. Pendant cette heure, tu feras croire à Resaccio que tu compiles l'ensemble de tes travaux. Tu pourras te lever de temps en temps pour voir si tout se déroule convenablement. A Avezzano, les Iraniens pointeront l'une des antennes du Centre en direction d'Arabsat. Ainsi les données que tu transmettras seront immédiatement renvoyées vers le satellite arabe avant d'être détournées par le réflecteur à destination finale de Malte. L'émission partie du Vatican ira donc d'abord à telespazio, puis d'Avezzano à Arabsat et, enfin, du satellite à la petite antenne installée sur l'île, près de Msida. Du fait du transit par Arabsat, personne ne pourra en suivre le parcours. A condition toutefois que Khomsi ne commette aucune erreur.

– Il faut qu'il oriente une des antennes d'Avezzano vers Arabsat, je suppose, dit Wendy.

– Bien entendu. Mais seulement après avoir neutralisé le personnel technique du Centre. Ce point précis de l'opération doit rester inaperçu. Khomsi doit donc remettre l'antenne dans sa position primitive dès la fin du transfert. Ainsi, personne ne pourra deviner la véritable raison de l'intervention du commando. »

Wendy écarquilla les yeux.

« Comment ça, la véritable raison? Et que prétendront-ils être venus faire? Etudier la culture de la pomme de terre? Il paraît que c'est la spécialité locale.

– Les Iraniens agiront au nom des Croisades islamiques. Comme tu le sais, telespazio est un des plus importants centres mondiaux de télécommunication. Le commando feindra de s'en être emparé afin de profiter de ce gigantesque « haut-parleur » pour faire connaître ses revendications.

– A savoir?

– Principalement, obtenir la libération d'Ali-Agça, l'homme qui a tenté d'assassiner le pape.

– Rien que ça!

– Cette demande n'a strictement aucune chance d'aboutir », convint Abdul.

Il se mit à rire.

« Heureusement, d'ailleurs! Nous serions bien embarrassés. L'essentiel est que le commando donne l'impression d'être composé de fanatiques résolus. Ça ne leur sera pas difficile. Ces types-là ont beau être des techniciens de premier ordre, ce sont tous des chiites intégristes, des enragés, des dingues. Ils prendront en otage le personnel de garde et...

– Tu plaisantes ou quoi? s'exclama Wendy. Telespazio doit être protégé par cent cinquante ou deux cents militaires, avec mitraillettes, miradors, chiens-loups et ainsi de suite. C'est un véritable camp retranché.

– Ne t'en fais pas pour ça. Une fois qu'ils auront réussi à pénétrer à l'intérieur de la salle de contrôle et à s'emparer des techniciens de service, on ne pourra plus rien contre eux. Dès qu'ils auront formulé leurs exigences, ils menaceront d'abattre un otage toutes les heures.

– Ils ne feront tout de même pas ça? »

Abdul eut un sourire cruel.

« Si ça leur paraît donner plus de crédibilité à leur action, ils en sont capables. Mais non, ce ne sera sans doute pas nécessaire.

– Et ensuite?

– Ils feront durer. Ils revendiqueront le détournement du Paris-Tokyo, l'assassinat de Bertoni, ils liront des versets du Coran et, dix fois, cent fois, ils réclameront Mehmet Ali-Agça. Le gouvernement italien refusera, peut-être même le pape se mêlera-t-il des négociations... Et, à l'aube, le commando renoncera à ses exigences à condition de pouvoir quitter le territoire italien à bord d'un hélicoptère. Sans doute emmèneront-ils un otage ou deux. Tout est prévu, Wendy, tout est prévu. Tu n'as aucun souci à te faire pour notre ami Mohammed Khomsi.

– Très franchement, Abdul, pour l'instant, je ne me fais de souci que pour moi et...

– Pour Michael? Tu as bien raison, chère Wendy, oh! oui, bien raison. Mais non, je plaisantais. Michael ne risque rien puisque, comme je te le disais tout à l'heure, il se trouve désormais en excellente compagnie. Quel dommage que tu ne la connaisses pas. Mais si, au fait, tu as bien dû la rencontrer. Une jolie brune, une journaliste égyptienne. Tu y es? »

Wendy hocha lentement la tête, songeant que décidément le plan Arcade faisait eau de toutes parts. Pauvre Nicholas! Pauvre d'Anglebert! Dire qu'ils avaient trouvé le moyen d'inviter une espionne libyenne à leur démonstration de Faremoutiers. Des journalistes triés sur le volet, assuraient-ils.

« Quand le transfert sera terminé, expliqua Abdul, cette fille, qui s'appelle Leilah, enverra dans la mémoire de l'ordinateur un second message, message qu'à nouveau elle et moi sommes seuls à connaître et qui signifiera que toutes les données sont bien parvenues à destination. Il sera suivi d'une indication en clair disant : *tout est O.K.* Tu pourras alors arrêter les machines et avertir le personnel du Centre que ta tâche est achevée. Bien entendu, tout au long de l'opération, tu n'auras cessé de compiler véritablement un programme, sur un autre processeur libre. Ainsi, si jamais Nicholas Resaccio voulait jeter un coup d'œil sur ce que tu fais, tu pourrais lui montrer l'écran de visualisation du processeur qui compile ce programme.

– Je sais, je sais, dit Wendy d'un ton las. Je vois que ton stage d'une semaine t'a bien profité. Tu es un bon garçon, Abdul, tu as bien appris ta leçon. Mais moi, figure-toi, ça fait près de dix ans que j'étudie l'informatique. D'accord? »

Elle crut qu'il allait la gifler. Mais il se contenta de sourire.

« Moi, répondit-il après un silence, il y a dix ans, j'étais obligé de travailler pour payer mes études. Alors, tu comprends, les ordinateurs...

– Ce n'est pas la vraie raison! s'écria Wendy.

– Ah! non?

– Non! La vraie raison, c'est qu'il y a dix ans, les Libyens venaient tout juste d'inventer le boulier! »

Abdul blêmit, mais ne broncha pas. Elle aurait préféré pourtant qu'il lui saute à la gorge, qu'il l'étrangle. Elle ne l'avait pas blessé pour le plaisir. Non. Mais pour que tout cela finisse. Pour qu'il l'étrangle et qu'elle ne soit pas obligée de partir, de faire ce qu'on lui demandait de faire. Plus elle y pensait, plus elle se persuadait que les Iraniens allaient massacrer leurs otages. Ces gens-là n'aimaient ni Allah, ni la Révolution, ni Khomeiny; ils aimaient le sang.

« Je suis un ignorant, dit Abdul, mais je sais au moins une chose. Si tout ne se passait pas comme prévu, si par exemple l'un des deux messages codés n'apparaissait pas, certaines personnes trop bien renseignées devraient être retirées de la circulation. Michael serait purement et simplement supprimé. Quant à toi, tu serais directement rapatriée sur Tripoli. Tu pourras t'initier à la technique du boulier. »

Il reprit sa respiration et ajouta :

« Mais tout ira très bien. Nous ne pouvons pas nous permettre un échec. Vendredi, le pape s'adressera au monde. Ce jour-là, nous serons prêts. Et le chef spirituel de l'Occident sera déconsidéré aux yeux de tous. »

Il se leva.

« Allez, dépêche-toi, maintenant. Ton beau curé t'attend. Ah! encore une chose. Avant de partir, n'oublie pas de me donner ton code. Nous allons établir la liaison immédiatement, d'ailleurs. »

Elle écrivit son code sur le bloc posé à côté du téléphone, puis appela au Centre le numéro qui permettait d'entrer directement en liaison avec l'ordinateur. Il y eut un sifflement, puis Wendy appuya sur la touche *connexion* de son terminal de façon à être « loguée ». Alors, elle tapa les différentes séquences de codes qui lui donnaient accès à sa zone mémoire.

Voir Abdul installé devant l'écran, son écran, la mit si mal à l'aise qu'elle se hâta de quitter l'appartement, sans prononcer un mot.

Malte, le 11 avril

Quand il entendit sonner, Michael sut immédiatement qu'il n'y aurait rien de bon à attendre de cette visite. Il fut surpris cependant de découvrir derrière sa porte une Leilah plus ravissante que jamais, arborant un sourire mi-enjôleur, mi-contrit, une Leilah qu'en temps normal il eût accueillie sans déplaisir. La jeune journaliste se faisait un peu collante, ces dernières semaines, Michael n'était pas sûr de pouvoir attribuer tant d'empressement à son seul charme. Et, restant fermement appuyé au chambranle de la porte, il se dit que sa première impression ne l'avait peut-être pas trompé; tout cela ne présageait rien de bon.

« Tu me laisses plantée là? s'étonna Leilah.

– Que se passe-t-il? »

Elle rejeta une mèche de cheveux derrière son oreille et leva vers le cou de Michael deux bras gainés d'une matière souple et scintillante, deux bras bleu sombre.

« Mais... rien. J'avais envie de te voir, c'est tout. Très envie...

– Je suis désolé, dit-il, c'est vraiment impossible. Pas ce soir. »

Mais, déjà, elle avait réussi à le faire reculer d'un pas et son visage s'approchait du sien. Au moment où leurs lèvres se joignirent, Leilah donna un coup de talon dans la porte, qui se referma en un claquement violent.

« Sérieusement, protesta Michael, je dois m'en aller. Il faut que je sois à l'université dans une heure.

– A la fac, si tard que ça? Ah! je vois, toujours tes expériences sur le sommeil. »

Michael acquiesça.

« Oui. J'étudie le fonctionnement du cerveau en stade IV et les ondes delta de moins de un cycle/seconde. Je viens d'enregistrer certains résultats intéressants sur le PSI 100 et je dois présenter mes travaux cette nuit à des coopérants soviétiques. »

Il observa Leilah pour voir quel effet produisait sur elle cette allusion, mais ses traits ne montraient que le mélange d'excitation et de dépit qu'elle manifestait depuis son entrée.

« Des coopérants ou des espions? » demanda-t-elle enfin.

Il rit, comme si une réplique aussi naïve lavait la jeune femme de tout soupçon.

« Je leur poserai la question, dit-il. Allez, laisse-moi, maintenant. Je te le répète, je n'ai qu'une heure devant moi et... »

Elle haussa les épaules.

« Tant pis, soupira-t-elle en s'introduisant dans le salon, je ne resterai qu'une heure.

– Ecoute... »

Il la suivit dans la vaste pièce encore encombrée d'une multitude d'objets et de meubles témoignant du goût que son père avait eu pour le luxe tapageur. Il n'avait pas le cœur à lutter. Pourquoi la chasser, elle, alors qu'elle serait la seule note douce et agréable d'une nuit qui s'annonçait pénible, peut-être terrible. Il s'assit face à Leilah sur le bras d'un fauteuil monumental et, s'efforçant d'affermir sa voix, l'avertit :

« Je n'ai pas dit que j'avais une heure de liberté, j'ai dit que je devais partir dans une heure. »

Elle écarquilla ses grands yeux sombres, feignant l'incompréhension.

« En fait, précisa Michael, j'ai un travail urgent à terminer. Je n'ai pas une minute à te consacrer, tu comprends?

– Oui, oui, je comprends, ça ne fait rien. Je ne te dérangerai pas. Je m'installe dans un coin, je bois un verre et tu ne t'occupes plus de moi, d'accord? Je ne voulais pas rester seule, c'est tout. Un coup de cafard. Ça ne t'arrive jamais? »

Il garda pour lui le « Oh! si, » qui lui était monté aux lèvres. Le grelot aigre du téléphone lui épargna d'avoir à poursuivre cette conversation. Michael eut juste le temps avant d'aller décrocher de noter que Leilah avait esquissé un mouvement curieux, comme s'il lui revenait à elle de répondre à cet appel.

« Monsieur de Bonno?

– Oui.

– Puis-je vous parler en toute discrétion, monsieur de Bonno?

– Pardon?

– Etes-vous en mesure d'entendre des propos confidentiels?

– Mais... oui. Qui êtes-vous? »

Un silence.

« Je vous appelle de la nonciature à La Valette. »

Michael tressaillit. Il jeta un coup d'œil en direction de Leilah, fut tenté de changer de pièce et de prendre la communication sur un autre poste, mais la jeune Egyptienne semblait s'être désintéressée de ce qui se passait autour d'elle.

« Je vous écoute, dit-il.
– Son Excellence Mgr Ettore Ghinzani désirerait vous rencontrer au plus vite. Il souhaite vous voir dès demain pour vous entretenir d'un sujet de la plus haute importance. Pour des raisons que vous comprendrez certainement, ce rendez-vous doit avoir lieu dans un endroit... protégé. A l'abri de toute curiosité. Puis-je vous demander de vous tenir prêt demain matin à 8 h 45? Un second appel vous précisera alors le lieu choisi et comment vous y rendre.
– Mais qu'est-ce que...
– Puis-je compter sur votre coopération? Il y va de la sécurité de nombreuses personnes, dont l'une au moins vous est chère, et également de la vôtre. Puis-je compter sur vous? »
Michael aurait voulu en savoir plus, poser des questions, mais la présence de Leilah le paralysait.
« Oui, dit-il.
– Merci, monsieur de Bonno. »
Son interlocuteur raccrocha. Il se tourna vers Leilah, troublé, ne sachant plus que penser de son intrusion. Il avait eu l'impression qu'elle essayait de surprendre la teneur de sa conversation téléphonique tout en jouant la plus totale indifférence. Non, il n'aurait pu dire en cet instant si l'attitude de la jeune femme l'agaçait, l'inquiétait ou bien le réconfortait. Dans un sursaut d'énergie, brusquant ses gestes d'une façon un peu ridicule, il posa devant elle une bouteille et un verre, puis alluma la télé, annonçant :
« Je vais travailler à côté. Tu restes ici si tu veux... mais tu ne bouges pas de ce fauteuil, d'accord?
– Hon! Hon! »
Il laissa entrouverte la porte de son bureau, en sorte d'apercevoir par-dessus l'écran vert de son terminal la chevelure sombre de Leilah répandue

sur le dossier du fauteuil. Il se connecta au PSI 100 de Msida et commença de taper, demandant au terminal de se brancher directement sur l'ordinateur du Vatican. Un message s'afficha sous ses yeux, exigeant qu'il communique ses mots de passe. Il fournit l'un après l'autre ceux de Wendy jusqu'au moment où il reçut l'autorisation d'établir la liaison.

Alors, contrairement à ce qu'il faisait régulièrement depuis plusieurs mois, au lieu de demeurer dans la zone de brouillon attribuée à Wendy, il donna l'ordre au terminal d'ouvrir un nouveau fichier, dans une partie encore vierge de la gigantesque mémoire du PSI 100 romain. L'adresse de branchement du fichier dans lequel il s'apprêtait à écrire portait l'indicatif : HC 22. Michael alluma une cigarette et commença à taper :

« Wendy chérie, si tu trouves ce message, c'est que je n'aurai pas pu le détruire, et si je n'ai pas pu le détruire, c'est que je ne serai plus *physiquement à Malte.* Tu sauras alors qu'il m'est arrivé quelque chose et que, pour moi, toute cette affaire est désormais terminée. Ce que j'ai à te dire a une double importance : pour nous, tout d'abord, pour toi et pour moi, pour le plan Arcade ensuite, pour ce que nous avons fait et nous apprêtons à faire. J'ai découvert un certain nombre d'éléments que je suis sans doute seul à connaître actuellement. Ni tes amis de Tripoli ni, bien sûr, le Vatican ne sont au courant. »

Michael jeta un coup d'œil en direction de Leilah dont la nuque roulait doucement contre le haut du dossier. Il voyait aussi sa jambe droite, qu'un battement nerveux animait. Il reprit :

« Depuis longtemps, à l'insu de tous, je tiens un journal que je rentre au fur et à mesure dans la mémoire du PSI 100 du Vatican, dans un fichier secret dont le temps est venu pour moi de te révéler l'adresse. Ce journal se trouve en BB 34. J'espère que tu auras la possibilité d'en prendre connaissance et, aussi, d'en tirer certaines conclusions importantes. J'y ai résumé tout ce que j'ai appris ou déduit. Je suis persuadé que l'extrême gravité de tout cela ne t'échappera pas. »

Quand il quitta soudain l'écran du regard, Leilah se trouvait face à lui, dans l'encadrement de la porte. Ses lèvres avançaient en une moue impatiente.

« Je t'avais demandé de... J'en ai encore pour quelques minutes. S'il te plaît. »

Michael continua d'écrire pendant près d'une demi-heure, de plus en plus fébrile, de plus en plus incapable de combattre la sourde anxiété qui l'envahissait. Puis il envoya l'ordre de stocker le texte qu'il venait de composer dans l'ordinateur du Vatican, en prenant bien soin d'y faire figurer son adresse de changement : HC 22, et éteignit son terminal.

Leilah fumait une longue cigarette bleu pâle à filtre doré, mollement étendue sur un canapé. Le téléviseur était toujours allumé, mais les émissions s'étaient arrêtées et le poste n'émettait plus qu'un léger sifflement; l'écran scintillait.

« Tu fais ce que tu veux, dit Michael, mais moi je m'en vais. Je t'avais prévenue que... »

L'étrange petite grimace qui était passée sur le visage de la jeune femme l'empêcha de finir sa phrase.

« Ce que je veux? C'est simple, je veux t'accompagner. »

Pourquoi sont-ce toujours celles que l'on voudrait retenir qui partent? Et celles dont on voudrait se débarrasser qui...

Il enfila sa veste, se désintéressant d'elle.

« Je t'*accompagne,* Mike. »

Son ton le fit sursauter, l'obligea à se retourner.

Leilah avait ramassé son sac de velours mauve, qui pendait par une lanière de cuir accrochée à son bras gauche. Dans sa main droite, elle tenait un revolver. Un petit revolver. Un revolver pour dames, songea stupidement Michael.

« Leilah?

– Je suis prête, Mike, je t'attends.

– Ce n'est pas drôle. Ecoute... mais où as-tu trouvé ça?

– C'est un cadeau... offert par un ami commun.

– Vraiment?

– Oui. Oh! ça ne lui a pas beaucoup coûté. Il en a des tas. C'est son métier. Il est militaire. »

Michael eut un pâle sourire.

« Laisse-moi deviner », souffla-t-il. Puis, machinalement, il alla éteindre la télé.

« Il est l'heure, dit Leilah. Tu as du travail à l'université, Mike chéri. Une tâche très importante, ce soir, je crois. Et moi aussi, tu sais, je joue gros aujourd'hui. Je dois veiller à ce que tu accomplisses consciencieusement ton devoir. »

Elle baissa le canon de son arme.

« Nous ne sommes pas ennemis, Mike. Nous avons le même but et notre intérêt à tous les deux est que tout se passe conformément aux souhaits du colonel. Notre sécurité en dépend, peut-être notre vie?

– Tu sais ce qui me ferait plaisir? demanda Michael. Rencontrer quelqu'un qui ne travaillerait ni pour ni contre le plan Arcade, quelqu'un qui se foutrait éperdument du plan Arcade, ou, mieux encore, qui n'en aurait jamais entendu parler. Je serais prêt à donner cher pour finir la soirée avec cette personne-là.

– Dépêchons-nous, maintenant. Tes amis *coopérants* vont s'impatienter. Il faut que nous réussissions, Mike. Et, si tu suis mes instructions, tout ira bien. Après, tu pourras rencontrer tous les gens que tu voudras. »

Ils quittèrent ensemble la villa familiale des de Bonno et roulèrent en silence vers l'université. Dans la vaste salle située dans les sous-sols de la Faculté de médecine, les techniciens soviétiques s'affairaient déjà autour du PSI 100. Michael n'y avait jamais vu une telle animation; en général, il se trouvait seul parmi les machines et les écrans. Ce soir, une vive tension régnait. Michael se sentait surveillé, comme un homme à la fois précieux et dangereux.

Il s'installa devant une console, entouré d'une rumeur de voix prononçant des mots dont il ignorait le sens. Leilah semblait l'avoir oublié. Elle conversait nerveusement avec l'un des Soviétiques. Finalement, ce dernier lui adressa un petit signe, une autorisation. Leilah passa dans une salle contiguë, de l'autre côté d'une paroi vitrée. Michael la vit décrocher un téléphone. Tout en commençant d'opérer, le jeune homme songea que, très certainement, elle appelait le colonel Akhmedov. Et, l'instant d'après, se souvenant du message de la nonciature, il se dit que décidément cette nuit marquerait pour lui la fin de l'aventure. Pour lui, demain, le plan Arcade, ce serait terminé.

Avezzano, le 11 avril

Mohammed Khomsi aimait la mission qu'on lui avait confiée, comme il avait aimé tenir son rôle à bord du 747 Paris-Tokyo. Il avait été longtemps un terroriste de l'ombre, laissant des traces cruelles à Paris, Londres ou Beyrouth, mais se sentait las, à présent, de ce type d'opérations, de la violence aveugle et des attentats sans objectifs précis. Il n'avait plus l'impression de servir utilement l'imam et la Révolution en faisant exploser des voitures devant les super-marchés ou en abattant froidement des opposants au régime. L'emploi de brute sanguinaire ne lui convenait pas. S'il fallait tuer encore, il le ferait, et peut-être s'apprêtait-il à le faire une fois de plus, mais il ne pouvait plus considérer cela comme une finalité. Il se voyait comme un intellectuel et estimait que ses supérieurs devaient faire appel à lui pour ses capacités autant que pour ses convictions ou son courage. En outre, il souffrait de savoir le monde islamique déchiré. Il était chiite et vénérait l'ayatollah, mais sa foi lui disait qu'il n'existait qu'un seul Dieu et que tous ceux qui croyaient en Allah étaient ses frères. L'ennemi était ailleurs; l'ennemi, c'étaient les Arabes renégats, c'était l'Occident, c'était aussi le communisme avec lequel il fallait pourtant parfois passer des compromis.

Après avoir mené à bien, seul et grâce à son audace, grâce aussi à son ingéniosité, le détournement du vol d'Air France, et après avoir été remis discrètement en liberté sur ordre de Gaydar Aliev, Mohammed Khomsi avait été chargé de recruter quatre hommes d'une haute qualification, quatre ingénieurs des télécommunications iraniennes. Relativement novices pour la plupart, ces complices avaient dû suivre une formation de commando accélérée afin de pouvoir participer à l'attaque surprise de telespazio. Il regrettait de ne pas se trouver auprès d'eux en ce moment, mais le plan prévoyait qu'il roulerait au côté de Suzanne tandis que le reste du groupe occuperait la seconde camionnette. Ils avaient quitté Rome depuis maintenant une heure et demie et Khomsi n'avait pas cessé de scruter le rétroviseur extérieur, se tordant le cou pour regarder par-dessus les épaules de la conductrice, afin de surveiller la progression de l'autre véhicule dont les feux éclairaient la route à une centaine de mètres derrière eux. Il faisait nuit noire et Khomsi voyait là un signe, un petit coup de pouce d'Allah de nature à favoriser ses desseins.

Suzanne était un mur. Jamais il n'avait rencontré femme plus taciturne. Lui-même ne parvenait pas à rester silencieux. Il n'éprouvait pas vraiment le besoin de converser, de parler en vain pour éloigner des craintes qui d'ailleurs ne l'effleuraient qu'à peine. Mais il lui fallait prier. Exprimer ses certitudes et ses espoirs. Il le faisait tantôt de façon à peine audible, remuant les lèvres alors que des sons rauques semblaient tapisser le fond de sa gorge, tantôt à haute voix ou même dans un élan d'exaltation qui indisposait Suzanne au point que les phalanges de ses mains blanchissaient sur le volant. Selon le moment, Khomsi récitait des versets du Coran ou bien improvisait sa supplique, et plus les kilomètres passaient, plus il sentait monter en lui une détermination aussi calme qu'inébranlable. Il procédait toujours ainsi avant *l'action*.

Le moteur tournait régulièrement et une obscurité sereine enveloppait le paysage mouvementé des Abruzzes. Quand Suzanne lui annonça : « Nous arrivons dans dix minutes », Mohammed Khomsi sursauta comme s'il s'était cru seul.

L'Iranien hocha la tête et se remit à marmonner. Mais, cette fois, il ne méditait plus les enseignements du prophète; il se remémorait chacune des phases de l'opération qui allait se dérouler. Etant donné la modicité des moyens dont il disposait, Khomsi avait choisi de compter avant tout sur l'effet de surprise. Le site était gardé comme un camp militaire, mais les soldats postés à telespazio devaient s'attendre à tout sauf à une agression de ce type. *A priori*, le centre des Abruzzes ne paraissait pas représenter un objectif pour quiconque.

A quelques kilomètres d'Avezzano, les deux camionnettes bifurquèrent par un chemin de campagne. Elles traversèrent d'immenses champs de pommes de terre et se rangèrent à proximité d'une grange où était remisé du matériel agricole. Suzanne repartit presque aussitôt dans une petite automobile garée parmi les énormes machines et alla se poster sur le bord de la route, les lèvres collées contre un talkie-walkie. Peu après, un tracteur quittait le hangar, tirant une plate-forme lourdement chargée.

Rome, le 11 avril

Pour la première fois, tandis qu'elle s'engageait dans le long couloir légèrement déclive qui menait du poste de contrôle à la salle des ordinateurs, Wendy eut fortement conscience de la nature des lieux que parcourait ce boyau baigné d'une lumière crue. Il lui sembla que ses pas résonnaient loin dans le passé, jusqu'à la Rome antique, et troublaient le repos des martyrs. Sous les dalles de béton qu'elle foulait, la chair des premiers chrétiens s'était mêlée à la terre.

Le poids de sa solitude l'écrasait. Elle n'avait plus d'alliés, plus d'amis. Elle était le champion d'Abdul, qu'elle méprisait, allant défier sur son terrain Nicholas Resaccio, qu'elle admirait, dans un duel qu'arbitrerait Michael, qu'elle aimait. Et elle savait que dans la partie qui s'engageait, quelle qu'en soit l'issue, elle n'avait rien à gagner et tout à perdre.

Au fil des récentes semaines, Michael était devenu un étranger. Oui, depuis ce jour où le jeune homme lui avait renvoyé son propre programme, après avoir isolé ce qu'il considérait comme des anomalies, depuis la lettre de Leilah, toute complicité avait disparu de leurs échanges. Plus jamais

Michael n'avait ajouté à ces envois une plaisanterie, une phrase tendre, une exclamation de désespoir ou d'amour. Rien. Instinctivement, Wendy l'avait imité. Exactement comme si une oreille indiscrète avait été à l'écoute. Et c'était bien ce que paraissait croire Michael.

Wendy inclinait à lui donner raison. Les bizarreries relevées dans son programme, ces données parasites qui auraient eu tôt fait de se transformer en une gigantesque chausse-trappe, avaient été placées intentionnellement et dans un but déterminé. Restait à découvrir qui pouvait avoir semé ces pièges, qui avait intérêt à le faire et qui en avait les moyens techniques. La question paraissait soit trop simple, soit trop compliquée. Dans l'esprit de Wendy, cette énigme était liée à l'incident de Faremoutiers, à la mystérieuse visite dont avait fait l'objet la maison de Michael. Il y avait un fil sur lequel elle craignait d'être obligée de tirer tôt ou tard; et quelque chose lui disait que le poisson qui viendrait au bout de la ligne serait de belle taille. Une baleine, peut-être, qui dès ce soir les avalerait tous. Rien ne prouvait qu'ils seraient aussi chanceux que Jonas ou que Pinocchio. Ou alors, s'ils devaient être recrachés, sans doute serait-ce sur le rivage libyen. Mortel dans tous les cas de figure.

Nicholas venait à sa rencontre, souriant, détendu. Il l'embrassa à sa façon chaste, joue contre joue, sans poser les lèvres sur sa peau.

« La baleine n'est pas un poisson, n'est-ce pas? demanda Wendy en pénétrant dans la salle des ordinateurs.

– Non. Pourquoi?

– Pour rien. Je me demandais. Et la chasse en est interdite?

– Oui, oui. Sauf pour les Russes.

– Et les Japonais.

– Oui. »

Wendy hocha la tête, comme si elle venait d'obtenir la confirmation d'un fait important.

« C'est curieux, dit Nicholas, à vous voir comme ça, on n'a pourtant pas l'impression que vous soyez d'humeur à plaisanter. Qu'est-ce qui vous préoccupe tant, votre travail de cette nuit, notre partie de go ou la chasse à la baleine?

– Oh! un peu tout ça, je suppose. J'ai bien peur que vous ne me battiez à plate couture, cette fois. Non, non, pas là! »

Wendy désignait la petite table que Nicholas avait installée à proximité des consoles.

« Pas là?

– Non... il va y avoir du bruit, ça trouble la concentration. Je n'ai pas besoin de ça. Jouons à côté.

– Vous serez obligée de vous déplacer sans cesse pour surveiller votre compilation. »

Elle soupira, comme s'il fallait se résoudre à cette légère contrariété.

« Peut-être que j'ai un programme de go qui tourne dans le PSI 100 et qu'il me fournira les bonnes solutions », dit-elle.

Une fanfaronnade stupide et dangereuse, propre à éveiller la curiosité de Nicholas sinon ses soupçons, et qu'elle ne parvint cependant pas à se reprocher.

« Vous pouvez gagner sans cela », répondit aimablement Nicholas.

Ils apportèrent la petite table carrée dans un bureau voisin, séparé par une vitre de la salle des ordinateurs.

« Vous préférez toujours les blancs? demanda Nicholas.

– Les noirs, décida-t-elle. Mais nous pouvons tirer au sort si...

– Neuf pierres de handicap? »

Elle grimaça.

« D'accord. J'imagine que je ne vaux pas mieux. »

Neuf pierres plus les noirs, qui jouent en premier, songea Wendy : tout est réuni pour me favoriser. Pourtant, elle était convaincue que Nicholas n'avait pas du tout l'intention de lui faire des fleurs. Il voulait lui concéder l'avantage maximum *puis* la battre.

Elle alla lancer son programme pendant qu'il préparait le jeu. Simultanément, elle brancha le terminal sur un second écran et interrogea sa propre mémoire. Néant. Michael n'avait pas encore reçu le feu vert des Abruzzes.

Nicholas attendait, impassible, devant le *go-ban* auprès duquel il avait posé un petit sablier. Wendy ajouta sur le damier une dixième pierre noire, un peu trop près du bord du tableau pour que ce geste ne parût pas une maladresse volontaire. Le jeune prêtre dévisagea sa partenaire, intrigué, la soupçonnant de ne pas vouloir profiter d'un handicap qu'elle jugeait excessif. Cependant, il constata la pâleur de ses joues et le tremblement de ses mains, semblant indiquer que Wendy accordait à cette partie une importance vitale. Et tandis que Nicholas se disait qu'elle était fière, bien trop fière, et qu'il ne ferait rien pour épargner son orgueil, Wendy se persuadait que le prêtre ne tarderait pas à comprendre son manège, l'avait deviné, peut-être, déjà.

Les pierres claquaient dans le ronronnement des souffleries. Des lignes brisées se formaient, esquissaient des territoires. Wendy ne cessait de fuir. Elle se sentait traquée. Nicholas ne lui laissait aucun répit. Elle ne parvenait pas à construire, à organiser son jeu. Elle se défendait, un point c'est tout. Il lui sembla que Nicholas voulait se venger de sa défaite de Tokyo – non pas gagner seulement, mais l'humilier. Mais, quand elle croisait son regard, elle n'y décelait aucune cruauté : rien qu'une immense concentration, puis de la douceur et même un peu de sollicitude. La vérité était que Nicholas paraissait en avance sur elle d'un ou de plusieurs coups, qu'il inventait sa riposte avant même qu'elle eût joué, comme s'il lisait en elle. Si je ne puis lui cacher cela, comment lui dissimulerais-je le reste... le reste qui est si gros, si envahissant, que cela doit sembler inscrit sur mon front? Elle se leva, convaincue qu'il la suivrait et que, quand elle se retournerait, elle le verrait là, derrière elle, qui pointait un doigt accusateur sur l'écran.

Mais lorsqu'elle eut interrogé la machine, la réponse fut la même : néant. Que se passait-il à telespazio? Il était 11 heures et tout aurait dû commencer. Comme Abdul doit trouver le temps long, songea Wendy, et cette idée fit plus que n'importe quoi pour lui soutenir le moral.

Avezzano, le 11 avril

Deux fois par semaine, l'ingénieur Leonardo Magni prenait son service à vingt-deux heures trente et, connaissant bien la route étroite et sinueuse qui menait à telespazio, ayant l'habitude d'y rencontrer des machines agricoles ou des camions chargés de hauts sacs bruns, il appréciait assez ces postes de nuit qui lui permettaient de tirer toute leur puissance des chevaux de sa BMW. Aussi pesta-t-il de voir soudain, roulant au beau milieu de la chaussée, un tracteur remorquant sur une plate-forme toute une colline de pommes de terre. Derrière lui, une camionnette lançait des appels de phare. L'ingénieur Magni se mit à klaxonner frénétiquement, faisant rugir son moteur à coups de pédale impatients. Puis, alors que le tracteur semblait enfin se décider à se ranger, la colline s'agita et, brusquement, s'effondra. L'ingénieur freina net, sans pouvoir éviter complètement l'avalanche. Les pommes de terre rebondirent contre son capot, frappèrent son pare-brise, s'étalèrent en purée sous ses roues. Quand il descendit de la BMW, une nappe sombre et bosselée envahissait toute la largeur de la route. Il se rua sur le conducteur du tracteur pour l'invectiver, mais celui-ci fut plus prompt que lui, se répandant en imprécations dans une langue que, de surcroît, l'ingénieur Magni ne connaissait pas. Leonardo Magni maudit les émigrés turcs, yougoslaves et autres, et décida de passer coûte que coûte, sans pitié pour la précieuse récolte. Se retournant vers sa voiture, poursuivi par les cris et les gesticulations de l'ouvrier agricole, il aperçut les deux occupants de la camionnette venus constater les dégâts, tout près de la BMW. L'un d'entre eux, resté en retrait, curieusement, auscultait l'arrière de sa voiture.

L'ingénieur Magni redémarra en trombe, cahotant et dérapant sur le bas-côté enseveli sous les tubercules. Il reprit le chemin du Centre. Pendant les trois derniers kilomètres de route, il ne cessa de faire gicler de l'eau et fonctionner ses essuie-glaces pour tenter de chasser le voile poussiéreux qui brouillait sa vision. A proximité de la barrière, il remarqua soudain que la camionnette le suivait toujours. Il ralentit, hésita, puis continua de rouler jusqu'au contrôle.

Un haut grillage ceinturait entièrement telespazio. Çà et là, au sommet d'une tourelle, un projecteur éclairait une large tranche de terrain désert. Au loin, les antennes brillaient faiblement, immenses, pareilles dans la nuit à une colonie d'insectes monstrueux. L'ombre écrasait les bâtiments plats et les chiens aboyaient. Les soldats somnolaient, jouaient aux cartes ou montaient la garde. Les techniciens n'étaient plus qu'une poignée et les machines tournaient lentement. La barrière se leva et la BMW avança jusqu'au portail dont les deux ailes grillagées s'écartèrent. Mais tous les soldats regardaient en direction de la route, vers la camionnette qui venait de s'immobiliser à 200 mètres du Centre – à la limite de la zone interdite. Ils n'eurent pas le temps de s'interroger sur ce qu'il leur fallait faire.

A 22 h 46, Mohammed Khomsi pressa sur le bouton de la télécommande qu'il tenait dans sa main droite. La voiture de l'ingénieur Magni explosa. La barrière fut soufflée. Un grand pan de grillage se coucha. Toute une rangée de projecteurs s'éteignit. Une tourelle s'inclina.

Des corps gisaient sur la terre noire.

Toute une pluie de débris métalliques et de fragments de bois descendit du ciel. Une torche s'alluma au centre du cratère creusé par la déflagration et, tandis que les échos du vacarme résonnaient encore, on vit se tordre dans les flammes l'épave de la BMW.

Les soldats qui couraient dans le camp, poursuivis par les hurlements des chiens-loups, n'aperçurent la camionnette lancée à pleine vitesse qu'au moment où elle frôlait le brasier. Il y eut un formidable craquement et un geyser d'étincelles. Le véhicule fonçait, traînant des morceaux de tôle déchiquetée, le pare-brise fracassé, les pneus arrière en feu. Il zigzaguait, tanguait, faisait des bonds. Deux gardes se jetèrent à plat ventre et tirèrent. Ils n'eurent que le temps de rouler sur eux-mêmes pour ne pas périr écrasés : une seconde camionnette venait de surgir, tressautant sur ses roues tordues. Ils la criblèrent de balles, mais en vain.

Les deux véhicules fous s'arrêtèrent loin d'eux, devant le bâtiment qui abritait tout le système de contrôle de telespazio. Khomsi et ses hommes s'engouffrèrent dans la salle et ordonnèrent aux techniciens de s'allonger sur le sol.

Rome, le 11 avril

Le groupe noir situé dans le coin supérieur droit semblait mort. Fort de son avantage, Nicholas joua successivement deux coups apparemment dévastateurs. Mais, ce faisant, il offrait à Wendy un demi-œil sur le bord, qui risquait de contrarier ses chances ultérieures d'attaque. Cependant, il s'obstina dans son offensive, ce qui le rendit vulnérable à une riposte foudroyante. En trois coups, Wendy sauva son groupe et entreprit de prendre les blancs à revers.

Nicholas lui adressa un regard admiratif.

« Vous voilà maintenant dans la place, commenta-t-il. Mais méfiez-vous, ajouta-t-il en posant une nouvelle pierre, je puis toujours vous encercler. »

Wendy regarda sa montre. Etait-ce fait? Etaient-ils *dans la place*? Elle examina la brèche qu'elle venait d'ouvrir dans le jeu de son adversaire et tenta d'imaginer l'entrée du commando Khomsi dans telespazio. Comment s'y étaient-ils pris? En force, à la libanaise? Par la ruse?

« Excusez-moi », dit-elle en quittant précipitamment sa chaise.

Elle se retint de courir jusqu'à la console. Quand elle eut tapé les codes correspondant à l'ouverture de sa mémoire, elle vit s'afficher sur l'écran le message secret annoncé par Abdul et composé par Leilah sur l'ordinateur de Malte :

L'heure approche et la lune s'est fendue (S 54 V 1).

Puis vint comme prévu l'indication en clair :

Tu peux y aller (HC 22).

Wendy s'interrogea un instant sur l'utilité des caractères qui suivaient chacune des deux phrases. Aucune apparemment. Que lui importait, après tout? Pourtant, prise d'un doute, elle frappa sur son clavier la série de lettres et de chiffres : S 54 V 1. Sans succès. Elle haussa les épaules. Puis, soudain, elle eut une illumination. Ou, plus exactement, elle se souvint d'avoir déjà entendu ces mots dans la bouche d'Abdul, autrefois, il y avait très longtemps : *l'heure approche et la lune s'est fendue.* C'était une citation du Coran, que le jeune homme trouvait particulièrement belle sans sembler capable de l'expliquer vraiment. En ce cas, S 54 V 1 signifiait tout simplement : sourate 54, verset 1. Quant à HC 22 c'était... une plaisanterie de Michael? Hors commerce? Hors circuit? Ou bien... oui, c'était ça, une feinte plaisanterie, *hors circuit,* une adresse secrète, le code d'accès à une partie de la mémoire protégée, interdite. Wendy feuilleta rapidement son manuel et en obtint la confirmation : « HC 22 : mémoire à laquelle l'utilisateur n'a pas accès. » Alors quoi? Une piste suggérée par Michael? Mais non, puisque le manuel affirmait... Elle tenta le coup. Et, au lieu de voir apparaître la mention ZONE PROTÉGÉE, Wendy constata qu'elle pouvait consulter librement cette mémoire. Sous ses yeux stupéfaits s'inscrivirent les phrases suivantes :

« Wendy chérie, si tu trouves ce message, c'est que je n'aurai pas pu le détruire, et si je n'ai pas pu le détruire c'est que je ne serai plus physiquement à Malte. »

Suivait tout le message que Michael avait laissé à l'intention de Wendy, et la révélation de l'existence de son *journal.*

« Un ennui? »

Wendy s'agrippa au bord de la console, s'efforçant de maîtriser son cœur et ses gestes. Calmement, et surprise finalement de parvenir à se dominer de la sorte, elle appuya sur la touche d'effacement.

« Vous avez un problème? insista Nicholas en s'approchant.

– Non, tout va bien. Je m'assurais que la compilation s'effectuait correctement. Puis je vérifiais les programmes de tests simultanés qui tournent sur un autre processeur.

– Toujours aussi consciencieuse, Wendy, bien trop... Allons, venez, souvenez-vous que vous n'êtes pas encore sortie de mes griffes. Je ne suis pas convaincu que vous allez réussir à vous en tirer, cette fois. Ah! à Tokyo, c'était moi qui menais dix parties simultanées. Mais, aujourd'hui, on dirait bien que c'est vous qui faites dix choses en même temps. Du multiprocessing, en quelque sorte. Je ne suis pas fâché que vous constatiez à votre tour comme cette position peut parfois se révéler inconfortable. »

Il parlait d'un ton guilleret, mis d'excellente humeur, peut-être, par la perspective de la revanche qu'il croyait tenir. Pourtant, à chaque phrase qu'il prononçait, Wendy sentait son sang se figer un peu plus. Tout ce qu'il disait lui paraissait à double sens. Oui, plus elle l'écoutait, plus elle se persuadait qu'il avait tout compris et qu'il attendait... quoi?... d'avoir posé sa dernière pierre, sans doute, pour le lui révéler.

Et, de nouveau, l'ouverture lui apparut. Oui, pour échapper à cet *hasami*, à ce coup de ciseau, là, près du centre... La contre-attaque prit Nicholas au dépourvu. Wendy aurait juré qu'il en avait sursauté.

Elle se sentit mieux, rassurée. Après tout, il ne tenait pas encore sa victoire.

Elle demeura concentrée pendant quelques minutes puis son esprit se remit à dériver. Elle pensait à Michael, se demandant comment il avait découvert le code d'accès à la mémoire protégée et, surtout, ce qu'il avait enfoui dans ce coffre-fort informatique. Ou encore, se dit-elle, dans cette bouteille qu'il avait jetée à la mer, espérant qu'elle s'échouerait un jour sur le rivage où se tenait sa chère Wendy...

Elle avait failli en oublier l'essentiel. Ça lui revint brusquement, comme un coup sur la tête. La lecture du message puis l'intervention de Nicholas lui avaient fait négliger de commencer à vider les mémoires du PSI 100 en direction du centre des Abruzzes. Abdul devait trépigner d'impatience. Il avait vu sur son écran les deux phrases confirmant la réussite du commando iranien et attendait maintenant la suite. Wendy se demanda si le HC 22 glissé par Michael avait retenu son attention. Probablement pas. Sa connaissance de l'informatique était trop superficielle. Il avait dû prendre cela pour des caractères de contrôle. Mais il savait en revanche que Wendy était censée connecter à présent les mémoires du PSI 100 sur les modems reliés à l'antenne parabolique de l'Académie pontificale des sciences et orientée vers telespazio.

Avezzano, le 11 avril

La salle de contrôle occupait presque toute la surface du rez-de-chaussée.

Il y avait eu des crissements de pneus, de grandes flammes bleues derrière les fenêtres, une rafale... des gerbes d'éclats de bois et de verre avaient arrosé le sol et trois hommes avaient surgi, le visage dissimulé par une cagoule noire. Ils gesticulaient, agitant leurs armes, criant : « A terre! A terre! Allongés! » Ils étaient effrayants et semblaient eux-mêmes terrifiés. L'un d'eux pressait contre son visage son masque trempé de sang.

Les dix techniciens se couchèrent sur le béton froid. Des cris retentissaient dehors. Les chiens-loups hurlaient. Mais rien n'était plus insupportable que de percevoir la peur qui étreignait les terroristes. « Pas bouger! Pas bouger! » Les techniciens se tordaient le cou pour essayer de comprendre ce qui se passait. Il y eut un nouveau fracas, des caisses atterrirent dans la salle et deux autres hommes masqués apparurent. Un ordre bref. Les cinq Iraniens étaient à terre, les bras croisés sur la tête.

La déflagration emporta ce qui subsistait de la porte et des fenêtres. Le commando n'avait pas eu le temps de sortir tous les explosifs de la camionnette numéro deux. Le véhicule s'enveloppa d'une tornade incandescente puis se recroquevilla, tremblant et gémissant devant la façade noircie. Ensuite, il continua de brûler, lentement, longuement.

Les caisses furent éventrées, les explosifs dispersés dans la salle, les cordons fixés. Il suffisait maintenant d'un geste pour que le bâtiment saute à son tour. Mohammed Khomsi braillait dans un porte-voix, derrière un rideau de fumée noire. Il menaçait. Si les soldats tentaient quoi que ce fût, le centre se volatiliserait avec les dix otages.

Les techniciens furent enfermés dans un réduit aveugle pour qu'aucun témoin ne puisse ultérieurement révéler ce qui s'était passé exactement dans la salle de contrôle. Les tâches avaient été réparties de façon très précise. Khomsi se chargeait de diriger les opérations et de parlementer avec les autorités militaires du camp. Il maintenait la tension, alternant harangues fumeuses où il était question d'Allah, du Prophète et de l'imam, et messages beaucoup plus clairs où il annonçait qu'un otage serait abattu toutes les heures si le commando n'obtenait pas satisfaction. Ses camarades s'éparpillèrent parmi les écrans, les tableaux et les câbles, les terminaux et les armoires truffées de voyants, s'affairèrent dans l'atmosphère blafarde, légèrement bleutée, et d'ordinaire si calme. On prit contact avec Malte pour faire savoir par une formule laconique que les Abruzzes seraient en mesure d'émettre dans quelques minutes. La longue chaîne Vatican-telespazio-Arabsat-Msida était en voie de constitution.

A 200 mètres du bâtiment, les soldats empilaient des sacs. Mohammed Khomsi voyait les chiens tirant désespérément sur leur laisse, les mitrailleuses en batterie, les silhouettes au sommet des tourelles, les jeeps qui tournaient au fond du camp... puis, soudain, il ne vit plus rien. Il se remit à hurler dans son porte-voix, exigeant que les projecteurs soient rallumés et braqués sur les alentours du bâtiment occupé.

Par une autre fenêtre, demeurée presque intacte, il apercevait le champ immense où étaient plantées les vingt-cinq antennes d'un diamètre de 30 mètres; vingt-cinq corolles déployées, luisant doucement et tournées vers le ciel. Là-haut, à 36 000 kilomètres d'altitude, point invisible parmi les étoiles, Arabsat était à l'écoute.

Lentement, sans que personne s'en aperçût, l'une des antennes pivota de quelques degrés.

Alors seulement, Mohammed Khomsi fit savoir au monde qu'il parlait au nom des Croisades islamiques et que les otages seraient exécutés si le gouvernement italien ne libérait pas Ali-Agça.

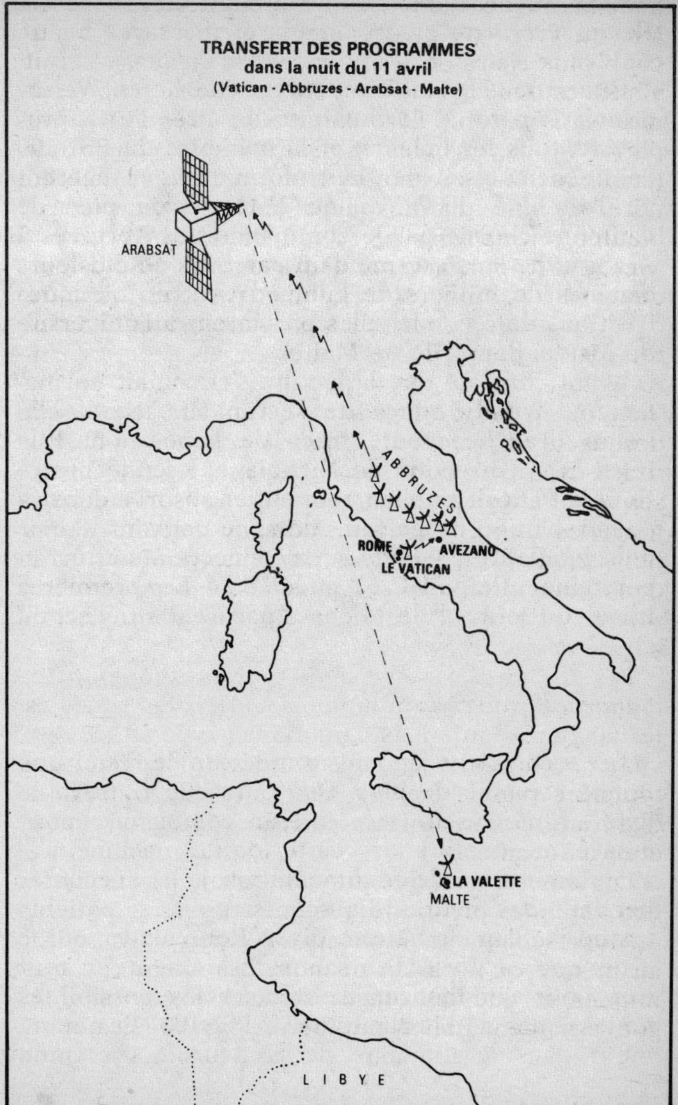
TRANSFERT DES PROGRAMMES
dans la nuit du 11 avril
(Vatican - Abbruzes - Arabsat - Malte)
ARABSAT
ABBRUZES
ROME
AVEZANO
LE VATICAN
LA VALETTE
MALTE
LIBYE

Rome, le 11 avril

Quand tous les modems furent connectés, Wendy donna l'ordre à l'ordinateur de lire, l'un après l'autre, tous les fichiers, et la mémoire du PSI 100 commença de se vider. Les informations voyagèrent de l'antenne de la casina à telespazio puis de l'antenne choisie par le commando des Abruzzes à Arabsat; de là, au terme d'un parcours de plusieurs dizaines de milliers de kilomètres et en quelques fractions de seconde, elles parvinrent à l'université de Msida, dans l'île de Malte.

Ayant constaté que la lecture s'effectuait normalement, Wendy effaça de l'écran sur lequel elle s'était branchée toute trace de l'opération. Elle regarda en direction de Nicholas. Le jeune prêtre semblait l'avoir oubliée, tout entier absorbé dans sa contemplation du *go-ban*. Alors, ne pouvant y tenir plus longtemps, Wendy se reconnecta à son écran personnel et tapa HC 22, puis BB 34. Les premières lignes du journal de Michael parurent sur l'écran.

Samedi 30 novembre

Les techniciens japonais ont décidé de rester une bonne semaine de plus. Dix jours que je travaille jour et nuit, seul ou en leur compagnie, pour essayer de comprendre cette foutue machine. J'ai avalé des tonnes de documentation, je les ai écoutés pendant des heures. Ils sont si polis, si patients quand j'ai l'air de ne rien piger. Enfin, ça va, oui je crois que ça y est. J'en sais suffisamment, en tout cas, pour commencer d'envisager les possibilités fantastiques de l'ordinateur. Le PSI 100! Et notamment dans le domaine de la neurométrie, mon domaine. Hier, je suis resté longtemps à rôder autour d'une partie de la mémoire signalée comme « zone interdite ». Quand j'ai fini par demander à un de mes instructeurs japonais ce que cela signifiait, j'ai eu l'impression de me trouver devant la porte du cabinet secret de Barbe-Bleue. En fait, ma question l'a fait rire, ce qui était généralement sa façon de réagir lorsqu'il se sentait embarrassé. Je lui ai quand même arraché cette réponse : « Cette zone est interdite parce que c'est le cœur de la machine et qu'on ne peut pas regarder le cœur de la machine. » Alors, je lui ai demandé où était située approximativement cette zone protégée. Il m'a fourni certaines adresses de localisation, mais de façon assez vague. Tout cela m'a intrigué. Ce manque de franchise a éveillé ma curiosité, plus que le problème lui-même. J'ai donc regardé dans le manuel quels étaient les points de branchement interdits. Il y en a des milliers! Je ne me suis pas laissé décourager. J'ai confectionné un programme ayant pour but d'inscrire automatiquement et d'essayer successivement chacun de ces points afin de voir si, par hasard, l'un d'eux ne correspondait pas à l'ouverture de cette zone « non autorisée aux utilisateurs ». Cela terminé, j'ai laissé tourner mon programme toute la nuit. J'avais calculé qu'il faudrait deux nuits complètes pour passer tous les points en revue. Ce point, je viens de le découvrir. Tu le connaîtras en temps voulu : c'est le HC 22. C'est le véritable sésame de la zone interdite, de la prétendue zone-système.

J'ai ainsi pu faire cette constatation : il existe dans le PSI 100 livré à Malte des pans entiers de mémoire non utilisés, avec, peut-être, de possibles extensions futures. C'est là, dans cette zone à laquelle personne, apparemment, n'a accès, que je vais enregistrer mon journal (à suivre...).

Wendy était déchirée entre l'envie de rester dans la salle des machines pour continuer à lire le journal de Michael et la crainte de se trahir aux yeux de Nicholas. Le jeune prêtre avait profité de son absence pour affiner sa stratégie et préparer une nouvelle offensive. Tandis qu'elle cherchait sa riposte, Wendy eut une fois encore l'impression pénible d'être transparente et de ne rien pouvoir cacher à son adversaire : ni les coups qu'elle préparait ni les activités auxquelles elle se livrait à quelques pas de là.

Nicholas avança la main pour s'approprier quelques pierres noires captives. La situation n'était pas brillante, pas brillante du tout. Wendy invoqua celui sous les traits duquel, depuis Tokyo, elle imaginait fort bien le dieu du jeu de go : un vieillard à barbe blanche plissant ou écarquillant les yeux. Et, de la façon la plus inattendue, une intuition lui vint, pas de nature à renverser le cours des choses, non, mais susceptible en tout cas de retarder l'échéance. Nicholas posait sur elle un regard scrutateur, calme toujours, mais un brin déconcerté.

« Il est inutile d'attendre de vous des réactions rationnelles, n'est-ce pas, Wendy Keenes? dit-il en souriant.

– Je vous laisse méditer là-dessus.

– Comment? Vous repartez déjà?

– Vous étiez prévenu.

– Oui, je sais, aujourd'hui c'est vous qui menez plusieurs parties de front. J'espère en gagner au moins une... »

On ne peut être plus clair, songea Wendy. Mais pourquoi restait-il là, sur sa chaise, sans intervenir, s'il était si perspicace?

« J'en ai pour un moment », annonça-t-elle, provocatrice, presque avec colère.

La transmission vers les Abruzzes se poursuivait correctement. La mémoire de l'ordinateur se vidait au rythme de quelques millions d'instructions élémentaires à la seconde.

Wendy aurait aimé s'attarder davantage sur ce que lui racontait Michael mais rien, dans les confidences des premiers jours, ne lui parut d'une importance fondamentale. Il apprenait la machine, s'initiait aux modèles informatiques aptes à aider ses recherches en neurométrie. Wendy le lisait avec émotion, toute disposée à vibrer avec lui, mais avait peine à partager son enthousiasme à propos de telle ou telle nouvelle manière d'aborder l'étude des mécanismes du cerveau. Ce domaine lui était trop étranger.

Soudain, le ton changea.

Lundi 9 décembre

Il arrive parfois qu'on fasse des découvertes sans l'avoir voulu ni sans savoir ce qu'elles signifient. Cette nuit (j'ai pris l'habitude de travailler très tard, pour ne pas être dérangé), quand je suis arrivé au Centre, l'ordinateur était en état de veille, au repos. Du moins le croyais-je. Comme je le fais depuis maintenant plus d'une semaine, j'ai commencé par me connecter afin de jeter un coup d'œil sur tous les processeurs et d'observer leur travail. C'est alors que j'ai constaté quelque chose d'étrange. Bien que personne en principe ne fût branché sur l'ordinateur – c'était en tout cas l'avis de la console-système! – la machine était en activité. A trois heures du matin! (J'avais été retenu à la clinique jusqu'à plus de deux heures, ordinairement j'arrive quand même un peu plus tôt.) Et je dirais même, Wendy, qu'elle était en phase d'activité intense. Je sais que je t'ennuie avec mes recherches sur le sommeil, mais je n'ai pu m'empêcher de faire le rapprochement. Le PSI 100 semblait tout simplement plongé dans cet état qu'on appelle le sommeil paradoxal. En pareil cas, lorsque l'on place des électrodes sur le crâne du patient, on observe grâce à l'électroencéphalogramme que son cerveau est en pleine activité (il rêve) alors que son corps demeure totalement inerte – déconnecté en quelque sorte. Voilà à quoi ressemblait l'ordinateur : personne ne l'interrogeait et, pourtant, le processeur que j'étudiais indiquait qu'en l'absence de tout stimulus il tournait à plein rendement. Oui, exactement comme s'il était en train de rêver. Comme on dit dans mon métier, les symptômes étaient apparents mais la cause de ces troubles fonctionnels m'échappait complètement. On aurait dit que des programmes s'étaient mis en route sans que personne n'intervienne. Je n'en revenais pas.

Wendy se retourna. Nicholas se trouvait sur le seuil de la grande salle et braquait sur elle un regard interrogateur. Comme pris en faute, le jeune prêtre détourna les yeux et d'un pas lent, plein de regret et d'incertitude, il regagna sa place. S'il avait voulu lui montrer ostensiblement qu'il avait choisi de ne pas s'immiscer dans ce qu'elle faisait, il ne s'y serait pas pris autrement. Wendy hésita... mais la journée du 9 décembre n'était pas finie.

Bien entendu, toute analogie a ses limites. Je me doutais bien que le PSI 100 ne se réveillait pas au milieu de la nuit, en sueur, à cause d'un cauchemar. Il devait y avoir une explication logique à ce phénomène et la seule façon de la découvrir était de rentrer dans l'un des processeurs, à la manière dont il m'arrive d'essayer de pénétrer à l'intérieur de certaines zones de fonctionnement du cerveau pour voir ce qui s'y passe (pardon pour cette nouvelle comparaison!). J'ai donc remis en route le programme que j'avais créé pour repérer l'entrée de la zone de mémoire interdite et l'ai laissé tourner dans l'espoir de trouver la brèche : le processeur qui communiquait avec l'extérieur et par lequel je pourrais me faufiler.

Pendant une heure et demie, je me suis abandonné à ma propre rêverie. Oui, je rêvais d'un cerveau électronique, conçu par l'homme, qui aurait eu un comportement similaire à celui d'un cerveau biologique, d'un cerveau artificiel qui peut-être, un jour, me permettrait de mieux comprendre les mécanismes du cerveau humain... d'apprendre enfin ce que je cherchais sans savoir le définir exactement. Un beau rêve, Wendy, mais au bout d'une heure et demie, il ne s'était toujours rien passé et les Russes sont arrivés. La première équipe soviétique débarque dans le Centre dès 6 heures du matin. Ils ont semblé plutôt étonnés de me voir là. Et, comme je ne souhaitais leur donner aucune explication, j'ai stoppé mon programme et suis rentré me coucher.

Mais, cette nuit, je recommencerai. (A suivre...)

Wendy effaça l'écran et regagna sa place face à Nicholas. Elle vit aussitôt dans l'œil de son adversaire qu'il était content de son dernier coup. Elle examina le *go-ban* et admit intérieurement que c'était très bien joué. Mais que lui importait de perdre? La partie, la véritable partie, se déroulait ailleurs. Elle avança la main, faillit poser sa pierre... précipitamment, sans avoir vraiment réfléchi. Une pensée, soudain, lui traversa l'esprit. Le transfert des mémoires n'était pas terminé, le journal de Michael risquait d'être encore long... il lui fallait tenir, résister, gagner du temps. Plus d'un joueur, dans sa situation, se serait levé, se serait incliné et aurait reconnu sa défaite. Mais elle ne pouvait se permettre une aussi noble attitude. Alors, elle chercha à se concentrer de nouveau, non plus pour vaincre mais simplement dans l'espoir de faire durer la partie.

Puis il se passa quelque chose d'étrange. Tous deux – Wendy en aurait juré – virent au même instant le coup que Nicholas devait jouer pour s'assurer définitivement la victoire; c'était clair, évident. Pourtant, le prêtre tergiversait, réchauffant la pierre blanche dans le creux de sa main. Quand il se décida enfin, ce fut pour commettre une bourde, une lamentable erreur, une faute de débutant. Wendy se sentit rougir jusqu'à la racine des cheveux. Elle eut la certitude que Nicholas, sciemment, s'était résolu à lui offrir tout le temps dont elle aurait besoin. Pour la tester, pour voir jusqu'où elle irait? Non, plus probablement pour la mettre face à ses choix et à ses responsabilités, pour lui donner une chance de se racheter. Cela la mit en rage. Comme Nicholas semblait s'y attendre, elle quitta de nouveau le bureau, sans un mot. Il regardait dans le vide, avec une sorte de tristesse, comme si la jeune fille avait refusé sa main tendue.

A Malte, deux jours s'étaient écoulés.

Mercredi 11 décembre

Le phénomène de l'autre nuit n'était pas accidentel. Il s'est reproduit en ce mercredi, aux mêmes heures et de manière identique. L'indicateur s'obstinait à affirmer : « terminal de Michael de Bonno, seul branché ». Mais cette fois-ci, ça y est, mon programme a repéré l'ouverture. J'ai découvert un site d'observation exceptionnel, d'où on a une vue imprenable! Qui se trouve là peut en effet lire et contrôler tout ce qui a été effectué dans la journée. Mais *là,* apparemment, il n'y a personne. Il est difficile de concevoir que la machine se contrôle elle-même. Comme tu le sais sans doute, on dit souvent que le rêve a pour fonction de permettre au sujet de digérer les informations recueillies au cours des heures de veille. Peut-on prêter une telle aptitude à un cerveau électronique? D'ailleurs, même chez l'être humain, cette thèse ne m'a jamais semblé entièrement satisfaisante. Il serait plus juste de dire qu'au cours du sommeil se produit une véritable déconnexion et que tous les neurones monopolisés, à l'état de veille, par des tâches innombrables – que je qualifierai à la fois d'essentielles et de subalternes – redeviennent disponibles pour le traitement de l'information brute. Autrement dit, en phase de sommeil paradoxal, le cerveau n'est pas qu'une machine enregistreuse traitant les événements de la journée écoulée : il vit sa vie!

Bref, ce n'était pas la solution. Il y avait forcément quelqu'un derrière tout ça. Quelqu'un, Wendy, qui, si j'ose dire, lisait par-dessus notre épaule. Cependant, comme je te l'ai signalé, l'indicateur certifiait qu'aucun terminal n'était branché en dehors du mien. Question : qui donc a la possibilité de s'infiltrer dans l'ordinateur quand personne ne s'en sert? Réponse : je n'en sais rien mais il faut bien, en ce cas, que l'un des processeurs soit en contact avec le monde extérieur. Je ne vois qu'une manière d'en apprendre davantage : mettre au point un programme ayant pour objet de tester chacun des processeurs. C'est ce que je viens de faire. Ce sera long. Il me faudra sans doute plusieurs nuits pour obtenir un résultat... si résultat il y a. Compte sur moi pour te tenir au courant. (A suivre...)

Revenant vers la table de go, Wendy se souvint qu'elle avait négligé de contrôler le transfert à destination des Abruzzes depuis une bonne vingtaine de minutes. Elle ne pouvait décemment pas faire demi-tour maintenant, au moment de reprendre la partie. Elle fut surprise de constater à quel point elle s'en moquait désormais. Pendant longtemps, elle avait considéré que le plan Arcade et la contre-offensive arabo-soviétique revêtaient une importance capitale pour l'avenir du monde et que bien des choses changeraient selon que le succès pencherait en faveur de l'un ou l'autre camp. A présent, elle n'en était plus si sûre. Plus elle avançait dans la lecture du journal de Michael et plus elle se sentait gagnée par la conviction que l'enjeu véritable se révélerait là, au fil des lignes qui apparaissaient sur son écran. Le triomphe de l'innocence, en quelque sorte. Quant à Abdul, si jamais un incident survenait, il se débrouillerait bien pour le lui faire savoir.

Avezzano, le 12 avril

A 0 h 10, Mohammed Khomsi entendit une voix annoncer derrière lui :

« Ça y est, nous avons vidé le PSI 100 du Vatican. Tout doit être à Malte, maintenant.

– Vérifie. »

L'Iranien tapa quelques caractères sur son clavier, attendit une poignée de secondes puis vit s'afficher sur son écran : « MESSAGE BIEN TRANSMIS. INTERRUPTION DEMANDÉE. »

Khomsi hocha la tête. Il ordonna à un autre de ses hommes de replacer l'antenne qui avait servi de relais dans sa position initiale. Aussitôt, pour mobiliser l'attention de la foule qu'il devinait, là-bas, derrière le rempart de sacs de sable et de véhicules agglutinés, il reprit son porte-voix et réitéra ses exigences. Cela faisait une demi-heure à présent que le gouvernement italien avait fait savoir qu'il ne libérerait en aucun cas le terroriste Ali-Agça. Tandis que les petits moteurs qui asservissaient l'immense antenne se mettaient en route et que la grande coupe de métal pivotait lentement, presque imperceptiblement, dans la nuit, Khomsi s'apprêta à entamer la seconde phase des négociations. La mission était achevée et pleinement réussie. Il ne lui restait plus qu'à sauver la peau de ses camarades.

Il ne fut plus question de l'homme qui avait voulu assassiner le pape. Le commando réclamait maintenant un hélicoptère lourd susceptible de relier d'une seule traite les Abruzzes à un « territoire ami ». Un coup de feu fut tiré et l'on prétendit que le premier des dix otages venait d'être exécuté.

Rome, le 12 avril

Wendy perdait pied. Ne sachant plus qu'inventer pour différer sa déroute, elle prolongea ses temps de réflexion sans plus s'occuper du sablier. Puis elle s'efforça de faire parler Nicholas, de distraire son attention. Laconique au début, il finit par répondre plus volontiers à ses questions. Son enfance dans une petite ville du Piémont, sa vocation, Rome... La partie languissait. Wendy n'osait plus se lever. Pourtant, elle ne pensait qu'à Michael, qu'aux mots de Michael qui l'attendaient, à côté, et qu'elle brûlait de lire.

« Cette partie vous ennuie, supposa Nicholas. Désirez-vous que nous arrêtions?

– Non, non.
– Et vous ne vous occupez plus guère de votre compilation. »

Wendy lui lança un regard interrogateur, partagée entre la méfiance et la reconnaissance.

« Vous avez raison, dit-elle, peut-être faut-il que j'aille voir. »

Il lui avait tendu une perche. Une fois de plus. Mais que cherchait-il donc? Et que s'imaginait-il? Le plan Arcade était l'œuvre de sa vie, le but d'années et d'années d'efforts. Ou il était complètement stupide ou bien il devinait plus ou moins ce qu'elle était en train de faire. Pourquoi l'aurait-il aidée à mettre à bas l'édifice qu'il avait si patiemment construit? Elle ne connaissait qu'un motif qui pût justifier une telle attitude chez un homme; un motif qu'elle ne pouvait envisager sans frémir.

Wendy appela la suite du journal et sourit en découvrant la date.

Vendredi 13 décembre

Ça y est, cette fois j'en suis sûr : l'un des processeurs est en contact direct avec un autre terminal, situé je ne sais où. Conclusion : toutes les informations que nous échangeons, tous les programmes que tu m'envoies, tout ce que tu t'apprêtes à transférer de Rome à Malte, tout peut être écouté et même copié. Tout l'est et le sera très probablement. Et personne n'est en mesure de s'en rendre compte. A part moi. Il est donc quasi certain que ce terminal ne se trouve pas ici, à Msida, ni même dans l'île. Je suppose qu'il se connecte tout simplement grâce au réseau commuté et que le programme est conçu en sorte que l'opérateur puisse pirater le PSI 100 sans se faire remarquer. Je crois que je sais comment poursuivre mon enquête, oui, j'espère pouvoir bientôt localiser la source de cet intéressant phénomène. Ah! tu as bien de la chance de n'avoir qu'à appuyer sur une touche pour apprendre la suite! (A suivre...)

Ce qu'elle fit.

Lundi 16 décembre

Gagné! Le branchement se fait bien par le réseau téléphonique. Mais tu ne sais peut-être pas que mon père était très ami avec le directeur des Postes? Grâce à lui, j'ai obtenu confirmation que la connexion passe par le central de La Valette. Ma requête a semblé le surprendre énormément mais, somme toute, il a accepté assez facilement – et sans poser de questions. Je serais tenté de dire que, même mort, mon père reste un homme très influent. Bref, il m'a donné, comme je le lui demandais, la liste des appels venant de l'étranger et arrivant dans la capitale entre trois heures et cinq heures du matin. Un relevé complet des trois dernières semaines. Crois-moi si tu veux mais ça couvre quelques mètres de papier. Bien entendu, je n'ai pas les numéros d'appel : seulement la consommation et la taxe de base. J'espérais que ce serait suffisant et, apparemment, je ne me suis pas trompé.

Finalement, je l'ai repéré assez rapidement. Depuis deux bonnes semaines, un certain correspondant – on peut supposer que c'est toujours le même – appelle systématiquement toutes les nuits et reste branché pendant environ une heure quarante. Sacrée facture! Bien entendu, plusieurs pays ont la même taxe de base. Je ne peux donc *certifier* l'origine des appels. Cependant, l'un de ces pays est le Japon. Tu t'y attendais? Moi aussi. (A suivre...)

Dire que Wendy eut l'impression de *tout* comprendre serait peut-être excessif. Mais, soudain, bien des choses s'éclaircirent dans son esprit. Elle effaça l'écran et se précipita vers le *go-ban*. Nicholas la regarda s'installer d'un œil ahuri, la contempla qui s'asseyait, avançait sa chaise, la reculait, prenait une pierre, faisait semblant de jouer... Elle savait qu'elle allait trouver, elle aussi, qu'elle poserait sa petite pierre noire et que ce serait un coup de maître, mais pour l'instant elle ne parvenait pas à se concentrer vraiment sur *ça*... bien trop de choses, de détails, d'images encombraient ses pensées. Les Japonais. La maison près de Faremoutiers, le vol resté inexpliqué de ses documents. Tokyo, l'impression d'être surveillée, suivie. Le vieillard à barbe blanche? Cette idée faillit la faire pouffer de rire. Et à Rome, aussi. Les Japonais, partout, et jusque dans les moindres recoins du PSI 100. Leur ordinateur. Ils en avaient placé un à Malte et un au Vatican, comme deux pions occupent deux points stratégiques. Là. Au cœur du continent logique occidental. Contrôlant tout un territoire. Elle fit claquer sa pierre et Nicholas lui jeta un regard stupéfait, comme si elle venait de se livrer devant lui à quelque démonstration de sorcellerie. Elle n'y prit pas garde, ne s'aperçut pas même qu'elle avait joué, d'instinct, un coup exceptionnel. Elle pensait à tout ce qu'impliquait la découverte de Michael.

A vrai dire, elle avait du mal à concevoir dans toute leur étendue les conséquences de l'événement. Dans cette affaire, elle avait toujours considéré le Japon comme l'allié objectif des Etats-Unis, du Vatican et de l'Occident dans son ensemble. Or, cette nation constituait indubitablement un espace logique particulier à elle seule. Voici qu'elle était la grande nouvelle du jour : dans le formidable affrontement qui se préparait pour la conquête de l'espace et la maîtrise de l'information, le Japon avait décidé de jouer sa propre carte. Et ce en utilisant l'arme la plus inattendue : en infiltrant ses principaux partenaires et ses clients.

« Et moi qui vous croyais fatiguée, soupira Nicholas en contemplant le *go-ban.*

– Un coup de chance.

– Bien entendu. Que diriez-vous d'une tasse de thé? J'ai besoin de me remettre. »

Wendy s'efforça de ne pas manifester à quel point l'idée de voir Nicholas s'éloigner pendant quelques minutes l'enchantait.

« Je vais en profiter pour jouer les audits et vérifier que tous les terminaux sont bien éteints », ajouta le prêtre.

Le feuilleton reprenait à la date du 18 décembre.

Mercredi 18 décembre

Un PSI 100 à Rome et un à Malte. Les Japonais tiennent le plan Arcade par les deux bouts! Pourquoi, dans quel but? Pour le moment, apparemment, ils ne bougent pas. Ils regardent, ils écoutent, ils se renseignent. Typique. Mais ils ont tout compris et, si tu veux mon avis, un jour, nous aurons de leurs nouvelles. Ce jour-là, il sera trop tard : ce seront eux les plus forts. Et il nous faudra bien reconnaître, Wendy, que nous ne sommes que de misérables artisans. Sans faire un geste, sans vraiment se mouiller, avec une totale économie de moyens et une non moins parfaite efficacité, ils sont en train de gagner sur tous les tableaux. Sur trois tableaux principalement, si mon analyse est bonne. En imposant leur PSI 100 comme pièce maîtresse d'un affrontement mettant aux prises l'Est et l'Ouest, en l'imposant à l'Est comme à l'Ouest, ils ont réussi une fantastique opération de marketing. Pour la première fois, le Japon prend place comme puissance de pointe dans le domaine de la recherche informatique. Et d'une. Ayant conçu cette machine révolutionnaire, les Japonais n'ont pas résolu tous les problèmes : reste notamment celui, essentiel, des logiciels. Leur point faible depuis toujours et, *a fortiori*, dans le cas terriblement complexe du PSI. En laissant un œil ouvert dans chaque modèle exporté, ils seront aux premières loges pour pirater les logiciels inventés par les informaticiens étrangers. Et de deux. Enfin, le Japon a pris conscience que le rapport de force du XXIe siècle, ne sera plus industriel et nucléaire, plus seulement, mais aussi logique. Comme dirait la grande joueuse que tu es, les Japonais, premièrement, ramassent leurs billes et, deuxièmement, avancent leurs pions. Ils savent qu'il leur faudra rivaliser avec les pôles chrétien, marxiste et islamique. Si tu veux la paix, prépare la guerre! La cinquième colonne est déjà en place, avant même que le conflit n'ait vraiment eu l'air de commencer. Bien joué, non?

J'ose espérer que tu tireras de tout cela les conclusions qui s'imposent. Si oui, tu comprendras que tu t'es battue pour une cause perdue. Comme tes divers partenaires et adversaires. De Rome, de Paris, de Tripoli, de Moscou ou d'ailleurs. Tandis qu'ils se chamaillent pour quelques petits bouts de ciel bleu, les Japonais se répandent partout. Et plus la lutte entre Est, Ouest, Nord et Sud s'intensifiera, plus ils seront partout. Voilà leur stratégie; abandonner le front aux autres et s'immiscer dans chaque camp. Hélas! je crains fort que cela ne préfigure les années à venir. Les Japonais ont pris quelques longueurs d'avance mais ils ne demeureront pas longtemps seuls sur ce terrain. L'invasion logique va devenir le kriegspiel à la mode. Or, Wendy, l'équilibre du monde futur passe par le respect des cultures et des idéologies. Nous allons assister, je crois, à une double évolution de caractère paradoxal. Et dans ce paradoxe réside certainement un grand péril. D'une part, les sociétés qui nous entourent sont appelées à se fragmenter, à donner naissance à des sous-ensembles de plus en plus nombreux et variés (phénomène à mon sens tout à fait positif). D'autre part, les grandes puissances économiques, politiques et religieuses vont tenter de créer de vastes espaces logiques regroupant de gré ou de force tout ce qui s'apparente aux idéologies dominantes, et d'imposer une cohésion, une identité, là où existe la différence. C'est dans ce piège-là que nous sommes tombés, toi et moi, c'est ce jeu-là que nous avons accepté de jouer. Peu importe pour qui. Je refuse de dire qui sont les bons et qui les méchants. Les dés sont pipés de toute façon. Rien d'acceptable pour l'humanité ne peut sortir d'une telle lutte. Il faut défendre l'individu, la famille, la cellule, la collectivité, le libre choix et l'association consentie. Je suis maltais, je sais de quoi je parle. Alors, voilà : continuez sans moi. Je me retire de la partie. Fais ce que tu veux, Wendy. Mais si jamais tu ressens ce que je ressens, souviens-toi d'une chose : nous sommes forts, bien plus que tu ne l'imagines. Nous ne pouvons pas avancer de pion, ni mettre le roi en échec, ni capturer de pierres. MAIS BON SANG SI NOUS VOULONS NOUS POUVONS FOUTRE LA TABLE PAR TERRE!

Sans toi, je n'y arriverai pas. (Peut-être à suivre...)

Wendy pressa fébrilement sur la touche. Elle avait si peur, soudain, que ce message ne soit le dernier. Le journal, en effet, s'interrompait là. Il y avait cependant un dernier message, daté du jour même :

Vendredi 11 avril

Wendy, c'est la dernière fois que j'utilise la boîte aux lettres électronique. Je pars dans quelques minutes pour Msida et, ce soir, tout sera fini. Pour moi, en tout cas. J'ai reçu tout à l'heure un appel de la nonciature. Motif inconnu mais on veut me voir demain. Pour me faire parler, je présume. Pour m'isoler, pour me surveiller. Bref, le Vatican sait plus ou moins ce qui se trame. D'ailleurs, dans cette affaire, tous les masques sont en train de tomber. Chacun sait à peu près qui complote quoi. Mais la situation est si confuse que toutes les issues restent ouvertes. Tout le monde peut encore gagner.

C'est vrai, songea soudain Wendy, se souvenant de sa conversation avec Akhmedov dans le petit meublé de Suzanne. Même le rôle des Japonais fait depuis longtemps l'objet de soupçons précis. Les Russes savaient que j'étais suivie à Tokyo. Et Nicholas, lui, que sait-il? Pourquoi lui faut-il tout ce temps pour aller chercher du thé?

Ce soir, Wendy, quand le transfert sera terminé, je ne servirai plus à rien; pour tes amis russes et libyens, je ne serai plus qu'un témoin encombrant. J'imagine que tu devines quel sort on me réserve. J'en ai personnellement une idée un peu plus nette depuis quelques jours, depuis que j'ai découvert par hasard dans un tiroir le brouillon d'une lettre que mon père destinait sans doute au gouvernement maltais. Il avait l'intention de refuser de cautionner l'achat du PSI 100. Il émettait les plus expresses réserves sur les buts du projet. Mais j'ai surtout été surpris de constater qu'il envisageait, déjà, quel redoutable profit les Japonais pourraient tirer de l'opération. S'il avait vécu, la clinique n'aurait jamais été impliquée dans la transaction. Et je crains de comprendre aujourd'hui de quoi il est mort exactement. Combien de fois depuis mon retour ici ne m'a-t-on pas demandé de me montrer le digne fils de mon père! J'aurais aimé combler l'attente de ces messieurs au-delà de toute espérance. Dans une heure, je serai à l'université, devant l'ordinateur, mais il y aura là nos amis les coopérants soviétiques et je ne pourrai rien faire. Je n'ai plus peur de rien, Wendy, et si mon père a sacrifié sa vie, je puis aussi faire don de la mienne. Mais je n'ai aucun goût pour l'héroïsme gratuit et je serai mort, sans doute, avant d'avoir pu entreprendre quoi que ce soit d'utile. L'arme existe, Wendy, mais c'est entre tes mains qu'elle se trouve. J'ai glissé dans l'un des processeurs un élément de programme piégé, une sorte de virus qu'il est possible d'activer en recourant au code suivant. (Suivait une série de lettres et de chiffres.)

Si toi, Wendy, à l'adresse HC 22, frappes ce code de déverrouillage; si tu en décides ainsi, ce virus enverra des instructions à destination de tous les autres processeurs. En quelques fractions de seconde, tous les fichiers, tous les programmes seront détruits, et toute l'intelligence de la machine sera effacée. La gloire de la technologie japonaise deviendra l'idiot du village. Ce soir, chacun de mes gestes sera surveillé. L'ordre doit venir d'ailleurs. De toi, Wendy. Quant à moi, je me débrouillerai. Une fois le transfert achevé, la tension se relâchera. Les Russes, je l'espère, cesseront de me surveiller.

S'ils m'en laissent la chance, je m'arrangerai pour filer. Et là, Wendy, je ne rentrerai pas chez moi. Pas plus que je n'irai me réfugier à la nonciature. Je filerai loin. Loin et longtemps. Je disparaîtrai pendant... deux ans, peut-être? Et peut-être aussi qu'au terme de ces deux ans je réapparaîtrai dans ta vie comme tu as refait surface dans la mienne, voici quelques mois. Je crois que je t'aimerai toujours autant.

Entends-tu le tic-tac de la bombe? Elle n'explosera que si tu le veux. Au moment de choisir, Wendy, souviens-toi que, de toute façon, ta cause ne triomphera pas. Oui, je sais que tu le feras. Sans quoi nous ne nous reverrions sans doute jamais. Et cela, Wendy, ce n'est pas possible.

Depuis quand était-il là, de l'autre côté de la vitre, assis devant les deux gobelets de thé? Avant d'aller retrouver Nicholas, Wendy interrogea machinalement le terminal de La Valette. Trente-huit minutes plus tôt, le message suivant était parvenu : « Tout est bien arrivé. Nous déconnectons. » Le cœur du PSI 100 était de nouveau immobile. L'ensemble des fichiers et des programmes de l'ordinateur du Vatican était à la disposition des Soviétiques.

Wendy revint lentement vers la table de go. Pour la dernière fois. Elle marchait à tout petits pas mais, dans sa tête, avait l'impression de courir comme une folle, près de Michael, tandis qu'il fuyait, fuyait... Pas trop loin, Mike, s'il te plaît. Je veux pouvoir te rattraper un jour.

« Le thé va être froid. »

Wendy s'assit lourdement sur sa chaise.

« C'est foutu, n'est-ce pas, Nicholas? dit-elle en jetant un rapide coup d'œil sur le jeu.

– Rien n'est jamais désespéré. »

Des larmes coulaient sur les joues de Wendy.

« Mais si, Nicholas, je le vois bien. Vous avez gagné. »

Et elle se mit à rire, comme elle n'avait pas ri depuis des mois.

Epilogue

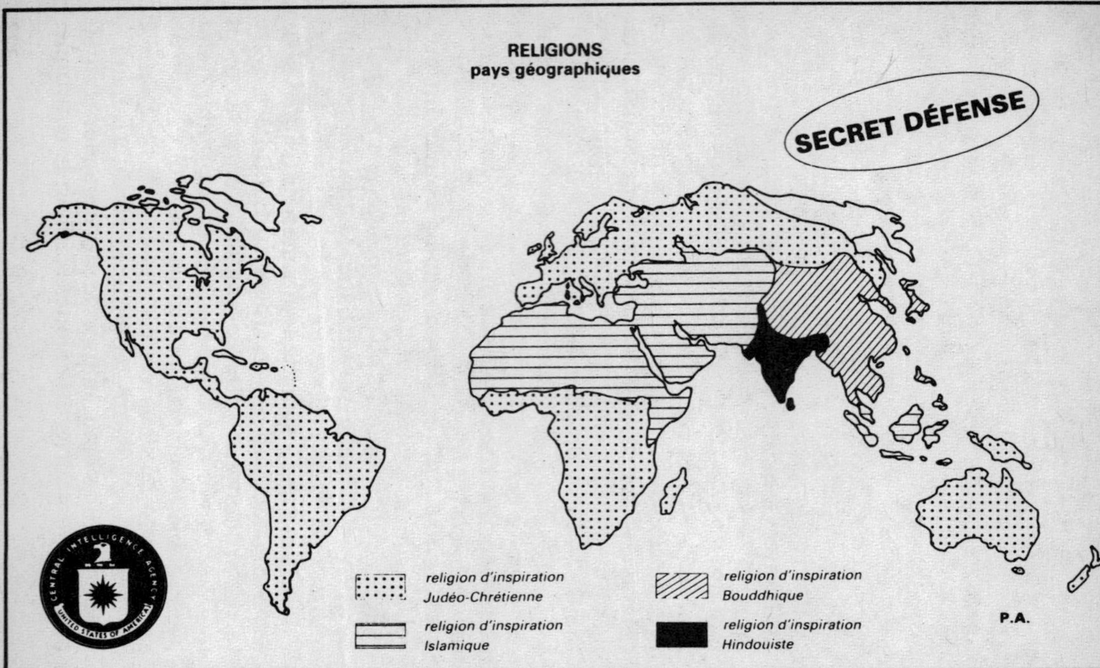
RELIGIONS
pays géographiques
SECRET DÉFENSE
CENTRAL INTELLIGENCE AGENCY
UNITED STATES OF AMERICA
religion d'inspiration Judéo-Chrétienne
religion d'inspiration Islamique
religion d'inspiration Bouddhique
religion d'inspiration Hindouiste
P.A.

Le 15 avril à quinze heures trente, l'image du pape apparut de façon simultanée à tous les chrétiens du monde. Quand il ouvrit la bouche, tous l'entendirent parler dans leur propre langue, avec son timbre, ses inflexions et ses défauts de prononciation, comme si l'Esprit Saint à travers sa personne était de nouveau descendu sur la Terre. Traduit et synthétisé vocalement par le PSI 100, relayé par l'antenne de l'Académie pontificale des sciences, transmis par telespazio et dispersé sur la face de la planète par le réseau des satellites occidentaux, son message commença ainsi :

« Aujourd'hui, frères bien-aimés, s'ouvre un nouvel âge de la civilisation des communications. »

Et chacun comprit qu'une pierre venait d'être posée, sur laquelle serait bâtie l'Eglise des temps futurs.

Dans la grande salle de télétraitement située sous les jardins du Vatican, le visage du Saint-Père, seize fois reproduit sur seize écrans différents, occupait tout un mur. Et, comme seul le canal italien était présentement ouvert, on aurait pu croire qu'il ne s'exprimait que dans cette langue.

Pourtant... de l'autre côté de la Méditerranée :

Abdul, qui s'était empressé de regagner Tripoli pour suivre auprès du colonel Kadhafi le couronnement de l'opération, l'entendit parler en arabe. Il écoutait les phrases avec une attention extrême, guettant le moment où le discours d'espoir et de paix s'infléchirait, le moment où devant des centaines de millions de téléspectateurs médusés, le pape proclamerait son adhésion à la Révolution et son soutien au combat des Croisades islamiques.

Le colonel Akhmedov, qui s'était installé dans les locaux de l'université de Msida, l'entendit, lui, parler en russe. D'un œil il surveillait l'écran et, de l'autre, il scrutait impatiemment l'ordinateur japonais.

Mohammed Khomsi, qu'un hélicoptère, fourni par les autorités militaires italiennes, avait déposé près de Tirana en compagnie de ses quatre complices et de deux otages, ne l'entendit pas parler du tout. L'Albanie, qui avait stupéfié le monde entier en acceptant d'accueillir les terroristes, n'avait, en revanche, surpris personne en refusant de relayer l'émission.

Quant à Michael de Bonno, nul n'aurait su dire s'il était actuellement en mesure de suivre l'émission... ni dans quelle langue. Depuis qu'il s'était absenté « pour se rafraîchir » peu après la fin du transfert du 11 avril, personne ne l'avait plus revu. Ni Leilah, qui l'avait cherché éperdument dans les divers départements de la faculté, ni le nonce apostolique qui le lendemain matin avait attendu vainement qu'il répondît au téléphone, ni la police maltaise, finalement alertée. Seul Michel d'Anglebert, peut-être, aurait pu dire quelque chose à ce sujet.

Abdul, Michael, Akhmedov, Khomsi... souvenirs et sentiments se bousculaient et Wendy ne savait plus que penser tandis que devant ses yeux voilés par un commencement de panique le pape prêchait d'un ton serein, écartant et rapprochant ses amples manches blanches. Elle sentait que Nicholas l'observait. Oui, d'un regard plein de confiance. La féliciterait-il, tout à l'heure, comme Abdul l'avait félicitée quand elle était rentrée chez elle à l'issue du détournement informatique? Elle invoqua Michael de toutes ses forces.

Elle vit les mains de Nicholas voler d'un potentiomètre à l'autre. La salle s'emplit d'une nuée sonore, d'un enchevêtrement inextricable de mots qui tous étaient différents et tous signifiaient la même chose. L'étrange rumeur s'apaisa puis, dans les oreilles de Wendy, les langues lentement se succédèrent : après l'italien, l'anglais, puis le français, puis le polonais, puis... Sur tous les écrans, les lèvres du pape remuaient de la même façon. Et c'était sa voix qui parlait, sa voix bien reconnaissable.

Nicholas souriait.

Wendy imagina Abdul, en Libye, et Akhmedov, à Malte. Tendus, fébriles. C'était maintenant, maintenant que progressivement, subtilement, le PSI 100 allait commencer de distiller dans le discours du pape des éléments parasites. Maintenant que l'ordinateur de Msida devait prendre le pas sur celui du Vatican. Le Saint-Père prononcerait des mots qu'il n'avait pas dits. Face à la planète abasourdie, il s'écarterait de son message et cesserait de chanter les louanges de la nouvelle ère des communications sociales pour célébrer les mérites de la Révolution. Un milliard de chrétiens l'entendraient articuler dans leur langue l'ultime déclaration signée : *Croisades islamiques.* Et ce serait la pagaille.

Tel était le choix.

Tel était le choix. Ou bien Wendy laissait les choses suivre le cours tracé à Moscou et à Tripoli, ou bien elle composait sur son clavier la suite de lettres et de chiffres indiquée par Michael pour détruire à jamais l'ordinateur maltais. Et elle se surprit à sourire en imaginant quelle serait alors la réaction d'Akhmedov à Msida, tournant vers les techniciens soviétiques sa face blême aux petits yeux de rat, les interrogeant, les sommant de s'expliquer. L'incompréhension. L'affolement. Les voyants qui virent au rouge. Les cris de stupeur et de désarroi tandis que le code magique de Michael rongeait le PSI 100 jusqu'au cœur. Sur les écrans de contrôle, des séries de caractères dépourvus de signification puis le néant. Amnésie générale. Elle les imagina aussi là-bas, à Tripoli, qui attendaient en vain, contraints d'avaler mot après mot comme un amer breuvage l'allocution papale. Puis elle se les représenta tous trois, Akhmedov, Abdul, et Kadhafi, comme s'ils étaient à nouveau réunis devant elle et découvraient ensemble qu'ils avaient été joués. Comment se serait-elle refusé cela?

Et comment aurait-elle trahi la confiance de Michael? Comment aurait-elle déçu Nicholas qui, jusqu'au bout, l'avait laissée libre de ses décisions? Elle entendait tout près de son oreille la respiration un peu hachée du prêtre. Il savait. Mais il ne disait rien. Alors, ses doigts enfoncèrent l'un après l'autre les touches du clavier de son écran de contrôle, formant le code qu'elle avait fini par apprendre par cœur, tant elle l'avait tourné et retourné dans sa tête.

Là-bas, à Msida, tous les programmes et toutes les mémoires du PSI 100 se décomposèrent, comme si on avait approché un aimant d'une bande magnétique ou exposé une pellicule à la lumière du jour.

Wendy était restée plusieurs minutes, les yeux fermés, la tête entre les mains, face à son écran. Soudain frappée par le vacarme des applaudissements, à la fin du direct, elle eut l'impression, en rouvrant les yeux, de découvrir la présence des dizaines de techniciens qui avaient envahi le centre de télétraitement. Ils manifestaient leur joie, leur soulagement, comme après le tir réussi d'une fusée. De tous les points du monde, des appels téléphoniques confirmaient le total succès de l'opération.

Cette fois, Nicholas ne se contenta pas de poser fugitivement sa joue contre la sienne. Il ouvrit les bras, l'étreignit et l'embrassa, en haut de la pommette, tout près du coin de l'œil; il sentit le goût salé de ses larmes.

« Merci, Wendy, dit-il.

– Mon Dieu, Nicholas, que vais-je devenir? Et Michael, que lui est-il... »

Elle ravala un sanglot, tandis que le jeune prêtre lui tapotait doucement la nuque.

« Je savais que je pouvais vous faire confiance, répondit-il. J'ai... voyez-vous, je n'avais retenu que cette hypothèse et Michel d'Anglebert et moi-même avons tout prévu en conséquence.

– Que voulez-vous dire?

– Que l'Eglise prendra soin de vous. Mais, d'abord, je tenais à vous signaler que mon ami d'Anglebert avait enquêté discrètement sur la disparition de Michael et que... si je ne puis hélas! vous livrer des informations précises, il est en tout cas certain que ce jeune homme a quitté l'île de Malte librement et de son plein gré. Quant à vous... »

Il hésita, sourit.

« Croyez-moi si vous voulez, mais sœur Marie-Bernardette m'a assuré ce matin au téléphone qu'elle s'ennuyait de vous. Et, justement, elle m'a appris qu'une novice venait de quitter l'abbaye. C'est une assez grande cellule, où le soleil entre à flots. D'après la mère supérieure, il y a une table carrée aux dimensions d'un *go-ban*. Peut-être m'autorisera-t-elle à venir un jour y disputer la belle, qu'en pensez-vous? Ah! oui, j'oubliais. L'occupante de cette cellule s'appellera Catherine Levasseur. Il serait préférable que notre amie Wendy Keenes se fasse oublier pendant quelque temps, n'est-ce pas? Sous notre protection rien ne vous arrivera. Je tiens à ce que Michael de Bonno, lorsqu'il réapparaîtra, vous trouve en bonne forme.

– Oui, ça vaudrait sans doute mieux. »

Nicholas la prit par le bras.

« Quoi qu'il en soit, conclut-il, je ne vous laisserai prendre aucune grave résolution avant que vous n'ayez bu une coupe de champagne en ma compagnie. »

Tout autour d'eux, les bouchons sautaient parmi les consoles, les fils, les écrans et les voyants. Le ronflement de la soufflerie enfin s'était éteint.

DU MÊME AUTEUR

Aux éditions Robert Laffont :

SOFTWAR, *en collaboration avec Denis Beneich.*

IMPRIMÉ EN FRANCE PAR BRODARD ET TAUPIN
Usine de La Flèche (Sarthe).
LIBRAIRIE GÉNÉRALE FRANÇAISE - 6, rue Pierre-Sarrazin - 75006 Paris.
ISBN : 2 - 253 - 04203 - X

30/7520/7